A Sensacional Sweetie

CB015895

Sandhya Menon

A Sensacional Sweetie

TRADUÇÃO: Raquel Nakasone

GUTENBERG

Copyright © 2019 Sandhya Kutty Falls (texto)
Copyright © 2019 Jacob Pritchard (foto de capa)
Copyright desta edição © 2023 Editora Gutenberg

Título original: *There's Something about Sweetie*

Todos os direitos reservados pela Editora Gutenberg. Nenhuma parte desta publicação poderá ser reproduzida, seja por meios mecânicos, eletrônicos, seja via cópia xerográfica, sem a autorização prévia da Editora.

EDITORA RESPONSÁVEL
Flavia Lago

EDITORAS ASSISTENTES
Natália Chagas Máximo
Samira Vilela

PREPARAÇÃO
Natália Chagas Máximo

REVISÃO
Vanessa Gonçalves

PROJETO GRÁFICO DA CAPA
Sarah Creech

ADAPTAÇÃO DA CAPA
Alberto Bittencourt (sobre foto de Jacob Pritchard)

DIAGRAMAÇÃO
Christiane Morais de Oliveira

Dados Internacionais de Catalogação na Publicação (CIP)
Câmara Brasileira do Livro, SP, Brasil

Menon, Sandhya
A Sensacional Sweetie / Sandhya Menon ; tradução Raquel Nakasone. -- 1. ed. -- São Paulo : Gutenberg, 2023.

Título original: There's Something about Sweetie

ISBN 978-85-8235-700-2

1. Romance - Literatura juvenil 2. Romance norte-americano I. Título.

23-149617 CDD-028.5

Índice para catálogo sistemático:
1. Romances : Literatura juvenil 028.5

Henrique Ribeiro Soares - Bibliotecário - CRB-8/9314

A **GUTENBERG** É UMA EDITORA DO **GRUPO AUTÊNTICA**

São Paulo
Av. Paulista, 2.073 . Conjunto Nacional
Horsa I . Sala 309 . Bela Vista
01311-940 . São Paulo . SP
Tel.: (55 11) 3034 4468

Belo Horizonte
Rua Carlos Turner, 420
Silveira . 31140-520
Belo Horizonte . MG
Tel.: (55 31) 3465 4500

www.editoragutenberg.com.br
SAC: atendimentoleitor@grupoautentica.com.br

Este é para Jen.

Capítulo 1

Ashish

LISTA de coisas totalmente superestimadas:

1. Amor
2. Garotas
3. Amor (é, de novo)

Ashish Patel não sabia muito bem por que as pessoas se apaixonavam. Falando sério, qual o motivo? Sentir-se um completo palhaço ao chegar ao dormitório da garota só para descobrir que ela saiu com outro cara? Ver seu charme desaparecer sem deixar vestígios à medida que você se torna uma versão insossa e desbotada de seu antigo eu (que costumava ser superarrojado)? Nem ferrando!

Ele fechou seu armário bruscamente e deu de cara com Pinky Kumar encostada no armário ao lado do dele, com o caderno de desenho na mão e uma sobrancelha roxa erguida (como sempre; provavelmente ela já nasceu com essa cara cética).

– O que foi? – ele perguntou, ajeitando a mochila com muito mais força do que o necessário.

– Ah...

Pinky fez uma bola de chiclete e depois continuou mastigando. Ela tinha coberto todo o seu jeans preto com desenhos em caneta prateada. Seus pais ficariam putos, com certeza; não importava quantas vezes Pinky estragasse suas roupas por "motivos artísticos", seus pais, em seus papéis de advogados corporativos, nunca engoliriam isso. Então, sim, eles ficariam putos. Mas não tão putos como quando descobriram que ela não tinha jogado fora aquela camiseta que dizia SER A FAVOR DA VIDA **É** SER A FAVOR DO ABORTO que eles julgavam "vulgar".

– Ainda de TMP, então.

Pinky sempre mencionava a TMP – Tensão do Macho Perturbado – quando Ashish estava mal-humorado. Segundo ela, já era hora de as pessoas começarem a culpar a emotividade dos *homens* cis e seus hormônios, só para variar.

– Eu não estou... – Ashish suspirou e seguiu caminhando pelo corredor.

Pinky o alcançou com facilidade. Ela era alta – tinha mais de 1,70 metro de altura – e podia acompanhar seu passo, o que às vezes era muito irritante. Tipo agora, quando ele queria fugir.

– E aí, por que você está todo nebuloso?

– Eu não estou... o que é que isso quer dizer? – Ashish tentou manter o tom suave, mas até ele podia ouvir a irritação na própria voz.

– Celia te mandou mensagem?

Ashish abriu a boca para discutir, mas então suspirou e pegou o celular no bolso para entregá-lo a Pinky. De que adiantaria? Ela era capaz de lê-lo como se ele fosse um livro aberto. Não demoraria muito para que Oliver e Elijah, seus outros melhores amigos, também descobrissem. Era melhor acabar logo com isso.

– Mas eu não me importo – ele disse em sua voz cuidadosamente treinada na noite anterior, que queria transmitir: "Já superei Celia. Na verdade, quem é Celia mesmo?".

– *Aham.*

Ashish não se inclinou para ler a mensagem com Pinky; não era preciso. As palavras estavam gravadas em suas malditas retinas.

Celia: Desculpe, Ashish, mas queria que você soubesse por mim. É difícil... não posso continuar enlouquecendo de tanto pensar em você. Thad e eu oficializamos as coisas hoje à noite.

Ashish teve que ler a mensagem umas 22 vezes antes de finalmente entender que a) Celia estava mesmo saindo com alguém chamado *Thad*; b) ela tinha feito a fila andar antes dele; e c) seu primeiro relacionamento tinha sido um fracasso total.

Ashish estava irracionalmente otimista pensando que superaria primeiro. Ele teve que aguentar a humilhação de levar um fora; então o universo tinha que lhe oferecer o prêmio de consolação de começar a namorar alguém antes de Celia, não? Em vez disso, o universo decidiu lançar uma musiquinha fofa intitulada "Ashish é um perdedor e todo mundo deveria saber". Bem, dane-se o universo. Que o universo fosse catar coquinho na Via Láctea. Afinal, ele era o Ashish, caramba! Estiloso. Brilhante.

Tudo bem, fazia três meses que ele não saía com ninguém. Seu basquete estava um pouco sofrível. Mas seu charme não tinha *desaparecido*. Ele só estava... de folga. Roncando com os pés em cima da mesa. Fazendo uma viagem para o Havaí ou algo assim. Fala sério, até seu irmão mais velho, Rishi, supernerd e certinho nível escoteiro, estava namorando pra valer.

Pinky devolveu o celular para ele.

– E daí?

Ashish ficou encarando-a enquanto eles caminhavam para o refeitório. Oliver, Elijah, Pinky e ele tomavam o café da manhã juntos antes das aulas começarem todos os dias desde o primeiro ano. Agora que estavam no terceiro, não era nem mais uma tradição – era apenas um hábito.

– É fácil pra você falar, *Priyanka*. Não é você que está correndo sério risco de estragar sua reputação de pegador.

– É *Pinky* – ela disse, olhando para ele como se seus olhos fossem lâminas que pudessem cortar e despedaçar. – Só minha vó me chama de Priyanka.

Ashish sentiu uma pontada de culpa. Ele estava sendo patético; sabia que a amiga odiava ser chamada de Priyanka.

– Foi mal – ele murmurou.

Pinky fez um gesto com a mão.

– Vou deixar passar porque você obviamente está tendo um dia ruim. Mas falando sério agora. É só namorar outra pessoa. Vai nessa...

– Ela lhe deu um empurrãozinho com o ombro, observando os outros alunos nas mesas. – Ah, olhe! Ali está Dana Patterson. Você é a fim dela faz tempo. Vá chamá-la pra sair agora.

– Não. – Ashish a empurrou de volta, mas com leveza para não a derrubar, apesar de ter considerado seriamente a possibilidade. Suas mãos começaram a formigar, como se estivessem prestes a transpirar. Só de pensar em falar com uma gata... O que diabos estava acontecendo com ele? – Eu... não quero convidá-la pra sair, entendeu? Eu só... é esquisito fazer isso no refeitório.

Pinky zombou.

– Sério? É essa a sua desculpa? – Eles entraram na fila para pegar seus burritos matinais.

– O que é esquisito? – disse uma voz familiar atrás deles.

Ashish se virou para ver Oliver e Elijah, seus outros dois parceiros de crime desde o Ensino Fundamental, se aproximando dele e de Pinky. Oliver era o mais alto dos dois, mas era Elijah quem tinha os músculos que todos na escola admiravam. Todos tinham a pele escura, mas a de Oliver era mais clara do que a de Ashish, e a de Elijah era um tom ou dois mais escura do que a de Pinky.

Os quatro formavam o "Quarteto Fantástico" da Escola Richmond desde o sétimo ano, quando por coincidência – alguns poderiam até dizer fatalmente – todos inventaram a mesma desculpa maluca para justificar por que não tinham feito seus fichamentos sobre o livro *Pimpinela Escarlate*. Ao que parecia, a senhora Kiplinger, a professora de inglês, achara difícil acreditar que as bolsas das quatro mães gestantes tivessem estourado exatamente no mesmo dia. A desculpa era muito ridícula, e a senhora Kiplinger descobriu que todos estavam mentindo com uma rápida ligação para cada uma das mães. Apesar (ou talvez por causa disso) de todos sofrerem de falta de requinte para inventar subterfúgios, eles instantaneamente se tornaram melhores amigos lá no castigo.

Pinky respondeu antes:

– Ashish agora acha esquisito convidar garotas aqui no refeitório pra sair. – Ela abriu um sorriso maldoso, e ele revirou os olhos.

– Desde quando? – Elijah indagou. – Você convida garotas pra sair na seção de cartões comemorativos do Walmart. Qual é a diferença?

Eles dariam tanta risada que se engasgariam com a própria saliva se Ashish contasse que estava nervoso.

– Nenhuma.

Oliver, o mais empático dos amigos, colocou o braço em volta de Ashish.

– Oun. Conte pro Ollie aqui qual é o problema.

Mas ele não precisou contar nada. Pinky se adiantou, comentando sobre a mensagem de Celia.

– Eu não entendo... – Elijah disse, franzindo as sobrancelhas. – Vocês já tinham terminado, certo? Quando você foi no dormitório dela e descobriu que ela tinha saído com esse tal de Thad. Então o que tá pegando?

– O que tá pegando... – Ashish disse, irritado por seus amigos não entenderem. – É que pensei que esse lance com o tal *Thad* fosse passageiro. Ela disse que não era sério. Que só estava... entediada ou experimentando coisas novas na universidade ou algo assim. A gente ainda estava trocando mensagens. Ainda havia a possibilidade de a gente... – Ele parou de repente, se sentindo o maior perdedor idealista do mundo.

Realmente pensara que eles pudessem voltar em algum momento!? Meu Deus... Ashish não era o jogador de basquete galã de revista masculina que julgara ser; ele era um maldito Teletubbie. E já estava com 17 anos. Só faltava um ano para se tornar oficialmente um adulto que anda por aí distribuindo cartões. Por que não conseguia manter uma namorada?

Oliver, pressentindo seu constrangimento, puxou Ashish mais para perto.

– Estou te falando, Ash, você só precisa se levantar, sacodir a poeira e dar a volta por cima. E pronto. Celia está fazendo isso.

– É, cara – Elijah acrescentou. – Nem precisa ser uma volta completa. Pode ser só uma voltinha.

Pinky olhou para ele e disse:

– Legal.

Elijah fez cara de interrogação; Oliver balançou a cabeça e suspirou. Então Pinky se virou para Ashish:

– Olha, se estiver com medo, posso ir lá falar com ela. Conheço a Dana... meio que conheço. – Ela deu um passinho na direção da garota.

Ashish agarrou seu ombro.

– Não estou com *medo*, pelo amor de Deus.

– Então, vai! – Pinky incentivou, cruzando os braços. – Agora! Você não vai ter uma oportunidade melhor. – Ashish olhou para os burritos com um olhar melancólico, e ela acrescentou: – Vou guardar um lugar pra você na fila.

Ashish arrumou a mochila e discretamente secou as mãos suadas na bermuda.

– Beleza. Seus imbecis. – E saiu caminhando até onde Dana estava sentada com outras líderes de torcida, vestidas de *cropped* e jeans bem justos. Antes de o dia terminar, ela provavelmente acabaria na sala do diretor por causa dessa roupa, mas isso era o máximo nela: Dana não se intimidava.

Ela olhou para Ashish enquanto ele se aproximava e abriu um sorriso. Colocando uma mexa de seu cabelo curto e loiro atrás da orelha, ela se moveu para o lado.

– Ash! Venha se sentar com a gente.

Dana andou flertando abertamente com Ashish nos últimos jogos de basquete, mesmo que ele tivesse virado uma sombra de mão furada de sua antiga versão, o-brilhante-capitão-do-time. Ashish sabia que a garota toparia se ele a convidasse para sair. *Devia* convidá-la. Pinky, Oliver e Elijah estavam certos: só restava a ele seguir em frente. Ele precisava tirar essa coisa de primeiro-encontro-depois-de-Celia do caminho de uma vez. *Aff*, três meses. Já tinha passado da hora.

– Obrigado – Ashish disse, se sentando e sorrindo para as amigas dela, Rebecca e Courtney.

Então ele parou. Seu sorriso murchou. O que estava fazendo ali? Seu coração não estava nem um pouco presente, estava em um continente totalmente diferente. E Ashish se sentiu um completo idiota.

Dana colocou a mão na dele.

– Ei, você está bem? – Seus olhos azuis, tão gentis e honestos, demonstravam preocupação. As amigas dela também se inclinaram para ele.

– Ótimo – Ashish murmurou, no piloto automático. Então foi como se sua boca tivesse sido enfeitiçada por algum sádico bruxo do mal, porque ele acrescentou: – Na verdade, não estou bem. Levei um fora três meses atrás e ontem à noite descobri que a Celia vai oficializar as coisas com um cara cujos pais, ao olhar para o rostinho dele vermelho e enrugado de recém-nascido, disseram "Quer saber? Essa miniatura de humano tem cara de Thad Thibodeaux". *Thad Thibodeaux.* Conheci Thad numa festa uma vez, sabe? Por alguma razão que é só dele, o sujeito gosta de enfatizar cada frase com um joinha. E ela escolheu *ele.* Não eu. Então, o que isso diz sobre mim? Que estou abaixo de Thad "Joinha" Thibodeaux na escada dos caras namoráveis.

E ele continuou:

– Ah, e não vamos esquecer que se a liga de basquete da primavera de Richmond ganhou qualquer jogo nas últimas semanas não foi graças a mim. Foi *apesar* de mim. Tenho desempenhado a mesma função daquele lustre quebrado lá na sala dos alunos. Posso parecer bem, mas sou um inútil. Eu teria mais utilidade servindo Gatorade do que ocupando espaço na quadra. Tenho só 17 anos, e já passei do meu auge.

Uaaauuuuu! Ashish finalmente fechou a boca.

Ele tinha mesmo acabado de falar tudo isso para a maravilhosa Dana e suas amigas? Ashish pensou que deveria estar mais envergonhado, mas será que era possível afundar mais ainda? Veja a evidência A: jogar feito um novato da equipe júnior quando ele deveria ser o capitão prodígio. Ou o apêndice B: ser preterido para o Thad Joinha. Ele já estava no fundo do poço. Não, esquece... Ashish não tinha apenas chegado ao fundo do poço, ele estava deitado em posição fetal naquele fundo mofado, se preparando para tirar uma longa e reconfortante soneca. Ashish Patel estava além da humilhação.

Mas Dana não se afastou rindo de nervoso, como ele esperava. Ela tirou a mão de cima da mão dele e envolveu o braço em seus ombros.

– Oh, pobrezinho – ela cantarolou, meio que o balançando. Ashish notou vagamente os seios dela pressionados contra o seu braço. *Aff, peitos*, ele pensou, e logo em seguida: *Ah, meu Deus, o que foi que Celia fez comigo?*

– Términos são a pior coisa – Rebecca comentou, esticando o braço por cima da mesa para dar batidinhas nele. As contas de suas tranças fizeram barulho. – Sinto muito.

– Ela que saiu perdendo, Ash – Courtney disse, mexendo em seu cabelo encaracolado e ruivo. – Você é um gato.

– Com certeza – Dana falou, soltando-o e segurando seu rosto entre as mãos. – Você é maravilhoso.

Ashish abriu um sorrisinho e passou a mão no cabelo.

– É, eu sei. Mas obrigado. Eu só estou me sentindo tão... estranho.

– É totalmente normal – Dana disse, pousando um beijo em sua bochecha. – Quando estiver pronto pra se vingar, é só me avisar, beleza?

Nossa! A piedade nos olhos dela. Ele era um caso de caridade. Um filhotinho ensopado de chuva. Ashish endireitou a postura e forçou uma risada, que saiu falsa e vazia.

– Ah, eu estou bem. É sério. Preciso voltar pros meus amigos.

Com uma arrogância deliberada, ele se levantou do banco e, se esforçando para fazer a melhor imitação do que as garotas da Escola Richmond chamavam de gingado Ash em Chamas, voltou para seus amigos.

– Então, parece que eu estava errado – Ashish falou para eles, sorrindo alegremente, para o caso de Dana ainda estar olhando para ele. – É possível afundar *ainda* mais. Atravessei o fundo do poço e cheguei na areia movediça abaixo dele.

– Cara, do que é que você tá falando? – Elijah disse.

Oliver sorriu.

– Ela te beijou, cara. Na bochecha, mas ainda assim. É um progresso.

– É. Foi totalmente nojento de ver, mas estou feliz por você – Pinky falou, dando um passo para a frente e pegando seu burrito. – Sério.

– Acreditem em mim, não foi o que pareceu – Ashish disse, se sentindo mal por estourar as bolhinhas otimistas dos amigos.

Depois que todos pegaram suas comidas, eles se acomodaram na mesa de sempre, ao lado da enorme janela com vista para a horta orgânica.

– Então, o que foi que aconteceu? – Pinky perguntou, dando uma grande mordida em seu burrito. – Era pra você ter chamado Dana pra sair.

– Eu tentei – Ashish disse. Um muro concreto e quente de vergonha o atingiu quando ele se lembrou de ter pronunciado as palavras "passei do meu auge" para três garotas incrivelmente gatas. O que diabos foi aquilo? – Acabei falando sobre o pé na bunda que levei da Celia. – Ele contou o resto depressa e baixinho, querendo aliviar o peito, mas também torcendo para que os amigos não o ouvissem. – E acho que também me lamentei sobre o quanto sou péssimo no basquete e me comparei com um lustre quebrado.

Elijah grunhiu, mas Oliver o silenciou com um olhar.

Ashish deu uma mordida agressivamente indiferente em seu burrito de linguiça para mostrar que não ligava de ter passado vergonha na frente das três garotas mais gatas da escola. Era preciso manter *algum* respeito próprio, mesmo que isso fosse uma grande besteira.

O burrito era a especialidade da Escola Richmond: papelão picante. Maravilha.

– Espere um pouco. – Pinky o olhou de um jeito estranho. – Você estava apaixonado pela Celia ou algo assim?

Lentamente, Ashish encarou os amigos.

– Ah. É. E ela não sentia o mesmo, então agora sou só um adolescente chorão de quem a Celia pode rir. – *Ops*. Ele não queria ter falado a última parte. Não era nada legal.

Todos ficaram encarando-o em silêncio, com os olhos arregalados. Estavam chocados por Ashish Patel, o incrível pegador, estar *apaixonado*. E por estar completamente destruído agora. A piedade nas expressões deles era a maldita cereja do bolo, o prêmio especial, como se não fosse o suficiente ele estar se sentindo um completo perdedor.

Ashish empurrou a bandeja e se levantou.

– Querem saber de uma coisa? Eu... vou pra casa. – E rumou direto para a saída do refeitório, sem nem olhar para trás quando seus amigos gritaram seu nome.

Sweetie

Sweetie ficou segurando o frasco de xampu à frente do rosto. Isso lhe ajudava a entrar no estado mental certo. Ali ela não era apenas Sweetie, mas a Superssexy Sweetie. A garota gostava de aliterações, o que podia fazer?

– *R-E-S-P-E-C-T!* – ela gritou.

– *Find out what it means to me!* – Kayla, Suki e Izzy gritaram de volta.

– *R-E-S-P-E-C-T!* – Sweetie cantou novamente.

– *Gimme those Jujubes!* – Izzy cantarolou no mesmo instante em que Kayla:

– *Open sesame!*

Suki também cantarolou:

– *Mayfair, pretty puh-lease!*

Elas pararam de repente, então Kayla disse:

– "*Jujubes*"? Está de brincadeira, Izzy?

– Ah, como se "*Open sesame*" fosse melhor! – Suki retorquiu de seu chuveiro.

– E "*Mayfair*"? – Izzy falou. – Não faz o menor sentido!

– Gente, gente – Sweetie disse. – É "*Take care, TCB*".

– Como? – as três indagaram juntas.

– O que é que isso significa? – Suki perguntou.

– Nada, é isto – Kayla disse. – Se me perguntar...

Sweetie sabia que a discussão poderia ir longe, então só se jogou no verso que proclamava "*Sock it to me*". As outras ficaram quietas, ouvindo.

Os banhos pós-treino eram assim. O resto das garotas da equipe não falava nada; elas gostavam quando Sweetie começava a cantar.

Ela deslizava para baixo do chuveiro, com sua voz robusta e cheia ecoando pelos azulejos feito uma sinfonia de sinos, ricocheteando na torneira prateada reluzente e no chuveiro. Ao terminar, abaixava a cabeça, deixando a água correr sobre si, com os braços erguidos e triunfantes.

Houve aplausos estrondosos, assim como em todas as outras vezes. Sweetie fechou os olhos e sorriu, curtindo o momento, se sentindo incrivelmente confiante e linda.

Quando o último aplauso se dissipou, a garota suspirou, desligou o chuveiro e pegou a toalha.

Na frente do seu armário, Sweetie se secou e vestiu as roupas rapidamente, sem nem saber por que a pressa... Não era como se Kayla, Suki e Izzy fossem julgá-la. Mas a voz de Amma ressoava em sua cabeça: *Cubra suas pernas e seus braços. Você não devia usar regata nem shorts até perder peso.* Se sua mãe tinha opiniões tão fortes sobre regatas, o que Sweetie podia imaginar que ela diria sobre ficar pelada no vestiário feminino?

– Você arrasou, como sempre! – Kayla gritou de seu armário. Sua pele marrom-escura era perfeita, seu abdômen, musculoso, e suas pernas, bem torneadas. Ela não se vestia depressa.

– Obrigada. Você também não foi nada mal. – Sweetie sorriu, tentando afastar os pensamentos ruins.

Ela tinha dado um show na pista, batendo seu próprio recorde na corrida dos mil e seiscentos metros. Deveria estar feliz. *Meu corpo é forte e capaz de fazer tudo o que quero*, ela disse a si mesma, repetindo o mantra que sempre entoava em silêncio depois das conversas "motivacionais" de Amma. *Sou a corredora mais rápida da Escola Piedmont, e a segunda aluna mais rápida do Ensino Médio da Califórnia.*

O que era verdade. Sweetie podia deixar qualquer um comendo poeira. Havia um motivo para o jornal local tê-la chamado de "Papa-Léguas de Piedmont" recentemente (mas foi um erro ler os comentários da matéria – feitos por pessoas que não paravam de fazer variações da mesma pergunta idiota: *Como ela consegue correr com todo esse peso?*). A treinadora sempre dizia que Sweetie podia conseguir uma bolsa de estudos em qualquer universidade, se continuasse assim.

– Ei, olhem só isso! – Suki chamou de seu armário. Ela vestiu uma saia e uma blusinha e estava sentada no banco, inclinada sobre o celular, como de costume, com o cabelo preto e liso molhado.

Elas se amontoaram ao redor da amiga, olhando a foto de um garoto gato usando uniforme de basquete na página de esportes da *Folha de Atherton*, o jornal local.

– Ashish Patel no jogo do fim de semana – Izzy disse, se inclinando. Suas bochechas pálidas estavam vermelhas do banho quente. – Delícia.

– Ouvi falar que ele trouxe mais uma vitória pra Richmond – Kayla comentou. – Ele é o ganso de ouro deles. O treinador Stevens quer roubá-lo.

– Boa sorte pra ele – Izzy zombou. – O pai dele é o CEO da Global Comm. Esse dinheiro nunca viria pra uma escola como Piedmont.

Sweetie deu risada.

– Não somos uma espelunca. Mas, sim, definitivamente não somos uma incubadora da Ivy League como Richmond. – Ela cruzou os braços, franzindo as sobrancelhas enquanto observava a foto de Ashish. – É impressão minha ou vocês também acham que ele parece meio triste?

Kayla, Izzy e Suki apenas a encararam com expressões neutras.

– Por que ele estaria triste? – Kayla disse. – O cara tem tudo.

Talvez no jornal, Sweetie pensou.

– Por quê? Seu sexto sentido está apitando? – Suki perguntou, rindo.

Sweetie sentiu as bochechas esquentando. Sua intuição sobre as pessoas sempre foi perspicaz. Mas Suki achava que isso era uma besteira, que Sweetie só acreditava no que queria acreditar. Quem sabe, talvez, Suki tivesse razão.

– É, vocês devem estar certas. – Colocando a mochila no ombro, Sweetie acrescentou: – Ei, querem tomar café da manhã antes da aula?

Suki guardou o celular e todas ficaram em pé, rindo e conversando sobre como a treinadora estava mais estressada do que o normal, mastigando vorazmente um chiclete. Ela quase se engasgou enquanto gritava com Andrea por não dar 110 por cento do seu potencial.

Sweetie escutava as amigas, mas sua mente ficava voltando para a foto de Ashish Patel na partida de basquete. Por que um garoto como ele estaria tão triste? Sweetie sacudiu a cabeça. *Por que você se importa? Não é como se um dia fosse descobrir.*

Capítulo 2

Ashish

MATAR aula não era incomum para ele. No primeiro ano, Ashish fez uma cópia digital do único atestado que conseguiu para sair do *campus*, e seguiu o imprimindo e o reutilizando desde então. É óbvio que conferir a autenticidade dos atestados para evitar delinquências como a de Ashish não estava no topo da lista de prioridades da Richmond.

Então, o garoto estacionou seu carro esportivo na entrada circular de sua casa e subiu as escadas de mármore.

Assim que sua mãe o viu, ela saiu correndo para colocar a mão na testa dele.

Kya hua? Sardi hai, beta? Bukhar hai? Bolo na, kya hua?

Ashish tentou não se encolher diante da série de perguntas sobre sua saúde. Quando matava aula, ele geralmente a deixava pensar que estava doente, mas hoje estava sem energia para isso.

– Não, Ma. Não estou gripado nem com febre. Eu só... – Eles atravessaram o vestíbulo juntos até a espaçosa sala íntima. Ashish se acomodou na sua poltrona favorita e a mãe se sentou ao lado dele no pufe. Ele inclinou a cabeça para trás e fechou os olhos, suspirando enquanto ela passava os dedos pelo seu cabelo. – Garotas, mãe. Garotas.

Os dedos dela ficaram imóveis por um instante antes de retomar o cafuné. Não era segredo que Ma repudiava veementemente as *badmashi*, "travessuras", como ela chamava, de Ashish. Seu pai tendia a fazer vista grossa, atribuindo a coleção de namoradas do garoto à sua juventude, ou como ele gostava de dizer, ao *javaani* de Ashish. Porém, nos últimos tempos, ele estava se mostrando irritado com todas as mensagens que Ashish andava enviando para Celia, como se pensasse que mesmo o *javaani* devesse ter algum tipo de limite.

O rapaz pensou que seus pais tivessem ficado secretamente aliviados quando as mensagens pararam, talvez entendendo isso como um sinal de que seu caçula estava amadurecendo e se dando conta dos próprios erros. Há. Até parece. Esse seria Rishi, o irmão de Ashish, o filho de ouro. Ashish seria sempre a ovelha desgarrada, o cavalo preterido, o saco de carvão diante dos malditos diamantes de Rishi...

– *Celia ke sath kuch hua?*

– *Haan*. Celia terminou comigo pra valer. – Ashish esperou um pouco para que Ma desfizesse o sorriso que ele sabia que ela estampava no rosto antes de erguer a cabeça para olhá-la. – É uma droga, mãe. Pensei que nosso namoro fosse sério. Tipo, achei que uma hora ela se cansaria de ficar longe de mim e me pediria pra voltar. Quero dizer, como é que uma garota pode não querer *isto*? – Ele fez um gesto vago apontando para si mesmo. Nunca tinha compartilhado tanto sobre sua vida amorosa, mas a expressão de sua mãe desmentia qualquer celebração interna que pudesse estar rolando.

– Mano, Celia te deu um pé na bunda?

Tanto Ashish quanto sua mãe olharam para cima. Ashish resmungou. Ótimo!

– Samir – ele disse, ajeitando a postura e olhando para o garoto indiano na sua frente. – De qual esgoto você saiu?

Ma deu um tapa no joelho de Ashish e se levantou.

– Não seja rude com Samir. Eu convidei tia Deepika e ele.

– Isso. – Samir sorriu e se aproximou, se acomodando no sofá como se fosse o dono dele. Bem, ele frequentava tanto aquela casa que meio que poderia se considerar mesmo o dono dela.

Samir e Ashish mantinham uma relação de amor e ódio desde que tinham 8 anos e a família de Samir se mudara para a vizinhança. Rishi, claro, se deu bem com ele logo de início. Mas a autoconfiança de Samir irritava Ashish. O garoto não praticava esportes e não frequentava a escola (ele era o único indiano que Ashish conhecia que estudava em casa). Como se não fosse o suficiente, ele ainda era completamente sufocado pela mãe superprotetora, cujo único medo era de que algo ruim acontecesse com seu filho. Tia Deepika contava para todo mundo que seu pequeno milagre tinha nascido com uma membrana no rosto, o que aparentemente era um mau presságio e exigia sua atenção constante para afastar o prognóstico ruim. (Ashish pesquisou o que era essa membrana... que erro. Teria pesadelos para sempre.) Ainda assim, apesar de tudo, Samir pensava que era um presente para todos.

Rishi sempre brincava dizendo que os egos de Ashish e Samir não poderiam coexistir nem na mansão em que eles viviam, e talvez fosse verdade. Tudo o que Ashish sabia era que Samir não era alguém em quem confiar seus segredos mais profundos e obscuros. Mas agora era tarde demais.

– Ashish! – tia Deepika disse, atravessando a porta. – Por que não está na escola?

Ashish abriu a boca, mas não falou nada. Até sua habilidade de improvisação – que costumava ser uma de suas melhores qualidades – estava comprometida. Merda!

– Ele teve febre, então o deixei voltar pra casa – sua mãe explicou, dando uma piscadela para o filho quando as visitas não estavam olhando. Ashish fingiu não ver só para salvar os farrapos de seu próprio ego. Ele não precisava ser resgatado, muito menos por sua mãe.

– Febre. Ceeerto. Me conte o que aconteceu de verdade, mano – Samir pediu enquanto tia Deepika e sua mãe seguiam para a cozinha, provavelmente para pegar *chai* e petiscos. – Da última vez, você não parava de se gabar da sua namorada universitária gostosa.

Samir, é claro, não podia namorar. Tia Deepika dizia que as garotas partiriam o frágil coração de seu lindo filho, então, quando ele tivesse idade suficiente (tipo uns 45 anos), ela encontraria uma esposa adequada para o garoto. Nem a história feliz de Rishi e sua perfeita namorada-estudante-de-Stanford, Dimple, conseguiram fazê-la mudar de ideia.

– Estamos separados há três meses. Tipo, já passou – Ashish contou, pegando uma bola decorativa de vidro da tigela na mesa e a jogando de uma mão para a outra. Ele estava fazendo isso para mostrar a Samir que não ligava para o término, mas ao mesmo tempo torcia para que sua mãe continuasse na cozinha, porque ela o mataria se o visse neste momento. Ma era estranhamente apegada a suas bugigangas.

Samir estalou a língua.

– Então acho que é verdade o que mamãe diz. Não se pode confiar nas garotas.

– Que seja, cara – Ashish disse, sentindo o peso da esfera de vidro. – Não sei de mais nada.

– Mas então qual é o problema? É só achar outra garota.

Ashish deu risada.

– Ah, sim. Porque é assim superfácil. Cara, você nunca teve namorada, então, sabe... cala a boca.

As bochechas de Samir ficaram vermelhas e ele desviou o olhar. Ashish se sentiu um pouco – só um *pouquinho* – mal por colocar o dedo na ferida dele.

– E daí? – Samir murmurou. – Já te vi passando por isso várias vezes.

– Justo – Ashish respondeu, porque Samir até que tinha razão. – Acho que não sei... tem algo estranho, cara. – Se esforçando para fazer um tom indiferente, ele acrescentou: – Mas vou sair dessa. Como sempre.

– A não ser que... talvez... – Samir olhou para ele e desviou o olhar depressa. – Deixa pra lá.

– Deixa pra lá o quê? A não ser o quê? – Ashish sentiu uma pontada de curiosidade. Samir nunca engolia as próprias opiniões. Era uma das coisas mais irritantes no garoto.

– É só que... – Samir encolheu um ombro. – Seus pais mandaram bem com Rishi, não é? Arranjando a garota?

Ashish ergueu uma sobrancelha.

– Sim, e daí?

– Tipo, eles podiam arranjar uma garota pra você também.

Ashish ficou encarando Samir por vinte segundos completos antes de cair na gargalhada.

– Cara, está falando sério? Meus *pais*? Eles provavelmente escolheriam alguém tipo... totalmente... – Ele estremeceu e fez uma pausa, tentando pensar numa comparação apropriada. – Certo. Imagine o sanduíche de bacon, alface e tomate mais gostoso que você já comeu.

– Beleza, fácil. É aquele da lanchonete no Rivers.

– Isso, incrível, não é? Agora imagine se eles tirarem o bacon, a alface e os tomates. Ah, e aquele molho picante deles.

A expressão risonha de Samir murchou.

– Daí... eu ficaria só com duas fatias de pão.

– Exatamente. Seria isso na forma de uma garota. Não, obrigado.

Samir balançou a cabeça.

– Mas Dimple não é isso. Você mesmo falou que ela é o *yin* perfeito para o *yang* de Rishi.

– Sim, mas seria totalmente diferente pra mim. Meus pais estão sempre tentando me controlar. Eles me arranjariam a garota mais chata do mundo, pra que ela pudesse me domar ou algo assim. – Ele suspirou. Ouvindo sua mãe e tia Deepika se aproximando da sala, acrescentou depressa: – Ah, e não comente sobre essa coisa do sanduíche com a minha mãe. – Toda a família Patel deveria ser vegetariana. Há. Como se Ashish fosse algum dia abdicar do bacon. Como é que ele poderia viver sem bacon?

– E aí, sobre o que vocês dois estão falando? – tia Deepika perguntou, enquanto a mãe de Ashish colocava a bandeja de *chai* e petiscos toda enfeitada na mesinha de café.

– Garo... – Samir começou, antes que Ashish o interrompesse.

– Escola.

Eles trocaram um olhar; o de Ashish foi fulminante. Samir era aquele tipo de garoto que contaria qualquer coisa para a mãe se não fosse previamente avisado para não fazer isso. O cara não tinha filtros. Já Ashish não, *ele* era cheio de segredos.

– Basquetebol *kaisa chal rahaa hai*, Ashish? – tia Deepika perguntou, tomando um gole de chá. – Vi sua foto no jornal.

– A temporada está indo bem, tia – Ashish respondeu. – Estamos a caminho do estadual.

– Muito bem – ela elogiou, sorrindo para Ashish e sua mãe.

– Acho que eu gostaria de jogar basquete no time da escola – Samir comentou de um jeito melancólico.

– Você já joga no clube – tia Deepika retorquiu.

– Não é a mesma coisa – ele murmurou, mas Ashish achou que a mãe do garoto não tinha ouvido.

– Você podia fazer o último ano na Richmond – Ashish disse, pegando um biscoito.

Samir abriu a boca para responder, mas a mãe dele o interrompeu com uma risada.

– Não, não. Richmond é ótima pra você, Ashish, mas Samir gosta de estudar em casa comigo. *Na, beta?*

– *Haan*, mamãe – Samir concordou, com um olhar meio vazio.

– Cara, você quer fazer umas cestas lá fora? – Às vezes, a presença de tia Deepika fazia *Ashish* se sentir sufocado. Ele não podia nem imaginar como era para Samir.

– Claro.

Eles seguiram para a quadra de basquete em tamanho oficial que seu pai instalara na propriedade quando Ashish estava no primeiro ano, assim que ficou claro que o filho levaria o esporte a sério.

Ashish tirou uma bola do suporte no canto e começou a driblar.

– Então... você sabe que pode falar pra sua mãe que quer jogar na Richmond, não é?

Eles já tinham tido essa conversa várias vezes. Ashish sabia que não era capaz de fazer Samir mudar de ideia de uma hora para outra, mas não conseguia evitar. Samir, por mais irritante que fosse, era um de seus amigos mais antigos.

– Não, mano. Você sabe que eu não posso.

Sim, Ashish sabia. A mãe de Samir tinha sido diagnosticada com câncer de mama sete anos atrás. Ela o vencera duas vezes, mas a doença tinha voltado. Neste momento, o câncer estava em remissão, só que esse lance de superproteção começou quando ela recebeu o diagnóstico pela primeira vez e Samir era bem novo. Agora que estava mais velho, ele se sentia culpado demais para contrariá-la. Eles nunca falavam abertamente sobre isso, mas Ashish interpretava as entrelinhas.

– É, mas... mesmo assim. Cara, é óbvio que você não está feliz com a situação atual.

– Você vai ficar aí tagarelando ou a gente vai jogar?

Ashish estreitou os olhos.

– Está bem.

Eles jogaram por uns trinta minutos e depois Ashish atirou a bola para o lado, limpando o suor da cabeça e molhando Samir.

– Credo, que nojento! – Samir pegou uma toalha e uma garrafa d'água do carrinho que o zelador reabastecia duas vezes por dia. Ashish fez o mesmo, e eles foram até o banco para descansar à sombra de um velho carvalho.

Samir conferiu o relógio.

– Só jogamos por meia hora. É nosso pior tempo.

Virando a garrafa, Ashish deu de ombros, tentando não demonstrar o quanto isso o incomodava. Ele costumava adorar basquete. Não, ele *respirava* basquete. E agora o negócio era tipo... uma bola laranja que você fica batendo no chão sem parar. Pra quê?

– Você não tem jogo esse fim de semana? Devia praticar um pouco mais.

– Vamos jogar contra a Osroff. Não acho que vai ser preciso dar mais do que cinquenta por cento do meu potencial.

– Se você diz.

Ashish deu de ombros de novo, olhando para a piscina coberta ao longe.

– Conheço meus pontos fortes. – Então olhou para Samir e disse: – Pelo menos eu *tenho* pontos fortes.

– *Shhh*. Você só está com inveja do meu belo rostinho angelical.

– Prefiro ter um físico viril e potente que um belo rostinho angelical – Ashish disse.

Eles sempre se provocavam desse jeito, mas desta vez não teve graça nenhuma. Ashish tinha perdido até seu charme provocativo. Maldita Celia. Ela levou embora suas melhores habilidades.

– Você está parecendo um totem de papelão da sua antiga versão, mano – Samir comentou, franzindo o cenho. – Quero dizer, eu não tô nem aí, mas, sério. Se não quiser repelir as pessoas mais do que já faz com seu fedor impiedoso, você devia tomar uma atitude.

Ashish se concentrou em beber sua água. Dava para sentir Samir o encarando de lado.

– Nossa.

– O que foi?

– Não sabia que você estava apaixonado.

Ashish não falou nada. Não havia nada a dizer.

Mais tarde, quando Samir e tia Deepika estavam de saída, o garoto se virou para Ashish e disse:

– Pense naquilo.

– Aquilo o quê?

– Falar com seus pais. – Ashish ficou encarando o amigo com uma expressão vazia, então Samir se inclinou e disse: – Sabe, sobre o arranjo.

Ashish revirou os olhos.

– Esse assunto de novo?

– Que alternativa você tem? Continuar parecendo um zumbi pelo resto do ano? Você acha que vai ser legal?

Ashish abriu a boca para responder, mas não conseguiu formular nada. Se fosse honesto, reconheceria que essa falta de charme era a pior coisa que já sentira na vida. Seu mundo inteiro parecia desordenado, como se não conseguisse se equilibrar. Era uma merda.

Samir deu um soquinho em seu braço.

– Eu acho que não. – E se virou para ir embora.

Ashish voltou para casa e subiu para o quarto depois de dizer à sua mãe que tinha lição de casa para fazer. Pedir para seus pais arranjarem alguém para ele era coisa de Rishi. *Ashish* sempre se virou sozinho com as garotas. Afinal, ele já *nasceu* piscando para a médica gatinha que fizera seu parto. Ele não precisava de ajuda.

Então se lembrou do que aconteceu de manhã com Dana Patterson e sentiu uma espécie de contorção por dentro que ele sabia que se expandiria, fazendo suas bochechas corarem e suas axilas suarem de humilhação se não afastasse essa lembrança imediatamente, o que ele fez. Ashish já tinha tanto dado quanto levado pés na bunda, mas nunca se sentiu mal com isso, tampouco fez as garotas se sentiram mal. Todas as suas relações tinham sido superficiais, só uma forma de passar um tempo com alguém. Até Celia, claro. Com quem as coisas tinham terminado tão bem. Só que não.

Resmungando, ele se deitou na cama e cobriu o rosto com o travesseiro. Ashish sabia a verdade, só não queria encará-la. Talvez não precisasse de ajuda antes. Mas, neste momento, ele estava totalmente ferrado, e uma ajudinha cairia bem. Quem sabe até mais que uma ajudinha. Talvez namorar fosse igual a jogar basquete. Se a estratégia não estava funcionando, era hora de tentar algo novo.

Ainda assim... pedir a seus *pais*? Isso era totalmente bizarro e estava fora de cogitação, certo? Ashish tirou o travesseiro do rosto e ficou encarando o teto. Sim. Absolutamente fora de cogitação.

Capítulo 3

Sweetie

SWEETIE sentiu um peso se instalando dentro de si enquanto seu carro se aproximava de casa. Ela foi afastando o pé do acelerador automaticamente e aumentou o som, que tocava "This Is Me", de Kesha, uma de suas músicas favoritas, pois sempre a fazia se sentir um pouco mais forte. Entrou na garagem assim que a música acabou. Colocando um sorriso no rosto para encarar a mãe, ela abriu a porta.

Amma ergueu o rosto do fogão. Estava preparando algo que exalava o aroma do paraíso: cardamomo, coco e açúcar. Ela não tinha emprego formal, mas mantinha as lojas indianas e as padarias dentro de um raio de oitenta quilômetros abastecidas com seus doces deliciosos. Amma poderia ser uma mulher de negócios bastante séria se quisesse; mas não tinha escolhido isso. Ela sempre dizia que seu trabalho em período integral era ser a mãe de Sweetie. (Mas seu amor pela confeitaria claramente tinha inspirado o nome de sua filha única.)

– Oi, *mol*!

– Está cheirando tão bem, Amma. – Sweetie se aproximou, enfiou um dedo na panela e o lambeu no mesmo instante, antes que se queimasse. – *Hummm*.

Amma afastou seu braço.

– Nada de doce pra você.

Sweetie suspirou.

– Amma...

– Vá para o quintal.

– Posso pelo menos beliscar alguma coisa? – Diante da sobrancelha arqueada da mãe, ela acrescentou depressa: – Uma maçã.

– Não, nada de beliscar. Primeiro, corrida. Comida depois. – Amma brandiu a espátula contra a filha. Suspirando, Sweetie foi para o quintal.

A ultrajante obrigação de ter que dar voltas no quintal todos os dias após a escola não tinha esmorecido nem um pouco ao longo dos últimos três anos. Era assim desde o primeiro ano, quando Amma decidiu que havia uma relação entre o peso de Sweetie e seu nível de atividade física. O fato de a filha estar na equipe de corrida não significava nada; Amma estava convencida de que Sweetie relaxava nos treinos. Claro, a mãe pesava menos de 45 quilos, o que devia alimentar sua fé sincera de que, se a filha se esforçasse mais, poderia ser tão magra quanto ela. O fato de Sweetie ter puxado Achchan e o resto de sua família era totalmente ignorado por Amma.

Enquanto corria, Sweetie costumava pensar que o estranho era que a mãe também não estava satisfeita com a própria aparência. Amma tinha o hábito de apertar a pele do quadril, reclamando da gordura ou lamentando estar ganhando peso "por causa da idade". Se comesse mais que uma porçãozinha de nada no jantar, ela declarava que teria que comer só *kanji* no dia seguinte – um mingau de arroz supernojento e sem graça que ela fazia Sweetie comer quando tinha algum problema no estômago. Mas Amma não parecia perceber a contradição entre suas ações e suas palavras. Estava convencida de que a filha seria magicamente feliz quando perdesse peso.

Depois das dez voltas obrigatórias, Sweetie entrou em casa e pegou uma maçã na fruteira.

– Superei meu recorde na corrida de mil e seiscentos metros, Amma. É o melhor tempo da equipe também.

Amma sorriu para ela, transferindo a mistura para uma panela.

– Que ótimo, *mol*. Imagine quão rápida você vai ser quando emagrecer.

Sweetie, que estava levando a maçã à boca, congelou. Seu cérebro reagiu do jeito perfeito: *Mas eu já estou batendo meu próprio recorde e o de todo mundo*, ele lhe disse. *Tipo, não existe literalmente ninguém mais rápido do que eu.*

Só que não importava quão confiante ela se sentia com suas habilidades de atleta fodona, toda essa confiança evaporava sob o escrutínio do olhar de sua mãe.

– Todo mundo sabe – Amma continuou, diante do seu silêncio – que quanto mais magra, mais saudável você é.

Sweetie mordeu a maçã, engolindo todas as coisas que queria dizer: Que tinha baixado artigos em páginas de universidades dizendo que o que você vê na balança não reflete necessariamente o que está acontecendo dentro de você. Que toda essa ladainha de "Estamos preocupados com a sua *saúde*" foi perpetuada por uma sociedade superficial e medrosa demais para reconhecer o valor de alguém de uma forma que vá além do tamanho das roupas que ela veste, mas que é "educada" demais para dizer isso em palavras.

Como seria se ela só desencanasse? Se finalmente abrisse o jogo com sua mãe e lhe contasse como se sentia? Sweetie imaginava que seria como o ar mais doce e fresco da brisa primaveril, mas não dava para saber. As palavras sempre sumiam antes que tivesse a chance de expô-las à luz e ao vento.

– Vou à feira dos produtores esse fim de semana – Amma contou, lavando as mãos na pia. – Quer vir?

Sweetie pigarreou e por fim quebrou o silêncio:

– Claro.

Ela sempre ajudava a mãe a vender suas guloseimas na feira dos produtores. Amma e algumas outras amigas indianas tinham barracas com todo tipo de produto. O pretexto era o de que era bom ter um pouco de dinheiro no bolso, mas a verdade era que se tratava mais de uma oportunidade de socializar (ou seja, de fofocar). Sweetie gostava de ficar sentada sob o sol, ouvindo a conversa delas num inglês rápido e carregado de sotaque.

– Aliás, Amma, o que você sabe sobre a família de Ashish Patel? Sabe, a estrela do basquete da Richmond?

Amma olhou para a filha por cima dos óculos, tirando o avental e se sentando na mesa com uma xícara de *chai*. Sweetie se juntou à mãe com uma maçã e uma xícara também.

– Por quê?

Sweetie deu de ombros.

– Eu só... vi uma foto dele no jornal. E queria saber se você conhecia a família.

– Eles são muito importantes. Kartik Patel é o CEO da Global Comm, e o filho mais velho dele, Rishi, deve se casar com uma garota de Stanford, Dimple Shah. Não sei muito sobre o caçula, mas ele parece estar a caminho de entrar em uma boa universidade. Tia Tina diz que ele é muito bonito.

Claro. Tia Tina andava com um sistema de avaliação das garotas *desi* mais bonitas e dos garotos *desi* mais bonitos ativado em sua cabeça o tempo todo. Ela era tipo uma versão ambulante e indiana da revista *People*. Obviamente, Sweetie não fazia parte dessa lista. A garota devia estar em algum tipo de antilista, conhecendo a tia: "Dez feministas gordas *desi* para manter longe de seus garotos antes que eles virem gays" ou "Cinco garotas cujos corpos não combinam com seus lindos rostos – CUIDADO". Para tia Tina, o peso de Sweetie era tanto escandaloso quanto ofensivo.

Amma lhe mostrou a revista que estava lendo.

– Você podia usar isto no seu aniversário, *mol*.

Era um *salwar kameez* volumoso e um tanto disforme, feito com um tecido grosso de brocado prateado. Sweetie tinha certeza de ter visto a mãe de uma celebridade com ele em uma das revistas de fofocas de Bollywood de tia Tina.

– Hum, é, acho que sim...

Baixando a maçã, Sweetie pegou um catálogo que estava na pilha no centro da mesa. Ela começou a folheá-lo; suas mãos suadas grudavam nas páginas e seus movimentos pareciam artificiais e estranhos. Amma de certo perceberia que havia algo errado. Enxugando as mãos na blusa, Sweetie discretamente respirou fundo algumas vezes. *Coragem, Sweetie*, ela disse a si mesma. *O que Aretha Franklin faria?* Ela atiraria o catálogo em Amma e exigiria R-E-S-P-E-I-T-O, é isso. Sweetie foi até a página dobrada e ficou olhando para a foto por uns bons dez segundos, se preparando.

– Na verdade, Amma... – Sua voz saiu esganiçada. Droga! Ela pigarreou e tentou mais uma vez. – Eu estava, hum, meio que pensando em algo assim. – Ela deslizou o catálogo na mesa com os olhos fixos na página, sem olhar para a mãe.

Amma pegou o catálogo e ficou estudando a proposta com uma expressão neutra. Sweetie podia ver a imagem nos olhos dela: um vestido Anarkali feito do mais lindo crepe georgete verde-esmeralda, com um caimento longo e fluido, de comprimento médio, expondo só um pouco da calça dourada por baixo. Mas foi a parte de cima que chamou a atenção e ganhou o coração de Sweetie: decote *halter* e costas nuas. E o melhor de tudo? Estava disponível em tamanhos grandes.

Sweetie sabia que Amma não tinha nada contra roupas com decote *halter*, como algumas mães indianas. No último Diwali, a filha de tia Tina, Sheena, apareceu usando uma dessas, e Amma até a elogiara. Claro, Sheena vestia tamanho 36. Aí estava o problema.

– É tão lindo... – Sweetie se apressou em dizer enquanto sua mãe continuava olhando a foto em silêncio. Seu coração ribombando no peito quase abafou suas palavras. – E acho que essa cor combinaria com meus olhos. Você sempre diz que eles são castanho-claros, a não ser que eu vista algo verde e eles pareçam verdes. Além disso, o vestido já vem pronto, então você não teria que levar pra...

– *Mati*. Chega. Você não pode usar isso. – Amma colocou o catálogo na pilha sem nem olhar para Sweetie.

– Mas...

– Não. As pessoas vão dar risada.

Sweetie engoliu o nó na garganta. Claro que Amma estava com vergonha. Como não estaria? Sweetie não usava tamanho 36 e, pelo que parecia, isso significava que ela era indigna, que deveria se esconder. Sweetie sentiu a queimação amarga da mágoa.

– E daí? – ela disse sem pensar. – Quem se importa?

Amma olhou para ela com uma expressão severa.
– Eu. Eu me importo. E você também deveria.
Sweetie ficou encarando-a, sentindo aquela velha pressão e o peso da decepção.
– Certo. Tudo bem, então. Não vou usar isso. Não ia querer que você nem Achchan passassem vergonha por minha causa – ela falou e se levantou.
– Sweetie, não é... Quero dizer, não estou preocupada com... – Amma disse, mas quando Sweetie parou para ouvir, ela se interrompeu e balançou a cabeça. – Não é nada. Não tenho nada pra falar.
Sweetie assentiu e se virou para ir para o quarto.
– Que surpresa – murmurou entredentes, com os olhos cheios de lágrimas.

Ashish

– O *chef* realmente se superou desta vez – Pappa falou, inclinando-se para trás e arrotando baixinho. – Aquele *kulfi* estava de outro mundo. Nunca provei nada que chegasse perto... – Então, vendo a expressão de Ma, ele acrescentou depressa: – Claro que não chegou aos pés do seu, Sunita!
Ma deu risada.
– Tudo bem, Kartikji. Depois de vinte anos de casamento, acho que posso lidar com um pouquinho de competição. Além disso, se o *chef* liberar minhas noites e eu não tiver mais que cozinhar, serei uma mulher feliz!
Ela se virou para sorrir para Ashish, que demorou um pouco para devolver o sorriso. Então a expressão dela murchou.
– *Thik ho, beta?*
– Estou bem – Ashish respondeu. E se obrigou a dar uma mordida na sobremesa: – Nossa, este *kulfi* está delicioso mesmo, Pappa.
O silêncio se instalou ao redor da mesa, quebrado apenas pela colher de Ashish raspando a pequena tigela de cerâmica com *matka*,

sorvete indiano. Ashish olhou para os pais, que o observavam preocupados. As sobrancelhas grossas de Pappa estavam tão baixas que o garoto mal conseguia ver seus olhos. Nossa! Por mais que Rishi fosse um pé no saco, pelo menos era mais alguém com quem seus pais podiam dividir a atenção. Desde que ele fora para a universidade, parecia que 149 por cento da atenção deles estava focada em Ashish, feito *lasers* ininterruptos.

Ma lançou a Pappa um olhar sério. Por que é que os pais acham que seus filhos não notam esse tipo de coisa? Ashish podia praticamente tocar o balão de pensamento que ela estava transmitindo para ele dizendo: *FALE COM SEU FILHO.*

– O que foi, *beta*? – Pappa perguntou. – Ma me disse que você está tendo... problemas? Problemas *ladki vaali*?

Ah, meu Deus! O fato de Pappa ter acabado de dizer "problemas envolvendo garotas" não era um bom presságio. Ele provavelmente estava se preparando para conversar sobre relacionamentos. Pappa diria mais uma vez que isto era a sua juventude, ou *javaani*, falando, e que na hora certa ele encontraria a indiana perfeita para Ashish, assim como tinha feito com Rishi. Que ele não precisava levar nada muito a sério. Que deveria apenas viver sua vida. Como se a dor que Ashish estava sentindo não fosse nada além de uma dor de estômago, nada que um copo gelado de *jal-jeera* não resolvesse. (Beleza, a bebida de cominho era deliciosa, mas tinha cheiro de peido e ninguém nunca falava nada. Enfim.)

– Sabe, Ashish, você ainda é novo. E devemos aproveitar nossa *javaani* para cometer certos erros. Não seja tão sério, *beta*! – Como se fosse uma deixa, Pappa deu risada com vontade. Ashish tinha quase certeza de que ele tinha rido exatamente desse jeito durante a última conversa sobre relacionamentos. Será que tinha um roteiro escondido em algum lugar? – Quando for a hora, Ma e eu vamos tomar a decisão por você. E aí você verá a diferença! – Ele e Ma sorriram um para o outro.

Ashish olhou para eles por cima de sua *matka kulfi*. Tão presunçoso. Oh, tão presunçoso.

– Ah, é? E qual é a diferença?

Pappa levantou a sobrancelha como quem diz "Sério? Está perguntado sério?", e começou a enumerar com os dedos.

– Crystal. Heather. Yvette. Gretchen. E Celia. – Então, ergueu o indicador da outra mão. – Dimple. Entendeu a diferença?

Ma pigarreou e olhou para Pappa.

– O que Pappa está tentando dizer, *beta* – ela falou com seu jeito gentil –, é que temos anos e anos de experiência de vida, e você, não. Então, é claro que vai cometer erros. E ser... precipitado, sabe? Por isso está assim.

Ashish sabia que a mãe estava tentando ajudar. Mas isso só o irritava ainda mais. Seus pais só sabiam dizer que isto era um erro. Ficavam insinuando que o filho era apenas um garoto bobo, enquanto eles, com sua sabedoria infinita, jamais cometeriam os mesmos erros que Ashish. Tipo, parecia que no instante em que escolhessem uma garota para ele, o próprio Cupido desceria das nuvens e amarraria Ashish e a garota em vínculo eterno.

– Então está dizendo que você nunca cometeria erro algum? Qualquer garota que encontrar vai ser indiscutivelmente perfeita?

– Claro que é isso que estou dizendo! – Pappa falou ao mesmo tempo que Ma:

– Não é exatamente assim, mas...

Eles sorriram um para o outro e deram de ombros, como se dissessem "Bem, se quiser colocar nesses termos, não vamos te impedir...".

Ashish afastou seu *matka kulfi*. A voz de Samir começou a martelar em seus ouvidos. E algo, provavelmente seu instinto de sobrevivência, o mandou ignorar. *Vá embora, Ash, cara*, a voz disse. *Vá embora logo enquanto ainda pode. Antes que cometa um erro gigantesco*. Mas Ashish não estava a fim de ouvir. Ele só queria provar que Ma e Pappa estavam errados.

– Beleza, então. Podem ir em frente.

Ma e Pappa se recostaram na cadeira e o encararam.

– Com é que é? – Pappa perguntou.

– Arranjem uma garota para mim que vocês consideram boa. Rishi não era tão mais velho que eu quando encontraram Dimple pra ele.

– Sim, mas ele já tinha terminado a escola – Ma disse. – Agora você deve se concentrar nos estudos e no basquete...

– Ma, eu nunca me concentro nos estudos, e o basquete também vai ser parte da minha vida universitária. – Ashish encolheu os ombros. – A não ser que vocês queiram que eu chame Dana Patterson, a líder de torcida, pra sair. – Como se ele fosse capaz de fazer isso, na condição lamentável em que se encontrava. Mas seus pais não sabiam disso.

Ma arregalou os olhos e se virou para Pappa, fazendo gestos desesperados que Ashish imaginou que não era para ele ver.

– Então, você está dizendo que... vai namorar alguém que a gente escolher pra você? – Pappa indagou. – Só pra ter certeza.

– Sim, exatamente. Sei que sou novo demais pra que isso seja um casamento arranjado ou algo assim, mas é a mesma coisa com o Rishi, não é? Tipo, ele e Dimple provavelmente não vão se casar antes de ela terminar a universidade. Só que *se* eu não me der bem com essa garota, vocês têm que me prometer que nunca mais vão conversar comigo sobre relacionamentos. Enquanto a gente viver.

Ma e Pappa se olharam, e depois se voltaram para ele. Ambos estavam sorrindo.

– Certo – Ma disse, com a voz transbordando de animação. – Mas você vai perder, *beta*.

Pappa assentiu, sério.

– Vai perder feio – ele disse com seu sotaque forte, e Ashish não conseguiu evitar uma risada.

Capítulo 4

Ashish

– **ME PASSA** a tinta pink. Quero essa porque este cartaz vai ser muito pink – Pinky disse, esticando o braço para Elijah.

– Fala "pink" de novo – ele pediu, entregando-lhe a tinta.

– Pink – ela respondeu automaticamente, começando a pintar as letras em seu cartaz. Seu cabelo era um amontoado multicolorido em sua cabeça, e mechas verdes, roxas e azuis que estavam soltas se agitavam levemente na brisa.

Ashish olhou para o cartaz. Vários cartazes estavam esparramados no jardim do quintal, protegidos pelas árvores.

– Então, contra o que será esse protesto mesmo?

– Estão construindo aquela seção do parque Bennington onde passa o lago Bennington. O plano deles é drenar o lago. – Ela se voltou para os amigos com os olhos castanhos arregalados de indignação. Seu *piercing* no nariz reluziu à luz do sol.

Eles a encararam de volta com expressões vazias.

– E daí? – Elijah finalmente perguntou.

– Hum, é onde os ursos moram. Sem falar em toda a fauna e a flora que vão assassinar só pra construir outro parquinho ou coisa do tipo. É inadmissível. – Ela voltou a apunhalar o cartaz com o pincel.

– Certo, certo, inadmissível – Ashish disse, coçando a nuca.

E pensar que ele já quis sair com Pinky em um determinado ponto da sua vida... Felizmente, antes que algo acontecesse, ambos perceberam que eram como irmãos e que não daria certo, mas nossa... Ele tinha se livrado por pouco. Ela provavelmente o faria assinar alguma petição toda vez que dessem um amasso ou algo assim. Na verdade, seu entusiasmo até que era engraçado, porque os pais da garota eram as pessoas mais conservadoras e certinhas que ele conhecia. Sério. Eles faziam Rishi, o tradicionalista seguidor de regras, parecer um *hippie* de alguma comunidade alternativa.

Elijah e Oliver se olharam, deram de ombros e voltaram a ajudá-la a pintar o cartaz com a frase: ESTE É O PARQUINHO DA NATUREZA, NÃO O SEU!!! Oliver desenhou uma família de ursos bravos no canto. (Ashish não sabia que ursos podiam parecer bravos. Oliver foi bastante criativo.) Eles estavam acostumados com o jeitinho de Pinky. Na Educação Infantil, ela organizou uma manifestação para reivindicar mais tempo para contação de história. Funcionou bem, até que o recreio chegou e a maioria das crianças perdeu o interesse.

– Então o que vocês, juventude insatisfeita, vão fazer hoje? – Pinky perguntou, dando uma pausa na pintura para olhar para eles. – Já que estão ocupados demais pra me acompanhar no protesto.

– E. e eu vamos comemorar nosso aniversário de dois anos e dois meses – Oliver disse, se inclinando para Elijah para lhe dar um beijo por cima do cartaz.

– Cuidado pra não borrar o urso! – Pinky gritou, afastando-os.

– Safadinhos – Ashish disse.

Oliver ergueu uma sobrancelha para ele.

– Acho que faz séculos que você não fica com ninguém.

– O amor é pros perdedores – Ashish falou. – Sem querer ofender.

– Por falar nisso – uma voz feminina disse atrás deles –, Ashish *beta*, posso falar com você?

Ashish se virou e se deparou com Ma vestida com uma blusa leve de seda e calça, com óculos de sol na cabeça. Ele sorriu e seu coração amoleceu. Algo nela irradiava gentileza e bondade, e, apesar de seu mau humor, Ashish não conseguia não ser afetado. Ele não era como Rishi, o filho devoto, mas ainda assim.

– Claro, Ma.

– Oi, senhora P.! – Pinky a cumprimentou, sem levantar a cabeça. – Não quer ir comigo ao protesto em Bennington?

– Hoje não, *beta* – Ma respondeu. – Mas se passar na cozinha antes de sair, o *chef* pode providenciar uma cesta de piquenique pra você. – Ela sempre tratava Pinky bem.

– Uau, obrigada, senhora P. – Pinky disse, sorrindo.

– E para o encontro de vocês também – ela acrescentou, abrindo um sorriso radiante e maternal para Oliver e Elijah. – Não pude evitar de ouvir... parabéns! – Para ela, eles formavam o casal mais fofo do mundo.

– Valeu! – Oliver e Elijah responderam juntos.

Ela saiu caminhando e Ashish a seguiu, percebendo que, se tinha ouvido Oliver e Elijah, ela também tinha ouvido seu comentário. Suas bochechas ficaram vermelhas. Ashish podia até ser rebelde, mas não era descarado. Não queria que seus pais soubessem que sua mente estava pensando merda 98,9 por cento do tempo. Era divertido, mas mesmo assim. Era sua *mãe*.

Ela se virou e – graças a Deus – não mencionou nada.

– Quero te falar que, quando eu marcar o encontro com essa garota, não quero que você apronte nada. Pense que é a minha reputação e a reputação de Pappa que estão em jogo, e não só a sua, Ashish. Sem falar na reputação de Sweetie Nair na comunidade *desi*. Vidya e Soman Nair não vão querer ter problemas.

Ele ficou encarando-a por um momento sem entender.

– Espere, espere. – Ele reparou no salto alto, no batom vermelho e na bolsa de sair que custava mais de dez mil dólares (ele tinha visto o recibo no balcão quando ela a comprara no começo do ano). – Está indo falar com os pais dela *agora*?

Ma deu risada.

– Claro que não!

Ashish relaxou.

– Ah, certo, porque eu...

– Só vou falar com a mãe dela. E se tudo correr bem, *então* vou com Pappa conversar com os pais dela.

O sorriso de Ashish murchou um pouco. Ele sentiu sua expressão derretendo.

– Hum, e agora?

– A mãe dela vende docinhos na feira dos produtores todo fim de semana! Na verdade, já até compramos alguns no mercado indiano da Person. Lembro que você adorou o *gulab jamun*. – Ela fez uma pausa. – Ou será que foi Rishi?

– Ma, por favor, foco.

Ela olhou para Ashish, mas não pareceu particularmente preocupada com o pânico que ele tinha certeza de estar em seus olhos.

– Você está indo agora? Pensei que tivesse um tempinho antes de você e Pappa darem uma de Cupido.

Ma pegou seu queixo entre as mãos. Ela quase tinha que arrumar uma escada para alcançá-lo, mas deu um jeito. O salto ajudou.

– *Beta, pareshaan kyon ho rahe ho?*

Ashish suspirou.

– Estou preocupado porque vocês estão correndo pra acertar isso e eu meio que disse o que disse por impulso. Tipo, não foi nem ideia minha. Samir que falou que eu devia me aconselhar com você e Pappa, e eu estava irritado, e agora... – Ele respirou fundo. – Está acontecendo rápido demais.

Ma apertou seu braço.

– Você quer que eu espere?

– Sim.

– Pelo quê?

Ele olhou para ela. Hum. O que Ashish estava esperando mesmo? Ah, ele tinha perdido o charme. Mas será que se ficasse esperando, a coisa ia só voltar como num passe de mágica? Será que ele ia voltar a jogar basquete com a mesma energia e o mesmo entusiasmo de antes, como se tivesse virado uma chavinha? Conseguiria pegar Dana Patterson entre os braços e convidá-la para sair? Há. Se fosse sincero consigo mesmo, admitiria que o único motivo para querer esperar era que... ele estava com medo.

Ashish estava com medo porque a única garota que ele amou de verdade tinha lhe dado um pé na bunda sem nem pensar duas vezes. Estava apavorado porque aos 17 anos já tinha tido uma dúzia de relacionamentos e mesmo assim ninguém tinha aberto o coração para ele totalmente. Estava começando a acreditar que talvez fosse incapaz de ser amado num nível profundo e fundamental. Só de pensar, ele se tremia todo.

Ah, meu Deus. Ele, Ashish Patel, tinha se tornado um enorme covarde.

A voz de Ma o arrancou do abismo de seu horror:

– Você vai namorar alguém uma hora, certo?

Ele assentiu, sem conseguir encontrar a própria a voz.

– Então por que não namora a garota que Pappa e eu escolhermos pra você? Por que não vê como as coisas se desenrolam? O que tem a perder?

Ashish fixou o olhar nos olhos firmes, calmos e bondosos da mãe e percebeu que não tinha nada a perder mesmo. Se ele queria enfrentar essa coisa de falta de charme, de amor e de covardia, esta era a sua chance.

– Tudo bem. – Ele ajeitou a postura. – Você está certa.

Ma deu risada, ajustando a bolsa no ombro e se virando.

– Sempre estou certa, *beta*. Quando vai aprender?

Sweetie

Aff. Por que é que estava tão quente em abril? Maldita mudança climática! Sweetie se abanava com uma pilha de panfletos de divulgação do trabalho de Amma. Tudo o que ela precisava era de tia Tina a vendo nesse estado, suando feito uma porca. Esse era outro ponto na lista proibida dela: garotas que suam. Aparentemente, tia Tina e Sheena só "orvalhavam", o que era muito mais feminino e atraente do que os banhos de sal que Sweetie costumava ter. Claro, Sheena não fazia nada além de ficar deitada numa boia de piscina, o que explicava tudo.

– Clientes! – Amma anunciou, ajeitando a postura e colocando a revista de lado.

Sweetie arrumou os panfletos cuidadosamente na mesa e organizou os potes e as caixas de doces. Ela enfeitou a banquinha com ramos de mosquitinhos do jardim da própria casa, que Amma adorava. Talvez da próxima vez comprasse umas telas de aniagem para deixar as caixas com um visual *vintage*.

– Oi! – Amma disse para o jovem casal branco de trinta e poucos anos que havia parado para olhar os doces, uma mulher de rosto doce e levemente arredondado e um homem que parecia passar os fins de semana pedalando e bebendo aquela bebida horrível, verde e lodosa que todos os malucos por saúde veneravam em todos os lugares. – Vocês querem experimentar?

– Sim! Meu marido e eu somos completamente loucos por comida indiana – a mulher disse, pegando um *peda*. Ela o enfiou na boca e fechou os olhos. – Ah, meu Deus, isto é tão bom! – Ela bateu com o ombro no marido. – Experimente um, Daniel.

Ele riu e pegou um, relutante.

– Ah, cara. Vou ter que malhar o fim de semana todo, mas tudo bem. – Ele teve basicamente a mesma reação que a esposa e caiu de amores pelas guloseimas de Amma, o que não surpreendeu Sweetie nem um pouco. – Tão, tão bom.

– E aí, vamos pegar uma caixa? – a mulher perguntou, já escolhendo a maior.

– Com certeza. – Daniel sorriu para Sweetie e depois para Amma. – Sua filha parece gostar dos seus doces, o que é o maior elogio que uma confeiteira pode querer, certo? – A esposa deu risada.

Sweetie congelou e não ousou nem olhar para a mãe, que também estava imóvel a seu lado. Daniel continuou sorrindo para elas, todo orgulhoso e alheio ao desconforto causado pelo que ele imaginou, Sweetie tinha certeza, ser um ótimo elogio. Isto era o pior de tudo: quando as pessoas tentavam ser legais ou prestativas ou gentis e de algum jeito só acabavam fazendo com que ela se sentisse péssima. Era assim quando ouvia aquela frase horrenda "Ela tem um rosto tão lindo", que sugeria que se Sweetie não fosse tão gorda, as outras pessoas apreciariam mais a sua beleza. Esse homem pensou que estava elogiando o trabalho da mãe dela, mas... não. Tudo o que Daniel conseguiu foi chamar a atenção para o fato de que ele achou que não tinha problema sugerir que Sweetie era gorda porque obviamente se entupia com as guloseimas preparadas pela mãe.

– Certo, só uma caixa? – Amma perguntou, quebrando o feitiço terrível.

– Por agora – a mulher disse, rindo. – Porque sei que vamos voltar pra pegar mais.

Quando o casal foi embora, Sweetie se sentou, ainda se recusando a olhar para Amma.

– Onde tia Tina está?

Amma fez uma pausa breve diante da mudança de assunto e respondeu:

– Foi com a filha olhar as barracas. Sheena está querendo usar um vestido retrô no baile, e queria achar o colar perfeito.

Pelo menos elas não estavam ali. Tina e Sheena (eca, só de dizer mentalmente o nome delas Sweetie se irritava) teriam saboreado o que acabara de acontecer. Para falar a verdade, sempre tinha alguém fazendo algum comentário sobre o corpo de Sweetie, então elas sempre tinham oportunidade de se gabar e de se sentir superiores. Sweetie contava suas vitórias quando podia.

– Aquele cara era um imbecil, Sweetie – Amma disse.

Sweetie se virou para ela, mas a mãe estava ocupada arrumando as caixas. Seu corpo magro estava envolto em um brilhante *salwar kameez* azul e seu cabelo estava preso em um rabo de cavalo frouxo.

– Sim, mas ele só disse o que todo mundo pensa. Todo mundo que passa por essa barraca provavelmente acha que eu devia parar de comer os seus doces. Então acho que são todos uns imbecis.

Amma se voltou para ela com olhos cintilantes.

– Eles *são* todos imbecis. As pessoas são imbecis e insensíveis. E é por isso que quero que você emagreça. Para não ter que lidar com esses comentários.

Sweetie balançou a cabeça. Seu cérebro estava fervilhando com o que ela diria se fosse mais corajosa, se não tivesse medo de deixar

Amma ouvir sua verdadeira voz: *Esse é o problema, Amma. Não quero mudar só para calar os outros. Não acho que eu* possa *mudar e de repente ficar igual a você, mas esse não é o ponto. O ponto é que eu não* quero. *Gosto de quem eu sou. Só queria que você enxergasse isso.*

– Olá!

Elas se viraram e se depararam com uma indiana elegante da idade de Amma, vestida com uma roupa de seda que parecia muito cara. Seus óculos de sol da Gucci escondiam seus olhos, mas a mulher os ergueu e sorriu. Seus olhos cor de mel escuro faziam Sweetie pensar em dias quentes e chuvosos de verão. Eles transmitiam conforto e acolhimento.

– Olá – Amma respondeu, acenando com a cabeça. – Quer provar um docinho?

– Eu adoraria! – A mulher esticou o braço e pegou um *kaju burfi*. – Hummm, que delícia! Sabe, a gente compra suas guloseimas todo mês no mercado indiano. E para o Diwali, é claro! – Ainda sorrindo, ela limpou as mãos uma na outra e as pressionou juntas. – *Namastê*, Vidya. Meu nome é Sunita Patel. Não sei se você se lembra de mim, mas nos conhecemos no aniversário de uma amiga em comum no ano passado, Tina Subramanian.

– Ah, sim, claro! – Amma também juntou as mãos, assim como Sweetie. – *Namaskaram*. Esta é minha filha, Sweetie.

Sweetie sorriu.

– Oi, tia.

– Sweetie. – Tia Sunita a olhou carinhosamente. – Você estuda na Piedmont, não? Vi você no jornal com seus recordes na corrida. E é claro que seus pais não pararam de falar sobre você na festa do ano passado.

– Obrigada, tia – Sweetie disse. *Por favor, não me pergunte como é que eu consigo correr, por favor, não me pergunte como é que eu consigo correr, por favor, não me pergunte como é...*

– Então... – Sunita disse, olhando a mesa. – Vou querer... tudo.

Elas ficaram olhando para Sunita, depois se olharam e depois tornaram a olhar para ela.

– Tudo? Tem certeza? – Amma perguntou.

Tia Sunita deu risada.

– Acreditem em mim, tenho um filho adolescente em casa e outro que está sempre por lá.

Enquanto Amma pegava o troco para os quinhentos dólares de tia Sunita (sério, quem é que anda com tanto dinheiro por aí?), ela questionou:

– Então, agora que levei todos os seus docinhos, o que vocês vão fazer?

– Ah, talvez ir pra casa pra preparar o almoço! – Amma respondeu, também dando risada. – Sabe como são esses adolescentes. É preciso começar a cozinhar cedo, ou eles ficam resmungando e reclamando!

Sweetie olhou para Amma – ela não achava que resmungava e reclamava *tanto* assim –, mas Amma não percebeu.

Tia Sunita deu uma risadinha, e de algum jeito Sweetie teve a impressão de que ela não passava muito tempo com a barriga no fogão.

– Bem, se vocês toparem, eu adoraria levá-las para almoçar no Taj. Por minha conta!

– Oh. – Amma olhou para Sweetie toda animada, com as sobrancelhas erguidas.

O Taj era um daqueles famosos restaurantes indianos frequentados por celebridades. Cada prato servido ali exigia que as famílias de classe média hipotecassem suas casas para poder custeá-los. Dava para ver que Amma já estava enfeitiçada por tia Sunita, assim como ficava enfeitiçada por tia Tina com seu jeito "glamouroso". Sweetie conhecia tia Sunita fazia dois segundos, mas a achou muito mais glamourosa e classuda do que a outra.

– Seria ótimo! Deixe-me perguntar para Tina se ela quer vir.

Maldição! Sweetie deu um suspiro discreto. Fazia tanto tempo que ela queria ir ao Taj, e agora teria que ficar ouvindo risadinhas e comentários passivo-agressivos durante toda a refeição. Comer podia ser uma atividade bastante tensa quando se é gorda: se você comer algo que não é saudável, as pessoas vão dizer que é por isso que é gorda. Mas, se comer algo saudável, elas vão revirar os olhos, rir da sua cara e dizer "Até parece".

Depois de desmontar a barraca, Amma e Sweetie foram para o estacionamento. Amma mandou uma mensagem para tia Tina, que disse que as encontraria lá. O sol estava a pino, ardendo com tanta agressividade que Sweetie teve vontade de se ajoelhar e implorar misericórdia, mas tia Sunita parecia ser do tipo que "orvalha". Quando elas se aproximaram da enorme SUV brilhante e perolada com vidros escuros, um homem em uniforme de motorista veio até elas depressa.

– Pode deixar as sacolas comigo, madame – ele disse, pegando todas as sacolas das mãos de tia Sunita.

– Obrigada, Rajat – ela agradeceu, então se virou para elas: – Querem vir no meu carro?

– Não, nós vamos atrás de você. Temos que guardar nossas coisas no carro de qualquer jeito – Amma respondeu, olhando para Sweetie.

Dava para notar a empolgação dela. Amma vinha de uma família muito pobre, e qualquer sinal de riqueza a deixava completamente fascinada. O que era estranho, porque eles não tinham nada do que reclamar; Achchan era engenheiro. Mas, por algum motivo, Amma não percebia isso.

– Sunitaaaa! – disse uma voz aguda atrás delas. Todas se viraram para ver a poderosa tia Tina com Sheena em seu encalço.

Ela vestia jeans justo e *cropped* preto, e Sheena estava igual, só que seu *cropped* era cor-de-rosa. Ela saiu correndo e envolveu tia Sunita em um abraço apertado, o que foi meio engraçado porque era muito mais baixinha.

– Como está, querida?

Tia Sunita sorriu com doçura, mas Sweetie pensou ter visto certa tensão ali. Rajat, o motorista, se acomodou no carro com uma expressão neutra depois de guardar as sacolas de tia Sunita no porta-malas, mas o canto da sua boca se contorceu. Ela deu meio passo para trás.

– Olá, Tina. Estou bem, e você? – Ela lançou um olhar para Sheena, que estava concentrada no celular. – Olá, Sheena. – A garota sorriu, e logo voltou a atenção para o aparelho.

– Então nós vamos ao Taj! – tia Tina disse. Ela deu um sorrisinho para Amma e Sweetie antes de se virar para tia Sunita. – Fui lá na inauguração, sabe? Estava lotado de celebridades! Vi Will Smith e Jada, e eles pareciam tão felizes! Pedi a mesma coisa que eles, o vindalho de cordeiro. Estava apimentado. Espero que estejam preparadas! – Ela soltou uma risada que quase estourou os tímpanos de Sweetie.

Tia Sunita gesticulou para Amma e Sweetie, se movendo para o lado para que elas se incluíssem na rodinha com tanta graça e naturalidade que só daria para perceber se você realmente estivesse prestando atenção.

– Espero que gostem. O *chef* é mundialmente renomado.

– Tenho certeza de que vamos adorar – Sweetie disse, educada. Já gostava de tia Sunita. Ela era elegante e estilosa, mas também acessível e maternal.

Tia Tina e Sheena se enfiaram no carro de tia Sunita, então Sweetie e Amma se dirigiram para o sedã delas.

– Então! – Amma disse, dando a partida e olhando para Sweetie. – Sabe quem é ela? A esposa de Kartik Patel.

Sweetie a olhou com uma expressão vazia, e Amma estalou a língua.

– O CEO da Global Comm?

– Ah! São os pais de Ashish Patel? – Certo. Tia Sunita tinha se apresentado como Sunita Patel. – Bem, então tá explicado por que ela tem um motorista e gastou quinhentos dólares em doces.

– E nos convidou pra almoçar no Taj. – Amma sorriu. – Mas Sunita é bem pé no chão, sabe? Muito modesta. Passei um bom tempo conversando com ela na festa da Tina. Temos os mesmos valores para a educação de nossos filhos.

– Legal – Sweetie disse, distraída.

Os olhos tristes de Ashish Patel vieram à sua mente de novo. Aparentemente, além de montanhas de dinheiro e da adoração de centenas de fãs de basquete em todo o estado, ele também tinha uma mãe muito fofa. Qual seria a rachadura em sua vida perfeita?

Capítulo 5

Sweetie

O TAJ era tão luxuoso e pretensioso quanto Sweetie imaginara, mas era divertido estar em um ambiente como aquele, tão diferente dos lugares que costumava frequentar. Modelos perambulavam pelo espaço, lindas e magras, segurando pavões em coleiras delicadas, que exibiam suas penas iridescentes atrás de si. Sweetie ficou se perguntando o que acontecia quando os pavões faziam cocô. Talvez tivessem sido treinados para não fazerem isso. Talvez guardassem as atividades desagradáveis para depois do expediente.

O *maître* indiano (um Ashton Kutcher mais escuro), ao observar que os trajes dela e de Amma não eram do nível do Taj, demonstrou um ligeiro desdém. Mas então viu que elas estavam com tia Sunita e sua expressão mudou completamente, passando de cara de quem tinha mordido um pão mofado para alguém que tinha acabado de receber a visita da fada da loteria.

– Senhora Patel! – ele se animou, juntando as mãos.

– Olá, John – ela falou. – Receio não ter reserva, mas...

– Não é nenhum problema, senhora Patel! Sempre temos lugar para a senhora. Vou levá-las à sua mesa favorita. – Sorrindo, ele as conduziu para o andar de cima, que tinha vista panorâmica para todo o restaurante. As janelas de ambos os lados exibiam a beleza dos jardins de rosas impecáveis.

Quando todas estavam sentadas com seus menus de folha de ouro nas mãos, tia Tina falou:

– Qual é a ocasião, Sunita? Por que estamos aqui hoje?

Tia Sunita olhou para Sweetie, como se estivesse avaliando algo. Depois, sorriu alegremente.

– Nada de especial. Só estava no bairro e me lembrei de que você disse que Vidya participava da feira dos produtores aos sábados. Estávamos precisando muito de uns docinhos.

– Ah, bem, então que bom que a gente também estava na feira! Sheena estava procurando joias para o baile, sabe? – Ela bateu o ombro em Sheena, que ainda estava no celular. – Sheena *beta*, você ainda não tem um par para o baile, não é?

Ela levantou a cabeça e disse:

– Bem, eu ia ver se...

Enquanto tia Tina tirava uma mecha de cabelo da testa, sua filha parou de falar.

– É tão difícil encontrar um garoto legal, mesmo que seja só para ser um amigo. Esses americanos só querem saber de uma coisa.

– Hum, eu também sou americana – Sweetie disse. – Sheena também. A gente nasceu aqui.

Tia Tina sacudiu uma mão.

– Ah, você entendeu o que eu estou querendo dizer, Sweetie.

– Não muito... – ela murmurou entredentes, voltando a atenção para o menu. Oh, eles tinham *biryani* de cordeiro. E *korma* de camarão, que devia ser igualmente delicioso. Ah, e no caminho ela tinha lido no *Zagat* que o *paneer makhani* era imperdível. Droga!

– O aniversário de Sweetie... – Amma começou a falar baixinho, mas tia Tina a cortou.

– Ashish vai ao baile, Sunita? – Tina estava sorrindo tanto que Sweetie ficou com medo de olhar diretamente para seus dentes clareados. Nossa, ela não era nada sutil. Estava óbvio que queria que Sheena fosse com Ashish, era quase como assistir a um filme de comédia romântica.

Tia Sunita levantou um dedo.

– Acho que Vidya queria falar alguma coisa... – ela disse, como uma professora repreendendo uma criancinha animada e mal-educada do jardim de infância. Sweetie quase se engasgou com a água.

Amma sorriu, grata.

– Ah, sim. O aniversário de Sweetie vai ser daqui a um mês. Estamos tentando encontrar um vestido pra ela.

– Já sei o que eu quero... – Sweetie sussurrou, desejando ser mais corajosa para falar em voz alta.

– Em que tipo de vestido está pensando? – tia Sunita perguntou, se inclinando para ela. – Algo indiano ou ocidental?

– Queria um vestido Anarkali, eu acho... – Sweetie respondeu. Tia Tina estava girando os polegares, ansiosa para levar o assunto de volta para Sheena e Ashish. – Sempre gosto de vestir roupas indianas em ocasiões especiais.

– Que ótimo – tia Sunita falou. – Queria que Ashish não fosse tão contra vestir um *kurta* de vez em quando.

– Sim, mas as roupas indianas femininas estão ficando tão ousadas! – Amma comentou, balançando a cabeça. Sweetie teve que se esforçar para não revirar os olhos. – Com decote *halter* e costas nuas...

– Não tem nada de errado com um decote *halter*! – tia Tina disse, rindo e mexendo os ombros para mostrar a sua roupa com decote *halter*. – Mas, é claro, que é preciso ter o corpo certo para isso, não? – Sorrindo maliciosamente, ela deu um gole em sua água.

Sweetie sentiu seu rosto esquentar. Ali estava tia Tina mais uma vez tentando demonstrar como ela e sua filha eram maravilhosas e como Sweetie – e, por consequência, Amma – eram defeituosas. Tia Sunita abriu a boca para dizer algo bem quando a garçonete, uma jovem indiana, chegou.

– Olá! – ela cumprimentou alegremente. – Meu nome é Lakshmi e vou cuidar de vocês hoje. Querem pedir *lassi*? – Ela olhou para Sweetie.

A bebida de iogurte era uma das favoritas da garota.

– Sim, por favor. Quero um de manga – ela respondeu.

Tia Tina fez um barulhinho.

– Sheena e eu não vamos querer. *Lassi* é uma das bebidas mais gordurosas que existem. Vamos ficar só na água.

– Vou querer um *jal-jeera* – Amma disse baixinho, e o coração de Sweetie apertou. Ela nunca enfrentava tia Tina. Jamais.

– Acho que vou querer um *lassi namkeen* – tia Sunita pediu, sorrindo para Sweetie. – Afinal de contas, qual é a graça de visitar o Taj e não experimentar seus famosos *lassi*?

Sweetie deu um sorrisinho, entendendo o que tia Sunita estava tentando fazer. Só que... não ajudava muito. Ela não queria ouvir comentários maldosos, mas também não queria a pena de ninguém. Por que é que as pessoas não a deixavam em paz? Ela pegou o menu e ficou o estudando como se fosse a coisa mais importante do mundo.

Depois que fizeram seus pedidos – tia Tina prontamente informara para Sweetie que o *dal* era o prato com menos calorias –, tia Sunita pegou o celular na bolsa.

– Ah! Tina, sabe aquele aparador que você viu na sala de jantar e gostou? Bem, meu decorador disse que acabou de receber outro da França agora mesmo, mas parece que tem outro cliente *muito* interessado. – Ela digitou uma mensagem e fez uma careta. – Hum, ele está falando que não pode segurar porque o cliente quer comprar na própria loja, mas se você chegar em trinta minutos, ele vai vendê-lo a você, como um favor pra mim.

– Oh, eu estou precisando muito desse aparador – tia Tina disse, genuinamente aflita. – Mas pedimos tanta comida... e não quero te deixar! – Ela olhou para tia Sunita um pouco desesperada.

– Ah, não se preocupe. Faço questão de pedir para embrulharem a comida para viagem e de doar para o abrigo no caminho de casa. E não vou ficar sozinha, tenho Vidya e Sweetie para me fazerem companhia.

Tia Tina olhou para as duas, hesitante.

– Sim... claro. – Tendo se decidido, ela assentiu e pegou a bolsa. – Vamos, Sheena! Obrigada por me avisar, Sunita.

– Imagina... – tia Sunita disse, sorrindo docemente. – Rajat pode te levar para a loja e depois para a sua casa para facilitar.

– Sério? – tia Tina sorriu, satisfeita. – Mas você não vai precisar do carro?

Tia Sunita acenou. Seu anel dourado de pérolas cintilando.

– Oh, não se preocupe com isso. Tenho certeza de que ele volta a tempo de me pegar.

– Ótimo. Obrigada de novo, Sunita!

Tia Tina saiu do restaurante com um olhar determinado e uma expressão faminta, com Sheena em seu rastro.

Tia Sunita respirou fundo sonoramente.

– Admiro o entusiasmo de Tina, mas... às vezes ela é intensa demais.

– Ah, ela não é tão ruim assim... – Amma disse, fiel. Mas por quê? Por que ela era tão leal a alguém tão cretina?

Sweetie sorriu.

– Você realmente recebeu uma mensagem do decorador?

Tia Sunita deu risada.

– Não. Mas escrevi para Ishmael para avisar que ela estava indo. Espero que ele tenha outra coisa para oferecer.

Sweetie relaxou. Esse ato de bondade não parecia caridade. Ela teve a impressão de que tia Sunita não gostava muito de tia Tina, o que a agradou. A garçonete chegou com a comida, que Sweetie atacou com vontade.

– Hum... – Ela fechou os olhos. – As críticas do *Zagat* não estavam mentindo. É divino.

Amma lançou a ela um sorriso constrangido. A mãe achava que Sweetie nunca devia falar sobre comida.

– Se agir como se não gostasse, as pessoas vão pensar que você tem problema de tireoide, *mol* – ela costumava dizer. Porque ter problemas na tireoide fazia as pessoas se solidarizarem, já ser gorda, não. Ser gorda te transformava em inimiga do povo.

– Não é delicioso? – tia Sunita disse. – Nunca comi um *aloo mattar* tão bom. – Depois de limpar a boca com o guardanapo, ela continuou: – Sabe, meu filho mais velho, Rishi, adora *aloo mattar*. – Ela deu um sorriso saudoso. – Nenhum de nós gosta tanto quanto ele, então quase não comemos mais desde que ele foi para São Francisco.

– Com que frequência vocês se veem? – Sweetie perguntou.

– Uma vez por mês, mais ou menos. Ele está tentando conciliar seu tempo entre nós e a Dimple, mas claro que Dimple normalmente ganha – ela falou sem amargura, com um brilho carinhoso nos olhos.

– E como estão as coisas entre ele e Dimple? – Amma quis saber.

– Ótimas – tia Sunita respondeu. – Queria que eles se casassem depois que Dimple se formar, mas Rishi me pediu para nunca mencionar isso. Parece que ela é mais moderna e não quer pensar em casamento antes dos 30 anos. – Ela suspirou.

– Os jovens de hoje têm suas próprias ideias sobre como as coisas deveriam ser – Amma comentou, e Sweetie quase a ouviu estalando a língua em reprovação.

– Ah, sim. Ashish é completamente diferente de Rishi. Ele é... moderno. Americanizado. – Ela olhou para Sweetie. – Já cruzou com ele em alguma competição, Sweetie?

Ela balançou a cabeça.

– Não, mas alguns amigos, sim, então, sei quem ele é. Vi uma foto dele no jornal esses dias. Ah, e parabéns! Ouvi falar que ele tem boas chances de entrar na universidade jogando basquete.

– Sim, sim, ele é muito atlético, assim como você – tia Sunita disse. – Tudo está indo bem nessa área. Mas... eu queria muito que ele namorasse uma indiana. As outras garotas só partiram o coração dele.

Amma ficou um pouco constrangida. Ela não era contra Sweetie namorar, só não se preocupava com isso, e Sweetie achava que tanto ela quanto Achchan estavam satisfeitos assim.

– Ah, quem sabe quando ele estiver na universidade...

– Sim, era o que eu pensava. Mas então me ocorreu que, se ele já é assim sob a nossa influência moderada, consegue imaginar como vai ser quando estiver na universidade? Ele parece achar que, se namorar uma indiana, nós vamos ficar o controlando o tempo todo. Mas eu vivo dizendo a ele que não é como se a gente esperasse que ele fosse se casar aos 17 anos! Se ele namorar Sweetie, talvez perceba que podemos nos controlar. – Ela sorriu para a garota.

Amma soltou uma risada nervosa e aguda.

– Sim, sim, você pode estar certa. Claro, não temos como saber.

Tia Sunita cuidadosamente direcionou o olhar de Sweetie para Amma.

– Sweetie não pode namorar? Tive a impressão de que você e seu marido, Soman, certo?, não fossem contra.

A garçonete veio checar como elas estavam, e a interrupção deixou as coisas um pouco estranhas, pois todas garantiram que a comida era, de fato, tão deliciosa quanto esperavam. Quando a garçonete se foi, Amma disse:

– Bem, o almoço foi absolutamente delicioso, Sunita! Muito obrigada por nos convidar. Mas agora acho que precisamos ir. – Ela abriu um sorriso tão amarelo que parecia até que alguém tinha lhe sugerido comer um saco de cabelo e que ela não sabia como recusar de forma educada. – Soman está chegando de uma viagem de trabalho em uma hora.

– Mas pensei que Achchan estaria fora até ama...

– Ele ligou, seu voo mudou. – Amma olhou para a filha. – Vamos. – Ela pegou a bolsa, mas tia Sunita acenou com a mão.

– Oh, não, por favor, é por minha conta. – Fez uma pausa, e perguntou: – Espero não ter ofendido...?

– Não, por favor, não se preocupe, só estamos com pressa. Não tem nada a ver com você. Muito obrigada pelo almoço. – Amma continuou exibindo o sorriso amarelo enquanto se levantava para ir embora com Sweetie, deixando tia Sunita com uma expressão tristonha para trás.

– Amma, o que... – Sweetie começou assim que chegaram ao estacionamento.

– Nada. – Amma seguiu apressada para o carro. Ela conseguia ser bem ligeira para alguém tão sedentária em todos os aspectos, e Sweetie apertou o passo.

– Achchan está mesmo voltando hoje?

– Não.

Elas entraram e colocaram os cintos, e Amma já estava dando a partida antes mesmo de Sweetie terminar a frase.

– Então por que você...

– Tenho meus motivos, Sweetie. – Seu tom significava "Não me pergunte mais nada, porque você não vai ter respostas".

Sweetie suspirou.

– É por causa de Ashish Patel? Você não gosta dele?

Amma não falou nada. Seus olhos estavam grudados na rua quase vazia – parecia aquele velho filme malaiala *Kilukkam*, com Mohanlal, o eterno *crush* de Amma.

Então Sweetie tentou uma tática diferente. Ela podia até se imaginar namorando com ele. Aquela foto que Suki tinha lhe mostrado... aquela tristeza nos olhos dele... seu porte atlético... Ela tinha a impressão de que Ashish Patel era um garoto interessante. E, se fosse sincera, se isso fosse um arranjo de seus pais, seria muito menos assustador do que se tivesse que chegar em um cara de quem estava a fim. Aliás, Sweetie nunca tinha feito isso. Pra quê? Via o jeito como os garotos da escola a olhavam. Primeiro, era só desdém e zombaria por causa de seu peso. Depois que ela bateu recorde atrás de recorde, era respeito. Respeito *platônico*. Aquele tipo de respeito platônico que os fazia dar risada quando alguém sugeria levá-la ao baile, como Izzy sugeriu a Brett Perkins, certa vez. Sweetie estava sentada do outro lado do refeitório, mas o ouviu dizer algo como "*Aff*, cara, gosto de Sweetie como uma irmã. Ou melhor, como um irmão. Ela só não é o tipo de garota que eu levaria ao baile, sabe? Quero dizer, não penso nela como uma garota". Isso tinha acontecido anos atrás, mas coisas assim não são esquecidas facilmente.

– Pensei que você e Achchan ficariam felizes se eu saísse com um indiano. Além disso, se são os pais dele que estão arranjando tudo, o garoto vai me tratar bem. Sem falar que ele é de uma boa família.

Sweetie não dava a mínima para qual era a família dele, mas sabia que isso era importante para Amma e Achchan. A garota estava trapaceando, mas enfim. Amma não estava lhe dizendo a verdade, e ela queria saber.

Amma lançou um olhar para a filha e depois se concentrou na direção.

– Não, Sweetie.

Não, Sweetie. Não havia muito mais o que falar, certo?

Sweetie se recostou no assento, apoiou a cabeça na janela e ficou observando o mundo passar.

Capítulo 6

Ashish

ASHISH sentou-se no terraço durante a melancolia do entardecer, observando o sol se pôr ao longe. Sozinho outra vez. Era sábado à noite e ele estava sozinho. *Olá, Território dos Perdedores, posso fincar minha bandeira aqui? Acho que sou seu novo rei*. Deu um gole em seu refrigerante, desanimado. Pinky tinha ficado com um cara no protesto. Ela lhe enviara uma foto com o Senhor Hippie Branco de Dreads, adicionando chifres diabólicos na própria cabeça. Eca! Ashish não queria saber o que ela estava planejando. Oliver e Elijah estavam celebrando seu romance. E ele estava ali no terraço bebendo refrigerante e olhando o pôr do sol. Sozinho. Até seus pais tinham saído para fazer coisas mais interessantes. Ele estava parecendo um tiozinho de 45 anos, só que sem filhos nem esposa. Nos últimos três meses, ou seja, desde que Celia e ele terminaram, isso acontecia com mais frequência do que gostava de admitir. E agora que não havia a menor esperança de voltarem, graças a um imbecil com polegares excessivamente animados, Ashish achava que era isso que o futuro lhe reservava. "Deprimente" não era nem o começo.

O som de pneus esmagando o cascalho o fez olhar para baixo, além do parapeito grosso e ornamentado. Era o carro de Ma. Rajat abriu a porta para ela. Ashish se virou e desceu as escadas sentindo um leve arrepio de ansiedade, apesar de tudo. *Não se empolgue demais*, disse a si mesmo. *É só uma garota que seus* pais *querem que você namore*. Ainda assim... Não seria melhor do que ficar sentado sozinho no terraço sábado após sábado? Se ele tivesse um encontro, pelo menos teria algo para *fazer*.

Ma deixou as sacolas na sala e estava pegando o celular quando o viu se aproximando.

– *Beta* – ela disse, com um sorriso caloroso no rosto. Ma atravessou o cômodo e deu um beijo em sua testa. (Ele se inclinou para facilitar.) – Onde Pappa está?

– Ele está naquele jantar no golfe, lembra? Com o pessoal da Apple?

– Ah, sim. – Ela bateu a mão na testa. – Desculpe por ter deixado você sozinho. Pensei que Pappa estaria aqui pra te fazer companhia.

Ashish zombou.

– Ma, por favor. Não sou mais uma criança. Não preciso que fiquem em casa comigo. – Mesmo que fosse um saco ficar sozinho. – Então, hum... como foi seu dia? – Ele tentou soar desinteressado, mas sua voz deu uma esganiçada no final. Droga!

Ma suspirou e balançou a cabeça.

– Não foi como o planejado. Vidya Nair foi estranhamente contra.

Ashish sentiu sua expressão murchar, mas logo se recompôs, substituindo-a pela indiferença de sempre. E daí? Ele não estava nem aí. Sweetie Nair provavelmente era alguma certinha horrorosa, muito mais adequada para Rishi do que para ele.

Ma colocou a mão em seu braço e o apertou.

– *Fikr mat karo, beta*. Vou esclarecer isso.

– Não estou *preocupado* – Ashish disse, adicionando um desdém extra em seu tom. – Eu sabia que não ia dar certo. – A ideia de infinitos sábados à noite se desenrolando diante de si o fazia se sentir doente, então ele injetou mais ousadia em sua voz: – Só estou aliviado por podermos deixar essa bobagem de lado.

Ma deveria erguer um monumento em homenagem à sua paciência, pois ela não o lembrou de que a ideia tinha sido dele. Seus olhos, suaves e gentis, lhe comunicaram que ela sabia exatamente o que o filho estava pensando.

– Bem, vou descobrir o que aconteceu mesmo assim. Porque *sou* curiosa – ela acrescentou quando ele abriu a boca para objetar. – Sei que você não liga.

Ela discou um número no celular e se acomodou no divã. Ashish se sentou no sofá, de frente para ela, e pegou uma das revistas de tecnologia de Pappa. Ele ergueu a revista para cobrir o rosto, mas manteve os olhos em Ma.

– Oi, Vidya? *Haan*, é Sunita Patel. Queria saber se você e Sweetie chegaram bem em casa. – Ela esperou um momento. – Ah, sim, sim, Rajat veio me buscar pouco tempo depois que vocês saíram. Não foi nada. – Outra pausa, então Ma deu risada. – Tenho certeza de que eles estão empolgados pra comer todos esses *mithai* nas próximas semanas! E é claro que vamos voltar pra buscar mais! – Pausa. – O pai de Sweetie chegou bem?

Ashish virou uma página, só para manter o fingimento. *Aff.* Quando é que ela ia chegar no assunto?

– Ah, sim, os voos não são nada confiáveis hoje em dia. Aham, sim. – Mais uma pausa longa. E finalmente: – Vidya, preciso te pedir perdão se de alguma forma ultrapassei algum limite hoje. Não quis ofender nem você nem Sweetie falando sobre namoro. – Pausa. – Sei. Fiquei me perguntando se foi aquela história de Ashish ter namorado outras garotas...? – Ela olhou para o filho e lhe lançou uma piscadela, apesar de estar claro que estava muito desconfortável com a conversa. Ele sentiu uma leve pontada de culpa. Ma realmente não merecia que ele lhe desse trabalho com garotas. Ela franziu o cenho. – Mas, Vidya, isso não é um problema para mim, e sei que não vai ser para Ashish... – Ela ficou ouvindo. – Não, tenho certeza de que não... – Então ela suspirou. – Certo, sim, eu entendo. Ela é sua filha, afinal. Sim, por favor. Vamos combinar outro almoço. Tchau.

Depois de desligar, Ma olhou para ele.

– Bem, pelo menos agora sei a verdade.

Ashish ajeitou a postura e abaixou a revista.

– E qual é?

– Como é que vocês sempre dizem? – Ma ficou pensando por um momento. – Ah, *haan*. Não é você, é ela.

Sweetie

Sweetie ficou parada na porta, ouvindo. Ela não costumava fazer isso, pois sabia que não era legal. Mas, pela forma como Amma descartou totalmente a ideia de deixá-la sair com Ashish, se recusando a dar qualquer explicação, a garota entendeu que havia mais coisa ali. Elas estavam terminando de jantar quando Amma recebeu a ligação. Sweetie viu o nome *Patel* na tela do celular de sua mãe e o jeito como ela saiu correndo para o quarto em um pulo. Não precisava ser nenhuma cientista de foguetes para descobrir que era a mãe de Ashish ligando.

As duas ficaram falando sobre coisas sem importância por um tempo, mas, no instante em que o tom de Amma ficou sombrio e mais baixo, Sweetie se aproximou e prendeu a respiração.

– Não, não – Amma disse. – Afinal, garotos são garotos. Mas, entenda, Sunita, seu filho é... atlético. Bonito. E... magro. E Sweetie é, bem, ela está tentando emagrecer. Mas, como você percebeu, ainda não conseguiu. Por isso, no momento, eles simplesmente não combinam.

Sweetie sentiu sua visão afunilar. Então não tinha nada a ver com Ashish Patel? Amma tinha recusado a proposta de tia Sunita e saído às pressas do Taj porque tinha vergonha de sua filha gorda? Ela se virou enquanto ouvia Amma dizer:

– Fico feliz em saber que não é um problema para você ou para Ashish. Mas não posso permitir que eles namorem, Sunita, sinto muito. Sweetie simplesmente não está à altura de Ashish agora.

Ela disparou pelo corredor em direção ao quarto e fechou a porta discretamente, com uma mão na boca. Então soltou soluços pesados, sentindo uma dor forte no estômago e pensando por um minuto que ia vomitar. Mas um minuto se passou. Com as pernas trêmulas, foi até a cama e se afundou ali. Seu rosto estava quente e frio. Sua própria mãe. Sua própria mãe tinha *vergonha* dela. Pensava que a filha era uma aberração.

Obviamente, Sweetie sempre soube que Amma tinha vergonha dela. O fato de ela não permitir que Sweetie expusesse o menor pedacinho de pele, de fazê-la correr no quintal todos os dias depois da escola, de adicionar a qualquer elogio sobre suas conquistas esportivas algum comentário do tipo "Bem, mas se você perdesse peso..." – tudo isso transmitia uma mensagem bastante clara. Mas pensar que Sweetie era de fato inferior a esse tal de Ashish simplesmente porque ela era gorda e ele não... A garota agarrou o travesseiro, enfiou o rosto nele e gritou.

Era tão injusto. Ela afastou o travesseiro de seu rosto quente e suado e enxugou as lágrimas, furiosa. Chega! Se Amma tinha tanta vergonha assim dela, bem... fazer o quê? Sweetie não conseguia nem pensar nisso agora. Atravessou o quarto, foi até o armário e puxou seu carrinho de artesanato. Ele tinha três caixas de plástico verde-claro, uma em cima da outra, que continham tudo de que precisava para fazer sua raiva ir embora: fitas, botões, flores secas dentro de saquinhos e caixas de todo tipo. Sweetie era a responsável pela Heera Moti Doces, o negócio da Amma.

Ela pegou uma das caixas em que estava trabalhando e olhou para as letras em relevo com o nome da empresa que Amma escolheu: Heera Moti. Literalmente, significava "pérola de diamante" em hindi, mas o significado geral era "joias" ou "gemas". Apesar de seus pais serem de Kerala, no sul da Índia, e não falarem muito bem hindi (eles falavam malaiala), Amma pensou que sua base de clientes se identificaria mais se o nome fosse hindi.

O irônico, Sweetie pensou, era que *moti* podia significar "pérola" ou "gorda", dependendo de como se pronunciava o *t*. Ela pegou um pedaço de tela de aniagem e a enrolou em volta da caixa. Se colocasse um pouquinho de lavanda seca e ráfia, iria parecer...

Ela ouviu uma batida leve na porta. Sweetie olhou para cima e suspirou.

– Entre. – Amma nunca batia, a não ser que achasse que Sweetie estava brava por algum motivo.

Amma entrou sorrindo.

– Sweetie *mol.* O que está fazendo?

Sem confiar em sua própria voz, a garota ergueu a caixa em silêncio e voltou a trabalhar na lavanda.

Amma se aproximou e se sentou no chão ao lado dela.

– Ficou lindo. Viu no Pinterest?

Sim, Amma. Vamos conversar sobre o Pinterest, em vez de coisas verdadeiras.

– Não. Vi alguns arranjos de mesa naquela sua revista e tive umas ideias. – Sweetie posicionou a ráfia e estreitou os olhos mirando a caixa. Faltava algo.

– Hum. – Amma ficou em silêncio, observando Sweetie vasculhar a caixa de baixo do carrinho. – A mãe de Ashish ligou.

Sweetie ficou imóvel por um momento e depois se obrigou a continuar o que estava fazendo.

– Ah, o que ela queria? – Sua voz saiu meio robótica, mas ou era isso ou uma raiva lacrimejante, então ela escolheu a robótica.

– Ela queria saber se eu tinha ficado ofendida e se era por isso que eu tinha ido embora, mas eu disse que não.

Sweetie pegou um pacote de zircônias cúbicas de alta qualidade, mas logo o descartou. Também não era isso.

– Certo. – Ela apertou as mãos em volta da gema, se esforçando para manter uma voz neutra. – Sabe, você não *me* contou por que recusou a oferta.

– Sim, eu sei. Sweetie... você deve ter percebido que existem certas diferenças entre você e Ashish.

Sweetie pegou um pacote de lacinhos roxos, para em seguida jogá-lo de volta na caixa e continuar vasculhando.

– Sério? Tipo o quê? Quero dizer, ele é indiano, eu sou indiana. Eu sou atleta, ele é atleta. Ambos moramos em Atherton. Ah, é por que ele é Gujarati e nós somos Malayali?

Com sua visão periférica, ela viu Amma se mexer desconfortavelmente e sentiu uma pontinha de satisfação. Que bom. Que *ela* ficasse desconfortável por um momento, para variar.

– *Mol...* você ainda tem que perder peso. Não?

As mãos de Sweetie estavam trêmulas quando ela colocou a caixa no colo e olhou para Amma pela primeira vez desde que a mãe havia entrado no quarto.

– E daí?

– Ashish é... magro. Se você namorar com ele, as pessoas vão dar risada. Não quero que zombem de você. – Amma apertou os lábios escuros.

Sweetie ficou encarando a mãe, com a boca cheia de palavras que nunca diria. Por que Amma pensava que as pessoas dariam risada? E se rissem, por que Sweetie deveria se importar? O que lhes dava o direito de ditar o que ela podia ou não fazer? E, pensando melhor, o que dava a *Amma* esse direito? Sabia a resposta dela para a última pergunta: *Sou sua mãe, e por isso tenho todo o direito*. O espaço entre uma mãe *desi* e seus filhos era muito menor do que o de algumas outras mães.

– Quando você emagrecer, *mol*, vai ser uma namorada adequada para ele.

Em seu coração, Sweetie sabia que era boa o suficiente para Ashish do jeito que ela era. Mas por que sua própria mãe não conseguia enxergar isso?

– Me... me desculpe por você ter tanta vergonha de mim – ela disse baixinho. – Mas eu não tenho vergonha de mim mesma. – Seus olhos estavam ardendo de lágrimas.

Amma balançou a cabeça e se levantou.

– Não tenho vergonha, só estou falando que você podia ser melhor. Mais saudável. Por que isso é tão ruim?

Porque sim! Porque eu sou assim agora*!* Sweetie queria dizer. *Por que você está sempre falando que vai gostar mais da minha versão futura,* magra*? Por que não consegue gostar de mim como eu sou?* No entanto, ela só voltou a atenção para o artesanato, virando as costas para a mãe.

Amma respirou fundo.

– Um dia, você vai entender que só estou fazendo o que estou fazendo porque sou sua mãe e é isso que boas mães devem fazer. – Ela fez uma pausa, e quando tornou a falar, já estava saindo do quarto: – Estou indo para a festa da Mary Kay da tia Tina. Priscilla Ashford, minha amiga da Sociedade de Empresárias da Califórnia, também vai, então falei que ela podia deixar o bebê aqui para você tomar conta. Eles chegam em trinta minutos.

– Tudo bem.

Sweetie olhou para a caixa em seu colo enquanto Amma fechava a porta. Finalmente a inspiração veio, e ela pegou na caixa de cima uma folha de adesivos. Com muito cuidado, aplicou um coração roxo-claro no canto. Era isso que estava faltando esse tempo todo: amor.

Capítulo 7

Sweetie

– FEETIE! – Henry arremessou seu corpinho de 3 anos contra Sweetie com a mesma força de um pequeno furacão capaz de causar grandes estragos.

– Oi, rapazinho. – Ela o pegou no colo e assoprou sua barriga, o que o fez guinchar feito um monstrinho.

Priscilla, a mãe, uma mulher pequenina e ruiva, o observou com um sorriso terno no rosto.

– Obrigada, Sweetie – ela disse. – Por abdicar do seu sábado à noite por nós.

A garota também sorriu.

– Não tem problema, eu não tinha planos pra hoje. Todos os meus amigos vão em um show em São Francisco, e minha mãe não me deixou ir.

– Ah, eu concordo com sua mãe – Priscilla falou. – Esses shows de rock podem ser assustadores. – Ela estremeceu dramaticamente, e Sweetie deu risada. Priscilla era contadora, e só a ideia de usar roupas coloridas durante a semana já a assustava.

– Se tiver qualquer problema, é só me ligar – Amma disse, sem olhar para a filha.

– Certo. – Sweetie colocou Henry nos ombros e começou a galopar com ele, que explodiu de gargalhar. – Vamos ficar bem! Vamos nos divertir!

Depois de vinte minutos, ela o colocou no chão.

– E agora, o que vamos fazer?

– Chocate! – Henry gritou, erguendo as mãozinhas no ar.

– Ih, não sei, não... – Sweetie colocou a mão no quadril. – O que a mamãe diria se eu te desse chocolate a essa hora?

– Sim, Feetie! Bom trabalho! – Henry berrou, com o punho ainda erguido vitoriosamente, e sua barriguinha adorável aparecendo por baixo de sua camiseta do *Weekend Forecast: Movies with a Chance of Pizza*.

Sweetie deu risada.

– Beleza, quem eu estou enganando? Você me conquistou com esses dedinhos. Vamos.

Ela pegou uma pequena barra de chocolate na despensa.

– E agora? – ela perguntou. – Quer jogar Escadas e Escorregadores? Candy Land?

– *Yo Gabba Gabba*! – Henry gritou, desta vez erguendo seu chocolatinho.

– Que surpresa, jovem Hank – Sweetie disse, pegando a mão dele a caminho da sala de estar. – Mas você podia considerar expandir seu paladar qualquer dia desses. – Henry a olhou. – Só se você quiser – ela acrescentou, abrindo as mãos, rendida. Ela ligou a TV e o acomodou no sofá; seus olhinhos já estavam vidrados. Em seguida, abriu o chocolate e o entregou a ele.

Sweetie se sentou ao seu lado e ficou observando-o por uns dez minutos, então seu celular vibrou. Era uma mensagem de Kayla, Izzy e Suki, com uma foto delas no show. Sweetie mal podia distinguir seus rostos no escuro, mas elas pareciam estar se divertindo. Ela digitou que inveja e suspirou. Nem era tão fã assim de Piggy's Death Rattle, mas queria ir ao show só para fazer algo diferente. Algo que Amma não aprovava. Não que Henry não fosse legal. Sweetie voltou a atenção para ele, hipnotizado pela tela, e abriu um sorrisinho. O menininho era fofo. Mas ela tinha quase 17 anos.

Queria fazer algo... rebelde. Algo para si mesma, para provar que Amma estava errada.

Ela sentiu uma pontada de raiva e mágoa ao se lembrar da última conversa delas. Amma achava que Ashish era areia demais para o caminhãozinho de Sweetie. Ela tinha medo de que, só de ver sua filha gorda com um garoto magro, as pessoas começariam a atirar tomates podres nela e a soltar gargalhadas maldosas. Mas que diabos...? Sweetie sabia que as pessoas podiam ser cruéis – afinal, vinha lidando com isso a vida toda. Mas finalmente estava chegando naquele lugar, graças à sua equipe e ao seu corpo, em que ela sabia que era muito mais do que o tamanho de roupa costurado na etiqueta da sua calça. Ainda era difícil – sempre seria difícil. Mas tinha conseguido encontrar um pouco de paz dentro de si mesma, e Amma de alguma forma parecia determinada a lhe tomar isso.

Sweetie pegou o celular e abriu aquela matéria sobre Ashish que Kayla, Suki e Izzy estavam lendo. Ali estava ele, com seus comoventes olhos castanhos – os mesmos castanhos de sua mãe –, olhando para ela. Seus músculos estavam visíveis; sua postura era confiante e sensacional. Seu cabelo suado estava caído sobre a testa. Por que esse garoto era automaticamente melhor do que ela? Por que Amma achava que Sweetie não tinha tanto a oferecer quanto ele? Principalmente depois de tia Sunita ter dito que o peso de Sweetie não importava nem para ela nem para Ashish?

Por impulso, ela escreveu para Kayla:

Sweetie: Trey da Richmond também tá aí, certo?
Kayla: Sim pq?
Sweetie: Vc pode pedir o número de Ashish Patel?

Sweetie mordeu os lábios e esperou a inevitável resposta:

Kayla: O quê??? Pq???
Sweetie: Te explico amanhã prometo
Kayla: É melhor mesmo, é 65055-0108
Sweetie: Obrigada bb

Sweetie se recostou no sofá. Olhou para Henry, ainda em transe com a magia psicodélica de *Yo Gabba Gabba*. Ela tinha dezoito minutos para que o programa terminasse e a janela de oportunidade (e seus culhões... ou melhor, seus ovários) desaparecesse. Então resolveu escrever uma mensagem para Ashish.

Sweetie: Oi aqui é Sweetie Nair

Será que deveria esclarecer? E se ele não tivesse ideia de quem ela era? Não, com certeza tia Sunita tinha lhe contado...

Ashish: Oi

A garota ficou olhando para a mensagem: *Oi*. O que isso significava? Será que ele sabia quem ela era? Será que estava fingindo naturalidade até descobrir?

Sweetie: Nossas mães almoçaram juntas
Ashish: Sim eu sei

Sweetie continuou encarando a tela, franzindo o cenho. Por que Ashish estava sendo tão enigmático? Bem, não era como se ela tivesse lhe dado uma deixa para continuar, e era ela quem tinha mandado a mensagem. *Só fale logo o que você quer, Sweetie*. Isso levantava um ponto interessante: O que é que ela *queria*?

Me encontre na pista de corrida da Piedmont amanhã às 9, ela escreveu, sem nem pensar direito. E venha com tênis de corrida
Ashish: Com o que?
Sweetie: Tênis de corrida
Ashish: Blz tênis de corrida 9h na Piedmont entendido. Vai me contar pq?
Sweetie: Não
Ashish: Blz até mais

Sweetie baixou o celular, sorrindo.

Ashish

Na manhã seguinte...

Se tinha uma coisa da qual Ashish gostava era de garotas misteriosas. Ele achara que Sweetie Nair seria uma garota certinha, dessas que faziam hidratação no cabelo com óleo de coco, uma filha indiana devota. Basicamente, que ela seria uma versão feminina de Rishi, seu irmão mais velho perfeito. Mas isso? Mandar mensagem para ele (como é que ela tinha conseguido seu número?) escondido de seus pais? Pedir para se encontrar com ele na escola num domingo? Certo, o tênis de corrida foi esquisito. Mas não importava. O importante é que talvez Sweetie Nair fosse tão ovelha desgarrada quanto ele.

Ashish se levantou de um salto para tomar banho. Depois de se ensaboar e enxaguar várias vezes, passou um pouco de gel no cabelo para se garantir (e pela primeira vez desde o término). Ficou em dúvida sobre o que vestir, mas acabou decidindo por seu *look* bonito-sem-se-esforçar-demais: camiseta vermelha simples e shorts de ginástica. Ele amarrou o tênis e já estava saindo quando Ma disse:

– *Kahaan ja rahe ho is vakt?* – Droga! Tinha sido pego. Ele se virou lentamente.

– Ah, só estou indo no Oliver. Fazer umas cestas.

Ma olhou para o relógio na parede.

– Às 8h45 de um domingo?

A mãe tinha um ponto. Ashish sempre lhe perguntava se Ma estava tentando "expulsá-lo" quando o acordava antes do meio-dia nos fins de semana.

– Hum, é. É só que... sabe, não consegui dormir. Então mandei mensagem pra ele e... – Ele parou de falar ao ver a mãe se aproximando com as narinas dilatadas.

– Está de perfume? Passou gel no cabelo?

– Hum... um pouquinho.

Ela ergueu uma sobrancelha, cruzou os braços e esperou.

– Ma...

– Ashish. É só falar a verdade. Vai encontrar alguma garota lá? Uma de suas líderes de torcida?

Ashish suspirou. Pelo menos, não precisaria mentir.

– Não, não vou encontrar nenhuma líder de torcida nem nenhuma garota que você e Pappa não aprovam, está bem?

Ela o encarou por um momento e depois assentiu.

– Tudo bem. Quer tomar café da manhã antes de sair?

– Ah, não, não precisa, Ma. Obrigado.

Ashish percebeu que estava nervoso demais para comer. O que era bem estranho, já que não fazia ideia de como era Sweetie. Ele só sabia que a mãe dela aparentemente a achava gorda demais. Depois daquele telefonema, Ashish nem cogitou pedir uma foto dela para Ma.

Claro que ele podia procurá-la na internet; ela devia estar nas redes sociais – e Ma não tinha comentado que a tinha visto no jornal local nos destaques esportivos? Mas Ashish decidiu não fazer isso. Ele queria ver essa garota que já desafiava suas expectativas pessoalmente.

A pista da Piedmont era larga, mas não tão luxuosa quanto as pistas (sim, no plural) da Richmond. Ashish estacionou atrás da cerca de arame que a contornava e desceu de seu jipe. O dia estava frio e seco, e o vento bagunçou seu cabelo penteado com gel. Ele sentiu um leve frio na barriga – era a primeira emoção que sentia em muito tempo. *E eu nem conheço essa garota*, pensou. Ashish só sabia que Sweetie não tinha medo de tomar iniciativa, e ele gostava muito disso, mas muito mesmo.

Ela ainda não estava lá. Ashish atravessou a cerca, entrou na pista e olhou em volta. Não havia ninguém àquela hora. Seu celular apitou e ele o pegou do bolso.

Sweetie: Pronto pra correr?

Ashish se virou e então a viu. Ela tinha acabado de sair do carro e estava caminhando na direção dele, vestida com calça esportiva e uma camiseta de manga comprida. Seu cabelo não estava encharcado de óleo de coco. Mesmo à distância, dava para ver o sol cintilando nas ondas pretas de suas madeixas. O cabelo estava preso num rabo de cavalo alto, que balançava levemente a cada passo. Conforme Sweetie se aproximava, ele foi notando outros detalhes.

Sua pele era suave e tinha uma cor cremosa parecida com a pulseira de pedra da lua que ele comprara para Ma no Dia das Mães no ano passado, um tom ou dois mais claro que a pele dele. Seu passo era confiante e seus quadris cheios se agitavam com seu caminhar. Ela sorriu.

Ashish piscou. Então ela não era o tipo de garota que saía na *Sports Illustrated*. Não era como nenhuma outra garota que ele ou seus amigos costumavam namorar. Mas até ele, em seu estado de falta de charme atual, podia ver que havia algo especial ali. Um magnetismo, algo que o fez cobrir a distância entre eles mesmo que Ashish tivesse dito a si mesmo que agiria naturalmente. Droga!

– Oi – ele disse, se obrigando a não se demorar demais nos olhos de avelã da garota, mas não conseguindo se conter. Esticou uma mão. – Ashish.

Ela aceitou o cumprimento com sua mão macia e pequenina, e Ashish sentiu a própria mão amolecer automaticamente.

– Sweetie. – Estreitando os olhos sob o brilho do sol, ela olhou para ele. Uau, ela era tão baixinha quanto Ma. – Está pronto pra correr?

Certo. Ela tinha escrito isso na mensagem também, não?

– Correr. Como...? – Ele olhou para a pista.

– Sim. Venha. Vamos apostar uma corrida de quatrocentos metros.

Ashish ficou encarando-a com as sobrancelhas franzidas.

– Ah...

– É uma volta completa na pista. – Ela foi até a linha de largada, e ele se apressou para segui-la.

– Certo, mas... por que é que estamos fazendo isso mesmo?

Ela o olhou com uma expressão séria.

– Pra tirar isso do caminho.

Ele esperou, mas não parecia que Sweetie diria mais nada.

– Sabe...

– Você vai ver – ela disse, se posicionando. A garota gesticulou para a marcação onde Ashish deveria se posicionar. – Beleza, então quando eu disser "Vai". Pronto?

Ele abriu a boca para fazer mais uma pergunta, mas então a fechou, acenou com a cabeça e se virou. Depois, imitou a postura dela, com a bunda voltada para cima e as mãos no chão.

– Um, dois, três... VAI!

Capítulo 8

Ashish

ASHISH disparou feito um foguete. Estava começando a se perguntar se deveria diminuir o ritmo para dar uma chance para a garota quando a sombra dela assomou sobre ele. Mal teve tempo de olhar para trás e Sweetie já o tinha ultrapassado, com uma expressão de quem estava na Bolatopia. Ou, no caso dela, na Corridatopia.

Bolatopia era um termo que ele, Oliver e Elijah tinham inventado para descrever aquela sensação de pura adrenalina e êxtase que vinha quando se acabava com alguém na quadra. Era uma espécie de transe. Nada podia tirar Ashish da Bolatopia quando ele entrava nela. Fazia alguns meses que isso não acontecia, graças à Celia, mas isso era outro assunto.

Ashish quase teve vontade de parar para observar Sweetie. Ele queria ficar babando pela cara que ela fazia estando na Corridatopia. Queria muito voltar para a Bolatopia, mas, nos últimos três meses, só conseguiu pastar em volta da circunferência da bola.

Ashish continuou correndo enquanto notava algumas coisas nela. A forma como suas pernas devoravam a pista com facilidade. Seus braços pendendo soltos, sua respiração perfeitamente ritmada, seu lindo rabo de cavalo balançando. Ela era poderosa. Graciosa. Maravilhosa.

E estava deixando Ashish no chinelo.

Ashish se esforçou para valer, mas viu que não tinha por quê. Ele não tinha a menor chance. Vencer era grande parte de sua identidade – ele era assumidamente competitivo. Mas vê-la o derrotando na pista sem misericórdia não feria seu ego de jeito nenhum. E mais estranho ainda era perceber que, ao se aproximar da linha de chegada, ele estava sorrindo.

Sweetie já estava lá. E também estava sorrindo, com as mãos no quadril. Mechas de cabelo estavam grudadas em sua testa e pescoço suados; e gotinhas escorriam ao longo de seu nariz delicado. Ashish achou esse detalhe quase dolorosamente fofo, e teve que ajustar sua expressão para parecer mortificado.

– Nossa, cara – ele disse. – Como assim? Você tomou pílula de cafeína com energético no café da manhã?

Ela deu risada.

– Não, só queria te mostrar.

– Me mostrar o quê? – Ashish se lembrou de que ela queria tirar isso do caminho, e franziu as sobrancelhas enquanto o suor entrava em seus olhos. Ele deu um passo para trás e se sacudiu feito um cachorro.

– Boa ideia – ela falou, como se estivesse impressionada.

Então o imitou. Ele ficou observando o arco de suor que ela produziu na luz do sol, parecendo gotas de chuva de cristal. E tentou não olhar para as outras partes de sua anatomia que ficaram bem delineadas, agora que sua camiseta estava molhada. Quando terminou, Sweetie inclinou a cabeça.

– Queria te mostrar que não sou preguiçosa nem doente ou qualquer uma das várias coisas que as pessoas tendem a pensar de mim. Nem que estou na corrida porque meus pais conhecem alguém. Eu sou muito *boa*.

Ashish assentiu, sentindo que a garota tinha mais a dizer.

– E antes que me pergunte, consigo correr porque treino muito. Meu peso não tem nada a ver com a minha saúde. Eu deixo todo mundo da Piedmont no chinelo. Garotos e garotas.

– Acredito totalmente – Ashish disse, sério. – Vai correr na universidade?

– É o plano – ela respondeu, olhando-o de um jeito estranho.

– Legal. Eu vou jogar basquete.

Ela assentiu, ainda com aquela expressão estranha no rosto. Então ela enfim disse:

– Tem alguma pergunta sobre o meu peso e a corrida?

Ashish pensou um pouco e deu de ombros.

– Não. Por quê? Já vi que você é ridiculamente talentosa.

Sweetie sorriu. E foi como um raio de luz perfurando as nuvens; Ashish sentiu o coração dormente se iluminar um pouquinho. Os dentes dela eram perfeitos e do mesmo tamanho, pareciam Chiclets enfileirados. Não, Chiclets, não. Tic Tacs. Tic Tacs brancos. Não, também não era isso. Putz, ele realmente precisava mandar bem nos elogios se quisesse conquistá-la com seu charme característico (que aparentemente estava hibernando).

– Mas tenho outra pergunta – ele disse.

– Certo.

– Por que me chamou aqui pra fazer isso? Além de querer provar que claramente eu sou um corredor ruim, quero dizer. – Ele deu um sorrisinho para mostrar que não tinha levado para o pessoal. Se era para perder para alguém em algum esporte, que fosse para alguém tão fodona quanto Sweetie.

Eles começaram a caminhar para as arquibancadas. A brisa soprou, trazendo o cheiro dela. Mesmo suada, a garota exalava um aroma suave e doce – parecia caramelo misturado com algo inebriante e feminino. Ele se aproximou alguns centímetros para que seu braço roçasse no dela. Sweetie enfiou uma mecha de cabelo atrás da orelha, como se estivesse nervosa. Ashish torceu para que fosse isso.

Eles se sentaram pertinho e Sweetie respondeu sua pergunta.

– Te chamei aqui porque ouvi minha mãe falando com a sua. Sobre... – Ela olhou para os pés e depois para ele. Pela forma como suas mandíbulas estavam cerradas, Ashish percebeu que estava reunindo coragem para dizer o resto. Ao ouvir sua voz trêmula, teve que conter a vontade de abraçá-la. *Nada indelicado, Ash. Você acabou de conhecer a garota.* – Sobre eu ser gorda demais pra namorar você.

Ashish se encolheu diante da palavra.

– Ei, não diga isso.

Sweetie o olhou com franqueza.

– Por que não? Não me incomoda nem um pouco. – Ela fez uma pausa, pensando no que ia dizer. – O que me incomoda é minha mãe pensar que isso é motivo pra eu não poder namorar alguém como você. Mas essa palavra? Eu não tenho nenhum problema com ela.

– Sério?

Ela deu de ombros.

– Claro. Quero dizer, a palavra "gorda" não é intrinsecamente ruim nem nojenta. São as pessoas que entendem assim. "Gorda" é apenas o oposto de "magra", e ninguém tem problema com "magra". Então, pra mim, "gorda" é só mais uma palavra para me descrever, assim como "indiana", "garota" ou "atleta".

Ashish fechou a boca, calando todas as respostas que tinha preparado e pensando com cuidado no que dizer. Por que *mesmo* "gorda" era uma palavra tão ruim para a maioria das pessoas? Ao observar Sweetie, ele teve um pressentimento de que havia muitas coisas com as quais ela teve que lidar durante toda a vida que jamais tinham lhe ocorrido.

– Você está totalmente certa – ele falou devagar.

– É, tipo, obviamente as pessoas podem jogar isso na minha cara, como *já* fizeram, como se fosse um insulto. Mas quando eu falo, não é isso. É quase um jeito de pegar a palavra de volta e reivindicá-la, se é que faz sentido.

Ashish assentiu.

– Faz sentido.

– Que bom. Então... sobre a sua pergunta. – As palavras pareciam jorrar dela de uma vez. – Eu te mandei mensagem ontem porque ouvi sua mãe falar que o meu peso não era um problema pra ela nem pra você. Daí, agora que você me viu e viu meu corpo fazendo o que ele faz de melhor – Ashish teve que se obrigar a parar de pensar besteira –, queria saber se era verdade o que sua mãe falou. Que meu peso não é um problema pra você. Ou você está mais para a linha de raciocínio da minha mãe, que acha que um casal composto por uma garota gorda e um garoto magro só vai ser motivo de piada?

Ashish a olhou um pouco desconcertado. Era óbvio que a garota tinha pensado bastante sobre o assunto. E falar assim tão abertamente sem conhecê-lo era... algo verdadeiramente corajoso. Ele não conhecia ninguém como Sweetie, e, sem brincadeira, estava muito, mas muito intrigado. Pensou num milhão de coisas charmosas para dizer. Tipo "Só vou ter um monte de você pra amar" ou "Garotas magras tipo modelos não fazem meu tipo". Por fim, escolheu dizer apenas a verdade.

– Eu te acho linda. E nem estou falando por dentro, apesar de ter certeza de que você também é. Quando você corre... vejo poder e paixão. Foco e dedicação. Vejo alguém que não tem medo de quebrar as expectativas alheias. E, pra mim, isto é muito mais atraente que um número numa balança. – Ele fez uma pausa, então continuou depressa: – Certo, você é muito bonita. Estou sendo cem por cento sincero.

Sweetie o encarou em silêncio. Ele se perguntou o que ela estava vendo. Depois de um momento, a garota o presenteou com um sorrisinho.

– Acredito em você.

– Ótimo. Então... esse é o seu jeitinho de me chamar pra sair? – Ele apontou o queixo para a pista diante deles. – Apostando corrida e me fazendo perder?

Ela estreitou os olhos.

– Se fosse assim, significaria que sair comigo é o castigo do perdedor.

Ele congelou.

– Não foi isso o que eu quis dizer...

Ela soltou uma risada, e aquele som delicioso o lembrou de um sino ressoando no templo.

– Eu estou brincando. Mas... sim. Tipo, sei que minha mãe não quer que a gente namore, só que... – Ela deu de ombros, brincando com o rabo de cavalo. – Sabe aquela vontade que surge às vezes de ligar o "foda-se" e só fazer o que se tem vontade?

Ashish também soltou uma risada, que saiu um pouco histérica.
– Você basicamente acabou de descrever minha vida e o motivo de o meu pai ter tido úlcera dois anos atrás. – Mais calmo, ele acrescentou: – Na verdade, nos últimos tempos eu estou mais disposto a deixar que meus pais tomem algumas decisões por mim. Foi por isso que minha mãe encurralou você e sua mãe.

Sweetie sorriu.

– Ela não nos encurralou. Sua mãe é uma graça. – Sweetie esperou um pouco e acrescentou: – Então o que foi que aconteceu? Para conter a sua rebeldia? – ela perguntou de um jeito brincalhão, mas Ashish não conseguiu devolver o sorriso.

– Ah, nada que valha a pena contar. Mas sim. – Ele olhou para ela. – Estou dentro.

Sweetie abriu um sorriso largo.

– Sério? Quer mesmo fazer isso escondido dos nossos pais e tudo?

Ele pegou a mãozinha quente dela e também sorriu.

– Com certeza.

Quando Sweetie o olhou, Ashish perdeu o fôlego. De repente, sua mão parecia ser feita de eletricidade, se espalhando por sua pele. Havia uma faísca interessante entre eles.

O celular dela vibrou.

A garota deu um salto para trás e pegou o aparelho no bolso.

– Desculpe, é minha mãe. Achchan está voltando de viagem hoje e preciso me arrumar...

Ashish ignorou a pontada de decepção que sentiu no coração.

– Claro, não se preocupe. Posso te ligar mais tarde?

Ela afastou o celular e sorriu para ele. Então apertou seu braço, enviando uma onda de calor pelo seu corpo.

– Sim, eu adoraria.

Então, Ashish notou, enquanto a observava ir embora, que o fim de semana tinha sido um pouco diferente do que esperava. Ele tinha a impressão de que não passaria a noite bebendo refrigerante todo desanimado no terraço. E ficou sentado na pista, assobiando, até bem depois de Sweetie ter partido.

Sweetie

Sweetie dirigiu de volta para casa com um sorriso no rosto. As coisas tinham saído bem melhores do que esperava. Quando percebeu que tia Sunita era gentil e soube que nem ela nem Ashish tinham os mesmos problemas com o seu peso que Amma, a garota pensou que ele merecia uma chance. E não errou.

Ela colocou "Bol do na zara", uma música romântica hindi, e cantou a plenos pulmões. Tudo bem, era só o primeiro encontro. Mas havia algo em Ashish Patel. Algo totalmente atraente. Não era só seu corpo, apesar de ter sido difícil manter os olhos longe daqueles bíceps absurdos e dos ombros largos. Havia algo nele... por trás daquele sorriso atrevido e daquela risada solta – algo vulnerável e quase triste. Algo definitivamente solitário, que ficou evidente quando ela perguntou o que estava contendo a rebeldia dele. O que quer que tivesse acontecido tinha o deixado mais maleável e doce, o transformando em alguém que Sweetie queria conhecer melhor.

Ela mal podia esperar para que Ashish ligasse. Para onde eles iriam no primeiro encontro oficial? Será que ela esconderia tudo de Amma e de Achchan? A garota sentiu uma onda de culpa envolver seu cérebro, que foi instantaneamente quebrada pela expectativa animada. Estava fazendo isso para *si*. Para mostrar a si mesma que o que ela sabia dentro de seu coração – que ela era linda e valiosa – era a mais completa verdade. Deu risada. Era seu primeiro ato de rebeldia aos quase 17 anos. Já estava na hora, caramba!

Achchan chegou assim que Sweetie terminou de se arrumar, tendo tomado banho e vestido um *salwar kameez* bem bonito.

– *Molu kutty*! – ele disse quando a viu, a puxando para um abraço com cheiro de aeroporto. Achchan era tão grande que seus braços realmente envolviam Sweetie, o que a fazia se sentir meio pequena. O que era bem diferente de estar perto de Amma, que tinha o tamanho de um *hobbit* (sem pelos nos pés) e a fazia se sentir um *troll.* – Como vai a minha filha favorita?

Sweetie riu enquanto caminhava de braços dados com o pai até a sala de estar.

– Sou sua única filha, Achcha. Eu estou bem. Como foi a viagem?

Ele grunhiu. Só tinha passado uma semana fora, mas sempre dizia que deixá-las era a coisa mais difícil de seu trabalho.

– Por favor, não quero falar sobre isso. Como foi o treino na sexta? Bateu seu próprio recorde?

Ela sorriu.

– Sim. Por dois segundos completos.

– *Adipoli*! Toca aqui! – O rosto dele ficou vermelho de pura alegria.

Olhando para seu rosto redondo e quase angelical, para o seu bigode preto e grosso com mechas grisalhas e para sua barriga grande e macia, Sweetie sentiu uma pontada de ternura. Achchan sempre a aceitou sem questionar nada. Era como se ela fosse mais filha dele do que de Amma. Eles tinham o mesmo coração – dividido em dois.

– O que mais você fez neste fim de semana? – ele perguntou assim que Amma chegou e sorriu para ele.

Achchan deu um beijinho no rosto dela, que lhe devolveu um sorriso carinhoso. Esse era o máximo de afeição que demonstravam na presença da filha, mas Sweetie achava que devia ser diferente quando eles ficavam sozinhos. A existência dela era prova disso, certo?

Eca! Talvez fosse melhor não pensar nisso.

– Fomos à feira dos produtores. Vendemos todos os doces.

– *Excelente*! – Achchan soltou. – Está na hora de expandir o seu império, Vidya.

Amma apenas riu e revirou os olhos.

– Você deve ter um monte de clientes pra ter vendido tudo, não? – Achchan perguntou, pegando um copo d'água.

Amma olhou para Sweetie antes de responder.

– Não, não. Vendi tudo para a mesma pessoa. Ela é uma grande fã.

– Ah, que legal. – Achchan bebeu sua água. – Não me surpreende, sabe, Vidya. Seus doces são de outro mundo.

Sweetie sentiu seu estômago se contorcer. Amma não iria contar para Achchan sobre o encontro com tia Sunita. Ela sabia exatamente o que sua mãe diria se a confrontasse: *Para que incomodar Achchan com algo que nunca iria acontecer?* Sentiu uma descarga de raiva. Amma pensava que podia controlar tudo na vida de Sweetie – com quem ela saía, o que vestia, o que Achchan sabia. Só que a mãe não podia controlar seu coração. Não podia controlar Ashish.

– Vamos almoçar no It's All Greek to Me? – Achchan perguntou ao terminar sua água. Era o ritual deles; sempre que o pai voltava de viagem, eles iam ao restaurante grego para comer *gyros*.

– Claro – Sweetie concordou. Enquanto ele pegava a chave do carro, ela acrescentou: – Se importam se eu dirigir?

Isso era inédito. Sweetie nunca dirigia quando seus pais estavam com ela. A garota ficou observando a boca dele se abrir de leve e o rosto de sua mãe ir de desconfiado para irritado e vice-versa.

– Por quê? – Amma enfim perguntou.

– Porque eu quero? – Ela tossiu e tentou de novo, se livrando da interrogação. – Porque eu quero. – Seu coração batia disparado dentro do peito; nunca tinha sido tão assertiva em toda a sua vida.

Amma ia dizer algo, mas Achchan a silenciou com uma mão em seu ombro.

– Tudo bem, Vidya. Vamos deixar Sweetie dirigir. Afinal, ela vai nos dar muita carona quando formos velhos! É melhor mesmo começar a praticar. – Ele se pôs a gargalhar, se achando muito sagaz. Amma concordou com um leve aceno de cabeça.

Sweetie sorriu, a caminho da porta. Nossa, como era bom fazer as coisas do seu jeito, dizer o que queria. Talvez ela pudesse pedir outras coisas. Talvez fosse só o começo da transformação da Servil Sweetie para a Sensacional Sweetie, um pouquinho por vez. *Aguarde, mundo. Estou chegando.*

Capítulo 9

Ashish

ASHISH entrou em casa cantarolando uma música nada máscula, "Love You like a Love Song", da Selena Gomez. Nossa, se os caras do time o ouvissem, nunca mais iriam parar de encher o saco dele.

Ashish atravessou o vestíbulo, acenando a cabeça e sorrindo para Myrna, a governanta da família, que ergueu a sobrancelha grossa e loira para o rapaz, surpresa. Enquanto entrava na sala de estar, decidiu tomar um banho e ver o que Oliver e Elijah estavam fazendo. E, claro, pensou em contar casualmente as boas novas: ele enfim tinha dado a volta por cima, como os amigos haviam insistido. E com a melhor corredora de Piedmont, que por acaso também era atleta e absolutamente maravi...

Ele parou de repente. Seus pais estavam sentados no sofá. Tinham fechado as cortinas para deixar a sala mais escura e ligado apenas uma luz no canto. E o encaravam muito sérios.

– Ah, oi – ele disse, lambendo os lábios. Eita. Por que essa *vibe Poderoso chefão*?

– Ashish, *idhar aao*. Venha se sentar, *beta*. – Ma deu batidinhas na cadeira ao seu lado.

Putz. Seu pai só ficou encarando-o com os olhos apertados e a mandíbula cerrada. O que não era nada bom. Essa expressão lhe comunicava: "Alguém vai ser demitido hoje". Ele a tinha visto uma vez quando era pequeno e seu pai teve que levá-lo ao trabalho porque Ma estava doente. Ele nunca se esqueceu. Sua bunda até se contraiu de nervoso.

Ashish se sentou. Ele queria fazer milhões de perguntas, mas o instinto lhe disse para esperar. Para deixar que *eles* falassem primeiro e então decidir o que dizer. Era como um jogo cuidadoso de gato e rato que foi aperfeiçoando ao longo dos anos.

– Ashish... *kahaan thay tum*? Onde você passou a manhã? – A voz de Pappa estava baixa, quase um grunhido. Ma colocou a mão no joelho dele pedindo que se contivesse, mas ele a ignorou e continuou encarando o filho.

– Eu... te contei. – Ashish olhou para a mãe. Ele não gostava de mentir para ela, mas desta vez não se tratava somente dele. Era sobre Sweetie também. – Eu estava com... hum, Elijah.

Ela o encarou com uma expressão suave e magoada.

– Você me disse que estava com Oliver.

– F-foi isso que eu quis dizer – Ashish se corrigiu depressa. – Elijah também estava lá.

– Sério? – Seu pai se inclinou para a frente. – Vai querer mesmo mudar sua história?

– Não precisa interrogá-lo, Kartik – Ma disse gentilmente. Depois olhou para o filho e disse: – Oliver e Elijah vieram aqui te procurar.

Droga! Pego em flagrante na mentira. Ele manteve a neutralidade.

– Então me deixe perguntar mais uma vez: onde você estava, Ashish? – Pappa questionou, se recostando no sofá. Ele daria um bom mafioso se quisesse mudar de carreira. Sair do ramo da tecnologia e dos negócios e entrar no mercado de quebra de joelhos.

– Olhe, não sei o que vocês estão querendo com essa Inquisição Indiana aqui – Ashish disse, cruzando os braços. – Mas não vão arrancar nada de mim.

Ma olhou de Ashish para Pappa e de volta para Ashish.

– *Hai bhagwan*, às vezes vocês são tão parecidos que até me assusto. – Suspirando, ela disse: – Ashish, ninguém aqui está te interrogando. Só queremos saber a verdade. Você estava com a Celia?

Ashish os encarou.

– O quê? Não!

Ma ergueu as mãos.

– Não estamos te julgando, *beta*. Mas quando te vi todo arrumado... tive um pressentimento. E aí você mentiu pra gente, então... *Beta*, ela partiu seu coração. Acha que vale mesmo a pena?

Que ótimo! Agora seus pais estavam achando que ele era um perdedor que tinha voltado para a garota que o tratou feito lixo e o largou parecendo um zumbi perdido. Ashish passou uma mão pelo cabelo e apoiou os cotovelos nos joelhos antes de voltar a olhar para os pais.

– Olhem, Ma, Pappa... eu não estava com Celia. Juro.

Ma relaxou a expressão, mas a de Pappa continuou severa.

Ashish hesitou. Ele tinha falado para Sweetie que estava disposto a esconder as coisas dos pais e não queria faltar com a palavra. Mas também não podia mentir quando estava sendo interrogado desse jeito. Isso era bem diferente.

– A verdade é que eu menti mesmo para vocês. Me desculpem. Eu estava com Sweetie Nair. – Ele se esforçou para pronunciar o sobrenome dela corretamente porque não queria lhes dar mais um motivo para atacá-lo.

Ele observou a expressão de seu pai derreter e mudar de pura treva para confusão e então raiva mortífera. Ma congelou numa máscara de imparcialidade. Até que era engraçado.

– Sweetie Nair? – Ma perguntou. – O que você estava fazendo com ela?

– Sweetie Nair! A mãe dela não disse que não queria que vocês namorassem? O que você estava pensando, Ashish? – Pappa rugiu. Depois se virou para Ma e disse: – O que acha que ele estava fazendo? Devia estar no rala e rola, como fez com as outras garotas! Está tentando arruinar a vida dela?

Ashish olhou para eles sem acreditar.

– Nossa, beleza. Que tal nos acalmarmos e diminuirmos o drama bollywoodiano? Aliás, obrigado pelo voto de confiança, Pappa. Eu não estava arruinando a vida dela com "rala e rola" nenhum. – Ele gesticulou as aspas um pouco ferozmente, como se estivesse esmurrando o ar. – Se querem saber, a gente foi... correr.

Desta vez, tanto Pappa quanto Ma expressaram confusão.

– Correr? – eles falaram juntos. – É alguma gíria para "rala e rola"? – Pappa acrescentou, irritado.

– Vocês querem parar com essa história de rala... certo, tudo bem. – Ashish respirou fundo para afastar o aborrecimento. – Sweetie Nair me mandou uma mensagem ontem à noite. Ela ouviu a mãe dela e Ma conversando. Ma, ela te ouviu dizer que o peso dela era um motivo bobo para a mãe não permitir que a gente namorasse. – Ele levantou a mão quando Ma abriu a boca para protestar. – Sei que você não falou exatamente isso, mas foi mais ou menos o que Sweetie ouviu. Ela queria conversar comigo pessoalmente. E... – Ele deu de ombros. – Como não é uma supermodelo magrela, Sweetie queria que eu visse que ela não é preguiçosa nem nada do que costumam dizer sobre pessoas gordas. – Ele se obrigou a pronunciar a palavra com naturalidade, como a garota tinha feito. – E a verdade é que ela me deixou impressionado pra caramba. Ela me deixou no chinelo lá na pista. E é muito legal e inteligente. E... a gente decidiu que quer namorar.

– Ah, é? Vocês decidiram namorar, é? – Pappa disse, enquanto seu rosto ficava cada vez mais vermelho. – Sem nem perguntar aos seus pais?

– Ashish, os pais de Sweetie não sabem. Não está certo fazer isso escondido. – A voz de Ma era suave e suplicante.

– Não. Sabem o que não está certo? Que a mãe dela decida que ela não é boa o suficiente pra me namorar por causa do tamanho de roupa que usa. Concordam? Sweetie é gentil, inteligente, motivada *e* linda. Se querem mesmo que eu pare de namorar as garotas que namorei antes, então vocês não podiam ter encontrado garota melhor.

– *Bilkul nahin*! Eu o proíbo! – Pappa vociferou.

Ma, no entanto, observava Ashish, pensativa. Ela colocou uma mão no braço de Pappa e disse:

– Ashish, será que você pode nos deixar sozinhos por um momento? Eu te chamo daqui a pouco.

Ele desviou o olhar de Ma – ela com certeza estava tramando algo por baixo da máscara de imparcialidade – para Pappa, ainda furioso. Deu de ombros e se levantou.

– Tudo bem.

Ashish cruzou a sala de estar espaçosa e foi até a sala de jantar. Não havia portas separando os cômodos, apenas um arco enorme, mas era longe o suficiente para que ele não ouvisse a conversa. Bem, a *maior parte* da conversa.

De vez em quando, ele pegava algumas frases soltas (principalmente porque Pappa parecia estar gritando e Ma teve que levantar a voz para ser ouvida).

– ...não é apropriado! – Pappa disse.

– ...primeira vez que ele... boa garota... – Ma retrucou.

– ...rala e rola! – Pappa.

– ...nossa chance... ele tem uma reputação... boa família... dê um jeito de convencê-los, uma hora... – Ma.

– ...regras. Não tem negociação! – Pappa.

– Certo.

– Ashish? Ashish? – Ma de novo.

Silêncio.

Ashish se levantou. Ah, ela não estava mais falando com Pappa, mas tentando chamar sua atenção. Ele atravessou a sala de jantar depressa e se sentou na mesma cadeira de antes. Seus pais o encararam sem dizer nada, como se fossem dois manequins que só mexiam os olhos.

– Voltamos à esquisitice, então?

Pappa ergueu uma sobrancelha.

– *Kya*?

– Nada – Ashish murmurou.

Ma falou primeiro:

– Ashish, nós decidimos, depois de muita deliberação, permitir que você namore Sweetie.

– E vocês não vão contar para os pais dela?

– Não. – Ma levantou um dedo quando ele sorriu. – Mas não porque achamos que é o certo. E sim porque... bem, porque pensamos que isso te fará bem. Você sempre foi resistente quanto a aprender sobre a nossa cultura, talvez porque Pappa e eu tenhamos te pressionado demais e você ache que tudo o que dizemos é "chato". De algum jeito, a família de Sweetie conseguiu criar uma filha respeitosa e conhecedora da própria cultura. Quem sabe estando com ela você se interesse mais? Além disso, *beta*, tenho medo de que você fique com a fama, dentro da comunidade indiana, de que é rebelde e se acha melhor do que as garotas indianas. Pappa e eu nos preocupamos com esse fato, e acreditamos que isso possa mudar essa percepção.

Ashish riu.

– Então isso é tipo uma campanha de relações públicas para a minha marca pessoal?

Pappa o encarou.

– Não estamos brincando, Ashish. Não se trata apenas de você, mas da reputação de toda a nossa família. Pense em Rishi e Dimple. Quer que o foco esteja na sua rebeldia quando chegar a hora de eles anunciarem o noivado? De começarmos o planejamento do casamento dos dois?

Ashish suspirou. Ali estava: tudo era sempre sobre Rishi, o filho de ouro.

– Não, claro que não.

Pappa deu um leve aceno de cabeça.

– Que bom.

– Vamos contar aos pais dela mais pra frente – Ma disse. – Até lá...

– Você deve seguir algumas condições, se quiser namorar a garota.

Ashish congelou.

– Hum... que tipo de condições?

– Vocês só podem ir a lugares aprovados por nós... – Pappa declarou, com um sorriso presunçoso no rosto.

O garoto piscou.

– Esperem, como assim? *Vocês* vão me dizer pra onde devo levar Sweetie?

– Sim. Serão quatro encontros. Você deve ir a todos, ou nada de acordo. – Ma levantou uma sobrancelha. – A escolha é sua.

Ashish abafou uma risada.

– Sabem que eu poderia só namorar escondido de vocês, certo? Tipo, eu tenho carro e ela também.

Ma pegou o celular na mesinha lateral.

– Posso ligar pra mãe dela agora mesmo e contar o que os dois andam planejando. Tenho a impressão de que Sweetie não vai poder sair pra nenhum lugar depois disso.

Ashish balançou a cabeça devagar.

– Quando foi que vocês viraram mestres do crime?

Pappa deu risada, claramente satisfeito com essa avaliação de seu personagem.

– Não estamos tentando te controlar, Ashish – Ma disse. – Só queremos o melhor para todos os envolvidos.

– Só que concordar com isso vai tirar toda a diversão da coisa.

Então um pensamento assustador lhe ocorreu.

– Esperem. Aonde acham que podemos ir sem que a gente, hum, arranje problemas?

– Ainda vamos pensar melhor na lista – Pappa disse, juntando os dedos. – Mas, o primeiro encontro concordamos que deveria ser no mandir.

Ashish olhou de um para o outro, torcendo para que abrissem um sorriso para mostrar que era só uma brincadeira. Só que os pais continuaram encarando-o. Ele passou a mão no rosto e tentou se recompor.

– Estão falando sério? Vocês querem que eu a leve ao *templo* no primeiro encontro?

– Por que não? – Pappa indagou. – É um lugar auspicioso, e vai trazer bons presságios.

Ashish olhou para Ma, suplicante, numa última tentativa de salvar o lance.

– Fala sério, Ma. Você acha mesmo uma boa ideia ou Pappa te intimidou?

Ma deu risada.

– Pappa não me intimida, Ashish. Não pense que minha natureza pacífica é uma fraqueza. O mandir foi ideia minha. Não se preocupe, vamos pensar em três outros lugares igualmente adequados para que leve Sweetie.

– Essa é a nossa proposta. É pegar ou largar – Pappa ofereceu. – E se você largar, vamos contar para os pais de Sweetie.

– Isso mesmo. – Ma deu de ombros. – Pelo menos assim, quando nós contarmos a eles, podemos dizer que guiamos vocês dois para nos certificar de que nada de impróprio acontecesse.

– E aí, você aceita nossas condições? – Pappa perguntou. – Negócio fechado?

Ashish suspirou e fechou os olhos.

– Sim, negócio fechado.

– Excelente! – Ma disse, sorrindo. – Então é melhor você falar para Sweetie te encontrar aqui para a gente contar as boas novas.

– E para que eu possa conhecê-la – Pappa acrescentou alegremente.

– Mal posso esperar – Ashish murmurou, pegando o celular.

Capítulo 10

Sweetie

– **MÊS QUE** vem certo alguém vai fazer 17 anos – Achchan disse, enfiando uma *baklava* inteira na boca. Sweetie também tinha dois daqueles doces cobertos de mel em seu prato, para o desespero de Amma. – O que teremos na festa? Mágicos? Animaizinhos?

Sweetie deu risada, tentando não revirar os olhos.

– Achchan, não tenho mais 8 anos.

– Certo, então fale o que você quer e vamos providenciar! O que os jovens descolados curtem hoje em dia?

Sweetie comeu um pedaço de sua *baklava*.

– Bem, não sei sobre os jovens descolados, mas eu pensei que seria legal ter uma daquelas fontes gigantes de chocolate. Sempre quis experimentar, e acho que as crianças também vão gostar.

– Não é uma boa ideia – Amma disse, cruzando as mãos na mesa do restaurante.

– *Alle*? – Achchan questionou. – Por que não? Ouvi dizer que não é tão caro assim.

– Não acho que Amma esteja falando do custo – Sweetie falou baixinho, com as mãos trêmulas embaixo da mesa. Estava começando a ficar muito, mas muito cansada dessa fixação irracional de Amma em seu peso. Talvez fosse por conta daquele simples ato de rebeldia de ter encontrado Ashish Patel e decidido namorá-lo escondido, mas era como se algo muito intenso e volátil estivesse começando a se acender dentro dela. – Ela está falando do meu peso.

Achchan pigarreou.

– Vidya... é o aniversário dela. Com bolo e tudo.

– *Athey*. Mais um motivo pra ela não precisar de uma fonte de chocolate.

Então agora Amma estava implicando com o que a filha vestiria na festa *e* com o que comeria lá. O que mais ela poderia proibir? Quanto ar Sweetie poderia respirar? Quais palavras poderia dizer, sendo gorda? Quem sabe ela não devesse nem falar sobre comida. Sabe, só para as pessoas não pensarem que era uma espécie de glutona. Para não envergonhar Amma de novo. Dava até para sentir as palavras fazendo cada vez mais pressão atrás de seus dentes, até ela ter certeza de que não seria capaz de não gritar.

– Banheiro – ela soltou, se retirando da mesa e saindo em disparada, deixando os pais para trás, confusos.

Seus olhos estavam queimando com as lágrimas, e ela tentou afastá-las piscando. Por sorte, o banheiro estava vazio. A garota se trancou numa cabine e fez uma ligação.

– Oi, Sweetie?

Só de ouvir a voz de Anjali Chechi, ela já se sentiu mais calma.

– Oi. Está ocupada?

– Nunca estou ocupada pra você. O que está acontecendo, maninha?

Sweetie sorriu. Anjali Chechi era sua prima mais velha. Uma cirurgiã bem-sucedida, casada com um desenvolvedor de *video game* igualmente bem-sucedido e... gorda. Ela era filha do irmão mais velho de Achchan, e irritava Amma mais que tudo. Porque como é que Anjali ousava ser feliz, bem-sucedida *e* gorda? Amma não gostava quando Sweetie ficava mais confortável em sua própria pele após uma conversa com a prima ao telefone ou com uma de suas visitas. Uma vez, ela disse que Anjali Chechi acabaria a encorajando a levar uma vida não saudável. Amma acreditava que cercá-la de revistas de fofoca de celebridades de Bollywood e de catálogos de moda a inspiraria a perder peso. Mas, com Anjali Chechi, Sweetie podia ser apenas ela mesma. Ela vivia sendo obrigada a encarar a si mesma como a foto do "antes". No entanto, quando conversava com a prima, percebia que a foto do "depois" poderia ser dela neste momento. Sweetie não precisava emagrecer para se tornar a história de sucesso que Amma queria tão desesperadamente que ela fosse.

– Nada, só estou tendo um almoço *maravilhoso* com Amma e Achchan.

Anjali Chechi obviamente notou o sarcasmo e a mágoa na sua voz. Ela respirou fundo.

– Ah. Desembucha.

– Não vale a pena. É mais do mesmo, sabe? Não posso vestir a roupa que eu quero porque ela expõe demais a minha pele gorda. Eu não posso ter uma fonte de chocolate no meu aniversário porque preciso perder peso. Não posso namorar um cara magro porque sou feia demais pra ele.

– Epa, epa. Tem um garoto na história? Que garoto?

– O nome dele é Ashish Patel. Ele é a maior estrela do basquete da Escola Richmond e a mãe dele queria que a gente namorasse, mas Amma acha que não somos compatíveis porque as pessoas vão rir de nós.

Ao fundo, Sweetie ouviu Jason, o marido de Anjali (ela tinha se casado com um branco – outra razão para Amma não a entender). Anjali disse "Ashish Patel" longe do telefone, com uma voz abafada. Voltando para a conversa com Sweetie, ela acrescentou:

– Espere aí. Jason está pesquisando sobre o cara. – Pausa. – Ah, uau. Ele é lindo mesmo!

Sweetie se sentiu aquecer um pouco.

– Ah, sim, ele é. Só que, segundo Amma, Ashish é areia demais para o meu caminhãozinho.

– Isso é *ridículo* – Anjali disse, com uma veemência carinhosa. – Você é linda, e não estou falando só por dentro.

Sweetie sorriu.

– Pois é, foi exatamente o que Ashish disse.

Anjali Chechi fez uma pausa, pensando.

– Espere. Como assim foi o que ele disse?

– Me encontrei com ele escondido de Amma. E de Achchan também, porque meu pai estava viajando. Eu, hum, meio que apostei uma corrida com esse garoto.

Anjali Chechi soltou uma gargalhada.

– Legaaal. E aí? Como foi?

– Ótimo. Ele é... hum, muito legal. Quero dizer, eu ganhei, é claro, mas ele ficou de boa com isso, ao contrário de alguns caras. E pareceu não ter problema nenhum com meu peso de verdade. – Suas bochechas ficaram vermelhas só de lembrar que Ashish a chamara de linda.

– Ah, é? Estou detectando o indício de um primeiro amor?

Sweetie deu uma risadinha.

– Pare com isso. Enfim, acho que o plano é continuar saindo com ele escondido de Amma e Achchan.

– Hum. E como você se sente em relação a isso?

Sweetie pensou um pouco.

– Surpreendentemente bem. Me sinto pronta pra fazer coisas que Amma considera totalmente inadequadas e pra tomar minhas próprias decisões, sabe? Tipo, eu sei que as pessoas são bastante cruéis e imbecis com gente gorda, não preciso te explicar isso. Tipo aquele moleque que no ano passado falou para Amma que ela deveria começar a vender vegetais, para o meu bem. E ela não respondeu nada.

Anjali Chechi soltou um assobio barulhento.

– Imbecil ignorante.

– Pois é. Mas tem uma parte minha dizendo pra eu me amar apesar de tudo, sabe? E quero dar uma chance pra Sweetie Amor-Próprio, ver o que ela acha de namorar um cara gostoso. Sabe?

– Entendo totalmente, mana. E te apoio cem por cento. Você sabe que meus pais não sabiam que eu estava namorando Jason até quase o noivado.

– É, eu me lembro. Eles queriam que você se casasse com um médico indiano. – Sweetie deu risada.

– Sim, sim, e eu escolhi o otário mais branco, liberal, de cabelo tingido e que curte camisa havaiana que podia encontrar. – Ela também riu. – Jason diz que me fez um favor.

– Ele fez mesmo! – Jason Chettan era uma das pessoas favoritas de Sweetie, depois de Anjali e dos pais dela.

– Verdade – Anjali Chechi concordou. – Então estaremos na sua festa no mês que vem. Quer algum presente especial?

Sweetie abriu a boca para dizer que a presença deles seria o presente perfeito, mas ao fechá-la, uma ideia começou a ganhar forma. Se ia mesmo fazer o que *ela* queria, descobrir o que *ela* achava sobre as coisas, então... – Na verdade, tem uma coisa que vocês podiam conseguir pra mim. – E ela explicou para a prima exatamente o quê.

Ashish mandou uma mensagem quando Sweetie estava voltando para casa. Ela se recolheu no banco de trás do carro depois do que Amma dissera no restaurante, e o clima ficou tenso, silencioso e esquisito. Não dava nem para saber se os seus pais tinham percebido o que estava acontecendo, mas se acharam estranho, não perguntaram nada.

Achchan ficou fazendo comentários aleatórios para quebrar o gelo – tipo, "Ah! Ar-Condicionado do Bob!" ao ver uma propaganda. Era melhor falar sobre isso do que enfrentar o que estava rolando ali dentro. Sweetie teria dado risada se não estivesse tão furiosa.

Seu celular vibrou.

Ashish: O que vai fazer mais tarde hoje?

O coração dela foi parar nas nuvens, como se fosse feito de penas e não de músculos.

Sweetie: Nada de mais pq?
Ashish: Vc pode vir pra minha casa

Hum. Será? Será que essa não era uma daquelas situações do tipo *Venha pra minha casa – piscadela, piscadela – pra gente dar uns amassos?* Ah, meu Deus! Ela ainda não estava preparada para isso. Seu coração apertou. Será que Ashish tinha falado aquelas coisas legais só porque pensou que Sweetie era fácil? Era um de seus maiores medos. E se acreditasse ter encontrado um cara legal, que gostava dela de verdade, para depois descobrir que ele só queria sexo? Essa ideia passou a aterrorizá-la depois que ouviu dois garotos na escola falando que garotas gordas eram fáceis porque estavam desesperadas por amor.

Pq?, ela digitou com mãos trêmulas.
Ashish: Fomos descobertos. Meus pais querem te conhecer

Ela ficou encarando a tela, apavorada. E ele acrescentou:

Ashish: Foi mal
Sweetie: Eles vão contar pros meus pais?
Ashish: Não, acho que não. Mas eles têm um plano do mal

Sweetie relaxou um pouco. Beleza, então Ashish não queria só transar e os pais dela não ficariam sabendo, aparentemente. Se os pais dele queriam criticá-la, tudo bem. Ela aguentaria. E perguntaria a Ashish se ele ainda estava a fim de namorar, porque o Projeto Sensacional Sweetie estava em curso. E se os pais dele também proibissem o relacionamento e o garoto se recusasse a desobedecê-los? *Aff.* Ela precisava parar de se preocupar tanto e só deixar as coisas fluírem. Ver o que iria acontecer. Se acalmar.

Sweetie: Blz posso ir umas 5?
Ashish: Ótimo

Ele mandou o endereço – é claro que a casa dele ficava na parte mais chique de Atherton – e ela guardou o celular. Sweetie ficou olhando para as costas de seus pais com o coração aos pulos. Eles não faziam ideia do que ela estava planejando – o que a deixava ao mesmo tempo animada e desconfortável. Seria tão mais fácil se não precisasse mentir. Se Amma a entendesse e Achchan a apoiasse mais.

Enfim. As coisas eram o que eram, e ela tinha que fazer o melhor com o que tinha. E isso era tudo.

Ashish

Ashish ficou andando de um lado para o outro no quarto, que tinha vista para a entrada circular da casa, pois assim poderia ver Sweetie chegar. Nossa, o que será que ela estava pensando? Os dois só tinham se visto uma vez e ele já tinha conseguido ser desmascarado e ainda por cima tinha desembuchado tudo para os pais descaradamente. Bem, ele podia pelo menos riscar a carreira de espião da lista de possibilidades.

O estranho era que Ashish estava disposto a seguir em frente com o plano ridículo de ir aos quatro encontros que Ma e Pappa determinariam (como algum tipo de mistura bizarra de agência de turismo/namoro), se Sweetie também estivesse. Se tivesse que escolher entre nunca mais vê-la ou concordar com o plano deles, bem... Se fosse honesto consigo mesmo, o garoto admitiria que seus pais tinham mandado muito bem escolhendo alguém que, pelo menos na superfície, tinha algo em comum com ele. Ashish sentiu um clique instantâneo e ficou encantado com ela.

Claro, o único *clique* que ele ouviria agora seria da porta se fechando atrás de Sweetie depois que ela descobrisse o que seus pais estavam planejando.

Então o pequeno sedã marrom dela entrou na garagem. Ashish ficou imóvel, a observando descer do carro, ajeitar seu longo rabo de cavalo e respirar fundo para então se dirigir para a porta. Ela era linda, mesmo insegura e nervosa. Ashish se virou e saiu correndo para encontrá-la.

Ele abriu a porta antes mesmo de ela tocar a campainha.

– Oi.

Só de vê-la ali na sua casa – com aqueles olhos grandes e doces que lembravam os de uma corça, aquele cabelo grosso e preto, aquele moletom esportivo e aquela calça –, ele teve vontade de sorrir.

Ashish só percebeu que tinha passado do ponto quando a garota franziu um pouco o cenho e perguntou:

– Você está bem?

Seu sorriso se desfez.

– Ah, sim. Estou bem. Entre.

Ela o seguiu sem falar nada.

– Então... obrigado por vir – ele disse a caminho do escritório, onde seus pais os esperavam feito leões famintos. Bem, então ele seria o gladiador. Ele protegeria Sweetie.

– Hum, sem problemas. Mas não sei o que eles querem de mim. Seus pais vão brigar comigo ou algo assim?

Ashish fez uma careta brincalhona.

– Infelizmente, é muito pior do que isso. – Eles estavam na porta do escritório. – É só que... hum, independentemente do que você decidir, eu vou te apoiar. Espero muito que diga sim, mas vou entender se quiser dizer não.

O rosto dela era pura confusão.

– Ashish, estou perdida.

Ele suspirou e abriu a porta.

– Você não é a única.

Capítulo 11

Ashish

OS PAIS de Ashish estavam sentados em poltronas de couro idênticas. Pappa lançou um sorrisinho para o filho e a garota, mas Ma se levantou para abraçar Sweetie.

– Que bom te ver, Sweetie. Este é meu marido, Kartik. – Ela sorriu. – Obrigada por vir.

– Sem problemas, tia.

Ashish gesticulou para o sofá, onde ele e Sweetie se acomodaram. Ele percebeu que ela não parava de mexer os dedos e quis segurar sua mão para fazê-la se sentir melhor.

– Sweetie, sei que você deve estar se perguntando por que te chamamos aqui hoje, então não vamos te enrolar. – Ma olhou para Pappa, que assentiu. – O negócio é o seguinte: não achamos certo você e Ashish namorarem escondido dos seus pais.

Sweetie ajeitou um pouco a postura, mas não falou nada. Seus dedos ficaram mais agitados ainda.

– Somos os seus pais – Pappa comentou, encarando Ashish –, e mentir para nós não vai te levar a lugar algum. – Ele olhou para Sweetie. – E você é uma garota indiana. Não foi assim que seus pais te criaram.

– Pappa – Ashish disse, resistindo à vontade de revirar os olhos. – Não foi só Sweetie quem mentiu. E o fato de ela ser uma garota não tem nada a ver com isso.

Ma levantou a mão, provavelmente pressentindo uma discussão que não teria vencedores.

– Seja como for, esse comportamento foi muito decepcionante.

– Entendo – Sweetie falou. – Não sei se concordo com tudo o que disseram, mas eu entendo. Não vai acontecer de novo. Sinto muito. – Ela fez que ia se levantar, e Ashish ficou observando, preocupado.

– Espere, *beti* – Ma disse com gentileza. – Não terminamos ainda. A verdade é que sabemos que você é uma boa garota. E deve ter tido um bom motivo para fazer o que fez. Não precisamos saber quais são suas razões; tenho certeza de que são pessoais. Mas também não queremos perder a oportunidade de Ashish namorar alguém como você. Então pensamos num plano. Se você e Ashish concordarem, não vamos contar para os seus pais por um tempo.

Sweetie olhou para Ashish, que levantou as sobrancelhas para ela de um jeito que dizia "Pois é, eles são superbizarros mesmo".

– Que... que plano? – ela finalmente perguntou, olhando de um para o outro.

Ma explicou toda aquela coisa dos quatro encontros. Enquanto Sweetie pensava na proposta em silêncio, os três tiveram que se esforçar para não a encarar – sem sucesso. Deus, a garota devia estar achando-os muito esquisitos. Ashish não julgaria se ela saísse correndo para a porta. Na verdade, talvez ele a julgasse se ela *não* fizesse isso.

Sweetie respirou fundo.

– Então... vocês estão dizendo que posso namorar Ashish, mas só se formos em lugares que vocês escolherem para os nossos encontros. Tipo... o templo.

– Isso. – Ma assentiu.

– É pegar ou largar – Pappa disse, e Ma lhe deu um tapinha.

– *Kya offer-shoffer*, Kartik – ela o repreendeu. – Isso não é uma venda de *software*. – Se virando para Sweetie, ela falou gentilmente: – Sabemos que é meio estranho, Sweetie. Mas só queremos garantir que nada do que teríamos vergonha de contar aos seus pais aconteça. E este é o único jeito que encontramos.

Sweetie ficou olhando para a janela pelo período mais longo da história da humanidade. Então se voltou para Ma e Pappa.

– T-tudo bem. Acho que concordo com as condições de vocês. – Ela lançou um olhar para Ashish meio em pânico, meio confuso. Talvez estivesse concordando só porque estava sendo colocada contra a parede. Aaaahhh. Que vergonha, que vergonha, que vergonha!

Ashish se acalmou e disse:

– Que bom. Então agora estamos na mesma página. – Podia conversar com ela depois para esclarecer que ele não era o merda que seus pais faziam parecer.

Eles tinham tido uma conexão verdadeira naquela manhã. Ashish só precisava lembrá-la disso. Ele aproximou sua mão da mão dela no sofá. Claro que segurar a mão da garota na frente dos pais estava fora de cogitação. Mas se seus dedinhos se tocassem, quem sabe ele poderia lhe mostrar que estava ao seu lado, que compreendia o quanto tudo isso era bizarro. Só que, quando estava a menos de um milímetro de distância, Pappa pigarreou e se levantou, fazendo com que Ashish afastasse a mão como se a tivesse queimado ou algo assim.

– Tenho algo pra vocês – ele disse, entregando-lhes uma folha de papel que pegou na escrivaninha.

Ashish olhou o papel com as sobrancelhas franzidas.

MEMORANDO DE ENTENDIMENTO

Este Memorando de Entendimento é celebrado por Kartik e Sunita Patel (doravante denominados PAIS) e Ashish Patel e Sweetie Nair (doravante denominados JOVENS) em 7 de abril de 2019, na cidade de Atherton, Califórnia.

Ashish levantou a cabeça com a sobrancelha erguida.

– Sério que você fez um contrato, Pappa? – Ele olhou para Sweetie, que o lia com uma expressão assombrada. – Vai assustá-la desse jeito.

– Sweetie não tem medo de formalizar as coisas! Tem, Sweetie? – Pappa pressionou.

Ela soltou uma risada seca e sem graça, como se estivesse pensando em pular da janela e correr até o carro.

– Hum... não, não... muito.

– Leiam, leiam! – ele ordenou, apontando com a cabeça para o documento, que continha uma lista.

Nossa, ele sabia mesmo ser mandão. Ashish leu:

1. **Pavan Mandir**. Os JOVENS vão realizar o primeiro encontro no Pavan Mandir, localizado no número 12 da Oliphant Drive. Será no próximo sábado, dia 13 de abril, começando no máximo às 9h30 e se encerrando o mais tardar às 15h.
2. **Festival Holi da Associação Indiana de Atherton.** Os JOVENS vão realizar o segundo encontro em Oakley Field, onde a Associação Indiana de Atherton sediará o Festival Holi no sábado, dia 20 de abril. Os JOVENS devem participar das festividades das 9h às 12h e, após o evento, poderão almoçar num restaurante à sua escolha.
3. **Gita Kaki.** Os JOVENS vão visitar a casa de Gita Kaki (tia-avó paterna) de Ashish Patel em Palo Alto, Califórnia, no sábado, dia 27 de abril. Eles farão a viagem no veículo de Ashish e devem chegar pontualmente às 11h. A visita deve durar ao menos até às 14h.
4. **Livre escolha**. Os JOVENS poderão decidir aonde ir no sábado, dia 4 de maio, com o consentimento de ambos os PAIS.

Ashish olhou para o pai, tomando o cuidado de não encarar Sweetie. Ele não fazia ideia do que a garota estava pensando. Mas ela devia estar gritando por dentro, assim como ele.

– Gita Kaki?

Pappa franziu o cenho.

– O que tem Gita Kaki?

– Ela está mais para Gita Kaduka. Não foi ela que recebeu uma ordem de restrição dos vizinhos depois de atacar o cachorro escandaloso deles? – Ashish indagou, se esforçando para manter a voz neutra.

Ma ficou horrorizada e falou, olhando de Sweetie para Ashish:

– Aumentaram a história, Ashish. – Ma deu risada. – Ela só estava sendo simpática! Foi um mal-entendido.

– Se me lembro bem – Ashish disse –, ela rasgou a roupinha do pobre cachorro, gritando "Demônio!" sem parar até que chamaram a polícia.

– O cachorro era insuportável – Pappa falou. – Os donos já tinham sido multados por perturbação sonora várias e várias vezes! E ele já mordeu algumas pessoas! Sua Gita Kaki não é culpada.

Ashish olhou para ele e depois para Ma, que balançava a cabeça ansiosamente.

– Então este é o seu jeito de nos castigar.

Ashish pensou que seu pai fosse ficar bravo e lhe dizer que não importava se ele tinha gostado ou não, esse era o acordo e deveria cumprir tudo. E se estava insatisfeito com os encontros-castigo, não deveria ter saído escondido.

Mas, na verdade, Pappa ficou perplexo. Ele olhou para Ma e deu de ombros, como se dissesse "*Kya*? Do que ele está falando agora?".

Ma encarou Ashish.

– *Beta*, Pappa e eu pensamos bastante nesses encontros. Queríamos que fossem divertidos, mas também culturalmente imersivos. Você... não vê dessa maneira? – Ela desviou o olhar para Sweetie, revelando ansiedade em seu rosto gentil.

Ah, meu Deus! Eles estavam mesmo pensando que esses encontros eram *bons*. Não estavam tentando castigá-los. Antes que pudesse abrir a boca ou pensar em uma resposta, Sweetie já estava falando:

– Tia, tio, dá pra ver que todos esses encontros foram realmente muito bem-pensados. Tenho certeza de que Ashish e eu vamos nos divertir e aprender muita coisa. – Ela deu uma cotovelada discreta nele.

– Ah, sim, certeza – Ashish disse depois de um instante. – Vai ser divertido. E... educativo.

Ma e Pappa relaxaram e abriram sorrisos.

– Sim, exatamente! – Pappa falou. – Viu que até deixamos o último encontro livre?

– Eu já tenho um pedido para esse encontro – Sweetie disse, um pouco nervosa. – Se Ashish concordar, é claro.

Ele arqueou a sobrancelha, curioso.

– Claro, o que você pensou?

– Bem, dia 4 de maio é o meu aniversário de 17 anos. Seria legal se Ashish pudesse ir... Assim, quando formos contar aos meus pais, depois que tivermos os três encontros, não vai ser uma surpresa total pra eles. E Ashish vai poder conhecê-los. Sei que eles vão gostar dele. – Ela se contorceu um pouco, como se estivesse envergonhada por estar dizendo tudo isso.

Ashish estava secretamente maravilhado. Conhecer os pais dela nesse contexto não significaria algo superssério, óbvio. Mas o fato de ela querer isso significava que Sweetie achava que ele passaria uma boa impressão. Heh. Heh, heh, heh. *Você não ainda não perdeu todo o charme, Ash.*

– Claro que ele pode ir, se não for um problema para os seus pais – Ma disse.

– Não vai ser – Sweetie respondeu. – Eles me falaram que eu podia convidar meus amigos.

– Então está decidido! – Pappa esfregou as mãos, algo que Ashish sabia que ele fazia toda vez que fechava um grande negócio. O que o irritava, porque seu pai estava pensando que tinha ganhado. E ele não. – O primeiro encontro vai ser no sábado.

– Certo. – Ashish se levantou. – Vou acompanhar Sweetie até a porta.

– Ela não precisa ir embora correndo desse jeito – Ma disse. – Seja um bom anfitrião, Ashish. Veja se ela não quer fazer um tour. Talvez Sweetie goste da quadra de basquete.

– Só não a leve ao seu quarto – Pappa falou de repente. – Não quero saber de rala...

– Beleza, vamos – Ashish falou mais alto do que o normal para abafar o pai.

Ele deu um empurrãozinho gentil no cotovelo de Sweetie e ela também se levantou, ainda bastante perplexa com o que tinha acontecido. Bem, não dava para culpar a garota.

– Tchau, Sweetie – Ma disse, acenando.

– Tchau – Pappa acrescentou.

– Até depois, tia. Prazer te conhecer, tio.

Enquanto a porta se fechava, Ashish ouviu Pappa falar em um tom de voz que ele pensou ser baixo, mas que poderia muito bem ser o de um elefante vociferando:

– Ela é uma boa garota! Não vai permitir nenhum rala e rola.

Ah, meu Deus, Ashish pensou. *Já posso morrer agora.*

Sweetie

Eles saíram do amplo escritório para o corredor igualmente amplo e depois atravessaram um cômodo ainda maior... que Sweetie nem sabia o que era. Uma segunda sala de estar? Uma sala íntima? Havia uma lareira gigantesca no canto, e os tetos tinham cerca de seis metros de altura. Seus passos ecoavam de leve enquanto caminhavam.

Então Ashish Patel morava em uma mansão. O que não a surpreendia nem um pouco. A maneira como ele se comportava e a confiança com a qual falava demonstravam que era alguém que não tinha recebido muitos nãos. Se ainda existissem portas fechadas para o seu rosto bonito e seu corpo robusto, ela tinha certeza de que se abririam para sua riqueza. No entanto, o observando esfregar a nuca, nervoso, Sweetie não o achou insuportavelmente arrogante. Ele só era um pouco atrevido. E isso de alguma forma não a irritava. Ainda. Depois do que tinha acabado de testemunhar, ela não estava muito segura de que dariam certo. Seus pais – principalmente o pai – eram intensos.

– Então... – Ashish a olhou, com uma mão ainda na nuca e a outra no bolso. – Quer sair correndo? Não vou te julgar se quiser.

Sweetie tentou rir, mas apenas emitiu um som agudo e rouco.

– Hum, um pouco. Seus pais são...

– Alienígenas vestidos de humanos? Acredite em mim, já pensei isso várias vezes, mas, na verdade, eles só são um pouco esquisitos.

Desta vez, ela riu de verdade.

– Não. Eu só ia dizer que seus pais parecem te amar muito. E sim, a ideia deles para os encontros é um pouco... incomum. Só não entendi uma coisa. Por que eles concordaram? Obviamente não acham uma boa ideia a gente fazer isso sem o consentimento dos meus pais.

– Ah, é por minha causa. – Ashish gesticulou para a janela. – Quer dar uma volta no jardim?

Sweetie deu de ombros, querendo saber o que ele tinha para dizer.

– Claro.

Capítulo 12

Sweetie

ASHISH a conduziu pelo corredor e depois pelas portas francesas. Enquanto caminhavam na direção do gigantesco jardim, que exalava aroma de rosas e estava repleto de árvores sussurrantes e uma grama tão bem aparada que parecia cenário de *Downton Abbey*, ele disse:

– Então, meus pais querem que a gente namore porque aparentemente estão com medo de que eu fique com fama de ser incompatível com garotas indianas. Têm medo de que essa reputação me siga até a hora de eu me casar com uma indiana, porque com quem mais eu poderia me casar, certo?, e a família dela não me queira. – Ashish revirou os olhos. – Eu sei, é ridículo. Só tenho 17 anos. Mas é assim que meus pais são. Eles morrem de medo de que a ovelha desgarrada aqui morra sozinha e se torne um velho solitário.

– Bem, é, é meio bobo. E você poderia se casar com uma garota não indiana. Um dos casais mais felizes que eu conheço é minha prima Anjali e seu marido, um americano branco. – Sweetie o encarou. – Mas, hum... por que eles têm tanto medo de que você fique com fama de não ser compatível com garotas indianas?

Ele passou a mão no rosto e pigarreou.

– Provavelmente porque, bem, eu nunca namorei uma.

– *Nunca*? – Ela não precisava ser uma *expert* em relacionamentos para saber que alguém como Ashish tinha tido um monte de namoradas. E nenhuma delas era indiana? – Por que não?

Ele enfiou as mãos nos bolsos enquanto seguiram para um lago no meio do jardim. O sol reluzia na superfície.

– Não sei... acho que eu só não curtia a ideia de Ma e Pappa me vigiando, se perguntando se era sério. E sabia que, se eu namorasse outras garotas, eles só fingiriam que eu estava solteiro porque, pra eles, eu nunca poderia ter um relacionamento sério com alguém que não compartilhasse a minha cultura. Enfim, só quero me divertir, sabe? Não sou como meu irmão, Rishi. Ele já tem uma namorada com quem vai se casar, e ainda está na universidade. Então foi conveniente pra mim o fato deles nunca se preocuparem com minhas namoradas não indianas. Mesmo quando era sério.

Seus olhos ficaram distantes e resguardados, e o mel endureceu feito pedra.

– Quem você estava... namorando sério? – Ela ficou constrangida no mesmo instante e teve certeza de que estava cor-de-rosa. Sweetie não fazia ideia por que tinha perguntado, e não só feito a pergunta, mas indagado com uma pontada de ciúme na voz. *Aff. Pega leve, Nair.*

Ashish desviou o olhar, fingindo observar o lago. Mas Sweetie teve a impressão de que ele estava tentando pensar no que dizer. Quem quer que fosse a garota, ela devia ser muito importante para ele. Sweetie se esforçou para não se deixar ficar incomodada com isso. Afinal, ela mal conhecia Ashish Patel, apesar de eles terem sentido aquela faísca no primeiro encontro, pela manhã.

– Ninguém – Ashish falou baixinho. – Ninguém mesmo.

Eles deram a volta no lago, e o tênis de Sweetie afundou um pouco na lama.

– Se você não quiser namorar comigo, eu vou entender totalmente – Ashish enfim disse. Um passarinho piava acima de suas cabeças, empoleirado em um grande carvalho. – Sei que é coisa demais. A lista de encontro dos meus pais, o acordo, a minha reputação...

Sweetie ficou refletindo. Sair com Ashish não era nada demais. Não era como se ela estivesse procurando um noivo – afinal, não tinha a ilusão de que seu primeiro namorado fosse necessariamente ser seu verdadeiro amor nem nada disso. Só queria provar para si mesma que garotos como Ashish Patel poderiam e topariam namorar garotas como ela. Só isso. Ou seja, os pais dele e aquele memorando ridículo não mudavam nada. Ela o encarou.

– Sabe, acho que tudo bem. Vamos mandar ver. – Ah, não! Pareceu uma sugestão para eles fazerem sexo. Sentindo as bochechas ficarem incandescentes, ela acrescentou depressa: – Hum, estou falando dos encontros.

Ashish pareceu não notar nada em sua fala, apenas ficou genuinamente surpreso.

– Sério?

Sweetie sorriu.

– Sério. Além disso, acho que seu pai me processaria se eu quebrasse o contrato.

– Nossa. – Ele sorriu e passou a mão no cabelo, o bagunçando todo. Ele poderia ser capa da revista *Esquire* ou algo assim. Sweetie tentou não deixar essa ideia a intimidar. – Estou impressionado, não vou mentir. Pensei que a gente tivesse te assustado.

– Bem, um pouco. – Ela deu risada, voltando a se concentrar na conversa. – Mas não me assusto assim tão facilmente.

Ashish abriu um sorriso largo e radiante, e o coração dela teve um baque quando ele disse:

– Que bom.

Sweetie pegou o celular.

– Hum, é melhor eu ir antes que minha mãe comece a me ligar.

– Beleza, te acompanho até o carro.

Suas mãos se tocaram de leve enquanto caminhavam, e Sweetie percebeu sua respiração acelerando. Sério? Ela pensava que não era tão boba assim. Mas não podia negar: Ashish Patel era incrivelmente atraente. Então lhe ocorreu que, agora que os dois começariam a sair, haveria um primeiro beijo. E... talvez até mais. Ela engoliu em seco. Ashish devia ter saído com milhares de garotas. E a verdade era que Sweetie Nair nunca tinha saído com ninguém. A única vez que fora beijada foi aos 7 anos, quando Toby Stinton disse que queria lhe passar "pereba de menino" para que seu rosto "caísse".

– Aliás – Ashish disse, se virando para ela na garagem. Sweetie o olhou, tentando reprimir a enxurrada de insegurança. Ele se aproximou, estreitando os olhos para o sol poente. – Eu... hum, adorei hoje de manhã. Quero dizer, eu adorei passar um tempo com você.

– Ah. – Ela engoliu em seco de novo e sua pulsação acelerou. – Eu também. – Seus cílios tremularam sem que percebesse. Ela estava flertando! Flertando! Pelo menos ela pensou que era isso.

Ashish pegou sua mão com um meio-sorriso no rosto. Sweetie se esforçou para manter a respiração estável, fluida e normal. Desmaiar não era uma opção. DE JEITO NENHUM.

– Que bom. Sabe, independentemente de contrato, eu quero mesmo te conhecer melhor.

Ela engoliu em seco mais uma vez. Ficaria cheia de ar se não tomasse cuidado.

– E-eu também. – *Aff.* Será que não dava para pensar em outra coisa para dizer?

Ainda sorrindo, Ashish soltou a mão dela enquanto seguiam para o carro. Ele segurou a porta para ela. E quando Sweetie sorriu de volta, se sentando no banco do motorista, ela pensou: "Estou alarmantemente despreparada para isso".

Ashish devia ter visto algo em sua expressão – pânico? –, porque se inclinou com as sobrancelhas franzidas de preocupação.

– Você está bem?

– Estou ótima. – Sua voz saiu esganiçada, mas ela se obrigou a continuar sorrindo. Que merda! Quantas vezes Ashish Patel tinha beijado garotas? Quantas vezes tinha transado?

– Beleza. – Ele endireitou a coluna e enfiou uma mecha de cabelo atrás da orelha, sorrindo. O coração traidor de Sweetie rimbombava dentro do peito. – Te vejo depois?

– Eu também! – ela falou, um pouco histérica. – Semana que vem! Tchau!

Ashish ficou acenando enquanto ela ia embora. Ah, não! Ah, não, não, não. Por que não pensou melhor? Por que não refletiu *direito* sobre o que significava sair com Ashish Patel? Estava mesmo imaginando que tudo o que Ashish tinha feito fora segurar a mão das garotas? E se ele fosse tão versado em técnicas sexuais que ela não soubesse nem o que ele estava falando? E se tomasse alguma iniciativa na semana seguinte, logo no primeiro encontro, estando tão acostumado com suas milhares de namoradas experientes se atirando nele? Sweetie sabia que agora não dava mais para desistir, não sem magoá-lo. Além disso, queria mesmo sair com alguém como Ashish Patel. Ela só não podia fugir de medo, agora que era a Subversiva Sensacional Sweetie. Ela se sentiria humilhada. Por si mesma, mas ainda assim. Isso era o mais importante.

Sweetie grunhiu. Ela tinha a sensação de que tinha concordado com algo que estava muito, mas muito acima de suas possibilidades. E agora não tinha o que fazer a não ser seguir em frente.

Sweetie passou o dia seguinte toda agitada na escola. *Mais cinco dias*, sua mente ficava dizendo. *Mais cinco dias e você vai descobrir como é o primeiro encontro com um garoto como Ashish Patel.* Mas a verdade é que a agitação não era apenas negativa. Havia uma parte de si que estava... animada e ansiosa para descobrir como seria sentir a mão enorme (e quente – o garoto era como seu próprio minirreator nuclear) de Ashish entre a sua. Como seria beijar aqueles lábios grossos pela primeira vez. Ouvi-lo sussurrar seu nome sob as estrelas. Descobrir exatamente por que seus olhos sempre pareciam um pouco tristes, mesmo quando sorria. Mas também havia uma parte de si que estava preocupada que tudo fosse desmoronar. Que descobrisse que ele era mesmo superficial e só queria uma garota "fácil", como aqueles imbecis tinham dito. Havia uma parte de si que estava morrendo de medo de se machucar. E se Amma estivesse certa esses anos todos?

– Ei, o que você está fazendo? – Alguém agarrou seus ombros e ela soltou um berro. Kayla ergueu uma sobrancelha. – Nossa, tem gente nervosa hoje. E sei que não é com aquela prova de Química, porque você vai arrasar.

Sweetie respirou fundo, trêmula.

– Ah, desculpe. Eu só estava... distraída.

– Estou vendo – Kayla falou, ajeitando a mochila verde-fluorescente. – Talvez esteja pensando em uma química diferente? – Ela deu risada. – O que está rolando? Escreveu para o Ashish?

Ah, certo. Sweetie tinha esquecido que Kayla lhe arranjara o número dele no sábado. Parecia que tinham se passado séculos.

– Escrevi.

– Hum... então aquele gritinho tinha a ver com isso?

– É. Ah, na verdade é uma longa história. Conto pra vocês no almoço. – O almoço e o treino eram as únicas horas em que as quatro conseguiam ficar juntas na escola. O penúltimo ano não era mole. – Mas como foi o show?

– Foi incrível! – Kayla cantarolou, e então começou uma narração minuto a minuto de tudo o que havia acontecido na noite de sábado. Sweetie ficou contente com a oportunidade de deixar de lado seus próprios pensamentos e dúvidas por alguns minutos.

O resto da manhã passou numa espécie de borrão. Sweetie deu um jeito de se concentrar na prova de Química – Kayla estava certa, ela arrasou –, e logo depois seu cérebro se voltou para Ashish e os Quatro Encontros. No meio de um vídeo na aula de Literatura Inglesa, Sweetie olhou em volta para garantir que ninguém estava vendo e pegou o contrato na mochila (ela não podia deixá-lo em casa, onde Amma poderia ver). Colocou-o em cima do caderno e o leu de novo. O templo. Era para lá que eles iriam no sábado. Mas o que diabos iriam *fazer* lá? Que tipo de encontro era esse? Sweetie não tinha nada contra o templo. Ela sempre ia com os pais nos principais feriados religiosos. Era um lugar tranquilo, com seus sinos e aromas de incenso e os *pujari* fazendo suas orações. Ela gostava da sensação do piso de pedra gelado debaixo de seus pés descalços.

Mas ainda assim... era um *templo*. Um lugar de culto. Não dava para imaginar um encontro menos romântico que esse. Talvez esse fosse o objetivo. Talvez o pai de Ashish estivesse preocupado demais com... como ele falou? Ah, sim, "rala e rola". Talvez quisesse um lugar que naturalmente oferecesse uma espécie de controle de natalidade. Sweetie suspirou. Ainda era melhor do que aceitar a opinião de Amma, que acreditava que alguém como ela deveria ficar em casa toda vestida até que emagrecesse. Além disso, não ter que se preocupar com a vasta experiência sexual de Ashish era meio que um alívio gigantesco.

Kayla, Suki, Izzy e Sweetie se sentaram numa mesa de piquenique no almoço e largaram as mochilas na grama. Uma leve brisa bagunçou o cabelo de Sweetie e o sol era como um bálsamo. Ela virou o rosto para cima e fechou os olhos.

A mesa estava em completo silêncio. O que não era nada normal. Ela abriu um olho e viu suas três melhores amigas a encarando.

– O que foi?

– E aí? Vai contar pra gente por que você queria o telefone do Ashish Patel? – Suki perguntou.

– Te mandei mensagem ontem – Izzy disse, um pouco chateada. – Você nunca respondeu.

– Ah, é. Desculpe. – Sweetie respirou fundo. – Muita coisa aconteceu no fim de semana e eu só precisava de um tempo pra processar, sabe?

– Oi? – As sobrancelhas de Kayla subiram até o couro cabeludo. – É pra isso que estamos aqui.

Argh. A culpa. Sweetie dobrou os braços na mesa e abaixou a cabeça.

– Eu sei. Me desculpem.

Izzy colocou a mão nas suas costas.

– O que está acontecendo?

Sweetie ajeitou a postura, mas manteve os olhos fixos em uma mancha desbotada da mesa.

– Então, hum... acho que meio que estou namorando Ashish.

– *O quê?* – elas falaram juntas.

Sweetie observou as expressões perplexas e não conseguiu evitar um sorriso.

– Uau. – Fungando, continuou: – Pois é. Hum... foi toda uma história e acho que vocês não querem saber os detalhes, mas...

– Bem, acho que a gente quer todos os mínimos detalhes, sim – Suki disse. As outras assentiram.

Sweetie olhou de uma para a outra. Ela nunca escondia nada das amigas. Mas como explicar? Sentia-se um pouco estranha de contar não só que Amma disse que ela era gorda demais para namorar Ashish como também que tinham topado seguir em frente com o plano dos pais dele e tal. As pessoas não entenderiam isso. Mesmo Suki. Ela sempre escutava os pais e levava as opiniões deles em conta mais do que as de seus amigos que tinham pais americanos, mas, mesmo assim, ela ainda tinha mais liberdades do que Sweetie. De qualquer forma, seria bom ter alguém para conversar sobre essas coisas além de Anjali Chechi, que tinha suas próprias preocupações para lidar.

– Beleza, vou contar pra vocês. – Ela contou detalhe por detalhe, começando pela aparição da mãe de Ashish na barraca de Amma na feira dos produtores.

Capítulo 13

Sweetie

QUANDO ela terminou, fez-se um completo silêncio.

– Ah... meu... Deus – Kayla finalmente disse. Seus olhos castanhos cintilavam contra o sol. – Você vai sair com Ashish Patel, carambola. Estou morrendo de inveja. – Kayla sempre dizia "carambola" quando se exaltava, porque seus pais cortavam sua mesada se ela falasse palavrão.

Suki colocou a mão sobre a mão de Sweetie.

– Estou muito feliz por não ter deixado sua mãe decidir quem você pode ou não namorar – ela falou, séria. – É realmente uma merda que ela tenha tentado fazer isso.

Sweetie sentiu um nó na garganta, mas o engoliu e apenas assentiu, sem conseguir responder nada.

Izzy se aproximou e a envolveu num abraço que tinha cheiro de fruta doce – era o perfume dela. Então se afastou e sorriu; seus aparelhos fixos reluziram ao sol.

– Isso é maravilhoso. Tipo... uau. Como está se sentindo? Tipo, ele é seu primeiro namorado da vida.

Sweetie deu risada.

– Eu realmente não faço ideia. Tipo, por um lado, é ótimo que seja tão legal e que a gente tenha se conectado assim instantaneamente.

Por outro, tem esse lance dos pais dele e os encontros... meu Deus. Por outro lado, ele é muito mais experiente.

– Quantos lados são? – Suki disse, brincando, mas Sweetie a ignorou.

– Hã? – Kayla perguntou. – Me perdi. Experiente em quê?

– Você sabe! – Sweetie mexeu as mãos num gesto vago. Suas amigas continuaram encarando-a com expressões vazias. – *Experiente*, sabem? – ela falou baixinho. – Com as garotas?

– Ah, você está falando de sexo! – Suki disse em um tom completamente normal e *alto*.

Sweetie olhou em volta.

– *Shhh!* Não quero que o mundo inteiro fique sabendo! – Kayla, Suki e Izzy não se abalaram. – Gente! Eu nunca nem beijei ninguém na vida.

– Isso não é verdade – Izzy disse, rindo. – E Toby Stinton?

Sweetie lançou a ela um olhar de reprovação, e o sorriso dela murchou.

– Você não está ajudando.

– Esse é o tipo de coisa que vocês vão resolver – Kayla disse, colocando um braço ao redor de Sweetie. – Ashish e você.

– É, só que ele já beijou, tipo, um bilhão de garotas – Sweetie murmurou. – Ele provavelmente vai me achar um fracasso total.

– Não vai, não – Suki falou. – Prometo que ele não vai ficar pensando nas experiências anteriores dele ou na sua falta de experiência quando estiverem juntos. Confie em mim. Ele vai focar totalmente em você e em como vai fazer pra te beijar.

Sweetie suspirou. Ela queria ter pelo menos metade da confiança delas e deixar para lá o medo de que as coisas dessem errado e explodissem na sua cara humilhantemente.

– Certo, obrigada. Mas eu meio que só quero mudar de assunto agora. E aí, como foi o show?

Depois de uma pausa, em que elas aparentemente perceberam que a amiga queria mesmo parar de falar sobre isso, Suki disse:

– Foi incrível. Mas sentimos sua falta.

– Eu também. Vi as fotos que postaram e, nossa, fiquei morrendo de inveja.

Izzy sorriu.

– E Kayla teve uma ótima ideia.

– Ah, é? – Sweetie olhou para ela. – Qual?

Kayla subiu no banco para ficar de frente para Sweetie; os zíperes de sua camisa dourada tilintaram.

– Certo, então, a gente não está sempre falando que queremos calças melhores para a equipe feminina, e a escola está sempre dizendo que não tem dinheiro?

– Até parece. É só que o dinheiro está indo pro time masculino de futebol americano – Suki resmungou.

Sweetie revirou os olhos.

– Pois é. Todo mundo sabe.

Kayla assentiu.

– Exatamente. Bem, pensei que talvez a gente pudesse resolver essa questão sozinhas. Tive uma ideia, vendo Piggy's Death Rattle no palco e pensando em quantas pessoas foram lá só pra fazer algo diferente, sabe? Tipo, quantas pessoas conhecemos que nunca tinham ouvido uma música sequer, mas só queriam se divertir num sábado à noite? – ela perguntou para Izzy e Suki.

– Umas dez – Izzy respondeu.

– *Pelo menos* dez – Suki acrescentou.

– Então. – Kayla se virou para Sweetie, que ainda não tinha sacado qual era a grande ideia. – Daí pensei num plano: e se a gente chamasse umas bandas pra tocar no Roast Me, aquele café na rua Eighth? A gente podia convocar as bandas das escolas locais. Se cobrarmos, tipo, cinco dólares por pessoa, vamos conseguir rapidinho o dinheiro de que precisamos para os uniformes.

– Mas será que o pessoal do Roast Me vai querer um monte de banda escolar tocando lá?

Kayla sorriu.

– Eles já concordaram.

Sweetie ficou olhando para ela.

– Como assim?

– Pois é, eu conheço alguém que conhece alguém cujo pai é o dono do lugar. E ele comprou totalmente a ideia. Eles vão vender bastante, e a filha dele também tem uma banda, então a gente só teve que deixar a banda dela tocar.

Sweetie balançou a cabeça, completamente encantada.

– Kayla, como é que você faz essas coisas?

Kayla deu risada.

– Magia de garota preta.

– Tenho que concordar – Sweetie disse. – Então, quando vai ser?

– Estamos querendo pra daqui a algumas semanas – Kayla falou.

– Vai ser tempo suficiente pra organizar tudo e divulgar o evento. – Suki enfiou uma uva na boca e olhou para Izzy. – Será que a gente conta pra ela agora?

– Contar o quê? – Sweetie perguntou, inclinando a cabeça. Ela não estava gostando das expressões nos rostos das amigas.

– Hum, a gente não queria só bandas dos *outros* tocando no Roast Me... – Izzy explicou, roendo as unhas.

– A gente também quer tocar. – Suki respirou fundo. – Equeremosquevocêsejaavocalista – acrescentou depressa.

Sweetie a encarou. *Queremos que você seja a vocalista.*

– Gente... não. Eu... não. Não consigo cantar na frente dos outros. – Só de pensar, suas mãos começaram a suar, e suas axilas, a coçar.

– Por que não? – Izzy choramingou, transformando a palavra "não" em uma espécie de caramelo elástico e alongado. – Por favor, Sweetie, você tem uma voz tão linda!

– A gente vai estar lá com você, se é isso que está te preocupando – Kayla comentou. – Eu vou tocar guitarra, Suki, bateria, e Izzy vai fazer o *backing vocal.*

– Não é isso. – Sweetie mordeu um pedaço de seu *dosha* e ficou mastigando devagar. Ela detestava se sentir assim. Só que... não podia evitar. – Não consigo subir no palco na frente de tanta gente.

– Você não fica tímida quando corre na frente de um monte de gente – Suki disse, franzindo o cenho. – Nem na frente dos repórteres.

Sweetie olhou para as expressões carinhosas e gentis das amigas. Não importava o quanto a amassem, o quanto tentassem, elas nunca entenderiam. Eram todas extremamente magras, ou seja, eram consideradas pessoas atraentes. Todo mundo estava sempre lhes dizendo que eram maravilhosas, atléticas e musculosas.

Já Sweetie... era o alvo de tantas piadas gordofóbicas que nem conseguia mais contar. Quando ela estava no Ensino Fundamental, sua própria mãe lhe dissera que seu objetivo número um na vida era que Sweetie emagrecesse. Para todo lado que olhasse, via os marcadores de sucesso: magreza, juventude e riqueza. Nessa ordem. Os filmes nunca tinham heroínas gordas. Os catálogos e revistas não mostravam roupas para pessoas como ela.

Izzy, Suki e Kayla nunca tiveram que responder como conseguiam correr tão rápido – porque eram magras. Ninguém acreditava que Sweetie podia correr. Na verdade, era exatamente o contrário. Ela estava sempre tendo que provar seu valor – todos os segundos de todos os dias, de novo e de novo e de novo. Era exaustivo. Por que diabos ia querer passar uma noite de folga em cima de um palco só para que as pessoas zombassem da cara dela? Para que a julgassem e a ridicularizassem só porque era gorda?

– A corrida é diferente – ela finalmente disse. E não comentou que a corrida era sua tábua de salvação. Que sua necessidade de correr era maior do que a necessidade de não ser julgada. Que era parte de sua identidade. – Faço isso há tanto tempo que consigo me desligar do mundo. Mas não conseguiria fazer isso cantando. – Depois de uma pausa, continuou: – Vocês não entendem como é ser... – Ela soltou um suspiro. – Ser gorda e se expor desse jeito. Estou sempre preocupada com um milhão de coisas, mesmo se só concordei em sair algumas vezes com Ashish. Será que ele vai ficar com repulsa quando colocar os braços na minha cintura e sentir meus pneuzinhos? O que vai pensar quando eu pedir comida no restaurante? Como é que eu poderia subir em um palco? E se alguém levar bebida alcóolica escondido no Roast Me? Vocês sabem quão cruéis os bêbados podem ser com garotas como eu? Ninguém vai me ouvir. Eles vão estar apenas *olhando* pra mim, indignados por eu achar que tenho o direito de subir no palco na frente de todos eles. Lá em cima, vou ser um alvo fácil, só esperando pra ser atingido.

Izzy balançou a cabeça.

– Eu também sinto tudo isso, Sweetie. Não sou gorda, mas estou constantemente constrangida com meu corpo. Meus quadris são grandes demais e meus braços não são musculosos o suficiente. Muitas pessoas, especialmente mulheres, se sentem assim.

– Maldito patriarcado – Suki disse num tom sombrio. – Mantendo padrões impossíveis para as mulheres.

Sweetie deu um sorrisinho.

– Obrigada por dizerem isso. Sei que vocês também sofrem com os padrões de beleza. Mas... – Ela olhou para as amigas, sem saber como falar o que queria.

– Mas não é a mesma coisa – Kayla disse baixinho.

– Não, não é. Quando ando na rua, as pessoas imediatamente me julgam por causa do meu peso. Isso não acontece com vocês, não importa quão constrangidas se sintam com o corpo de vocês. Ainda são magras e podem existir sem serem consideradas insuficientes.

As garotas ficaram em silêncio por um momento, e Sweetie ficou se perguntando se as tinha ofendido. Ela nunca tinha sido tão sincera sobre esse assunto antes. Nunca tinha tido coragem.

– Sinto muito por ser tão difícil pra você – Izzy por fim falou. – Porque você é uma das pessoas mais legais que eu conheço.

– E a mais fodona – Suki concordou.

– Quando tiver seus encontros ou subir no palco – Kayla disse, olhando Sweetie nos olhos –, saiba que você tem três pessoas ao seu lado. Não importa o que aconteça, *a gente* sempre vai te aceitar do jeitinho que você é.

Sweetie piscou e desviou o olhar.

– Obrigada, meninas. Eu sei – ela falou com uma voz rouca. – Mas não sei se vou conseguir cantar. Me desculpem.

– Vou te dar um tempo pra pensar – Kayla falou, segurando sua mão quando Sweetie tentou argumentar. – Eu sei, eu sei, você não vai mudar de ideia. Mas realmente quer dar o poder pra essas pessoas ditarem o que você pode ou não fazer, Sweetie? Eu sei o que é ser julgada por causa da minha aparência, certo? Acredite em mim, sou preta. Também sei que você pode mandar essas pessoas calarem a porra da boca. – Ela sorriu. – Só pense um pouco. Não vamos começar os ensaios antes de segunda-feira, de qualquer jeito. Então, você tem um tempinho.

Sweetie arrancou outro pedaço de *dosha*.

– Você é tão teimosa.

Kayla se aproximou e deu um beijo na bochecha de Sweetie.

– É por isso que você me ama.

Ashish

– É *ela*? – Pinky perguntou, olhando para Sweetie no celular de Ashish.

Ele tinha chegado ao ponto de mostrar uma foto do perfil dela no Instagram (agora eles se seguiam, um fato que o deixava exageradamente feliz).

Ele a encarou.

– É, por quê? – Ele olhou para Oliver e Elijah do outro lado da mesa do refeitório. Eles estavam em silêncio, o que era bastante estranho. – Querem dizer algo?

Elijah apenas balançou a cabeça, mas Oliver arriscou, tímido:

– Hum... ela só é um pouquinho diferente das garotas com quem você costumava sair.

Pinky zombou:

– Diferente? Ela é tipo uma espécie completamente diferente das *Supermodelicus afetadum* de sempre.

– Celia não é afetada – Ashish retrucou, mudando de assunto de propósito.

Ele deu uma olhada nas postagens de Sweetie para ver se ela tinha publicado alguma coisa desde ontem. Então percebeu que queria vê-la de novo. O que era estranho, porque mal se conheciam. Era como se uma parte de si que antes estava adormecida tivesse começado a ganhar vida na presença dela ou algo assim.

– Não, ela só despedaçou o seu coração e usou os caquinhos como confete na festinha temática "Eu tenho um namorado novo" – Elijah falou. – E essa garota parece *nunca* ter tido um namorado.

Ashish levantou a cabeça, sentindo os nervos se incendiarem.

– Como assim? Porque ela não é magra? – perguntou com uma voz perigosamente baixa.

Elijah deu de ombros, revirando aqueles olhos gigantescos que Ashish mataria para ter. Oliver não fez contato visual.

– Não temos culpa por falar isso – Elijah finalmente disse. – Não com o seu histórico.

– Talvez eu nunca tenha namorado alguém como Sweetie antes. Mas isso não significa que eu não ache ou não possa achá-la atraente. Ou que outros caras não a achem bonita e legal o suficiente pra convidá-la pra sair. Sério, gente. Não vamos ficar discutindo sobre quem podemos ou não namorar. Preciso mesmo falar isso pra *vocês*?

Elijah se remexeu, mas antes que pudesse dizer algo, Oliver falou para ele:

– Ele tem razão. Se quer saber, não acho que você *não* deveria sair com Sweetie. Eu só fiquei... surpreso.

– Você realmente acha Sweetie atraente? – Elijah disse num tom tão incrédulo que Ashish não gostou nem um pouco.

– Sim, Elijah. Eu acho o cabelo, as curvas, o jeito poderoso dela correr pela pista e o fato dela me deixar no chinelo muito atraentes. Ela é legal, inteligente e gentil, Também acho isso atraente pra caralho. Você tem algum problema com isso?

– Nossa – Elijah respondeu, erguendo as sobrancelhas. – Você não está de brincadeira.

– Não, não estou. E gostaria de propor uma coisa: de agora em diante, ninguém deve julgar ninguém pela aparência física. Combinado?

Elijah ficou encarando-o por um momento e depois assentiu.

– Combinado. Foi mal, cara. Não queria te ofender.

– Foi mal também – Oliver disse, envolvendo o corpo com os braços magros.

– Obrigado – Ashish falou para os dois, relaxando um pouco.

– Olha... – Pinky comentou ao seu lado. – Você sabe que eu definitivamente não acho que devemos julgar ninguém pelo peso. Pra mim é só que... ela parece tão inocente e... *doce*, Ash. Como se ela literalmente pensasse que o mundo fosse feito de arco-íris e peidos de unicórnio.

– Hum... – Elijah disse, lambendo migalhas laranjas de salgadinho nos dedos. – Tenho quase certeza de que vai se entediar e partir o coração da pobrezinha. Além disso, admita... você sempre foi meio superficial pra escolher namoradas. E pelo que acabou de dizer, em termos de personalidade, Sweetie não se parece em nada com o tipo de garota que você namorava antes de Celia.

Oliver assentiu, cutucando as unhas. Ele parecia nervoso com a conversa, e seus olhos cinzentos e sinceros estavam arregalados. Ashish o conhecia bem e sabia que ele provavelmente não queria magoá-lo.

– O que está acontecendo, Ash? Por que concordou com o plano dos seus pais? Pensei que a sua ideia de garota perfeita e a ideia deles fossem diametralmente opostas.

Ashish suspirou e afastou o celular. Oliver tinha chegado ao cerne da questão – o garoto daria um ótimo terapeuta um dia.

– Sei lá. Acho que... eu tentei do meu jeito por um tempo. E o que foi que consegui? Algumas gostosas, claro, só que a vida deveria ser mais do que transar com alguém no sábado à noite, não é? Era diferente com a Celia, mas todos sabemos o grande sucesso que foi esse relacionamento... Então, eu só pensei que, tipo, não faria mal ouvir o que meus pais tinham a dizer. Pra ser sincero, foi Samir quem me deu essa ideia. No começo, eu a achei completamente ridícula, daí eles ficaram falando que podiam encontrar uma boa garota pra mim quando fosse a hora, e pareciam tão confiantes... – Ele fez uma pausa para dar um gole em seu leite, sentindo três pares de olhos em si, esperando. – Até que a gente se conheceu. Ela é doce, sim, vocês estão certos, mas também é inteligente e uma atleta do caralho, e, sei lá, ela parece uma pessoa essencialmente boa. Tipo, sinto que com a Sweetie não vai rolar todo aquele drama e ansiedade que tive com a Celia. E acho que agora... – Ele tomou fôlego e passou a mão pela mandíbula. – É disso que eu preciso.

Pinky se aproximou dele e o abraçou.

– Estamos com você.

– Cem por cento – Elijah disse.

– Só queremos o seu bem, Ash – Oliver falou, abrindo um sorrisinho. – A gente te ama.

– Também amo vocês – Ashish murmurou.

Ele se sentiu um pouco bobo por dizer isso em voz alta. Especialmente para Elijah e Pinky, as pessoas menos carinhosas do mundo. Mas, ao olhar para eles, tudo o que viu em seus rostos foi compreensão e afeto – aquele tipo de afeto que vinha de uma amizade cultivada ao longo de uma década compartilhando segredos em casas na árvore e brincadeiras noturnas que nunca seriam relatadas aos pais. Aquele tipo de afeto que era como um lar. Ashish relaxou os ombros pela primeira vez em meses.

Samir o esperava na quadra de basquete quando ele chegou em casa acompanhado de Pinky, Oliver e Elijah. Ashish o viu ao descer do jipe, então jogou a mochila lá dentro e se aproximou com os amigos.

– E aí?

Samir se virou e girou a bola no dedo.

– Oi, mano. Oi, Oliver, Elijah. – Ele fez uma pausa. – Hum, oi, Pinky.

A garota grunhiu uma resposta. Eles não escondiam o desafeto que sentiam um pelo outro – Pinky chamava Samir de "criança mimada que não vai pra escola" e Samir a chamava de "esquisitona pretensiosa com cabelo de papagaio" (esfregando na cara de Pinky a infame fase que ela teve com o cabelo verde-limão). Depois da discussão ensurdecedora que tiveram na festa de fim de ano que Ma e Pappa deram no ano passado, Ashish vinha se esforçando bastante para mantê-los distantes.

– Mano, você podia ter me mandado uma mensagem. Estamos indo para o Roast Me logo menos.

Samir bateu na testa.

– Ah, é. É segunda. Esqueci que era sua noite de estudos.

– Sim, mas se vier amanhã, a gente pode jogar...

– Por que não vem com a gente? – Oliver o interrompeu. – Tipo, não é como se a gente estudasse *de verdade*.

Ele deu risada e se virou para Ashish, ignorando completamente o olhar mortal que ele lhe lançou. Será que Oliver tinha se esquecido do que aconteceu na festa uns meses atrás? Se Pinky e Samir fossem jogadores de basquete em vez de pessoas normais, eles com certeza acabariam brigando, quebrando a tigela de ponche e transformando móveis em lenha, como nos filmes.

– Sério? – Samir indagou, atirando a bola para o lado. – Vocês não se importam?

– Nem um pouco – Oliver respondeu, sorrindo. Diante do silêncio, ele olhou para os amigos. – Certo, gente?

– Por mim tudo bem – Elijah disse, tão indiferente quanto Oliver.

– Certo – Ashish falou depois de um tempo, abrindo um sorriso para Samir. – Só preciso pegar meu livro de Cálculo e podemos ir.

– Por que você precisa do livro se não vai estudar de verdade? – Samir perguntou enquanto eles seguiam para a casa.

– Hum, porque o que vale é a intenção? – Pinky falou, como se qualquer imbecil devesse saber disso. – Se nossos pais pensarem que estamos estudando, não vão ligar se voltarmos tarde em um dia de semana. *Dã*.

– Desculpe por perguntar – Samir murmurou, genuinamente chateado.

Ashish olhou para o vizinho, esperando uma resposta muito mais vigorosa.

Capítulo 14

Ashish

DEPOIS que Ashish pegou o livro, eles subiram de volta no jipe e foram até o Roast Me.

Samir o seguiu em seu próprio carro, e Ashish se sentiu um pouco mal pelo vizinho, sempre excluído do grupo. Mas era complicado. Samir passava os dias dentro de casa, enquanto Ashish, Elijah, Oliver e Pinky passavam oito horas por dia juntos na escola, todos os dias, além de alguns fins de semana também. Mesmo quando eles o incluíam, não era a mesma coisa. Sempre tinha algo estranho.

Tipo no verão passado, quando foram para o chalé dos pais de Ashish nas montanhas e Samir foi embora antes, bem no meio de uma partida de basquete. Ele disse que não queria que sua mãe ficasse preocupada, mas todos sabiam a verdade: o garoto não se encaixava, era dolorosamente óbvio. Ashish não sabia por que o amigo continuava tentando. Talvez porque fossem vizinhos e Samir não tivesse outros amigos. O que era meio triste. E bastante irritante, porque ele deixava as coisas esquisitas.

Eles se sentaram na mesa de sempre, nos fundos do Roast Me, que contava com um sofá e uma poltrona. Tiveram que pegar uma cadeira extra para Samir, o que não deixou Pinky nem um pouco satisfeita, mas felizmente ela não fez nenhum de seus costumeiros comentários sarcásticos.

Enquanto se acomodavam, todos permaneceram em silêncio, e Samir disse:

– Gostei da sua camiseta.

Todas as cabeças se viraram para ele. Samir estava falando com Pinky, que usava uma camiseta que ela mesma tinha customizado. Na frente, se lia "Apesar de tudo, ela foi lá e arrasou pra kct" em letras brilhantes, e, nas costas, "Pode apostar que sim". Pinky adorava vestir roupas "provocantes", segundo seus pais. Ela dizia que expressavam seu estado de espírito, mas, na verdade, só queria deixar os pais putos. O que funcionava bem. Eles eram a segunda geração de indo-americanos e, apesar de não serem tão tradicionais quanto Ma e Pappa, eram advogados superprotetores e superconservadores. Ashish nunca conseguiria entender como é que tinham gerado alguém como Pinky.

– Hum... obrigada? – Ela enfiou uma mecha de cabelo roxo atrás da orelha e ajeitou os óculos de *strass*.

– Ela mesma que fez – Oliver disse, sorrindo. – Vivo pedindo pra Pinky fazer uma pra mim... mas ainda estou esperando! – Ele fez cara feia, brincando, e Samir deu risada.

Samir se levantou e declarou:

– Ah, vou pegar as bebidas. O que vocês querem?

– Não se preocupe, vai demorar muito. Você não conhece nossos gostos – Pinky respondeu.

Samir abriu um sorriso gelado e rígido.

– Eu sei. É por isso que perguntei. Se me contarem, vou me lembrar da próxima vez.

Um silêncio constrangedor pairou enquanto eles percebiam que Samir achava que haveria uma próxima vez. Então Oliver disse:

– Eu vou com você! – E eles saíram juntos.

– Preciso ir ao banheiro – Pinky murmurou, ficando em pé. – Já volto.

Ashish grunhiu e falou para Elijah:

– Por que Oliver convidou Samir? Será que já se esqueceu da completa catástrofe que foi aquela festa na minha casa?

Elijah balançou a cabeça.

– Você conhece o Ol. Ele nunca se lembra das coisas ruins. E mesmo que se lembrasse, ainda teria convidado Samir, porque ele é assim. Odeia excluir as pessoas.

– Respeito isso – Ashish disse. – Mas, cara, tenho a impressão de que vamos testemunhar outra gritaria antes que a noite termine.

– E se a gente trabalhar juntos pra evitar isso? – Elijah sugeriu, se inclinando para a frente. – Tipo, se Samir perguntar alguma coisa pra Pinky, você responde. E eu faço o mesmo se Pinky provocar Samir.

– Feito. Nossa, isso vai ser cansativo.

– É por isso que Deus inventou o café.

Ashish deu risada no instante em que a porta tilintou, anunciando a chegada de alguém. Ele virou a cabeça sem pensar – e então tudo congelou. Menos ela.

Sweetie entrou falando ao celular e dando aquela risada maravilhosa e descontraída que lembrava um sino. Seu cabelo estava preso num rabo de cavalo alto que Ashish estava começando a adorar, e ela estava usando uma calça esportiva e a camiseta azul-celeste da Piedmont. Ela se posicionou na fila atrás de Samir e Oliver.

– Por que você está fazendo essa cara de quem acabou de engolir uma melancia inteira? – Elijah perguntou, virando a cabeça para conferir o que Ashish estava vendo. – Ah! É ela?

Ashish assentiu. Ele endireitou a postura e já estava pronto para assumir sua pose de galã quando olhou para baixo e congelou.

– Ah, merda... – ele murmurou.

– O que foi? – Elijah perguntou.

– O que é que eu estou vestindo? – Ashish puxou sua camiseta do Ash/Pikachu, horrorizado. – Pareço um perdedor do Fundamental. – Ele fungou as axilas. – Droga! Por que foi que não passei desodorante antes de sair?

Elijah o observou atentamente com uma sobrancelha erguida.

– Cara, sua aparência e seu cheiro estão ótimos. Só vai lá e dê um oi.

Ashish fez careta.

– Hum, não. Não posso.

– Como assim não pode? Você pode, sim. Se levante, vá até lá, abra a boca e diga oi. "Oi, Sweetie."

Ashish quase tapou a boca de Elijah.

– *Shhh*! Ela pode te ouvir!

Elijah o encarou como se tivessem crescido barbatanas de tubarão no seu rosto.

– É, era meio que o objetivo.

Ashish balançou a cabeça, tentando voltar a si. *Nossa, Ash, controle-se.*

– Você está certo. Vou lá. Ela vai me amar. Afinal, eu sou o Ash.

Ele sorriu, e Elijah sorriu de volta.

Ele esperou, e Elijah também esperou.

Ashish ficou olhando para o amigo. Elijah devolveu o olhar.

– Você não vai lá, não é?

O sorriso de Ashish murchou.

– Não. Tudo bem. Vou falar com ela no sábado, o dia do nosso encontro.

Suas mãos estavam suadas. Ele não só tinha perdido o charme como também o tal charme tinha se tornado uma memória distante, algo que pertencesse a outra pessoa. Como é que ele conseguia falar com as garotas *antes*? Como é que ele fazia isso com tanta confiança, sem nem imaginar que as coisas pudessem dar horrivelmente errado? Até que a ficha caiu: ele não ligava para aquelas garotas, e elas não ligavam para ele. Só que agora era diferente.

– Sabe, é melhor assim. Quero dizer, não é como se a gente tivesse algo sério nem nada disso. Não é como se eu *devesse* ir...

– Ash.

– ...falar com ela. Tipo, quero preservar o mistério. E não quero parecer desesperado. Certo? Certo.

– Cara, você *precisa* respirar. – Elijah suspirou fundo. – Vamos lá. Oliver me ensinou uma coisa. Inspire contando até sete, e expire contando até três. Espere, acho que é o contrário. Enfim, vamos lá. Um...

– Merda, merda, ela está se virando. *Merda*. – Ele abriu um sorriso repentino enquanto falava. – *MERDA*. Ela me viu. – Ele acenou um pouco entusiasmado demais, ainda sorrindo, e se levantou.

Elijah soltou um assobio quando Ashish começou a caminhar na direção de Sweetie.

– Boa sorte, cara – ele falou num tom de quem dizia "Você vai acabar estragando tudo, então, sabe, tudo de bom pra você nesse momento de necessidade".

Sweetie saiu da fila e se virou para Ashish. Por sorte, Oliver e Samir não tinham percebido o que estava acontecendo, senão teria que lidar com eles também. Ashish e Sweetie se afastaram um pouco e ficaram perto de um expositor de cartões.

– Oi – Ashish falou, olhando para ela. Seu coração acelerou um pouco, apesar de seu grande desconforto.

Ela o encarou através de seus cílios escuros feito carvão.

– Oi. – Puta merda! Ela tinha uma pequena covinha na bochecha direita que ele não tinha visto antes. Como é que a garota conseguia ficar ainda mais bonita cada vez que eles se encontravam? – Como foi seu dia?

– Bom. – Ele deu um sorrisinho. – Mas meio avoado. Não consigo parar de pensar em uma coisa.

Ela abaixou o olhar por um momento, tímida, antes de levantar o rosto de novo, e sua mente deu voltas. TÃO. INSUPORTAVELMENTE. LINDA.

– Ah, é? O quê?

Ele deu um passo à frente, sentindo seu calor de leve e o aroma do seu xampu – meio mentolado e doce –, mesmo com o cheiro de café no ar. Seu corpo todo, todos os cinco sentidos, estavam totalmente focados nela, como um satélite girando ao redor da Terra para se manter em órbita.

– Bem, desde que conheci uma certa garota que apostou corrida comigo...

– Ela apostou corrida com você? – Sweetie disse, dando um meio-sorriso. – Que estranha.

– Ah, eu meio que curti. Mas ela me deixou no chinelo.

Um sorrisinho surgiu na boca de Sweetie. Ela tinha passado brilho em seus lábios grossos, e Ashish teve que se esforçar para não ficar encarando.

– Uau. Ela deve ser uma atleta incrível.

– Ela é – Ashish disse, sério. – E agora eu meio que tenho um encontro com ela no sábado. Então estou bastante nervoso, tentando causar uma boa impressão.

– Hummm. – Sweetie fingiu pensar sobre o assunto. – Bem, acho que você não precisa ficar nervoso.

– Não?

– Não. Porque acho que essa garota deve estar sentindo a mesma coisa. Então acho que vocês podem só ficar nervosos juntos no sábado e vai dar tudo certo.

– Ah, é? – Ashish sorriu.

– É.

Eles ficaram ali sorrindo um para o outro feito dois bobos.

– Ela é quem eu estou pensando? – A voz de Oliver cortou a névoa de encantamento como uma faca.

Ashish se virou e o viu se aproximando com Samir, carregando uma bandeja de bebidas. Que ótimo!

Oliver sorriu e continuou:

– É ela, sim. Você é a Sweetie, certo?

Ela piscou.

– Hum... sim.

– Esses são meus amigos, Oliver e Samir – Ashish disse, tentando fazer uma expressão sutil que comunicava "Vão embora" para Oliver, mas ele parecia completamente distraído, como sempre.

Oliver ficou apenas sorrindo para Sweetie. Já Samir só parecia confuso. Ele ainda não sabia o que tinha acontecido no fim de semana. Aliás, essa conversa ia ser divertida. Samir ficaria se gabando por Ashish ter seguido seu conselho, mesmo que essa coisa não tivesse nada a ver com ele.

– Oh, prazer em conhecer vocês. – Sweetie esticou a mão, e Oliver e Samir a cumprimentaram.

– Estamos todos morrendo pra saber como vai ser o sábado de vocês – Oliver soltou. – Tipo, sério. Meu namorado Elijah e eu não paramos de falar sobre isso, principalmente porque Ash andava tão pra baixo desde Cel...

– Certo, hora de ir – Ashish falou em voz alta. – Vamos, Sweetie, vou pegar um café pra você.

– Bem, se ela vai beber café e a gente vai beber café... – Oliver, aquele idiota irrefreável, falou, dando de ombros. – Junte-se a nós.

Ashish fez careta.

– Tenho certeza de que Sweetie tem coisas melhores pra fazer do que...

– Na verdade, não tenho, não – Sweetie disse, olhando para Ashish com as sobrancelhas erguidas. Então ela se virou para Oliver e abriu um sorriso. – Eu adoraria me juntar a vocês, obrigada.

– Legal! Estamos naquela mesa. – Oliver apontou com o queixo e saiu andando.

Samir, que não tinha falado uma palavra e parecia cada vez mais confuso, o seguiu de cenho ainda franzido.

Enquanto Ashish e Sweetie iam até o balcão, a garota olhou para ele com uma expressão desconfiada.

– E aí, tem algum motivo pra você não querer que eu conheça seus amigos?

– Acredite em mim, só estava querendo te proteger – ele respondeu. Então percebeu o que ela deveria estar pensando: que estava envergonhado porque Sweetie era gorda. – E, hum, eu mostrei pra eles uma foto sua hoje no almoço. Por isso Oliver te reconheceu.

Ela desviou o olhar, mas estava sorrindo.

– Ah, que bom.

O coração de Ashish cantarolou ao ver aquela covinha.

Sweetie

Ashish insistiu em pagar o café, o que Sweetie achou charmoso, apesar de desconfiar de que o gesto tinha raízes meio sexistas. Ainda assim, o jeito dele um pouco nervoso e a vontade de ser cavalheiro eram adoráveis.

No caminho até a mesa dos fundos, Sweetie ficou lançando olhares para ele; Ashish sorria para ela e depois voltava a atenção para os amigos. A garota teve a impressão de que ele tinha sido sincero – que estava apreensivo com essa situação não por causa dela ou por sua aparência, mas por causa deles. Então relaxou um pouco. Não importava como eram seus amigos, ela poderia lidar com eles.

Todos os quatro pararam de falar (na verdade, pareceu que estavam discutindo, mas não dava para ter certeza) quando ela e Ashish chegaram. Os dois se sentaram um ao lado do outro no sofá, e seus braços se roçaram enquanto eles se ajeitavam. O estômago de Sweetie deu uma cambalhota boba e animada, que ela tentou disfarçar.

– Que bom que você veio! – Oliver disse. – Este é o meu namorado, Elijah. – Ele gesticulou para o rapaz negro e musculoso ao seu lado, que acenou com a cabeça, mas não abriu o mesmo sorriso exuberante de Oliver. – Você já conheceu o Samir, e aquela é a Pinky. – Ele apontou para a indiana de pele escura, cabelo arco-íris, cerca de dez brincos em cada orelha, vestida com uma camiseta bastante provocativa.

– E aí? – Pinky acenou para Sweetie, toda descolada.

Ela era extremamente bonita, de um jeito meio gótico e glamouroso. Por um minuto de insegurança, Sweetie se perguntou se era uma das ex-namoradas de Ashish. Mas se obrigou a afastar o pensamento com firmeza. *É assim que nasce a loucura e o ciúme, Sweetie.*

– Prazer – ela falou, sorrindo para todos. – E obrigada por me deixarem tomar café com vocês.

– Claro! – Oliver disse. – O prazer é nosso. – Ele deu um empurrãozinho sutil em Elijah, que grunhiu em concordância.

– Então, Oliver mencionou que vocês vão se ver no sábado... quer dizer que você e Ashish estão namorando? – Samir, o outro indo-americano , perguntou, fazendo uma expressão de quem tinha acabado de chegar a uma conclusão sobre algum problema matemático particularmente incômodo. Ele era alto e um pouco magrelo, e seu cabelo estava penteado com esmero. Era o mais bem-vestido de todos, com uma camisa e calça cáqui bem passada. Parecia um banqueiro em formação. (Já Ashish estava com uma camiseta do Pokémon que ele provavelmente tinha desde o Ensino Fundamental, o que ela achou incorrigivelmente fofo.)

– Bem, sim. – Ashish se mexeu, desconfortável, e Sweetie lhe lançou um olhar. O que estava rolando? Como ele não tentou impedi-la nem falou nada, ela continuou: – Mas nosso primeiro encontro oficial vai ser só no sábado. – Ela deu risada e disse: – Os pais de Ashish organizaram tudo.

O garoto pigarreou.

– Isso. Mas, e aí, Pinky, tem mais algum protesto em vista?

– Os pais de Ashish? – Samir perguntou, estreitando os olhos. – Como foi que vocês se conheceram?

– A mãe dele arranjou tudo – Sweetie respondeu.

Era só impressão ou havia algo estranho na expressão de Samir e na forma como ele estava lhe fazendo as perguntas? O garoto parecia quase... convencido.

– Há! – Samir disse alto demais, e Sweetie deu um pulo de susto. – Então você decidiu seguir meu conselho, *didja*? Você podia ter contado pro amigo aqui que eu sabia do que estava falando.

Ashish revirou os olhos e bebericou seu café.

– É claro. Que seja, mano.

– Ah, qual é? Admita! Você queria sair da sua seca nebulosa, e eu arranjei uma garota pra você. Sou tipo um gênio resolvedor de problemas, consertando a sua vida sem titubear.

Sweetie franziu o cenho e olhou para Ashish. Ele ainda estava tentando demonstrar indiferença, porém, um músculo se contorceu em sua mandíbula. E seus ombros estavam meio curvados, como se tentassem se proteger. Mas do quê? E por que Samir estava sendo tão imbecil? Ninguém estava rindo.

– Você passou *meses* sem nem conseguir jogar, tendo problemas com as garotas, e agora olhe só pra você! Devia ter me procurado antes, mano. Tipo, quando Celia te traiu...

– *Cala a boca*, Samir! – A voz de Pinky se sobrepôs à de Samir. Seus olhos cintilaram por trás dos óculos. – Olhe à sua volta! Você acha que algum de nós está achando graça? Será que isso não é um indício de que você devia calar a porra da sua boca? Presta atenção: ninguém gosta de você, e é exatamente por esse tipo de merda!

Fez-se um silêncio meio paralisante. Sweetie não queria mexer a cabeça para não chamar a atenção de Pinky, então ficou apenas observando todos de canto de olho. A expressão vazia de Samir não revelava absolutamente nada. Os rostos de Elijah e Oliver eram quase cômicos de tanta perplexidade: seus olhos estavam arregalados e suas bocas abertas. Ashish estava com as bochechas levemente vermelhas, o que era de se esperar. Ele se recusou a olhar qualquer um nos olhos.

Então as palavras de Samir voltaram à mente de Sweetie: *Tipo, quando Celia te traiu...* Oliver não ia dizer algo sobre essa Celia quando Ashish o interrompeu? Sweetie olhou para Ashish mais abertamente, pensando na foto que ela e as garotas viram aquele dia depois do treino, no vestiário. Ela se lembrava muito bem dos olhos tristes dele.

Apesar de sua boca estar curvada em um sorrisinho arrogante, havia uma certa mágoa em seus olhos e uma rigidez em sua mandíbula causada pela sua postura defensiva, pelo sofrimento. Tudo por causa dessa garota, que aparentemente tinha partido seu coração. Sweetie sentiu uma espécie de ímpeto doentio dentro de si. Quando mandou aquela mensagem para Ashish, ela não sabia que ele vinha carregando uma bagagem de seu antigo relacionamento. E se essa garota ainda tinha o poder de fazê-lo sofrer desse jeito, se o machucou tanto que seus amigos pulavam para defendê-lo à mera menção do nome dela... será que Sweetie tinha alguma chance?

Capítulo 15

Ashish

NOSSA, que maravilha!

Samir não apenas foi um imbecil na frente de Sweetie como também mencionou Celia e a traição. Será que era possível ter um pouco de privacidade? E como se isso não fosse o suficiente, a forma como Pinky explodiu com ele com certeza deixou Sweetie assustada. Primeiro, teve Pappa e seu "contrato", e agora seus amigos se comportavam feito idiotas sem noção.

O silêncio se estendeu. O problema não era nem que Samir tinha falado sobre assuntos privados – era que ainda doía falar sobre Celia, pensar nela, se lembrar de como tudo mudou de uma hora para outra e como ele se sentiu abandonado. Não que fosse admitir isso para alguém. Ashish mal gastava seu tempo refletindo sobre essas questões.

– Bem, se essa é a opinião de vocês... – Samir se levantou e foi embora, empurrando a porta com a palma da mão. Eles ficaram só olhando.

Ninguém falou nada. Então Ashish ficou em pé.

– Eu também estou indo. – Ele olhou para os amigos e jogou as chaves para Pinky. – Leve o carro pra escola amanhã.

– Como você vai voltar pra casa? – Oliver perguntou.

– Vou ligar para o Rajat, o motorista dos meus pais. Ele deve chegar em uns dez minutos, vou esperar lá fora.

Pinky e Elijah protestaram, mas Ashish balançou a cabeça e eles ficaram quietos. Ele olhou para Sweetie e deu um sorrisinho.

– Hum, sinto muito por ir embora desse jeito. Falo com você mais tarde, tudo bem?

Ela assentiu com sutileza. Então, ele saiu. Sweetie provavelmente ligaria para cancelar o encontro antes de sábado. Enfim. Para ser sincero, Ashish estava começando a pensar que talvez não estivesse pronto para namorar de novo.

O ar do estacionamento estava frio e seco. Ashish foi até o jipe, pegou um moletom e o vestiu, o fechando até a garganta. Apesar do lugar estar vazio, ele se sentia estranhamente exposto.

Ele se apoiou no carro e escreveu para Rajat, pedindo que fosse buscá-lo. Isso não era nenhuma novidade; Rajat estava sempre disponível e costumava pegar Ashish nas festas quando ele não estava a fim de dirigir. O motorista era discreto, pelo menos. Ma e Pappa não perguntariam por que o filho voltara do grupo de estudos no carro da família e sem os amigos.

Alguém pigarreou atrás dele, e Ashish se virou, esperando encontrar Sweetie. Mas era Pinky. Suas mãos estavam enfiadas nos bolsos e ela trocava o peso das pernas, como se estivesse desconfortável. Nenhum dos dois era "sentimental" como Oliver.

– Oi.

– Oi.

Eles ficaram se encarando. Então Pinky falou.

– Está indo embora por minha causa, não é?

– Por que seria por sua causa?

Ela suspirou e se recostou no jipe ao lado dele.

– Eu não devia ter deixado as merdas do Samir me afetarem daquele jeito. Mas não consigo. Esse garoto me irrita demais. Ele é tão egoísta e... – Ela suspirou. – Enfim. Desculpe por ter feito uma cena na frente da Sweetie.

Ashish lhe deu um empurrãozinho gentil com o braço.

– Ah, não tem problema. Sei que você só estava me protegendo. Tudo bem, não tem como não me amar.

Pinky bufou.

– Certo. Então... está animado com o encontro? Ela parece legal.

Um carro passou perto e eles levantaram as cabeças, mas era um esportivo verde. Se recostando de volta no jipe, Ashish disse:

– Ela é legal. Mas estou achando que vai desistir desse lance. E, sinceramente, talvez seja melhor.

– Como assim? Por que você está falando isso?

– Tipo, só de ouvir o nome da Celia já fico todo... sei lá. É como se eu fosse o Vesúvio prestes a explodir. Não sou terapeuta nem nada, mas tenho quase certeza de que isso significa que tenho alguma merda mal resolvida. Ah, e Samir deve ter feito Sweetie querer sair correndo o mais rápido possível, e vamos admitir que ela é rápida pra caramba.

– Beleza. Primeiro: você não superou a Celia ainda. Mas não era esse o objetivo? Sacodir a poeira e dar a volta por cima? Dar uma chance pra outra garota? Segundo: se ela fugir, é ela que vai sair perdendo.

– Oun, obrigado, Pinkyzinha. – Ele colocou um braço em volta dela e a puxou para si. – Você é uma ótima amiga.

– Credo! – Ela fingiu querer se desvencilhar do abraço. – Você sabe que odeio que me chame assim.

O sino da porta do Roast Me tocou e os dois se viraram para olhar. Sweetie estava a alguns metros de distância, os observando. Ela acenou, um pouco constrangida, enquanto caminhava na direção deles.

– Acho que é minha deixa. – Pinky se afastou de Ashish e falou: – Dê uma chance pra ela, Ash. – Seus olhos estavam arregalados e despidos de seu costumeiro sarcasmo. – Tenho um bom pressentimento sobre ela. – Então, acenando com a cabeça para Sweetie, ela entrou no carro.

Ashish olhou para Sweetie se aproximando sob as luzes roxas e brancas da rua. Ela estava linda. Não era só sua aparência física que impressionava. Havia algo nela – uma espécie de hesitação e curiosidade aberta e aquela pequena covinha sedutora que surgia sempre que sorria ou movia os lábios – que Ashish achava atraente, e ele simplesmente não conseguia entender por quê. Talvez fossem os feromônios. Ele tinha lido em algum lugar que, se duas pessoas fossem adequadas, achariam o cheiro da outra muito irresistível. Ele dilatou as narinas e tentou apurar o olfato discretamente.

Sweetie estreitou os olhos.

– O que está fazendo? – Ela estava a meio metro de distância, com a cabeça inclinada para trás para observá-lo melhor.

Droga!

– Hum... nada. Nada mesmo. – Ele enfiou as mãos nos bolsos do moletom e olhou para a rua. – Não precisa ficar aqui esperando comigo. Está frio.

– Eu sou calorenta – Sweetie disse. – Está gostoso aqui.

Eles ficaram em silêncio. Dava para sentir a dúvida pairando no ar entre os dois, mas Ashish não quis pressioná-la. Sinceramente, quanto mais pudesse fingir que Samir não tinha estragado tudo entre eles antes mesmo de algo sequer começar, melhor. Ele poderia viver no reino da fantasia por mais tempo. Assim como tinha feito com Celia. Ao que parecia, ele não tinha aprendido a lição. Aprender as coisas rápido não era um indicativo de inteligência? Bem, então, que bom que tinha o basquete para entrar na universidade.

– Ashish...

Ele se obrigou a olhar para ela com uma expressão neutra. Sweetie, por outro lado, parecia ansiosa e cheia de perguntas. Ashish quase foi tomado pela vontade de colocá-la entre os seus braços para confortá-la, mas conseguiu resistir.

Ela engoliu em seco.

– O que Samir disse... sobre essa Celia... é verdade?

Ele tentou sorrir, só que o sorriso nunca chegou ao seu rosto.

– O quê? Meus amigos não te contaram tudo depois que saí? – Para começo de conversa, fora Oliver quem causara toda essa bagunça ao convidar Sweetie para se sentar com eles. E ao convidar Samir também. Era óbvio que ele ia falar o que não devia.

Ela franziu um pouco o cenho.

– Não. Tudo o que me disseram foi que você passou por uma fase difícil recentemente e que eu devia conversar com você.

Ashish passou a mão pela mandíbula. Oliver e Elijah eram mesmo boas pessoas. Ele não os merecia.

– Ah. – Ele respirou fundo e continuou: – Então... sim, é verdade. Estava namorando com Celia fazia uns seis meses. Era meio que à distância, porque ela estuda em São Francisco, mas, ainda assim, foi importante pra mim. – Ele soltou uma risadinha desdenhosa. – Pelo menos pra mim, o estudante de Ensino Médio idiota. A gente começou a se afastar, mas eu tinha certeza de que daríamos um jeito. Tipo, mal estávamos nos falando, mas... é. Eu pensava que o que a gente tinha era real.

– Então... o que aconteceu? – Sua pergunta não veio carregada de julgamento nem de curiosidade ávida.

Ashish deu de ombros.

– Um dia fui fazer uma visita no dormitório e a colega de quarto dela disse que Celia tinha saído com um cara. Ela não teve nem a decência de me contar.

Ele ouviu Sweetie soltar um suspiro baixinho e suave.

– Sinto muito.

– É, eu também. – Dava para perceber o amargor em sua voz, mas ele não conseguiu evitar.

Ela ficou parada ao lado dele, e os dois ficaram só olhando os carros passando na rua por um tempo.

– E você ainda não a superou. – Não era uma pergunta.

Ele se virou de lado – tinha que olhá-la nos olhos para dizer o que ia dizer, para que ela entendesse.

– Não, eu não superei. E não sei quando nem se algum dia vou superar. Então, se a gente namorar, precisa saber que... não vai me ter por inteiro, Sweetie. E se isso significar que você precisa se afastar, eu vou entender totalmente. – Ele esfregou a nuca, agitado. – Desculpe. Achei que podia lidar com isto, sabe? Namorar de novo, ficar com você. Porque eu gosto de você. De verdade.

– Mas você ainda a vê quando olha pra mim?

Ashish balançou a cabeça; não era bem isso.

– Não, é tipo como se ela... ficasse se jogando na minha frente quando estou olhando pra você. Como se eu não tivesse deixado as coisas pra trás ainda. Não sei se sou capaz de me conectar com você de um jeito mais profundo por causa dela, Sweetie. – Foi meio estranho desabafar tudo isso... Talvez ele devesse ficar constrangido. Mas não foi o que aconteceu.

Sweetie encostou a cabeça no jipe e olhou para o céu. Ashish sentiu as mãos ficarem úmidas enquanto esperava que ela falasse algo. Ele percebeu que realmente se importava com ela. Queria ser sincero. Queria que Sweetie o conhecesse, que compreendesse o que ele podia ou não oferecer. Era por isso que não tinha ficado constrangido por ter vomitado todas aquelas palavras.

Até que ela também se virou de lado para encará-lo.

– Ainda quero sair com você. Não é o ideal eu namorar um garoto que ainda está ligado a alguém, admito. – Ela deu uma risadinha. – Mas esse negócio todo também significa outra coisa pra mim. Sabe essa sensação de querer namorar de novo pra limpar o paladar do sabor residual que a Celia deixou?

Ele assentiu, achando graça pela forma como ela tinha colocado as coisas.

– Bem, eu queria namorar alguém como você... – Ela fez um gesto abrangente o abarcando por inteiro. – Para provar pra mim mesma que eu posso. Minha mãe está sempre dizendo que preciso emagrecer pra que um cara gato me dê uma chance. E no meu coração eu sabia que ela estava errada.

– Ela está errada – Ashish falou energicamente, e ela o olhou, surpresa. – Desculpe, é só que isso é uma merda. Você é linda. E incrivelmente talentosa. Qualquer cara que saísse com você seria um cara de sorte.

– Obrigada. – Sweetie sorriu e olhou para os pés, e sua covinha quase o matou. – Enfim, nós dois queremos conquistar coisas através desse namoro, e não estamos falando de um grande amor, certo?

Ashish assentiu.

– Então é isso. – Sweetie deu de ombros. – Vamos seguir com o plano. Quem sabe eu te ajude a esquecer um pouco a Celia, e você me ajude a entender que não tenho que ouvir Amma me dizendo o que posso ou não fazer sendo gorda.

Ashish sorriu.

– Sério? Tem certeza?

– Sim. – Ela ergueu a mão para ele. Após um momento de surpresa, ele bateu a mão na dela, rindo.

– Você é tão legal, sabia?

– Obviamente. – Ela mostrou a língua para ele, e logo eles estavam rindo juntos.

Os faróis de um carro os iluminaram, e Ashish olhou para trás para ver o SUV branco da família conduzido por Rajat.

– Ah, eu tenho que... – Ele apontou o dedão para o veículo. – Quer uma carona pra casa?

– Não, tudo bem. Eu vim de carro. – Sweetie sorriu e deu um passo para trás. – Então te encontro na sua casa no sábado? Para gente ir ao Pavan Mandir juntos?

Ele assentiu.

– Pavan Medir. Prepare-se para o culto. – Ele revirou os olhos.

Sweetie deu uma risadinha tímida, acenou e se virou para o seu carro. Ashish ficou a observando ir embora.

Capítulo 16

Sweetie

O RESTO da semana passou voando feito… bem, feito Sweetie na pista de corrida. Kayla, Suki e Izzy mantiveram suas mentes ocupadas falando sem parar sobre a Noite Musical no Roast Me. No sábado de manhã, assim que Sweetie saiu do banho e se vestiu, Kayla mandou uma mensagem no grupo contando as novidades.

Kayla: A gente já tem 12 bandas! A Noite Musical vai rolar!

Izzy: COMO ASSIM?

Suki: F$%^#$@#@@$%F

PQP, Sweetie respondeu, se recostando na cabeceira da cama. Como vc conseguiu? Ontem a gente só tinha 5!

Kayla: Já te falei, MGP

Sweetie: ??

Kayla: Magia de garota preta 😌😌

Kayla: Ah e eu tb prometi pro Antwan que pensaria seriamente no convite dele pro baile se ele fizesse propaganda do evento na Eastman e nos arranjasse pelo menos 10 bandas

Izzy: Haha bem então parece que vc tem companhia pro baile

Kayla: Eu já ia dizer que sim mas isso é mto melhor que um buquê de flores

Sweetie: Hahahaha vc é hilária te amo

Kayla: Tb te amo

Suki: Blz então Kayla já tem planos pro baile e tá tudo andando com o evento... e vc, Sweetie?

Sweetie: Eu o q?

Kayla: Não se faça de sonsa bb, seu encontro não é daqui uma hora?

Sweetie: Pois é... tô NERVOSA gente

Izzy: Mas vc só vai provar pra si mesma que pode né? Não precisa ficar nervosa!!

Suki: Ela tem razão... é só lembrar que vc é foda. Ele que é o sortudo

Kayla: Vc tb tem sua magia de garota indiana, S. Vc vai arrasar

Sweetie: Ah gente tô chorando. Brigada amo mto vcs

Kayla: Tb te amo tamo junta

Suki: Te amo

Izzy: Te amo!! Divirta-se!!

Sweetie: Blz mando msg qdo acabar

Suki: Bora tomar um sorvete e tal pra vc contar como foi

Izzy: Simmm

Kayla: Tô dentro

Sweetie: Blz!

Sweetie deixou o celular de lado e piscou para afastar as lágrimas. Ela sem dúvida tinha as melhores amigas do mundo. Depois do discurso motivacional do seu time, ela se sentia mais pronta do que nunca. Se Kayla, Suki e Izzy achavam que ela ia arrasar, então ela arrasaria. Confiava irrestritamente nelas, apesar de não confiar tanto em si mesma. E por falar em confiança... ela pegou o celular de novo e escreveu.

Sweetie: Vou ter o primeiro encontro hoje com Ashish Patel

Anjali Chechi: Nossa vc NÃO me deu informações suficientes pra jogar essa bomba assim do nada

Sweetie: Haha desculpa depois te conto

Anjali Chechi: Blz blz. Lembre-se: SEXO SEGURO

Sweetie: Aff Chechi sério a gente vai pro Pavan Mandir

Anjali Chechi: Nossa vc NÃO me deu informações suficientes pra jogar essa bomba assim do nada

Sweetie: Hahaha prometo que vou te contar tudo

Anjali Chechi: Blz então até depois!

Sweetie: Até 😊

Só de ver as palavras de Anjali Chechi na tela ela já se sentia mais segura. Afinal, Ashish Patel era apenas uma pequena parte de sua vida. Havia muita gente que a conhecia e a amava, que achava que Sweetie estava em pé de igualdade com essa estrela do basquete que poderia ser modelo, se quisesse. E daí que Amma não era uma dessas pessoas? Ela foi até a penteadeira, fez um delineado de gatinho e sorriu para si mesma. Estava usando um *kameez* amarelo com florezinhas vermelhas e uma calça *salwar* branca. Seu *dupatta* – xale – era vermelho com fios dourados. (Estava um pouco quente para isso, mas uma vez Amma lhe dissera que seus braços eram sua fraqueza, e Sweetie nunca conseguiu superar isso.) Ela escolheu calçar sandálias vermelhas e colocar um *bindi* dourado, que usava apenas para ir ao mandir. Seu cabelo caía em ondas soltas pelas costas e ela estava se sentindo quase linda – aquele seria um dia tão bom quanto qualquer outro.

Como ainda tinha mais de uma hora, foi até o armário e pegou seus materiais de artesanato, pensando em terminar as caixas para a feira dos produtores da próxima semana (ela achou melhor não ir com Amma aquela semana, já que tinha que se preparar, inclusive mentalmente, para o encontro). Sweetie tinha acabado de arrumar as coisas na mesa de jantar e se sentado para trabalhar quando sua mãe entrou.

Sweetie olhou para ela e depois voltou a se concentrar na caixa, amarrando uma fita de estopa.

– Onde Achchan está?

– Tomando banho. Ele já vai sair. – Amma começou a se mover pela cozinha, guardando coisas. – Com sorte, vou vender tudo hoje.

Sweetie soltou um grunhido vago e evasivo. Sinceramente, ainda estava bastante brava com toda aquela história com Ashish. Ela se sentia traída por Amma ter dito a tia Sunita que a própria filha não era boa o suficiente para o filho dela. Assim, não tinha a menor vontade de fazer contato visual, muito menos de conversar com a mãe.

– Quer *chai*? – Amma perguntou da cozinha.

– Não, obrigada. – Sweetie manteve o olhar fixo no coração que estava colocando no canto da caixa. Estava torcendo para que Amma fosse beber seu *chai* lá fora, como costumava fazer sempre que o clima estava bom.

Mas não teve sorte. Logo, sua mãe estava sentada a duas cadeiras de distância de Sweetie, sorvendo seu *chai* sonoramente enquanto a observava.

Sweetie quis se virar para ela, mas se conteve.

– Que lindo – Amma disse. – Gostei dessa paleta de cores. O vermelho fica ótimo com o marrom da estopa.

– Aham – Sweetie falou, esticando o braço para pegar mais estopa.

– Vou fazer *curry* de frango com coco hoje. E *pal payasam* de sobremesa.

Sweetie enfim olhou para a mãe. Eram suas comidas favoritas.

– Mas não é Onam.

Onam era um festival do sul da Índia. Amma era bastante rígida com as tradições e só fazia *pal payasam* durante o Onam ou em outras datas comemorativas.

Ela deu de ombros e bebericou seu *chai*.

– E daí?

Sweetie sabia o que isso significava: uma oferta de paz. Amma e Achchan – e, por consequência, Sweetie também – nunca falavam "Eu te amo" uns para os outros, como as famílias de seus amigos. Eles não faziam as pazes conversando sobre seus sentimentos nem compartilhando momentos íntimos e profundos. Em vez disso, havia inúmeras maneiras de dizer "Eu te amo" ou "Me desculpe" naquela casa: fazer o prato favorito de alguém; ajudar a preparar as caixas de seus docinhos; estar presente na feira dos produtores todo sábado para que Amma nunca ficasse sozinha ou nas corridas de Sweetie para que ela sempre visse um rosto amigo na plateia, não importando quão longe fosse a escola; desenhar um pontinho preto com *kohl* na bochecha para afastar mau-olhado; comprar o sabonete certo antes que alguém ficasse sem.

Mas, de vez em quando – tipo hoje –, Sweetie gostaria que Amma usasse palavras. Que dissesse que estava errada ou que Sweetie era absolutamente suficiente para quem quer que escolhesse namorar, que seu valor não era medido pelo tamanho de sua roupa nem pelo seu peso. Mas isso jamais aconteceria. Então elas só ficaram ali, em silêncio, até que o grande relógio da sala de estar bateu 9 horas. Sweetie se levantou e saiu para guardar as coisas e ajeitar o cabelo.

Em seguida, voltou para a sala, onde Amma estava com Achchan, e disse:

– Então, tchau. Estou saindo.

Amma levantou a cabeça da revista *Bolly Gossip* que estava lendo.

– Está indo na casa de Kayla?

– Sim. Vamos estudar pra prova de Cálculo.

Suas mãos estavam molhadas. Odiava mentir; quase nunca era uma boa ideia. Uma vez, ela leu que, se você mente sobre algo, geralmente significa que seus valores estavam em conflito com suas ações. Só que o artigo não mencionava o que fazer no caso de ter cem por cento de certeza de estar certa e seus pais estarem errados, sendo que você foi criada desde a infância ouvindo que mentir para eles era a pior coisa que se poderia fazer.

A culpa só se intensificou quando Achchan sorriu para ela.

– Minha querida Sweetie, aluna nota 10 e atleta celebridade! Tão focada nos estudos!

– Não sou tudo isso – Sweetie murmurou, sem conseguir olhá-lo nos olhos.

– É, sim! – Achchan disse, pegando a mão dela. Ele a puxou para si e Sweetie se sentou na enorme poltrona reclinável, meio espremida entre o assento e seu colo. Eles faziam isso desde que ela era pequena, quando o pai costumava ler para ela o livro pelo qual estivesse obcecada naquela semana. – Tenho tanto orgulho de te chamar de minha filha. Seu Achchan é muito sortudo, e sabe disso.

Sempre que Achchan começava a falar de si na terceira pessoa, era porque estava emocionado. Sweetie se esforçou para não deixar a culpa engoli-la por inteiro. Ela teve vontade de enfiar o rosto no peito dele e choramingar, dizendo “Vou sair com Ashish Patel!”. E se fosse só Achchan e ela, a garota provavelmente faria isso.

Só que não podia falar a verdade agora. Apesar de estar segura sobre seus sentimentos, ela não sabia como convencer os pais – principalmente Amma – de que estava certa sobre seu corpo, de que não precisava emagrecer para ser feliz, de que não havia absolutamente nada de errado consigo. E até descobrir como articular essas coisas todas – e articulá-las corajosamente bem –, ela sabia que teria que manter o projeto Sensacional Sweetie debaixo dos panos.

Achchan fez carinho em seu braço.

– Está tudo bem, Sweetie?

Ela o olhou de lado.

– Por que não estaria?

– Está tudo certo com Kayla, Suzi e Icky?

Sweetie deu risada.

– É *Suki* e *Izzy*, Achcha.

Ele acenou com a mão, meio que dizendo “Estou velho demais pra mudar e aprender isso”.

– Sim, estão todas bem. Está tudo bem, de verdade.

Amma ergueu o rosto da revista, mas não falou nada.

– Que bom, então – Achchan disse, depois de uma pausa. – Ligue se precisar de alguma coisa.

Ela colocou os braços em volta do pescoço do pai e o abraçou.

– Obrigada, Achcha. Pode deixar. – Ela desceu da poltrona antes que o nó na garganta se transformasse em lágrimas. – Preciso mesmo ir.

– *Sari* – Amma falou. – Escreva quando chegar e antes de sair.

Normalmente, Sweetie se irritava com as regras estritas de Amma. Quantas vezes ia à casa de Kayla? Tinha mesmo necessidade de ter que avisar sempre? Só que, desta vez, ela estava se sentindo culpada demais para ficar irritada.

– *Sari*, Amma. *Pinne kaanaam.*

– Tchau.

Sweetie deu a partida no carro antes que mudasse de ideia. *Vamos lá. Você queria ser a Sensacional Sweetie. Agora não vá se fazer de Sonsa e Sensível Sweetie.* Então manteve o pé no acelerador e seguiu em frente.

A casa de Ashish lhe pareceu imponente, mesmo que ela já tivesse ido lá na semana passada. Naquele dia, estava meio que dentro de uma névoa, preocupada com o que os pais dele diriam, se perguntando por que a tinham convidado. Mas agora... Ela levou a cabeça para trás para observar a mansão, que parecia pertencer a alguma charneca escocesa em algum lugar. (Espere. Será que havia castelos nas charnecas escocesas? Enfim. Era gigantesca.)

Sweetie respirou fundo, ajustou sua *dupatta* e foi até a porta pesada e ornamentada. Ela levantou a mão para tocar a campainha, mas a porta se abriu antes.

Ashish estava parado, sorrindo para ela. Seu cabelo estava perfeitamente despenteado, sua *kurta* e calças estavam bem passadas e, pelo jeito, engomadas. Seu sorriso radiante mostrava uma pontinha de ansiedade, e ele estava remexendo suas mangas bordadas.

– *Aff*, por que mesmo estou vestindo isso? Ah, é, meus pais basicamente me fizeram de refém até eu concordar. – Saber que Ashish Patel também não estava muito confortável com a situação a fez se sentir muito melhor. – Ah, espere. Eu quis dizer: oi, que bom te ver. Entre.

Sweetie deu risada.

– Obrigada.

Ela entrou, olhando ao redor. Havia um vaso cheio de rosas naturais na mesa circular no centro do vestíbulo. O aroma se espalhava pelo ar, saborosamente doce.

– Então, já avisando – Ashish disse, com as sobrancelhas erguidas. – Meus pais...

– Sweetie *beta*! – Os passos de tia Sunita ressoaram pelo arco aberto, e ela se aproximou com um sorriso de mil *watts* no rosto.

Ashish congelou, com as costas voltadas para a mãe. Ele falou só mexendo a boca:

– Boa sorte. – Eles se viraram para enfrentar o massacre juntos.

Tia Sunita chegou totalmente equipada com seu *puja thali* – uma bandeja de prata contendo vários pós e outros apetrechos. Sweetie já vira Amma carregando o mesmo tipo de *thali* em várias ocasiões especiais (tipo, antes das provas finais), e sabia o que estava por vir. Eles ficaram em silêncio enquanto tia Sunita pedia a Lorde Hanuman para cuidar deles em seu passeio auspicioso. Tio Kartik estava ao lado, observando tudo com uma expressão neutra. Sweetie sabia que seria difícil conquistá-lo. Isto é, se ela fosse querer conquistar os pais de Ashish.

Na verdade, a garota se sentiu um pouco mal por tia Sunita. Ela obviamente esperava algo miraculoso, saído das páginas de um romance, mas não sabia nada sobre as motivações secretas de Sweetie nem de Ashish.

Uma empregada veio e levou o *thali* embora, e depois tia Sunita deu o braço para Sweetie.

– Venha, *beta*, entre. Não tivemos chance de te dar as boas-vindas direito na semana passada, e peço sinceras desculpas por isso. – Os homens as seguiram na direção daquela misteriosa segunda sala de estar/sala íntima. Ashish se sentou ao lado dela no sofá, e seus pais se posicionaram em poltronas na frente deles. – Seu *salwar* é tão lindo! – tia Sunita continuou. – Onde você comprou?

– Ah, obrigada! Minha mãe trouxe da Índia no ano passado. Eu não pude ir por causa dos treinos.

– Que pena! É importante visitar seu lar ancestral de vez em quando. Isso nos ajuda a permanecer conectadas às nossas raízes. Não acha?

Sweetie olhou para Ashish, que estava revirando os olhos com tanta força que ela temeu que eles fossem saltar para fora de seu rosto. Ela se virou para tia Sunita e disse:

– Acho, sim. Eu tento ir todo ano. Se não fizesse isso, acho que minha Amooma, minha vó, teria me deserdado.

Tia Sunita riu.

– Igual os avós de Ashish! Não é a mesma coisa de ver só por fotos, não é?

– Não, não é.

Por um breve momento constrangedor, eles ficaram apenas se olhando em silêncio. Então tio Kartik grunhiu para Ashish:

– O tanque do carro está cheio?

E foi assim que Sweetie percebeu que ele não era tão assustador nem intimidante quando julgara. No fundo, ele amava muito o filho. “O tanque do carro está cheio” era só um jeito diferente de dizer “Te amo e me preocupo com você”.

– Sim, Pappa – Ashish respondeu.

– Tudo certo, então. – Tio Kartik levou a mão ao bolso para pegar a carteira. Ele ofereceu a Ashish um tanto de dinheiro. Não deu para ver quanto, mas a nota de cima era de cem. Ela tentou não ficar encarando. – Fique com isto.

– Pappa, não precisa. Ainda tenho um pouco de dinheiro da última mesa...

– Pegue. – Ele empurrou o dinheiro para o filho.

Ashish finalmente o aceitou.

– Obrigado, Pappa.

Tio Kartik soltou um grunhido em resposta. Tia Sunita juntou as mãos, com os olhos brilhando.

– Bem, não quero tomar o tempo de vocês...

Ashish e Sweetie se levantaram no mesmo instante.

– *Thik hai*, Ma – Ashish disse. Nos vemos mais tarde?

Seus pais assentiram. Pela energia mal reprimida na sala, Sweetie percebeu que foi tudo o que tia Sunita conseguiu fazer para não se colocar em pé e levá-los até a porta, talvez até alisando o topete de Ashish e pousando um beijo na bochecha dele. Mas ela deu um jeito de resistir. Sweetie ficou impressionada; Amma nunca mostraria tanta contenção.

Lá fora, os passarinhos cantavam pacificamente nas árvores. As árvores sussurravam ao vento, e a fonte ao longe borbulhava sua canção prateada. Tudo estava perfeito, o sol brilhava, alegre e melódico.

Talvez não fosse possível comprar a felicidade, mas definitivamente algo parecido com isso. Lidar com as dificuldades devia ser muito mais fácil quando se vivia basicamente em um cenário de filme.

Sweetie foi até o jipe de Ashish, porém, ele balançou a cabeça e deu a volta na casa, a conduzindo até as garagens. Em uma delas, havia um conversível vermelho-cintilante, empoleirado elegantemente sobre rodas reluzentes.

– Pensei em irmos com este – Ashish disse. – Me parece mais adequado pra um encontro. Quero dizer, se você concordar. – Ele olhou para baixo, passando a mão pelo cabelo, como se temesse que ela o estivesse achando bobo.

O coração de Sweetie apertou. Era fofo que ele estivesse se esforçando tanto, mesmo que este não fosse um primeiro encontro tradicional propriamente dito, por vários motivos.

– É perfeito – ela disse, e Ashish abriu um sorriso radiante.

O Pavan Mandir estava a quarenta minutos de distância. Sweetie tentou não ficar reparando no antebraço perfeito e musculoso de Ashish, na forma como ele segurava frouxamente o câmbio com sua mão grande, na maneira confiante com que trocava de marcha, acelerando e desacelerando enquanto dirigia. Ela tentou não ficar reparando no cinto apertando seu peito forte ou no jeito como suas calças envolviam suas coxas. Estando pela primeira vez tão perto de um garoto, Sweetie percebeu uma coisa: era quase impossível ignorar os hormônios. Ela pigarreou para voltar a si e disse:

– Você e seus pais costumam ir ao Pavan Mandir com frequência?

No mesmo instante, Ashish disse:

– Você está linda hoje.

Eles se olharam por um segundo, dividindo um silêncio constrangedor e esperando que o outro continuasse. Então caíram na risada juntos. Ela apontou para ele.

– Você primeiro.

– Beleza. – Ele deu aquele meio-sorriso de quando estava se sentindo atrevido. Aquele que causava coisas estranhas à sua pulsação. – Você está maravilhosa hoje.

Ela o olhou desconfiada.

– Você falou "linda" da primeira vez. Por que mudou?

Ashish deu risada.

– Faz diferença?

– Faz, sim. "Linda" é um pouco menos do que "maravilhosa". Então ou você estava mentindo da primeira vez, ou da segunda. – Ela fez uma expressão zombeteira/séria. – Qual das duas?

Ashish olhou em volta, como se estivesse aterrorizado.

– Ahn... quis dizer que você está linda e maravilhosa. Tipo, linda ao ponto de ser uma maravilhosidade.

Sweetie bufou.

– Foi uma *péssima* defesa, mas vou deixar passar desta vez.

– Obrigado. Então, respondendo à *sua* pergunta, acho que fui ao Pavan Mandir... umas duas vezes no ano passado.

– Sério? – Sweetie não podia nem imaginar como seria isso. Seus pais iam semana sim, semana não, e ela geralmente ia junto, a não ser que tivesse treino. – Por quê? Seus pais não são religiosos?

– Ah, são, sim. Especialmente Ma. Mas desistiram dessa batalha em nome de outras maiores. Na verdade, eu tenho quase certeza de que essa coisa de primeiro-encontro-no-mandir é meio que sobre isso. Para me obrigar a ir lá. Ponto para os meus pais.

Sweetie franziu o cenho.

– Não... eu não acho que eles estejam tentando ganhar alguma vantagem sobre você, se é o que está pensando. – Ela fez uma pausa, temendo ter cruzado algum limite. – Mas é só minha opinião.

Ashish a encarou.

– Ah, é? Então me fala. Estou curioso pra saber o que está achando disso tudo.

– Bem, não sou mãe, mas... eu acho que deve ser difícil pra tia Sunita e pro tio Kartik. Você parece... bastante desinteressado pela cultura indiana. Tipo, você fez questão de não namorar garotas indianas antes de mim. Talvez eles não estejam tentando te enganar fazendo você ir ao mandir no seu primeiro encontro. Acho que só estão tentando criar, não sei, uma associação positiva pra você ou algo assim. Torcendo pra que se divirta e veja que o mandir não é tão ruim assim. Quem sabe, pra eles, você não gostar da cultura indiana seja uma espécie de rejeição? – Sweetie parou de falar e ficou mordendo o lábio inferior, temendo tê-lo deixado bravo com as coisas que disse. – Mas obviamente é só minha opinião. Nem conheço você ou eles direito.

Ashish permaneceu em silêncio por um tempo. Sweetie começou a ficar cada vez mais nervosa, pensando que tinha estragado suas chances de ter um primeiro encontro aproveitável. Até que o garoto se virou para ela e sorriu, para então se concentrar na rua à frente.

– Acho que você pode estar certa. Na verdade, minha mãe disse algo parecido com isso, que talvez eu ache minha cultura chata porque eles me pressionaram demais e eu passei a achar que *eles* é que são chatos. Nossa. – Ele fez uma pausa, refletindo. – O que é meio triste. Nunca quis que pensassem que eu os rejeito. – Ele se virou para Sweetie novamente e disse: – Moro com meus pais há dezessete anos, e nunca teria chegado a essa conclusão. Mas, agora que você falou, parece que é isso mesmo. Acho que você os entende melhor do que eu.

Sweetie riu.

– Ah, não sei, não. Às vezes é mais fácil ter uma visão mais ampla vendo as coisas de fora. Entende o que eu quero dizer?

Ashish olhou para ela e, desta vez, Sweetie viu algo como respeito e admiração em seu olhar. Ela se conteve para não ficar vermelha.

– Sim, eu entendo. Acho que você é uma das pessoas mais sábias que já conheci.

– Não sei... E Oliver? Ele parece bastante sábio. Assim como a sua mãe.

– Ah, beleza. Mas você está definitivamente no top três.

– Aceito. – Sweetie sorriu, satisfeita, mas tentando não demonstrar.

Capítulo 17

Sweetie

O PAVAN Mandir era um templo grande, branco e aberto, situado em uma colina com vista para o lago Frye. *Pavan* significava "vento" em hindi. O templo recebera esse nome porque não tinha paredes nem portas, apenas uma série de vigas e pilares que sustentavam o teto sobre o chão. O vento soprava do lago com naturalidade, deixando o local um pouco mais frio do que o lado de fora.

Sweetie adorava o templo com todo o coração. Ela tinha boas lembranças de sua infância ali, deixando o vento brincar com sua *dupatta* enquanto seus pais prestavam seus respeitos à Lingam de Shiva, a pedra sagrada, lá dentro. O ar sempre parecia mais limpo ali, e não importava quais preocupações ela tivesse, Sweetie sempre saía com uma paz de espírito que durava o dia todo.

Eles desceram do carro e subiram os degraus, tiraram os sapatos e entraram. Assim que pisaram no templo, o vento começou a soprar. O cabelo de Sweetie se agitou ao redor do seu rosto. Ela agarrou sua *dupatta* e sorriu para Ashish, falando:

– Adoro esse lugar.

Ele a observava com uma expressão indecifrável e um olhar intenso e sério. Quando ela se perguntou o que estava acontecendo, ele também sorriu. E foi como se o sol de repente tivesse atravessado as nuvens escuras, aquecendo até os ossos de Sweetie.

Seguiram em frente para rezar e, depois de receber a oferenda de *prasada* do *pujari*, foram para a lateral para olhar o lago Frye. A vista era incrível: nuvens brancas e ralas se espalhavam pelo brilhante céu azul de primavera, e o lago parecia um diamante gigante e reluzente sob o sol. Eles ficaram parados ao lado de um pilar, apenas observando e respirando por um longo momento. Um pássaro cantou ao longe e outro respondeu com uma doce canção.

– Este lugar é mesmo muito lindo – Ashish disse.

Sweetie se virou para ele, que olhava o lago com uma expressão pensativa.

– É restaurador – ela disse cuidadosamente. – Gosto de me visualizar deixando meu estresse dentro de uma caixinha nos degraus. – Sweetie amarrou seu *dupatta* como uma faixa no quadril para que ele ficasse no lugar. Ajeitou o cabelo num coque, ciente de que Ashish observava cada movimento. – Eu fico até meio que grata por meus pais terem transformado a visita ao templo num hábito pra mim.

– Que bom. – Ashish tinha um sorrisinho no rosto, mas falou baixinho: – Estou repensando minha opinião sobre isso.

Sweetie sorriu e se sentou na beirada do pavimento, com os olhos ainda fixos no lago.

– Então, vamos sentar aqui um pouquinho – ela disse, pressentindo que ele precisava disso mais do que estava admitindo.

Depois de uma pausa, Ashish se juntou a ela.

– Beleza. Um pouquinho não vai fazer mal.

Ashish

Os dois voltaram em silêncio para o conversível. Era estranho, mas Ashish se sentia... mais leve. Seu peito parecia menos apertado, como se as amarras que o prendiam tivessem se soltado um pouco. Ele também sentiu um conforto surpreendente ao se perceber cercado pela cultura religiosa da sua família, ao ouvir as conhecidas palavras dos encantamentos do sacerdote e sentir o aroma do incenso de sândalo. Era como estar num lugar que o compreendia intimamente, onde podia se acalmar e ser ele mesmo.

Ashish não sabia se acreditava em Deus, mas não podia negar que esse templo em particular lhe pareceu bastante purificador. Ele se sentia como os jardins de sua casa após uma tempestade: alegre e colorido, viçoso e fresco. Toda a poeira e a sujeira acumuladas tinham sido levadas embora, e agora Ashish sabia como era ser um jardim limpo. Sua poeira e sua sujeira também tinham sido levadas embora, pelo menos temporariamente. E quer saber? O *kurta* bordado e abafado que foi forçado a usar não estava mais irritando tanto a sua pele quanto antes.

Enquanto eles se sentavam, Ashish olhou para o relógio do painel.

– Sei que já fomos ao mandir e, por contrato, nós não somos obrigados a fazer nada juntos depois – Ashish falou em um tom leve de escárnio, para que Sweetie visse que ele não se importava muito com o que estava dizendo. – Mas você quer almoçar? Conheço os donos de um restaurante muito bom. Além disso, estaremos em público, então, acho que vamos ficar bem. – Seu coração bateu meio descompassado, esperando a resposta dela. Estranho.

Sweetie abriu um sorriso totalmente sincero, e seu coração deu mais umas batidas irregulares.

– Bem, eu adoraria, senhor Patel.

Então ele a levou para o Poseidon, que ficava ali perto. O dono era um amigo próximo e parceiro comercial de Pappa, o que significava que os Patel estavam permanentemente na lista VIP. Ou seja, eles podiam pegar uma ótima mesa sempre que quisessem. A comida também era deliciosa. (Certo, também não era nada ruim que o *Zagat* o tenha chamado de "restaurante mais romântico para comer frutos do mar na Costa Oeste". Este podia até não ser um primeiro encontro tradicional, mas, caramba, ele tinha seus clichês.)

– Uau! – Sweetie olhou para os pilares em estilo grego e para a enorme fonte no pátio, que consistia em uma estátua de Poseidon segurando seu famoso tridente. – Este lugar é maravilhoso. Você conhece os donos?

– Ah, mais ou menos. Ele é amigo do meu pai. Só o vi algumas vezes em uns eventos.

Eles subiram os degraus largos e entraram no restaurante. Foram recebidos por uma música suave no vestíbulo, que ostentava outra fonte de Poseidon (um pouco menor) e uma série de plantas frondosas em vasos ornamentados. A claraboia deixava entrar uma quantidade deslumbrante de luz solar. A *maître*, uma mulher negra baixinha e elegante que vestia terno, os cumprimentou com entusiasmo.

– Olá! Sejam bem-vindos ao Poseidon! Vocês têm reserva?

– Não – Ashish disse, dando um passo à frente. – Mas acho que estou na lista amiga. Ashish Patel.

A *maître* abriu o computador, digitou algo e então se virou para Ashish com o sorriso reservado aos clientes A+.

– Excelente, senhor Patel. Prefere nosso jardim de inverno ou a varanda?

– Varanda, eu acho. – Ashish olhou para Sweetie com as sobrancelhas erguidas. – O que acha?

Ela assentiu, apesar de estar completamente sobrecarregada. Ashish sempre esquecia como era introduzir pessoas novas a este mundo. Pinky, Oliver e Elijah já estavam tão acostumados que nem hesitavam mais. Ele sorriu e deu uma piscadela para Sweetie, torcendo para que ela relaxasse.

– Lista amiga, hem? – ela perguntou, enquanto os dois subiam a escada em espiral atrás da *maître*.

– É a lista de amigos e imprensa. Acho que o assessor de relações públicas achou mais simpático chamar assim, e obviamente é fã do Twitter. – Ashish deu uma risadinha. – Porque VIP é *blasé* demais.

Sweetie também deu uma risadinha aguda e nervosa.

Eles foram colocados em uma mesa pequena e silenciosa no canto da varanda, que tinha apenas três mesas espalhadas pelo enorme piso de pedra; as outras duas estavam vagas. A vista das montanhas ao longe era deslumbrante, e logo abaixo deles havia um espelho de água cheio de carpas e plantas aquáticas absolutamente impressionante. Música clássica ressoava de alto-falantes escondidos.

– Carpas em um restaurante com temática grega? – Sweetie perguntou.

– Afinal de contas, estamos na América, o grande caldeirão – Ashish respondeu.

Depois de pedir as bebidas para a garçonete, que prometeu voltar em breve, Sweetie se virou para Ashish:

– Este lugar é maravilhoso. Obrigada por me trazer aqui.

– Claro. – Ele respirou fundo. – E, hum, obrigado por aquele momento no templo. Gostei de ficar sentado lá em silêncio por um tempo.

A garçonete trouxe seus refrigerantes e anotou os pedidos. Quando a moça se foi, Sweetie disse:

– De nada. Sabe... não tem problema precisar de um tempo pra lidar com tudo.

– Tudo o quê?

– Celia – ela falou, e ele teve que se esforçar para não estremecer. – O término.

– É, bem, já faz três meses – Ashish disse, forçando um sorriso. – Que tipo de perdedor não superaria um término depois de três meses? – Ele sabia que estava desviando o assunto, sem querer ser honesto sobre seus sentimentos, mas o que poderia fazer? Chorar feito um bebê no primeiro encontro deles?

– Você ficou com ela o dobro desse tempo. E não é como se existisse algum prazo pra superar esse tipo de coisa. Tipo, não que eu tenha experiência, mas se você realmente gostava dela, faz sentido demorar um tempo pra se sentir bem de novo. – Ela bebericou seu refri, olhando para ele por sobre o copo gelado.

Ashish suspirou.

– Acho que sim. Mal posso esperar para que isso tudo passe. Tipo, eu meio que não faço ideia de quem sou agora. Samir estava certo aquela noite no Roast Me: não estou me saindo bem no basquete nem com as garotas nem com nenhuma das coisas que me tornavam Ash, o Ardente. – Ele parou de repente, levemente horrorizado por ter dito isso.

– Ash, o Ardente, hem?

– É só um apelido ridículo – ele disse, olhando para a bebida como se fosse a coisa mais interessante que já tinha visto.

Sweetie abriu um sorriso gentil.

– Gostei. – E acrescentou depois de um momento: – É uma merda. – Não havia nenhum vestígio de desconforto ou julgamento em sua voz. – Sinto muito por estar tão difícil pra você. – Ela esticou o braço e colocou a mão sobre a dele por um instante, esfregando o dedão devagar na lateral de sua palma.

O coração dele acelerou. Bem, *algumas* partes dele pareciam definitivamente prontas para seguir em frente. Interessante.

– Sim, bem... que tal se a gente falasse sobre coisas menos patéticas?

Sweetie recolheu a mão e sorriu.

– Tipo o quê?

– Perguntas-relâmpago – Ashish disse. – Pronta?

Sweetie ajeitou a postura e assentiu, meio séria, meio brincalhona.

– Salgado ou doce?

Ela ergueu uma sobrancelha.

– Não está óbvio pelo meu nome? Doce.

Ele deu risada.

– Ah, certo. Beleza, e agora? Filme ou livro?

– Livro.

– Sonserina ou Lufa-lufa?

– Lufa-lufa.

– Praia ou montanha?

– Montanha.

– Frio ou calor?

– Frio.

Ashish se inclinou, sorrindo.

– O que foi?

– Acho que você devia saber que todas as suas respostas são exatamente o oposto do que eu escolheria.

Ela riu.

– E daí? Somos opostos. Não acho que isso seja uma completa surpresa, você acha?

– Acho que não.

A garçonete se aproximou e colocou o salmão marinado ao estilo grego com molho *tzatziki* de Sweetie e a *moussaka* de Ashish na mesa.

– Beleza, então – Sweetie disse, se recostando na cadeira e cruzando os braços. – Minha vez.

– Manda.

– *Downton Abbey*: Matthew Crawley ou Henry Talbot?

– Não faço ideia do que sejam nenhuma dessas palavras.

Ela ficou encarando-o.

– Acho que não podemos ser amigos se você não tem um conhecimento mínimo sobre *Downton Abbey*.

– Certo. Vou trabalhar nisso. – Ele deu um sorriso preguiçoso.

– Tá bem, vamos em frente. Pôr do sol ou nascer do sol?

– Nascer do sol.

– Chuva ou neve?

– Chuva.

– Gato ou cachorro?

– Cachorro.

– Começo ou fim?

Ele sustentou seu olhar por um tempo.

– Começo. Definitivamente.

Ela abaixou a cabeça e pegou o refrigerante. Depois de um longo gole, falou baixinho:

– Bem, está vendo? Você respondeu todas as perguntas exatamente da mesma forma que eu teria respondido.

– Menos a pergunta sobre *Downton Abbey*.

– Isso, menos essa. – Ela abriu um sorrisinho tímido que lhe deu vontade de ficar contemplando para sempre. – Um dia, vamos consertar isso.

Nenhum deles tinha começado a comer. Ashish desembrulhou os talheres.

– Quem sabe se eu quebrar as duas pernas e não tiver mais nada pra fazer.

Sweetie enfiou um pedaço de salmão na boca, rindo. Então fechou os olhos e disse:

– Ahhh. Meu. Deus. Que. Delícia.

Ashish percebeu que poderia ficar olhando para ela o dia todo. Então pigarreou para tirar a mente da sarjeta divertida onde ela estava nadando e disse:

– Opa, que bom. Que bom que gostou.

Sweetie abriu os olhos, o observando como se soubesse exatamente no que ele estava pensando. Ela sorriu e baixou a cabeça, se concentrando no prato.

Ótimo, Ash. É isso mesmo o que você quer: Sweetie pensando que você é um completo pervertido. Ele enfiou a comida na boca antes que dissesse mais besteira.

Eles comeram devagar e pediram a sobremesa – Ashish fez questão de dar uma boa gorjeta para a garçonete. Depois, como nenhum dos dois parecia querer ir embora, eles decidiram caminhar pelo espelho de água.

Com Sweetie, tudo era fácil, ao contrário de como era com Celia. Claro, com Celia era fogo e faísca, calor e paixão. (E depois, cubos de gelo e nuvens de tempestade, chuva de granizo e lágrimas. Dela, óbvio, não dele. Ashish não chorou.) (Certo, as lágrimas foram dele. Mas não foram muitas.)

Mas com Sweetie o tempo passava em ondas gentis. Conversar com ela era como receber um abraço gostoso e beber um chocolate quente em um dia frio – era reconfortante e familiar, um lugar de onde você nunca ia querer sair. E a verdade é que... ele a achava muito atraente fisicamente. Seu cérebro ainda guardava os vestígios de Celia, certo de que nunca a esqueceria. Seu corpo, porém, não parecia nada indeciso. O que era um grande avanço, especialmente considerando que ele mal deu bola para Dana Patterson, a extraordinária e gostosa líder de torcida. Ashish sabia o que estava acontecendo: estava genuinamente atraído pela personalidade de Sweetie, o que tornava seu corpo ainda mais atraente.

Quando finalmente a levou para casa, o sol do final da tarde tingia o céu de dourado. Eles ficaram ali na garagem, com o conversível desligado, em meio ao silêncio, à escuridão e à tranquilidade. Sweetie olhou para ele e depois desviou o olhar, sorrindo um pouco.

Ele se virou para a garota.

– Me diverti muito hoje.

Ela falou baixinho:

– Eu também. Você é uma ótima companhia. Tirando a parte que confessou não saber nada sobre *Downton Abbey*.

Ashish revirou os olhos. Ela tinha lhe contado sobre a série.

– Está mais pra *Downton Lixo*. Não acredito que as pessoas realmente gostam de assistir aos antigos britânicos sendo vestidos por seus mordomos.

Sweetie suspirou.

– Não, eles são vestidos pelos *criados* e pelas *damas de companhia*. *Aff*. Você não ouviu nada do que eu falei?

Eles riram juntos. Então Ashish ficou sério.

– Sabe, eu não estava brincando antes.

Sweetie franziu o cenho.

– Sobre o quê?

– Quando eu disse que você está maravilhosa hoje.

Ele estendeu a mão e enrolou uma mecha de seu cabelo ao redor do coque que ela fez na base da nuca. Seus olhos se arregalaram por um momento, então Sweetie relaxou. O coração de Ashish cantarolou.

– Obrigada – ela murmurou.

Ashish se mexeu devagar, se aproximando um centímetro por vez para garantir que ela estivesse confortável. Sweetie manteve os olhos escuros e brilhantes fixos nos dele até fechá-los. A um suspiro de distância, ela exalava um aroma celestial, algo ensolarado e mentolado, tão suave que acariciava sua pele feito seda.

Ashish planejou dar-lhe um beijo rápido. Mas, quando seus lábios encontraram os dela, tocando sua pele de veludo, ele cobriu seu rosto com as mãos e a puxou gentilmente para si; queria trazê-la para mais perto. Sweetie tinha o sabor do orvalho e de guloseimas, exatamente como ele esperava. Ela soltou um gemido baixo com o fundo da garganta que o deixou maluco, e deslizou as mãos no peito dele, as pousando ali entre eles. Ela tinha curvas suaves e irresistíveis – era tão diferente de qualquer garota que ele já havia beijado, e tão incrivelmente sexy.

Eles enfim se separaram para recuperar o fôlego. Ashish sorriu e apoiou a testa na dela. Seus olhos estavam ainda mais brilhantes, e aquela covinha surgiu e se enterrou em seu coração.

Ela soltou um risinho.

– Não sei o que dizer além de... uau.

Ele também riu.

– Uau é bom. Concordo totalmente.

Ela engoliu em seco e se afastou um pouco, olhando para as pernas.

– Este foi, hum, meu primeiro beijo de verdade.

Ele ficou encarando-a. Era ridículo pensar que essa garota maravilhosa, engraçada, doce e inteligente nunca tinha sido beijada.

– Então me sinto honrado por ter sido seu primeiro beijo. E ainda bem que você não me disse antes. Eu ficaria nervoso com tanta pressão.

Ela riu um pouco, mas seu riso não estava carregado de alegria como sempre.

– Certo. Beleza.

Ashish franziu o cenho.

– O que foi?

Ela respirou fundo e o olhou nos olhos.

– Você tem muita... experiência. Com garotas. E eu não. Tipo, eu tenho literalmente zero experiência com garotos. Não estou exagerando.

– Ei. – Ele tocou sua mão com gentileza. – Eu não me importo com isso. Mesmo.

Ela o encarou, decidindo se devia ou não compartilhar algo. Então ergueu o queixo e disse:

– E não vou ser fácil só porque sou gorda e nunca namorei ninguém antes.

Ashish congelou.

– Eu nunca pensaria isso. Eu... dei a entender isso, de alguma forma?

Suspirando, ela olhou para as próprias mãos apertadas.

– Não. Só sei que os garotos pensam isso de garotas gordas como eu. E não é verdade.

Ashish colocou a mão em seu queixo para que ela olhasse para ele.

– Eu não penso assim. E caras que pensam assim são uns completos idiotas. Não ligo pra sua falta de experiência. Quero que saiba que vou respeitar o seu ritmo, está bem? Não tenho expectativas, e tudo bem irmos devagar. Tipo, meu último relacionamento foi rápido demais e olha só como terminou.

Ela o observou, como se quisesse verificar sua honestidade. Até que abriu um sorriso radiante.

– Está bem. Quero ir devagar. – Então franziu a sobrancelha e disse: – Mas tudo bem dar uns beijos.

Ashish riu.

– Tudo bem dar uns beijos, entendido. – Para provar que tinha mesmo entendido, ele se aproximou para beijá-la de novo.

Capítulo 18

Ashish

NA SEGUNDA-FEIRA depois da escola, o treino foi tão medíocre quanto de costume. Ashish fez cestas fáceis, foi atingido na lateral da cabeça porque estava olhando na direção errada, Elijah praticamente fez tudo sozinho, e o treinador ralhou com ele.

Ashish recebeu todas as provocações de seus companheiros – tanto as gentis quanto as cruéis – com humildade. Sim, ele estava mandando mal. Sim, sabia disso. Não, ele não sabia como melhorar.

Havia algo de errado *dentro* dele. Era como se sua paixão e competitividade tivessem adormecido depois que Celia lhe deu um pé na bunda. Ashish secretamente – e, pelo visto, de forma estúpida – pensou que o ingrediente perdido voltaria após o encontro com Sweetie. Mas nada aconteceu. Esse ingrediente devia estar numa jornada interestelar em algum lugar no espaço.

Ele, Oliver e Elijah estavam se trocando no vestiário quando seu celular notificou uma mensagem:

Samir: Posso passar aí?

Suspirando, Ashish respondeu: O treino acabou agora. Pode esperar?

Samir: Amanhã?

Ele também tinha treino no dia seguinte. Hoje à noite tô de boa. Umas 7?

Samir: Blz até

O que quer que Samir tivesse para lhe dizer, era melhor tirar logo do caminho. Honestamente, Ashish não estava nem um pouco feliz com o vizinho no momento. Ele ligou algumas vezes no fim de semana, e Ashish só deixou cair na caixa postal. O que Samir esperava, tendo vomitado aquele monte de bosta na frente de Sweetie e agido feito um imbecil? Mas estava claro que ele não ia parar até que Ashish o escutasse. Estava claro que o amigo só queria fazer um pedido de desculpas meia-boca. Não importava. Ashish fechou o armário e se virou para os amigos.

– Prontos?

Mas eles não o ouviram. Ao que parecia, estavam tendo uma discussão acalorada no banco. Oliver, o mais alto dos dois, estava com a cabeça abaixada para Elijah, fazendo gestos extravagantes, como fazia sempre que estava bravo, e Elijah tinha uma expressão fechada e cabisbaixa. Estranho. Eles nunca, jamais discutiam. Se discordassem sobre algo, um daria risada e beijaria o outro, dizendo "Oh, meu amor é tão passional", ou algo igualmente enjoativo que fazia Ashish querer sorrir e arrancar os olhos fora com um garfo ao mesmo tempo.

Ele ficou ali parado, se perguntando se devia ir embora, mas descartando essa ideia. Não queria abandoná-los. Talvez devesse interrompê-los... Mas os dois pareciam tão envolvidos na discussão. E Ashish tinha que voltar para casa, senão não teria tempo de jantar antes de Samir chegar para lhe dar dor de cabeça. Então se aproximou e pigarreou.

– Hum... gente? Vamos nessa?

Elijah desviou o rosto, mas Oliver o encarou. Havia lágrimas em seus olhos cinzentos. Ashish congelou, completamente chocado. Oliver estava *chorando*? O que estava acontecendo?

– Ei, você está...?

Oliver esfregou os punhos nas bochechas e disparou para fora do vestiário. Elijah se abaixou para amarrar os sapatos, evitando completamente os olhos de Ashish. Certo, qual era o protocolo? Ele nunca tinha interrompido uma briga de namorados antes.

– Elijah, o que...

Elijah se levantou e pegou a mala com muito mais força do que o necessário.

– Vamos.

Beleeeza. Ashish entendeu o recado e seguiu o amigo sem falar nada, procurando por Oliver. Mas ele tinha ido embora. O que era estranho, porque Ashish ia dar carona para ele. Discretamente, ele pegou o celular do bolso e escreveu uma mensagem:

Ashish: Ei cara vc tá bem? Não precisa de carona?

Oliver: ELE vai com vc?

Ele não precisava ser nenhum Stephen King para entender a quem o amigo estava se referindo.

Ashish: Sim

Oliver: Então NÃO obrigado. Vou dar um jeito

Ashish: Cara o que tá acontecendo??

Oliver: Pq não pergunta pra ele? Ele é quem sempre tem as respostas

– Com quem você está falando? – Elijah estava olhando por cima de seu ombro.

Ashish afastou o celular.

– Oliver. – Elijah fez que ia entrar no carro, mas Ashish colocou a mão em seu braço. – O que está acontecendo, E.?

Elijah jogou a mala no banco e se virou para Ashish com os braços cruzados e as mandíbulas cerradas.

– O que ele te falou?

– Que eu devia te perguntar.

– Certo, beleza. Aparentemente, o Oliver ouviu falar que eu fiquei com um cara do time da Eastman duas semanas atrás.

Ashish ficou com medo de fazer a próxima pergunta, mas se obrigou a dizer:

– E é verdade?

Elijah falou com desdém:

– *Não.*

– Certo. Então qual é o problema?

– O problema é que o Oliver não acredita em mim. Ele disse que várias pessoas viram e que sabia que era verdade, então eu devia confessar logo. Ele só esqueceu que o time da Eastman é completamente homofóbico. E que falam merda da gente desde que começamos a sair. Então, eu disse que a gente devia terminar. – Elijah passou a mão grande pela mandíbula, agitado.

Ashish ficou encarando-o por bons dez segundos.

– Você disse *o quê*?

– Estamos juntos há dois *anos*, Ash. Sou o primeiro namorado sério dele. E agora ele está agindo feito um marido ciumento. Só acho que, sabe, se ele não confia em mim, está na hora de darmos um tempo. Talvez as coisas estejam ficando sérias demais.

Ashish soltou o ar e tentou fazer uma expressão que não comunicasse "Seu idiota, você está cometendo um erro terrível. Como é que não está vendo?!".

– Olha, cara. Não sou nenhum especialista em relacionamentos sérios. Mas o que você e Oliver têm... – Ele balançou a cabeça e desviou o olhar. – As pessoas matariam pra ter isso, sabia? As pessoas passam a vida toda procurando por isso. E você está querendo jogar tudo fora porquê... ele se importa demais com você? Você se importa demais com ele? Eu nem...

– Você não está no nosso relacionamento. Você não sabe.

Diante disso, Ashish não soube o que responder.

– Está dizendo que não está feliz?

– Não. Estou dizendo que me sinto casado. E só tenho 17 anos. Ainda não sei o que eu quero; não sei nem o que quero estudar e qual faculdade quero fazer. Como é que posso tomar a maior decisão da minha vida nesse momento?

– Você está com medo, eu entendo...

– Não, você não entende. – Elijah balançou a cabeça. – Você não pode entender.

Como não podia rebater isso, Ashish apenas assentiu.

– Você tem razão. Não posso.

Elijah pulou em seu assento pela porta aberta do jipe.

– Podemos ir? – ele disse, olhando para a frente.

– Sim. – Ashish se sentou e deu a partida. Ele olhou mais uma vez para Elijah, mas seu amigo se recusava a olhar para ele. Ashish podia não ser um especialista em relacionamentos, mas sabia reconhecer um coração partido quando via um.

– Samir está no jardim – Ma disse assim que Ashish entrou pela porta. – Está tudo bem, *na*?

Ao que parecia, Ashish não ia mesmo conseguir jantar.

– Sim, está tudo ótimo.

Suspirando, ele jogou a mochila no chão da sala e a atravessou, caminhando para a porta dos fundos. Viu Samir pelas vidraças, sentado de cabeça baixa em um banco debaixo de um plátano, com as mãos entre os joelhos. Ele parecia... abatido. Não havia sinal de sua costumeira arrogância irritante ou de atitude defensiva.

O que pegou Ashish desprevenido. Ele caminhou pela trilha e se sentou ao lado de Samir. A brisa da noite era gelada e tensa, bagunçando seu cabelo e agitando as folhas ao redor deles.

– Oi.

Samir olhou para ele por um segundo.

– Oi. Obrigado por me deixar vir hoje, mano.

– Claro. O que tá pegando?

– Você não atendeu minhas ligações.

Ashish passou a mão em seu cabelo molhado e tentou não demonstrar irritação. A voz de Samir estava tão abatida quanto sua aparência.

– Depois daquela cena no Roast Me, a culpa não é minha.

Eles ficaram em silêncio, ouvindo o vento cantando nas árvores.

– Não, eu acho que não. – Samir se virou para Ashish e o encarou. – Me desculpe. Fui totalmente insensível.

Ele estava brincando se pensava que seria assim tão fácil.

– É, foi mesmo.

Samir abaixou a cabeça e ficou olhando para as mãos.

– É verdade o que Pinky disse? Nenhum de vocês gosta de mim?

A iluminação do jardim era automática e as luzes se acenderam de repente, lançando um brilho suave nas árvores e nos arbustos ao redor. Ashish respirou fundo, inalando o aroma das rosas e das coisas verdes que ele nem sabia o que eram.

– Mano, e é culpa nossa? Você está sempre nos provocando com assuntos que são sensíveis pra gente: eu com Celia, Pinky com aquela fase do cabelo verde, Oliver e Elijah com as demonstrações públicas de afeto. Não é muito fácil gostar de você, sabia?

Samir pareceu surpreso de verdade.

– Mas... é isso o que os amigos fazem. Ficam se provocando. Só de brincadeira. Acho que Oliver e Elijah são o casal mais sólido que conheço.

– É, bem, não mais... – Ashish soltou antes que pudesse se refrear.

– Como assim?

– Eles terminaram. Que merda, eu não devia ter falado nada. Esquece que ouviu isso, beleza?

Samir deu de ombros.

– E Pinky... tipo, eu gosto mesmo dela. Acho que ela é muito legal. Não conheço ninguém que tem coragem de usar aquele tom de verde.

Ashish jogou as mãos para o ar.

– Bem, você nunca disse nada disso! Só nos censura, ri da gente, nos cutuca e joga na nossa cara coisas que a gente não quer nem pensar. E você não faz de um jeito legal, Samir. Você só dá uma de babaca.

Samir ficou em silêncio por um longo momento. Então deu risada.

– Sabe o que é engraçado? Até essa coisa no Roast Me, eu dizia que você era o meu melhor amigo. Tipo, eu sabia que Oliver, Elijah e Pinky provavelmente eram seus favoritos, mas pensei mesmo que vinha em quarto lugar. A gente se conhece há um tempão.

– É. E você me atormenta há todo esse tempo... – Ashish falou com desdém. Ele não conseguia acreditar que Samir realmente se iludiu a ponto de achar que eram melhores amigos.

Samir o olhou, e seus olhos quase pretos refletiram suavemente a luz do jardim.

– Certo. – Ele suspirou. – Espero que saiba que sinto muito por isso. De verdade. – Ele se levantou e abriu um sorrisinho discreto, nada parecido com seu costumeiro sorriso irritante. – Vou nessa.

Ashish acenou e ficou ouvindo os passos de Samir cada vez mais distantes enquanto ele serpenteava o jardim e contornava a lateral da casa até a entrada. Estranho. Samir nunca era humilde ou aberto ou vulnerável nem nada disso. Ashish se sentiu momentaneamente mal, pensando que talvez devesse ter pegado leve com ele. Mas, cara, Samir com certeza merecia isso. E depois do dia que Ashish tivera, com a merda de treino e Elijah descontando tudo em cima dele, Samir tinha sorte por ele não ter simplesmente o jogado no lago.

Seu celular fez barulho e ele o pegou do bolso.

Sweetie: Unicórnios ou narvais?

O quê?, ele digitou, sorrindo. Definitivamente narvais. E vc?

Sweetie: UNICÓRNIOS PRA SEMPRE E TODO O SEMPRE

Ashish riu e então ficou ali parado, maravilhado com o som da própria risada se misturando à brisa do jardim silencioso.

Uau, ele escreveu.

Sweetie: ??

Ashish: Vc me fez esquecer totalmente do dia de basta que tive

Sweetie: Haha dia de basta hem

Ashish: Autocorretor burro

Sweetie: 😊 sinto muito pelo seu dia de basta. Mas fico feliz por ter te feito esquecer dele

Ashish: Mais cinco dias

Sweetie: Está pronto pro Holi?

Ashish: Opa ficar suado e coberto de pós multicoloridos é tipo um sábado normal pra mim

Sweetie: Dá uma chance, Ashish!

Ashish: Vou dar, Sweetie. Mas só pq vc vai estar lá comigo

Sweetie: Xavequeiro incorrigível

Ashish: Gatinha incorrigível

Sweetie: Vou nessa

Ashish: Blz mas dê um sorriso

Sweetie: Pq? Vc não consegue me ver

Ashish: Mas posso te sentir. É tipo aquela música do Titanic

Sweetie: FUI

Ashish: 😊

Sweetie: 😊

Ashish guardou o celular ainda sorrindo e balançou a cabeça. Que ridículo! Era impossível essa troca de mensagens ter substituído seu mau humor por esse estado de espírito alegre e cintilante. Impossível. Ele devia estar meio tonto por não ter jantado ou algo assim. É, devia ser isso. Precisava comer. Então se levantou e foi para dentro, ignorando de propósito o fato de estar saltitando um pouco.

Capítulo 19

Sweetie

SWEETIE estava sentada de pernas cruzadas na cama, olhando para Jason Momoa sob a luz do abajur. Beleza, era só um pôster, mas mesmo assim.

– Jason – ela disse. – Você nunca me deu um conselho ruim. Devo fazer isso ou não?

– Aham. – Então ela se virou para Hrithik Roshan, seu galã de Bollywood. – E você? O que acha?

Ela esperou um pouco e deu um suspiro.

– São duas da manhã e estou falando com papéis. – Se deitou de lado, enfiou um travesseiro entre os joelhos e ficou olhando a lua pela janela. Ela já tinha feito um milhão de listas de prós e contras e ainda não tinha chegado a nenhuma decisão. – O problema é... – ela continuou. Sua voz lhe pareceu alta no silêncio do quarto. – O problema é que eu sei que isso pode dar ruim. Mas também sei que pode me ajudar a mostrar o que garotas gordas podem ou não fazer. Então, será que a recompensa vale o custo? Como posso tomar essa decisão sem ver o futuro?

De repente, Sweetie se sentou e se esticou até a gaveta da mesinha de cabeceira. Ela pegou o que estava procurando e ali na escuridão sacodiu a bola mágica como se sua vida dependesse disso.

– Devo cantar na Noite Musical? – ela perguntou, com mãos trêmulas, e olhou a resposta flutuando diante de si.

Então era isso.

Sweetie respirou fundo e se virou para as amigas na mesa do almoço.

– Os sinais apontaram para o sim.

Izzy não levantou o rosto do celular, Suki grunhiu algo enquanto lia seu livro e Kayla ergueu uma sobrancelha.

– Ah, é?

Essa era a reação delas? Que decepcionante! Sweetie afastou o cabelo dos olhos e bufou.

– Beleza, eu vou cantar nessa Noite Musical boba.

Agora ela tinha a atenção das amigas. Todas endireitaram a postura e a encararam.

– Sério?! – Kayla perguntou com uma voz animada.

Sweetie assentiu.

– Sim, pensei bastante, eu tive uma... hum, intervenção física e decidi que... não posso deixar vocês na mão.

– Não, não pode! – Suki se esticou sobre a mesa para abraçar Sweetie, que sentiu seus braços ossudos nas costas. – Eu sabia que você não faria isso!

– Eu poderia te dar um beijo agora – Kayla disse, pegando o celular e digitando uma mensagem furiosamente. – Isso muda tudo. A gente vai ganhar o grande prêmio, sem dúvida.

– Sim! – Izzy falou, batendo palmas. – Aquelas malas vão ser nossas!

O grande prêmio que o dono do Roast Me concordou em dar, após ficar sabendo de todo o interesse que a Noite Musical tinha angariado entre as escolas da região – havia dezessete bandas agora – era dois mil dólares em dinheiro para a banda vencedora. Izzy, Kayla e Suki acharam que malas bordadas seriam um ótimo presente para a equipe, além dos novos uniformes.

– Não sei, não – Sweetie disse, mordiscando sua maçã. – Eu ainda acho que a gente devia doar essa grana. Ou, tipo, pelo menos doar metade e usar a outra metade pra comprar os uniformes pra quem não tem condições.

– O que também é esmola – Suki falou. Os pais dela eram médicos, então ela não tinha muita familiaridade com a pobreza.

– Ajudar os outros não é necessariamente dar esmola – Izzy interveio, leal. – Mas ainda acho que essas malas seriam incríveis. Já viram o bordado dourado?

– Sim, já – Sweetie respondeu. – Você já me mostrou três vezes só essa semana.

Izzy deu risada.

– Ah, certo.

– Antwan está animado – Kayla disse, afastando o celular. – Beleza, e você já decorou as músicas?

– Sim...– Sweetie falou, revirando os olhos. – Só estou nervosa, gente. Tipo, pingando suor de nervoso.

– Então, o que te fez decidir cantar? – Kayla perguntou sem maldade.

Seria fácil apenas dizer que a bola mágica ou Jason ou Hrithik tinham decidido tudo por ela. Mas havia um motivo mais profundo, o motivo de ela ter considerado seriamente cantar na Noite Musical: o Projeto Sensacional Sweetie. Na noite anterior, deitada na cama, ela ficou pensando em como tinha conseguido chamar a atenção de Ashish Patel sozinha e começado a namorar com ele, e sentiu uma onda de confiança.

Quando os dois se beijaram, ela percebeu que tinha errado ao nunca ter tentado ficar com ninguém por causa daqueles imbecis que diziam que garotas gordas eram fáceis. E isso a fez questionar quantas outras coisas tinha inconscientemente se podado de fazer só porque era gorda. Aguentar mensagens gordofóbicas era uma coisa, mas e a gordofobia internalizada e traiçoeira que ela trazia dentro de si?

Sweetie era uma atleta foda, uma aluna excelente, uma pessoa extremamente criativa. Só que também tinha vários outros talentos escondidos – como cantar, por exemplo – porque de alguma forma acabou absorvendo a ideia de que ninguém queria ouvir uma garota gorda. Sabia que os imbecis dariam risada dela. Mas também sabia que, quando começasse a cantar, eles calariam a boca. Se não calassem, e daí? Ela queria cantar para *si*, não para eles. Sweetie queria fazer isso porque seu talento e sua vontade de brilhar eram maiores do que o tamanho de suas roupas, maiores até que o preconceito de Amma.

– Pensei no que você disse, Kayla. Só percebi que preciso parar de sentir tanto medo do que as pessoas vão pensar. Tipo, ainda estou com medo, mas... – Ela fez uma pausa, sentindo o peso das palavras. – Mas minha necessidade de provar algo pra mim mesma é maior do que meu desejo de agradar os outros. Se é que faz sentido.

Kayla sorriu.

– Faz total sentido. Estou orgulhosa de você, mana.

– Eu também – Suki disse.

– E eu também. – Izzy encostou a cabeça na de Sweetie.

A amizade delas era como um banho na água morna do mar. Sweetie era capaz. E ia *arrasar*.

Quinta e sexta-feira foram dias arrastados. Mesmo com o treino – que Sweetie dominou totalmente –, parecia que o tempo lhe escorria a cada segundo feito óleo espesso, passando por cada engrenagem e cada alavanca de um relógio. Ela ficou vendo e ouvindo Ashish em todos os lugares – ora era um rapaz alto de cabelo escuro, ora alguém rindo de alguma piada ruim, ora o sorriso de algum modelo de comercial de TV. *Cuidado, Sweetie. Não vá se apaixonar por esse garoto.* Ashish era um xavequeiro incorrigível, mas ela sabia que não podia esperar muito dele. Ele basicamente lhe disse que não podia estar inteiro por causa de Celia. Além disso, Ashish era um desses caras naturalmente xavequeiros. Era, tipo, seu estado normal. Seu rosto neutro já era sedutor. Fora que ele estava sofrendo, e ela precisava respeitar isso. Ela *respeitava*. Só devia estar temporariamente louca.

No sábado de manhã, Sweetie foi até a casa de Ashish usando uma camiseta velha e branca de algodão (para mostrar as cores do Holi) e calças também velhas de moletom. Ela ficou um pouco constrangida enquanto esperava na porta, se perguntando se não estava malvestida *demais*. Claro, suas roupas iam ficar arruinadas no Holi, o festival das cores, onde as pessoas tinham permissão para atirar pós coloridos em você e esfregá-los na sua cara, mas mesmo assim. Era um *encontro*.

Então, Ashish abriu a porta com um sorriso enorme e atrevido no rosto, e ela relaxou. Ele estava usando uma camiseta tão surrada quanto a dela, e calças de moletom velhas. O garoto não tinha nem penteado o cabelo.

– Bora! – ele disse, fechando a porta atrás de si e descendo as escadas com ela.

– Espere, seus pais não vão?

– Não. Eles costumam fazer o *puja* no templo, só que não participam do festival há anos. Eles dizem que estão velhos demais, mas eu acho que não têm roupas velhas o *suficiente*.

Sweetie deu risada.

– Entendi.

Eles foram até o jipe de Ashish.

– Pensei em ir com este hoje, se não se importar. Não quero sujar o conversível.

– Bem, na verdade eu queria dirigir hoje – Sweetie disse, erguendo a sobrancelha.

Ashish hesitou por um instante.

– Ah, beleza, tudo bem. – Ele caminhou na direção do carro dela, e ela riu. Ashish franziu o cenho e perguntou: – O que foi?

– Você não está acostumado com isso, não é? Ser levado para um encontro?

Ele abriu a boca para discutir, mas logo a fechou.

– Não, não estou. – Ele também riu, se sentando no banco do passageiro. – Mas estou totalmente aberto para a experiência.

– Que bom. – Sweetie sorriu, se acomodou e deu a partida. – Porque sou uma motorista excelente.

Depois de dez minutos, Ashish se virou para Sweetie e disse:

– Então, quando disse "excelente", você na verdade quis dizer "a motorista mais lenta da história da humanidade"?

Sweetie franziu o cenho e o olhou.

– Quis dizer a mais cautelosa. De todas.

Grunhindo, Ashish se inclinou para verificar o velocímetro.

– Você está a cinquenta quilômetros por hora! O limite é setenta.

Sweetie sacudiu a mão.

– Volte para o seu lado! E sim, eu sei. É por isso que estou na pista da direita. Setenta é a velocidade *limite*, sabe, não a mínima.

Ashish deu risada e falou:

– Mais uma coisa em que somos opostos então.

Ela pigarreou e discretamente limpou as mãos suadas na camiseta, uma de cada vez, depois as colocou no volante. Hora de falar sobre o grande assunto: a Noite Musical.

– Então, tenho uma pergunta pra te fazer.

– Ah, é?

Mas, antes que pudesse dizer qualquer coisa, o celular de Ashish apitou. E de novo. E de novo.

– Nossa, deve ser algo importante.

– É, deixa eu só... – Ele pegou o aparelho do bolso. Ela o ouviu murmurando algo parecido com "*Aff*, pelo amor...".

– Está tudo bem?

Ele suspirou.

– Sim. – Ela olhou para Ashish, que estava com a mandíbula cerrada, mirando rigidamente o vidro à frente.

– Obviamente não é verdade – Sweetie comentou baixinho. – Não precisa falar, se não quiser, mas eu sou uma boa ouvinte. Só pra você saber.

Com a visão periférica, ela viu seus ombros relaxarem.

– Desculpe. – Ele passou a mão pela mandíbula, e continuou: – Eu só... hum, estou tendo problemas com um amigo. Pseudo-amigo. E meus outros amigos. Está tudo uma bagunça.

– Sinto muito. – Depois de uma pausa, Sweetie perguntou: – Esse pseudo-amigo... é Samir?

– É tão óbvio assim? – A voz de Ashish estava baixa, cansada. – Ele não é meu amigo de verdade. Está sempre dizendo coisas erradas e nos irritando. Me sinto mal por ele, a gente se conhece há um tempão, mas, cara, ele me deixa maluco. Samir não frequenta a escola e é superprotegido, só que acha que é, tipo, a autoridade sobre tudo e todos.

– Talvez esse seja o muro de proteção que ele construiu pra si mesmo – Sweetie disse, mordiscando o lábio inferior. – Algumas pessoas explodem quando se sentem vulneráveis. Talvez ele só não saiba como se aproximar de você.

Sweetie tinha tido uma fase assim durante o Ensino Fundamental. Como todos estavam sempre zombando de sua cara, ela decidiu virar o jogo e se tornar uma cretina. Só que era exaustivo ser cínica e agressiva o dia inteiro, e logo percebeu que essa não era ela – assim como ser o capacho de Amma também não. A resposta devia estar em algum lugar entre esses extremos.

– Reclamar com a mãe dele definitivamente não vai funcionar – Ashish respondeu. Ao ver a expressão confusa de Sweetie, ele ergueu o celular. – Minha mãe mandou mensagem. Ao que parece, a mãe dele estava no telefone com a minha, falando que eu deixei Samir chateado na segunda à noite. Tivemos uma conversa que não terminou do jeito que ele queria.

Sweetie balançou a cabeça.

– É complicado manter algumas amizades. Tenho sorte por não ter muitos dramas com as minhas três melhores amigas, mas até a gente se desentende de vez em quando.

– É... – Ele fez uma pausa. Ela sentiu o peso das palavras não ditas no ar e ficou esperando. – Além disso tudo, Oliver e Elijah terminaram. Fiquei no celular com Oliver até as três da manhã, na maior parte do tempo só ouvindo ele chorar. E Oliver *nunca* fala ao telefone, só pra você ver como as coisas estão mesmo ruins.

– Oh, não. – Sweetie ficou genuinamente triste, pois tinha gostado muito deles. Especialmente de Oliver, tão gentil, aberto e caloroso. – O que aconteceu?

– Acho que nem *eles* sabem. Estão juntos desde o primeiro ano. Tudo parecia estar indo bem, e de repente algo explodiu. – Ashish deu risada. – Nossa, olhe só pra mim, despejando tudo em cima de você. Desculpe.

– Tudo bem. – Sweetie o olhou por um momento para mostrar que estava falando sério. – Gosto de te ouvir falando sobre seus amigos.

Ele sorriu.

– Obrigado. Mas você não ia me perguntar alguma coisa antes de eu pegar o celular?

– Ah, é. – Ela engoliu em seco. Era ridículo se sentir tão nervosa desse jeito. – Hum, então, minhas amigas e eu estamos organizando uma Noite Musical no Roast Me. Vai ser na próxima quinta, às oito e meia. Se você estiver livre, não quer ir? – Ele não respondeu imediatamente, então ela continuou: – Hum, não vai ser um encontro, obviamente. Porque a gente só pode ter os encontros que seus pais escolheram. Mas venha como... meu amigo. Para nos dar uma força. A grana que a gente conseguir vai bancar nossos uniformes. – *Pare de falar e lhe dê um tempo para responder, Sweetie, credo*! Ela fechou a boca dando um estalo seco e esperou.

Com o canto do olho, ela o viu dando seu característico sorriso atrevido – que consistia em trinta por cento sorriso, setenta por cento malícia, e ela não tinha nem extintor de incêndio no carro. Sweetie tentou não perder o fôlego.

– Claro que vou – ele disse.

– Sério?

– Com certeza. Quero ajudar com os uniformes. Além disso, eu já tinha ouvido falar da Noite Musical na Richmond e ia te perguntar se você queria ir.

– Ah. – Ela não conseguiu evitar o sorriso que se espalhou por todo o seu rosto. Seria uma espécie de encontro-bônus-extraoficial com Ashish Patel. O que a agradava. Muito.

– Então, você quer passar na minha casa pra gente ir junto?

Sweetie molhou os lábios.

– Hum, sobre isso... na verdade, vou ter que ir um pouco mais cedo. Eu meio que estou... em uma das bandas.

– Fala sério! – Ashish pareceu especialmente encantado. – O que você toca?

– Sou a vocalista. – Sweetie tentou não fazer careta para a frase pretensiosa. – Kayla e as outras me convenceram.

– Está brincando! Acredita que eu fui o vocalista da minha banda no Ensino Fundamental? A gente era o Burning Bow Ties.

Sweetie o olhou de lado.

– Ah, é? E como vou saber que você não está só tentando roubar meus louros?

Ashish ergueu uma sobrancelha.

– Se eu quisesse roubar seus louros, não seria com o Burning Bow Ties.

Ela deu risada.

– Beleza, mas você vai ter que provar. Cante alguma coisa.

– Agora?

– Aham. Por quê? Está com medo?

– Está bem, está bem, vou cantar. Mas só se você me acompanhar.

Merda. Sweetie desejou ter ficado de boca fechada.

– Não, eu não quero.

– Sweetie... você vai cantar na frente de um monte de gente na Noite Musical.

– Sim, mas vou estar com as meninas, e terão outras bandas lá... não vai ser um negócio assim particular.

– Vamos lá. Estou com você agora.

Ela suspirou.

– Está bem. O que vamos cantar?

– Você escolhe.

– Como está seu hindi?

– Passável. Mas não vou mentir, eu arraso em músicas hindi.

Sweetie respirou fundo. E começou a cantar.

Capítulo 20

Ashish

ASHISH ficou observando Sweetie boquiaberto. Ela estava cantando aquela música chamada "Meherbaan" daquele filme... como era mesmo o nome? Ah, é. *Bang bang!* Com Hrithik Roshan. Quando ouviu essa música durante o filme, ele havia adorado. Era um pouco melosa, mas era legal.

Só que agora era como se estivesse ouvindo a música pela primeira vez na vida. Era como se ouro quente estivesse sendo derramado no vaso de sua alma.

Ele ouviu com cada fibra de cada músculo. Ouviu tão atentamente que até se esqueceu de quem era.

Sweetie

Sweetie parou de repente e olhou para Ashish com o coração acelerado. Por que não estava cantando junto? Ah, meu Deus! E se ele tivesse detestado sua voz? A maioria das pessoas gostava, mas música era uma coisa subjetiva...

Hum. Por que ele estava encarando-a desse jeito?

– Ashish?

– Sim? – Sua voz estava meio nebulosa, como se estivesse sonhando acordado. Ele piscou. Quando falou novamente, sua voz tinha voltado ao normal. – Hum, sim?

– Você não está cantando comigo.

Ele balançou a cabeça, como se estivesse tentando voltar a si.

– Ah, é, b-beleza. Eu... vou cantar. Está pronta?

Ela assentiu e recomeçou. Desta vez, ele se juntou a ela.

Talvez escolher uma música que falava sobre se apaixonar e tentar decifrar o que isso significa não fosse a coisa mais esperta a se fazer, mas foi o que lhe ocorreu na hora e Sweetie só começou a cantar sem pensar muito. Só que ela deixou essa preocupação lá no fundo da sua mente. Porque o que ela notou era que o barítono de Ashish era lindo de morrer. Sua voz era como a seda suave roçando uma lixa. Indiscutivelmente bonita.

Sweetie sorriu por dentro enquanto eles cantavam juntos, enquanto suas vozes se aprofundavam e se emaranhavam, subindo e descendo. Era quase perfeito, e o encontro estava apenas começando. Ao ouvir Ashish cantando em hindi, Sweetie percebeu uma coisa: não se tratava mais apenas do Projeto Sensacional Sweetie. Ela estava se apaixonando por esse garoto.

Eles pararam no Oakley Field assim que terminaram o bis (os dois fingiram que seus fãs pediram insistentemente).

– Então, gente – Ashish disse, segurando um microfone imaginário conforme Sweetie estacionava na garagem lotada. – Quem canta melhor? Ashish Patel – ele fez um barulho com o fundo da garganta, imitando os gritos dos fãs – ou Sweetie Nair? – A multidão invisível enlouqueceu. Ele abaixou a cabeça, admitindo a derrota. – A plateia não mente. – Ele olhou para ela, dando aquele sorriso malicioso. – Sua voz é verdadeiramente *koyal*.

Koyal era a palavra hindi para designar um pássaro que cantava as canções mais melodiosas. Sweetie sorriu, olhando para as mãos.

– Obrigada. Você não é nada mau. – Ela o olhou. – Também devia cantar na Noite Musical.

Ashish deu risada, erguendo as mãos.

– Sinceramente, prefiro só ir e tomar café pela metade do preço. Meus dias de vocalista se encerraram com o Burning Bow Ties.

Eles desceram do carro e passaram por uma barraca vendendo tintas coloridas em pó. Ashish fez questão de pagar, como sempre, e eles compraram um pacote de cada cor – desde um violeta tão vivo que quase fez os olhos de Sweetie lacrimejarem a um rico verde-garrafa e um tom mostarda brilhante.

– Acha que é o suficiente?

Sweetie deu risada enquanto entravam no campo propriamente dito, desviando das pessoas gargalhando e gritando. Ashish estava tendo dificuldade para carregar os pacotes; assim que conseguia segurar um, outro começava a escorregar. Sweetie estendeu a mão e agarrou o pacote azul-pavão antes que ele caísse no chão.

– Esteja sempre preparada, Nair – Ashish disse. – É a única maneira de sobreviver a esse negócio. Olhe pra essas pessoas, caminhando inocentemente. Assim que a contagem regressiva terminar, elas vão se transformar em cores vivas e impiedosas.

Sweetie ergueu uma sobrancelha e olhou em volta, vendo uma mistura de indianos e de pessoas de outras etnias.

– Não sei... elas parecem inofensivas pra mim.

– Ah, você vai ver – Ashish disse com uma voz sombria. – Talvez tenham te falado que o Holi é o festival das cores e do amor, o símbolo da primavera e dos recomeços. Mas há um lado muito mais sinistro no Holi. No fundo, se trata de uma competição cruel e sangrenta, e ninguém fala sobre isso.

Sweetie deu risada.

– Bem, eu gosto da mistura. Olha só pra essa galera. Deve ter, tipo, pelo menos dez etnias diferentes aqui.

– É, isso é bem legal. – Eles foram se aproximando do palco onde o apresentador faria a contagem regressiva para anunciar quando as pessoas poderiam começar a atirar os pós coloridos umas nas outras. – Mais cinco minutos.

O celular de Ashish tocou.

– Merda! – Ele tentou pegá-lo, mas estava com as mãos ocupadas. Suspirando, deixou os pacotes caírem no chão e enfiou a mão no bolso. Ele franziu o cenho ao olhar para a tela. – Alô?

Sweetie ficou observando sua expressão mudar de confusa para séria.

– Oi, tia Deepika... Não, não, estou no Holi Festival... Certo. Eu sei. Sim, é isso mesmo... Bem, você sabe que Samir também não facilita... – Ele ficou ouvindo por um instante, então suspirou baixinho. – Certo. Posso ir até aí falar com ele depois. Talvez mais tarde... Não, não vou falar pra ele que estou indo. Certo, tchau... De nada. Tchau.

Ele recolheu os pacotes coloridos sem falar nada.

– Era a mãe de Samir?

– Era. Ela quer que eu vá lá falar com ele. Parece que Samir passou os últimos dias choramingando e ela está ficando preocupada. – Ele revirou os olhos. – A mãe dele o trata feito um bebê.

Sweetie mordeu o lábio, mas não comentou nada.

– O que foi? – Ashish parecia genuinamente curioso com o que ela tinha para dizer.

– Só acho que quando as pessoas fazem coisas estranhas assim, elas normalmente têm um bom motivo. Tipo, a gente pode não perceber, mas, para ela... talvez a pessoa tenha medo de algo, sabe?

Ashish ficou encarando-a por um longo momento.

– A mãe dele teve câncer uns anos atrás – ele falou baixinho. – Ela o venceu, obviamente, mas as coisas mudaram depois do diagnóstico. Samir largou a escola no quinto ano para estudar em casa. – Ele balançou a cabeça e se aproximou de Sweetie. O coração dela acelerou. – Você é uma pessoa muito boa, não é? Tipo, de verdade.

O coração dela bateu ainda mais forte quando olhou para ele. Seus olhos se encontraram sobre os pacotes coloridos.

– Merda – ele disse, dando risada.

– O que foi?

– Fiquei com vontade de passar a mão no seu cabelo, mas minhas mãos estão ocupadas. E não me pareceu nada romântico largar tudo no chão pra fazer isso.

Sweetie também riu.

– Tudo bem. Você vai ganhar pontos pelo romantismo mesmo assim.

– Ah, é? – Ele sustentou seu olhar, e o sorriso dela se desfez.

– É.

– Beleza, galera! Chegou a hora! O momento que todos esperavam! É hooooora da contagem regressivaaaa!!!

Ashish piscou e se afastou um pouco quando a voz do apresentador preencheu o ar. Como se ele estivesse em transe ou algo assim e tivesse voltado a si de repente.

– Eu não mereço nenhum ponto pelo romantismo. De qualquer forma, o negócio já vai começar.

Sua voz estava mais opaca e Sweetie franziu o cenho. O que tinha acontecido? Estava rolando um superclima, e agora estava tudo... perdido. Ela sabia que não era só a interrupção. Havia alguma outra coisa.

– Cinco... – o apresentador começou.

Ao redor deles, as pessoas rasgavam seus pacotes animadamente, fazendo barulho. Ashish se concentrou na tarefa sem nem olhar para ela. Sweetie abriu a boca para falar, para perguntar o que tinha acontecido, mas a fechou. Será que tinha entendido tudo errado? Como era possível? Ele *disse* que estava tentando ser romântico, não? Então eles estavam indo na mesma direção.

– Quatro!

Sweetie abriu o pacote de pó amarelo.

– Ei, está tudo bem? – ela perguntou.

Ele olhou para ela e sorriu, mas o sorriso não chegou aos seus olhos. Não era seu sorriso atrevido, apenas uma variante falsa dele.

– Sim.

– Três!

– Ashish. – Ela se aproximou. – Você pode me falar se algo estiver te incomodando.

– Dois!

Mas ele só continuou a observando com aquele sorriso falso.

– Não tem nada me incomodando.

– Um!

Ela torceu a boca para o lado.

– Beleza, então. Você pediu isso.

Ele franziu o cenho e inclinou a cabeça no instante em que o apresentador disse:

– Holi *ayyyiiiiiii*! Preparem-se!

Sweetie segurou o pacote de pó amarelo e o despejou inteiro na cabeça de Ashish. Ele ficou encarando-a por um momento, totalmente coberto. Seu cabelo ficou amarelo, seu rosto ficou amarelo e suas roupas ficaram amarelas.

Ah, merda! Merda, merda, merda... Ele estava com cara de bravo. Será que Sweetie tinha mandado mal?

Mas então Ashish começou a gargalhar. E antes que ela entendesse o que estava acontecendo, ele virou o pacote de pó roxo nela.

– Ei! – ela gritou, rindo e abrindo outro pacote. Mas ele foi mais rápido.

Ashish esfregou pó vermelho em suas bochechas e berrou:

– Toma aqui um pouco de *blush*, Sweetie!

Eles riam sem parar, se esforçando para abrir os pacotes antes do outro. Sweetie lançou nele um punhado de pó azul, e ele lançou nela um punhado de pó verde. Lutaram tanto para conseguir atirar as cores um no outro que acabaram caindo desajeitadamente no chão. As pessoas ao redor deles se afastaram, rindo. O ar estava nebuloso de cores.

Então Sweetie estava debaixo de Ashish. Ele segurou suas mãos contra o chão, esfregando pó verde no seu cabelo e no seu nariz. Ela tentou se desvencilhar, gargalhando, e atirou pó magenta em seu pescoço. Os dois se contorceram, se esforçando para se soltarem, até que pararam devagar. Ashish tinha as mãos de Sweetie, estendidas para os lados, entre as suas. Seus joelhos estavam abertos nas laterais do corpo dela. De repente, ela percebeu que tudo isso era muito... sexy.

Ele se inclinou, olhando para os seus lábios, uma explosão de cores, uma bagunça total, mas Sweetie não se importou quando ele pressionou os lábios contra os dela. Ela sentiu o gosto do amido de milho farinhento do pó, o que não arrefeceu o calor do momento. Ela levou as mãos ao pescoço dele e, no meio daquele caos e daquela gritaria do Festival Holi, ele a puxou para si e a beijou até que ambos estivessem tontos, sem fôlego e sorrindo.

Quando se separaram, Ashish colocou a mão na boca. De repente, o sorriso se desfez, apagado feito uma estrela implodida na noite. Ele saiu de cima dela e deu alguns passos para longe.

Ainda zonza e ofegante, Sweetie se levantou e foi até ele.

– O que... o que aconteceu?

Ele se virou para ela com olhos atormentados.

– Sweetie, eu...

Mal dava para ouvi-lo. Ela balançou a cabeça e gesticulou na direção do estacionamento vazio. Ele assentiu e a seguiu para fora do campo. Os dois se esquivaram da multidão multicolorida que gritava, berrava e gargalhava.

Quando finalmente estavam sozinhos, ela se virou para ele e esperou.

Ashish passou a mão no cabelo, espalhando pó roxo e amarelo no ar, que flutuou entre ambos enquanto ele levantava a cabeça para ela.

– Desculpe. Não estou tentando ser imprevisível e bizarro.

– Certo. Então o que está acontecendo?

– Tenho uma teoria – ele falou depressa. – Lembra que eu te disse que sou basicamente incapaz de me conectar com alguém por causa da... Celia?

Sweetie viu como ele sofria só de dizer o nome dela, e seu coração se apertou – de compaixão e também de inveja.

– Lembro.

– Acontece que eu estou completa e incontestavelmente atraído por você. – Ele engoliu em seco, e seu pomo de adão se moveu. Ele desviou o olhar e levou a mão à mandíbula. – Hum... *fisicamente* atraído, quero dizer.

Sweetie sentiu as bochechas esquentarem.

– Isso é... eu também me sinto assim, Ashish.

Ela teve vontade de cantar algo feliz e animado e festivo bem alto. Mas obviamente ficou quieta. Ashish Patel, potencial modelo da *GQ*, a achava atraente. Se ela fosse cristã, diria "Aleluia!". Era uma ótima notícia. Uma notícia muito, muito ótima.

Ashish

Era uma má notícia. Uma notícia muito, muito ruim. Era só olhar para o rosto dela, todo radiante e contente, olhar para seus olhos tão inocentes e sinceros e brilhantes. Sweetie ia odiá-lo quando Ashish terminasse.

– Mas... não está vendo? É por isso que isso não é legal. Te beijar e te abraçar é tão bom... – Ele soltou um suspiro trêmulo. – Nossa, é muito bom. Mas... não é justo com você. – Ashish não podia acreditar que estava dizendo isso. Em voz alta. Para uma gostosa. Só que Sweetie não era *só* uma gostosa. Ela era... Sweetie. Ele respirou fundo e deixou o ego um pouco de lado. – A verdade é que eu não posso te dar a outra parte de um relacionamento. Tipo... hum, a parte emocional, o comprometimento que você merece. – Ele se aproximou e pegou suas mãos. – E você merece isso, Sweetie. Não só um cara que vai trocar saliva com você.

Ela ergueu uma sobrancelha.

– Certo. Primeiro: eca! Estou tirando seus pontos pelo romantismo. Segundo: a gente já conversou sobre isso no Roast Me, não lembra? Sério, acho que você está viajando um pouco.

– Estou?

– A gente só teve literalmente um encontro e meio. Três semanas atrás, a gente nem se conhecia. Não sou nenhuma especialista em relacionamentos, mas imagino que a atração física venha rápido, já a parte emocional leva mais tempo. – Ela deu de ombros. – Eu estou disposta a dar esse tempo. E você?

Ele ficou encarando-a. Não podia ser assim tão fácil. Podia?

– Eu... não acho que as coisas sejam assim.

Ela deu de ombros de novo.

– Por que não?

– Sweetie, eu realmente gosto de você. Você é legal. Mas...

– A não ser que esteja planejando voltar pra Celia nas próximas semanas, o que você tem a perder?

Ashish a encarou firmemente.

– Não quero te machucar.

– Você não vai. – Ela abriu aquele sorriso sereno. – Eu confio em você. E de qualquer forma, sou eu que tenho que me preocupar com isso, certo?

– Eu... Mas... Tem certeza?

Ela apertou a mão dele e seu sorriso se alargou. Seu coração disparou e se agitou dentro do peito feito um pobre passarinho assustado.

– Sim, tenho certeza. Ashish, você já me acha sábia e gentil. Você mesmo disse. Estava mentindo?

– Bem, não. – Ele não disse que achar uma pessoa sábia ou gentil significava necessariamente que você iria se apaixonar por ela em algum momento. Ashish também achava sua mãe sábia e gentil.

Mas então Sweetie ficou na ponta dos pés e o beijou, as mãos espremidas entre seus corpos, e toda a lógica e a racionalidade saíram voando de sua mente.

Não havia nada como beijar Sweetie Nair. Se todos pudessem beijá-la, não existiriam armas nucleares no mundo. Nem corrida armamentista. As pessoas não iam nem pensar em bombas ou dinheiro porque estariam ocupadas demais tentando ganhar outro beijo. Beijá-la era a solução para a paz mundial. Ashish tinha certeza. Na verdade, talvez fosse melhor ninguém saber disso. Seria menos competição. Ele colocou a mão em seu cabelo colorido e a puxou para si.

Eles se sentaram com seus *smoothies* perto de um dos *food trucks*.

– Como está o seu de baunilha com avocado? – Sweetie perguntou.

Ele ofereceu o copo para que ela provasse. Ela fez careta.

– Nada mau pra *baunilha com avocado*. Experimente o meu de pasta de amendoim, chocolate e banana.

Ele provou e franziu o nariz.

– Nossa. Doce demais.

Ela deu risada.

– Ainda bem que você não está saindo com alguém chamada Sweetie nem nada assim.

Ele lhe deu uma piscadela.

– Isso é diferente.

Ela baixou os olhos daquele jeito tímido e o coração dele disparou. Para alguém que se considerava conquistador, Ashish percebeu que passava bastante tempo completamente encantado por Sweetie. Ele mandou o coração calar a boca.

– Então, me fala uma coisa – ele disse, cruzando as pernas e apoiando o braço no encosto da cadeira para afastar os sentimentos. – Seus pais não têm ideia? O que eles acham que você está fazendo?

– Passando um tempo com as meninas – Sweetie respondeu. – Kayla, Izzy e Suki têm me dado cobertura. – Ela bebeu seu *smoothie* em silêncio por um momento. – Mas eu não gosto de mentir pra eles. Queria não precisar fazer isso.

– Não vai ser por muito tempo. A gente vai contar logo, não é?

Ashish não disse que, no final dos quatro encontros, eles provavelmente decidiriam terminar. Ma e Pappa acreditavam que o filho estaria loucamente apaixonado por Sweetie. Ela não via problemas em ele estar fisicamente atraído por ela, porque achava que a conexão emocional viria depois. Só que Ashish tinha certeza de que, ao final dos encontros, ele a consideraria uma ótima amiga. *Amor*? Não ia acontecer. Ele estava vazio. Era como se fosse uma bola de basquete cheia de amor em vez de ar, e Celia tivesse vindo com uma chave de fenda, feito um buraco gigante e esvaziado tudo. A bola nunca mais se encheria de amor de novo. Estava estragada.

– É – Sweetie respondeu. – Só espero que Amma me perdoe. Nossa relação está um pouco complicada.

– Você se dá melhor com o seu pai?

Sweetie se recostou na cadeira e abriu aquele sorriso radiante dela.

– Sim. Achchan e eu somos muito parecidos, e não só fisicamente. Nossas mentes são, tipo, gêmeas ou algo assim. Ele sabe que tem alguma coisa rolando. Hoje mesmo estava me perguntando sobre Izzy, Suki e Kayla e eu... – Ela balançou a cabeça e seu sorriso murchou. – Fiquei morrendo de vontade de contar pra ele. Mas, se eu contar, sei que meu pai vai querer contar pra Amma por causa de sua lealdade. E isso anularia totalmente o propósito do Projeto Sensacional Sweetie. – Ela parou de repente, com os olhos arregalados.

Capítulo 21

Sweetie

O SANGUE de Sweetie congelou. Ela virou literalmente um bloco de gelo. Certo, talvez não literalmente, mas quase.

Ela *não* tinha falado isso em voz alta. Por favor, senhor! Por favor, foi apenas uma alucinação auditiva. POR FAVOR, PORTUDO O QUE É...

Ashish

– *Como é*? – Um sorriso foi se espalhando pelo rosto de Ashish. – O Projeto Sensacional...

Ela se inclinou para a frente e cobriu os lábios dele com sua mãozinha. Ele teve que se esforçar para não curtir muito a sensação.

– Nunca, jamais repita isso. Jamais!

– Mas...

– Ashish, estou te *implorando*.

Ele estudou sua expressão, seus olhos arregalados e apavorados, e teve que morder as bochechas por dentro para não rir. Então ergueu as mãos e falou com a voz abafada pela mão de Sweetie:

– Certo, beleza. Não vou mais tocar no assunto.

Ela recolheu a mão e se recostou na cadeira. Estava bebendo seu *smoothie* toda empertigada quando Ashish disse, rindo:

– Mas você tem que me contar do que se trata.

Ela o olhou.

– É sobre me impor, defender o que eu considero verdade. É sobre superar dezesseis anos recebendo mensagens de merda da minha mãe, da mídia e de outras pessoas na minha vida, tanto adultos quanto crianças, que acham que sou inferior por causa da minha aparência.

Ashish suavizou.

– Ah... – Ele pegou sua mão. – Adorei! Sinceramente, acho que você devia mandar fazer uma camiseta comunicando isso.

Ela revirou os olhos.

– *Não*.

– Bem, se você me desse uma camiseta dessas, eu usaria. Com orgulho.

Ela ficou observando-o, aparentemente avaliando se estava brincando ou não.

– Você está mesmo falando sério, não é?

Ele assentiu.

– Acho que as pessoas que se impõem assim, especialmente quando a sociedade diz que não deveriam fazer isso, são o tipo de gente de que o mundo precisa.

De repente, ela abriu um sorriso maravilhoso. *Ai*. Sweetie precisava emitir um aviso sonoro ou algo assim antes de fazer isso com as pessoas.

– Obrigada, Ashish.

Ele assentiu.

– De nada, Sweetie. – Ele a olhou por baixo dos cílios. – Quer saber de uma coisa? Me diverti muito hoje.

– É, eu também.

– Não, tipo, eu me diverti *mesmo*. Aqui e no templo. Fazendo coisas indianas. Com uma garota que meus pais escolheram.

Ela deu risada.

– Você parece meio chocado.

Ashish balançou a cabeça devagar e bebeu seu *smoothie*.

– Preciso tomar cuidado pra não virar Rishi – ele murmurou. – Não que meus pais não fossem gostar disso.

Sweetie colocou a mão sobre a dele.

– Não conheço seu irmão. Mas estou começando a conhecer *você*, e posso te falar o seguinte: não quero que seja ninguém a não ser você mesmo.

Era maluco, mas Ashish achou que ela estava falando a verdade.

Vê-la ir embora era mais difícil do que ele imaginara. Sua presença, sua suavidade e sua bondade estavam começando a afetá-lo. Ashish se sentia como uma pedra pontiaguda que aos poucos era amolecida por um rio que fluía suavemente, sucumbindo à sua beleza sem nem perceber. Quando estava perto de Sweetie, seu jeitão "malandro" lhe parecia ridículo e infantil. Perto dela, ele tinha vontade de ser legal. E percebeu que queria ser digno dela.

Seu celular apitou, e ele o pegou, suspirando. Devia ser Samir ou a mãe dele de novo, surtando. Mas as palavras na tela o deixaram paralisado.

Saudades – C

Ashish ficou lendo e relendo a mensagem. Celia estava com saudades. Foi ela quem decidiu terminar. Então… o que é que isso significava?

E o Joinha?, ele digitou meio entorpecido, sem se importar com o tom rancoroso.

Celia: Ah Ash não existe ninguém como vc. Estou tão sozinha. Mesmo no meio de uma multidão me sinto completamente desamparada

Eita. Isso era sério. Celia nunca usava palavras como "desamparada", a não ser que estivesse bem mal. Ele esperou.

Celia: Posso te ligar? Por favor? Sei que não tenho direito de te perguntar

Ele deveria responder "Sim, é isso mesmo, você não tem direito" ou "Que se dane você e seu rosto desamparado, Celia". Ele soltou um grunhido e inclinou a cabeça para trás. Quando é que iria aprender? Quando?

Claro, foi o que escreveu.

Seu celular tocou no mesmo instante. Ele atendeu, mas não falou nada.

– Ash. – Sua voz baixa e sedutora fazia coisas com seu coração e com o seu corpo de que ele tinha se esquecido. – Obrigada por aceitar falar comigo. – Como seu tom era apropriadamente apologético, ele resolveu não dizer as coisas ácidas que queria.

Ashish suspirou e deu a volta na casa, seguindo para o jardim pela trilha do lago.

– Na verdade, não sei o que quer falar comigo. Você está bem?

Ele podia quase ouvi-la sorrindo.

– Você é sempre tão cuidadoso. Sinto falta disso. Ninguém aqui liga pra mim. Sou só mais um corpo flutuando pelo corredor.

– O que aconteceu com Thad? – ele perguntou, puxando uma folha marrom de uma roseira e a esmagando por entre os dedos. – Pensei que estivesse "nas nuvens" ou algo assim. – Ele sinalizou as aspas no ar, mesmo que ela não pudesse ver. Tudo bem; o sarcasmo podia cruzar linhas telefônicas, assim como os sorrisos.

– Cometi um erro, Ash. – A voz de Celia saiu meio engasgada, como se estivesse prestes a cair no choro. Ele baixou a guarda no mesmo instante e até desejou poder colocar o braço ao redor dela. Não havia ninguém mais vulnerável no mundo do que a linda, glamorosa e confiante Celia chorando. – Eu só... não tenho ninguém com quem conversar aqui. Odeio a universidade. Odeio. Estou tão sozinha! – Então ela desatou a chorar mesmo, com soluço e tudo.

Ashish ficou ali parado encarando o lago, abalado.

– Ah, ei. Ei, não chora, C. Vai ficar tudo bem.

– Não, não vai – ela disse com a voz abafada de quem estava com o rosto enfiado no travesseiro. Ele podia até vê-la, ver seu corpinho todo enrolado nos lençóis, seus ombros magros tremendo, seus cachos como uma nuvem caramelo em volta dela.

Ashish percebeu que ela era tão diferente de Sweetie quanto poderia ser. Ele se lembrou de seus amigos dizendo que ele tinha o hábito de só namorar garotas magras e convencionalmente bonitas, e sentiu um choque elétrico de culpa.

Sweetie.

O que ele estava *fazendo*? Não devia nem estar falando com Celia. Mas então Ashish afastou a culpa. Afinal, não tinha mentido para Sweetie, pelo contrário, ele tinha sido bastante franco. Celia ainda tinha um pedaço dele. Era assim que as coisas eram. E ele não estava *fazendo* nada; os dois só estavam conversando.

Ele se sentou no banco e começou a falar daquele jeito suave e tranquilo que Celia adorava e apelidou de "ronco".

– Vai ficar tudo bem – ele disse, calmamente. – Como sempre. Vamos enfrentar isso juntos.

Quando desligou o celular, o sol já estava se pondo, tingindo o céu com as cores dos pós que ele atirou no cabelo e nas bochechas de Sweetie. Nesse mesmo dia, eles tinham se beijado e conversado, mas parecia que fazia séculos. Depois de falar com Celia.

Não é uma boa ideia, uma voz disse dentro dele. *Vocês terminaram por um motivo.*

Pois é. Celia foi seu primeiro amor. Ela era alegre e colorida, aquele tipo de gente capaz de fazer seu mundo todo pegar fogo com apenas um sorriso. Celia o conquistou, e o jeito arrogante e sedutor de Ashish combinava perfeitamente com ela. Ele nunca precisava amenizar suas brincadeiras e cantadas; Celia adorava tudo isso. Mas ela também curtia um drama. Era extremamente sensível. E às vezes também era volúvel e instável. O pior de tudo? Ele lhe deu seu coração e tudo o que ela fez foi jogá-lo no lixo. Celia o traira.

Sweetie, por outro lado, era... Para ser sincero, a garota estava a mundos de distância dele. Ela era doce, suave e leve, uma margarida crescendo entre ervas daninhas espinhosas. De alguma forma, apesar de tudo, ela tinha conseguido atenuar as arestas irregulares dele para que se encaixassem em sua delicadeza. De algum jeito, com Sweetie tudo parecia *certo*. Ainda assim, Ashish estava morrendo de medo de partir seu coração por não poder ser o que ela queria, exatamente como seus amigos disseram. Como é que alguém como ele – egoísta, incapaz-de-ter-um-relacionamento-duradouro – poderia dar a Sweetie tudo o que ela queria? Tudo o que merecia?

Sweetie era de uma espécie completamente diferente de Celia – na verdade, de todo mundo que Ashish conhecia. Caramba, nunca tinha namorado ninguém que pudesse inventar algo tão fofo, capaz de fazer seu coração derreter, e tão ridiculamente corajoso quanto o Projeto Sensacional Sweetie. Enquanto seguia para seu carro para dirigir até a casa de Samir, ele abriu um sorriso repentino lembrando como ela tinha paralisado totalmente depois de deixar a coisa escapar, parecendo o Bambi sob os holofotes. Às vezes, ela era insuportavelmente adorável. Deixando o sorriso murchar, ele pensou: *É por isso que você precisa ser o cara que ela merece, Ash. Você não pode – NÃO PODE – fazer besteira.*

Sem pressão.

Sweetie

– "*Said, the universe couldn't keep us apart.*
Why would it even try?"

Sweetie parou de cantar quando ouviu os aplausos e abriu os olhos para se deparar com suas amigas batendo palmas e gritando como se ela tivesse acabado de ganhar uma medalha de ouro nas Olimpíadas. As meninas estavam na garagem para quatro carros dos pais de Kayla, que, por estar metade vazia, era o lugar perfeito para os ensaios. Ela revirou os olhos e deu risada.

– Calma, gente. Ainda nem terminei de cantar.

– Bem, essa já e a segunda vez, então acho que a gente entendeu – Kayla disse, com as pulseiras tilintando no seu pulso. – Você está *inspirada* hoje.

– Você podia ir pra Los Angeles para ser descoberta – Izzy falou, com as mãos unidas no peito. – Sério, Sweetie.

Suki estreitou os olhos.

– Mas tem alguma coisa diferente – ela disse devagar, batendo uma baqueta no queixo. Seus cabelos longos e sedosos caíam em ondas em seus ombros.

Sweetie ajeitou o coque, meio constrangida.

– Sim, eu andei praticando.

– Não é isso – Suki comentou, balançando a cabeça. Então arregalou os olhos e sorriu. – *Ah*, saquei!

– O que foi? – Kayla ficou olhando de Suki para Sweetie, que agora olhava para os próprios sapatos com intenso fascínio. – Sacou o quê?

– Compartilha com a classe, Suki – Izzy disse, bebendo seu refri.

– Ela está cantando desse jeito porque agora *acredita* nas palavras. É uma canção de amor, gente. – Suki riu. – Aposto que as coisas com Ashish estão esquentando.

– Ahmeudeus, é isso? – Izzy perguntou, engasgando com a bebida de tão empolgada que ficou. Suki teve que dar tapinhas em suas costas.

– Calma, gente... – Sweetie murmurou.

– É verdade então? – Kayla cruzou os braços. – Pela sua cara, parece que sim.

– Minha cara é a mesma de sempre! – Sweetie ergueu as mãos. – *Shhh*.

– Você quer dizer *Ashishhh* – Suki disse, e todas explodiram de rir.

Sweetie olhou para as amigas sentindo o sorrisinho em seus lábios. Ah, fala sério! Era impossível ficar brava com elas. Não quando estavam mil por cento certas.

– Está bem, sim – Sweetie falou, se sentando no velho sofá de veludo cotelê que tinha sido da mãe de Kayla durante a faculdade. – As coisas estão indo bem. Tipo, pelo menos pra mim.

Kayla se sentou ao lado dela e cruzou as pernas.

– Como assim, pelo menos pra *você*? E Ashish?

– Ainda está sofrendo por causa da garota que terminou com ele. Rolou o maior clima entre a gente esta manhã no Holi. Ele me beijou. E já contei pra vocês do nosso primeiro beijo no carro, né? – Ela sorriu e suas amigas assentiram. – Mas daí hoje no Holi ele se afastou no meio do beijo. A gente conversou, e ele basicamente está de coração partido e com medo, sabem? Eu disse que poderia esperar. Ashish disse que está fisicamente atraído por mim... – As bochechas de Sweetie ficaram vermelhas de felicidade e vergonha. – Mas ainda se sente emocionalmente distante. Daí eu só falei que isso provavelmente se resolveria com o tempo. – Ela olhou para as amigas, só que, desta vez, elas não estavam mais sorrindo. – O que foi?

Houve um momento de silêncio. Então Suki arriscou:

– Pra você não tem problema ele só querer o seu corpo? Porque foi mais ou menos isso que você acabou de falar.

Sweetie ficou nervosa. Suki às vezes era franca demais, mesmo estando errada.

– Não foi isso que eu disse. Tipo, não foi nada disso. Eu falei que a conexão emocional viria depois.

– Sim. O que significa que agora ele só quer o seu corpo. – Suki ergueu as sobrancelhas como se dissesse "dããã".

– Parece que estão se divertindo – Kayla disse depressa, vendo a expressão de Sweetie. – Mas, hum, Sweetie... também parece que talvez você esteja se apaixonando, e ele... não?

– Certo. – Ela olhou para as amigas e deu de ombros. – *Ainda* não. Mas isso não quer dizer que as coisas não possam mudar. A gente só teve dois encontros, gente. E pra mim, isto é maior que Ashish. Quero provar algo pra mim mesma.

– A gente sabe – Izzy comentou, abrindo um sorriso hesitante. – Só não queremos que você sofra, só isso. Ashish não falou que iria mudar de ideia, não é?

Sweetie estava prestes a dizer que sim, mas pensou direito e percebeu que na verdade não foi bem o caso. Ashish só lhe perguntou se ela tinha certeza de que ainda queria sair com ele.

– Não – ela finalmente respondeu baixinho. Então endireitou os ombros e acrescentou: – Mas tudo bem. Sei onde estou me metendo. Vai ficar tudo bem. A Celia está fora de cena, e é hora do Show da Sweetie. – Ela parou de falar e emoldurou o rosto com os dedos. – Tipo, sério. Como é que ele pode resistir a isso?

Elas caíram na gargalhada. Izzy abraçou Sweetie e disse:

– Impossível.

– Ele não vai resistir – Kayla disse, um pouco séria.

– Ou vamos chutar a bunda dele – Suki completou, e antes que Sweetie pudesse abrir a boca para protestar, ela tocou um solo de bateria tão poderoso que sacodiu as paredes e fez o chão tremer.

Sweetie fez careta quando entrou no carro e olhou o relógio no painel. Já era mais de 20 horas e ela ainda não tinha nem começado o enorme trabalho de Economia cujo prazo era segunda-feira de manhã. Normalmente, ela não passava os sábados à noite estudando, mas devia ter começado esse trabalho colossal duas semanas atrás. Agora tinha uma *tonelada* de coisas para fazer em menos de 48 horas. Suspirando, ela parou no estacionamento do Roast Me a caminho de casa para pegar um café e talvez um docinho, já que provavelmente só dormiria no dia *seguinte*.

Estava esperando a sua vez de fazer o pedido quando sentiu um cutucão em seu ombro. Ao se virar, viu Oliver, o amigo de Ashish. No mesmo instante, ela abriu um sorriso.

– Oi! – Ela logo se lembrou do término entre ele e Elijah, e seu sorriso murchou.

Ele deu um sorrisinho. Sweetie reparou nas suas olheiras, no seu desleixo, na barba por fazer e na sua camisa desabotoada e amassada. Não parecia nem um pouco o cara que tinha conhecido outro dia.

– Oi – ele falou baixinho. – Como você está?

– *Espresso* duplo para Sweetie! – O barista chamou, e Sweetie foi pegar seu café. Oliver a acompanhou.

– Longa noite pela frente?

Ela fez uma careta.

– Trabalho de Economia. *Aff.* Eu devia ter começado séculos atrás, mas... – Ela respirou fundo. Estava desconfortável. Não que ficasse desconfortável com emoções humanas. Não era isso. Era só que ela não queria cruzar nenhum limite com Oliver. Eles só tinham conversado uma vez. – Hum, Oliver... – Ele olhou para ela e seus olhos cinzentos estavam escuros e sem vida. – Ashish me contou sobre você e Elijah. Sinto muito.

Ele assentiu, engolindo em seco algumas vezes. Sweetie notou seus olhos nebulosos e pensou, alarmada, que o garoto iria chorar. Sem nem pensar, ela colocou o braço em volta de sua cintura (seus ombros estavam fora de alcance, malditos jogadores de basquete!) e o conduziu para os sofás dos fundos, onde tinham se sentado da outra vez.

Eles se acomodaram no sofá e Sweetie lhe entregou seu café.

– Aqui, você precisa mais que eu. Vou pegar outro na saída.

Ele aceitou a oferta com um sorriso grato e aquoso e deu dois goles caprichados.

– Obrigado. Eu preciso mesmo. – Então respirou fundo, segurando o café entre os joelhos, de cabeça baixa. – Cara. Eu só... Nada disso parece real.

Sweetie colocou a mão em suas costas, hesitante.

– Sinto muito. Vocês pareciam felizes.

– A gente era. – Ele soltou uma risada repentina, dura e sombria. – Pelo menos eu *achava* que a gente era. Mas obviamente Elijah pensava outra coisa. – Com uma voz trêmula, ele acrescentou: – Tenho quase certeza de que ele me traiu.

– O quê? – Ela não os conhecia muito bem, mas não podia imaginar Elijah fazendo isso com Oliver. Mesmo com sua inexperiência, via que Elijah olhava para o namorado como se ele fosse... a resposta para alguma pergunta não dita. – Ele te falou isso?

– Não. Ele não me disse nada. Mas várias pessoas do time da Eastman disseram que o viram com um cara. – Ele deu de ombros. – E quando o confrontei, ele nem tentou me convencer do contrário. Só disse que, se eu não conseguia confiar nele, a gente devia terminar. Depois de dois anos juntos! Ao que parece, estamos grudados demais ou algo assim.

– Mas isso é uma bobagem! – Sweetie soltou sem pensar. – Opa, desculpa.

Oliver sorriu.

– Não, você está certa. É uma bobagem. Nada disso faz sentido.

– Fico me perguntando... – Sweetie mordeu o lábio, mais uma vez temendo ultrapassar algum limite. Mas então pensou que, se estivesse na situação dele, prestes a perder o amor da sua vida, gostaria que fossem diretos com ela. – Fico me perguntando se você sabe por que está tendo tanta dificuldade em acreditar nele. Tipo, pra mim é óbvio que vocês estavam felizes. E estão juntos há dois anos. Então por que acreditou nos caras da Eastman?

Oliver ficou olhando para os cadarços por tanto tempo que Sweetie temeu que estivesse tentando conter uma explosão de raiva. Mas, quando ele ergueu a cabeça para ela, só parecia confuso. E magoado.

– Não sei – ele respondeu, um pouco surpreso. – É uma boa pergunta. Por que *não* acreditei nele?

– E por que ele nem tentou te convencer? – Sweetie perguntou, balançando a cabeça. – Algum palpite?

Oliver ficou pensando e então deu de ombros.

– Não faço ideia.

– Talvez tenha algo a ver com medo – Sweetie sugeriu. – Talvez vocês dois estejam com medo.

– Medo? – Oliver perguntou. – Medo de quê?

– Não sei. Mas talvez seja bom começar por aí. Para vocês poderem se entender.

– Não sei se vamos conseguir. Mas obrigado. Vou pensar sobre isso.

Sweetie sorriu.

– Não há de quê.

Oliver terminou o café e se levantou.

– Bem, preciso ir. Vou pra academia ver se aproveito essa cafeína pra malhar.

Sweetie assentiu e também ficou em pé.

– Sim, também preciso ir. Ei, Oliver. Se quer saber, acho que Elijah está cometendo um erro terrível. Tendo te traído ou não... você merecia mais que um término instantâneo.

Oliver se abaixou para abraçá-la.

– Obrigado, Sweetie. Ashish tem razão. Você é uma boa pessoa.

Ela sorriu timidamente para ele.

– Você também.

Oliver olhou para ela com a cabeça inclinada.

– Você tem feito bem pra ele, sabe? Tipo, Ash ainda não voltou ao normal no basquete e não está dormindo, mas dá pra ver a diferença. Ele anda um pouco mais animado.

Sweetie franziu as sobrancelhas.

– Não consigo imaginar nada pior que não ser capaz de correr. Há quanto tempo ele está assim no basquete?

– Desde o término com a Celia. Acho que já tem uns quatro meses. É complicado. – O celular de Oliver apitou no bolso, e ele o pegou. – Bem, preciso ir. Te vejo logo, espero?

– Sim, claro. Você devia vir pra Noite Musical que vai rolar aqui na quinta. Eu vou cantar e seria legal ter apoio.

Oliver parou.

– Claro – ele disse. – Por você. – Sorrindo, ergueu a mão e saiu.

Ainda pensando no que ele disse sobre Ashish e o basquete, Sweetie foi até o balcão para pedir outro *espresso* duplo. Um plano estava começando a se formar na sua mente.

Capítulo 22

Ashish

ASHISH estava quase na casa de Samir quando uma mensagem de texto surgiu na tela LCD do seu jipe.

Pinky: Nos vemos na casa do S

Hum. Que estranho. O sistema não permitia que Ashish respondesse dirigindo, então ele apenas seguiu em frente. Na garagem inclinada do vizinho, ele viu o carro elétrico verde-limão de Pinky. Ela estava encostada no veículo digitando furiosamente, com o rosto iluminado pela luz prateada da tela.

– Oi – Ashish falou, descendo do carro. – O que está fazendo aqui?

Ela guardou o celular e olhou para ele.

– Trombei com a sua mãe no aquário; sábado é o meu dia de fazer voluntariado na exposição de chocos extravagantes, e ela tinha uma reunião do conselho. Enfim, ela disse que a mãe do Samir tinha ligado toda preocupada, então...

Eles foram juntos até a porta. Ashish olhou para ela.

– Espere. Chocos extravagantes?

– Sim, eles são um sucesso. – Pinky suspirou. – Assim como os besouros assassinos.

– Nossa, fala sério! A gente teve culpa? "Besouro assassino" parece uma invenção total.

Pinky revirou os olhos e tocou a campainha.

– Samir foi o único que acreditou em mim – ela falou depois de um momento. – Lembra?

– Lembro – Ashish respondeu, a encarando. – Ele pesquisou no celular e nos mandou calar a boca.

A mãe de Samir abriu a porta. Estava um pouco desalinhada em um *sári* amassado e com o cabelo bagunçado.

– Oi, tia – Ashish disse. – Viemos ver Samir.

– Ah, que bom – ela respondeu, dando um passo para o lado e abrindo um sorriso que não encontrou seus olhos. – Ele vai ficar feliz em ver vocês. Ando tão preocupada, sabem? Samir não parece mais... ele mesmo. Podem subir para o quarto dele.

Os dois subiram as escadas e bateram na porta de Samir.

– Entrem – ele falou com uma voz abafada e monótona.

Ashish girou a maçaneta e entrou, com Pinky no seu encalço.

A primeira coisa que Ashish reparou foi que o quarto parecia um poço de desespero. Se pensasse nas palavras "calabouço sombrio", você provavelmente visualizaria algo parecido com o que Ashish se deparou. Ele já estivera no quarto de Samir muitas e muitas vezes ao longo dos anos – sempre cuidadosamente arrumado e aspirado (já que sua mãe o limpava todos os dias), com um vaso decorativo em cima da mesa. Ver o cômodo naquele estado era quase... chocante.

Havia uma luminária no canto, roupas de cama espalhadas por toda parte e a mesa estava soterrada debaixo de pilhas de papéis e embalagens de comida. O ar estava rançoso e estagnado, como se as janelas e a porta não estivessem sendo abertas há muito tempo. Ashish olhou para Pinky, que observava os mesmos detalhes com uma expressão neutra. Mas, por conhecê-la bem, ele sabia interpretá-la: a amiga estava surpresa. E preocupada. Samir era o mais vaidoso deles: seu cabelo estava sempre hidratado com óleo de coco, penteado para o lado feito um daqueles caras dos anos 1940. Estava sempre de camisa abotoada e calça cáqui – ele não devia nem ter calça jeans –, exalando um leve aroma de loção de lavanda. Das poucas vezes em que estiveram em seu quarto, tudo estava arrumado em ângulos retos. Até seus lençóis estavam dobrados como nos hotéis.

– Oi, Samir – Ashish cumprimentou. Samir estava sentado em um pufe, atirando uma bola na parede. Ele se virou para os dois e assentiu antes de se voltar para a bola. – Mano, o que está acontecendo?

Samir nem se deu ao trabalho de olhar para Ashish enquanto respondia:

– Como assim?

– Sua mãe me ligou, mano. Ela está muito preocupada com você.

– Estou bem – Samir respondeu num tom que sugeria que ele tinha falado a mesma coisa muitas vezes nos últimos dias. – Não precisava vir aqui com seu bolo de piedade, beleza?

Pinky afastou um monte de roupas da cama e se sentou.

– A gente não está com pena, cara. Mas você não parece mais você e estamos preocupados. Só isso.

Samir abriu um sorriso desconsolado e olhou para ela.

– Sério? Pensei que ninguém gostasse de mim. Então deviam estar fazendo a dancinha da vitória, não?

Ashish os interrompeu:

– Olha, mano. Acho que precisamos falar sobre isso. Desculpe por ter te magoado. A verdade é que às vezes você é um bom amigo. É só que... é meio difícil perceber isso quando normalmente você só fica fazendo piada ou sendo...

– Um imbecil – Pinky respondeu. Samir olhou para ela, mas a garota continuou: – Fala sério, não tem como negar. Você é sempre irritante, metido e moralista, e não sabe quando parar. Tipo, não larga o osso até que não tenha ninguém rindo a não ser você e...

– Hum, Pinky? – Ashish disse, dando um sorriso forçado. – O que está fazendo? – Ele se esforçou para manter o tom leve, mas no fundo queria tacar um travesseiro na cara dela. A amiga tinha desviado o foco da missão por completo.

– É – Samir disse, estreitando os olhos. – O que você *está* fazendo?

Pinky ergueu as mãos.

– Ainda não terminei. Apesar de todas essas coisas, você *é* um bom amigo. Tipo quando me defendeu na história do besouro assassino. Ou quando ficou na fila pra conseguir ingressos pra ver os Bruins por quase duas horas porque estava esgotado pela internet e Ashish tinha um jogo fora e não podia comprar. E sei que Oliver adora que você se lembra da data do aniversário de namoro deles, ao contrário da gente. – Ela fez uma pausa. – Se bem que acho que não vai mais precisar fazer isso. Enfim, meu ponto é que a gente gosta de algumas coisas que você faz. E queremos pedir desculpas por nos esquecermos de tudo isso porque estávamos bravos.

– Ela está certa, mano – Ashish acrescentou. – E quer saber? Seu conselho de pedir para os meus pais arranjarem alguém pra mim funcionou. Sweetie é muito legal. Acho que não te agradeci por isso, mas obrigado.

Samir ficou em silêncio por um tempo, encarando Pinky e o vizinho. Ashish permaneceu parado, deixando que ele processasse as coisas ou o que quer que estivesse fazendo. Até que Samir enfim suspirou, atirou a bola no chão e se virou para ficar de frente para eles.

– Não são só vocês. Eu *fui* mesmo um imbecil. Tipo, aquela história do seu cabelo, Pinky. Eu não devia ter continuado quando vi que estava incomodada. E eu não precisava ficar falando sobre você e a Celia pra garota com quem está ficando, Ashish. – Ele deu outro suspiro. – A verdade é que eu ajo feito um cuzão porque... porque sinto ciúmes. E isso me deixa na defensiva.

– Ciúmes do quê? – Ashish perguntou, se sentando na cadeira azul da escrivaninha.

– Vocês são tão próximos. E vão pra escola juntos. Desde que eu saí da escola no quinto ano, tudo mudou. Não sou mais parte das coisas, como poderia ser? Eu tenho tentado me encaixar. Tentado ser... como você, Ash. Metido, confiante. Queria projetar essa aura de intocabilidade pra encobrir o fato de que, na verdade, sou um completo perdedor superprotegido que estuda em casa. – Ele desviou o olhar e bateu na mandíbula. – Enfim. Não funcionou, e quando percebi que não estava *mesmo* funcionando, eu só... – Ele balançou a cabeça e ficou em silêncio. Ashish esperou. Com o canto do olho, viu Pinky totalmente imóvel. – Não sei mais o que fazer. É como se eu visse todos esses dias e noites infinitos se estendendo diante de mim e tudo parecesse estúpido e sem sentido. Vocês foram uma grande distração. – Ele sorriu. – Mas entendi que não querem mais andar comigo. Tudo bem, não vou tentar me enfiar de volta no grupo. Acho que só estou tentando entender o que fazer, e agora tudo me parece um grande buraco negro.

– Não precisa ser assim – Ashish disse. – Primeiro, quero que você volte a andar com a gente. Tipo, sem aquelas merdas e idiotices, só... sendo você mesmo. O Samir de verdade que aparece de vez em quando. Acho que posso dizer que todos nós gostamos muito mais dele que do clone robô do Ashish. – Ele ergueu as sobrancelhas para Pinky, que assentiu com entusiasmo. Samir soltou uma risadinha fraca. – Segundo, mano, você devia conversar com a sua mãe e falar como se sente. Sério.

– Eu não... não posso. – Ele esfregou o rosto e balançou a cabeça. – Ela... o câncer pode voltar a qualquer momento. Foi tão de repente da outra vez. Mamãe está aterrorizada. Ela faz cara de corajosa e diz que não, mas eu a conheço. A mãe dela, minha *nani*, morreu de câncer de mama. Se eu voltar pra escola e ela ficar doente de novo...

– Você pode voltar pra escola e ela adoecer de novo – Pinky disse baixinho –, mas também pode voltar pra escola e ela ficar bem. A verdade é que não podemos controlar o que vai acontecer. Não importa o quanto a gente queira ou tente barganhar com os desígnios do universo... às vezes merdas acontecem. – Ela fez uma pausa. – O que eu sei é que ela parece muito triste. E que a coisa que a sua mãe mais quer no mundo é te ver feliz. Ela sabe que você não está feliz. Você está fazendo isso por quem?

Ashish ficou olhando para Pinky, sua amiga/pé no saco de tanto tempo. Ele nunca a tinha ouvido falar desse jeito. Não havia sinal de sarcasmo, nada de olhos sendo revirados nem suspiros de descontentamento. Ele lançou um olhar para Samir, igualmente perplexo.

– Eu... não tinha considerado as coisas desse jeito – ele falou, soltando o ar. – Você está certa. Não tenho nenhum controle sobre o que vai acontecer. – Ele fez uma pausa. – Estou fazendo isso por *quem*?

– Pense um pouco – Ashish disse com gentileza. – Só você pode decidir o que quer fazer, mas não desconsidere sua própria felicidade, mano.

– É, porque pelo visto isso te transforma num completo imbecil – Pinky falou, revirando os olhos. Certo, ela estava de volta.

Samir riu, apesar de ainda parecer um pouco atordoado.

– Com certeza vou pensar a respeito. Mas agora seria bom ter uma distração. Então Oliver e Elijah terminaram mesmo?

– Sim. – Ashish ficou girando na cadeira de Samir. – Elijah está sendo um idiota.

– Oliver também – Pinky disse. – Fala sério, ele acusou Elijah de traição! Parece algo que ele seria capaz de sequer considerar?

Ashish sentiu uma pontada de dor ao pensar em Celia. Ao pensar que confiava nela, e que estava totalmente errado.

– Nunca se sabe. De vez em quando as pessoas fazem coisas estranhas. – Falar isso em voz alta o fazia se sentir como um trem desgovernado. Por que ele estava falando com Celia mesmo? *Aff.* Eles tinham passado horas no telefone só porque ela chorou. – Vai ser interessante vê-los juntos na Noite Musical do Roast Me – ele acrescentou para tirar Celia da cabeça.

– Mas os dois já treinaram juntos, não? E foi tudo bem. – Pinky deu de ombros. – Talvez a coisa não seja tão feia.

– Tem um monte de coisa acontecendo no treino ao mesmo tempo – Ashish disse, pensativo. – Assim que a gente vai pro vestiário, Oliver vaza antes de colocar os olhos em Elijah. Eles estão se evitando desde o término.

– Que estranho – Samir comentou. – Sempre pensei que iriam pra mesma universidade e depois se casariam.

– Todo mundo meio que pensava isso – Pinky falou.

Eles ficaram em silêncio por um tempo.

– Isso não pode acabar assim – Samir disse de repente.

– Em que está pensando? – Pinky perguntou, levantando uma sobrancelha cética.

– Em algo que os faça se lembrarem de como eram bons juntos. – Samir pegou a bola, a lançou na parede e a pegou novamente. – Algo que os faça se lembrarem do que estão perdendo.

– Boa sorte... – Ashish murmurou. Todas as vezes que tentara mencionar o nome de Oliver para Elijah, tivera que enfrentar o Olhar Mortífero. – Você vai precisar.

Por volta da meia-noite, Ashish estava sentado na varanda com seu achocolatado pensando se devia tomar banho naquele instante ou mais tarde. Estava bem cansado, mas sabia que não conseguiria dormir tão cedo. Então ficou olhando as fotos no Instagram – no perfil dele, não havia quase nada agora, pois tinha apagado todas as fotos com Celia e não tinha publicado nenhuma nova – e parou em uma que lhe fazia sorrir.

Era de seu irmão, Rishi, com Dimple, sua namorada. Eles estavam num morro, com a paisagem de São Francisco aparecendo atrás. Estavam abraçados, sorrindo tanto que seus olhos eram apenas risquinhos. Estavam praticamente explodindo de felicidade e amor. A legenda dizia: "Sete meses do nosso primeiro encontro. Acho que vou ficar com ela. Espere, ela quer que vocês saibam que é ELA quem vai ficar COMIGO". Também havia um *emoji* de olhos sendo revirados. Se não fossem tão ridiculamente fofos, Ashish vomitaria. Ele curtiu a publicação e escreveu: "Que tal voltar pra casa algum dia neste século pra gente poder ver o casal feliz?".

Quase no mesmo instante, seu celular apitou uma notificação de mensagem recebida:

Rishi: Feito. Quando é aquele jogo importante que vai ter um monte de olheiro?

Ashish: 10 de maio

Rishi: Estaremos aí. Ignore a gritaria e comemoração

Ashish: 😊

Rishi: Como vc está?

Ashish suspirou. Ótimo! Rishi nunca lhe perguntava como ele estava. Sua mãe obviamente tinha deixado escapar algo sobre o seu término humilhante. Mas, antes que pudesse responder, ele recebeu outra mensagem:

Rishi: Celia contou pra Dimple que vcs terminaram

Ah. Ashish se sentiu instantaneamente culpado por não ter dado um voto de confiança à sua pobre mãe. Bem...

Rishi: Cara. Não precisa falar assim comigo. Sou seu *bhaiyya*

Ashish quis revirar os olhos, mas apenas sentiu um preocupante nó na garanta. A verdade era que não importava o quanto odiasse Rishi por ser o filho de ouro; ele era um bom irmão mais velho. Eles tinham seus altos e baixos (certo, antes de Rishi sair para a universidade, eram mais baixos do que altos), mas, no fundo, Ashish sempre soube que podia contar com ele. E o que era mais importante do que isso?

Não é mais tão novidade, ele escreveu antes de perder a coragem. Mas estou saindo com uma pessoa

Seu celular tocou no mesmo instante e o rosto bobo de Rishi surgiu na tela. Suspirando de leve, Ashish atendeu.

– E aí, *bhaiyya*?

– E aí, bandido?

Ashish revirou os olhos de verdade.

– Ninguém fala assim.

– Só eu. Então me conta dessa garota nova!

– O que é esse barulho?

– Ah, foi mal. Estou no IHOP. É meio que aonde todo mundo vem pra passar o início da noite. Tem panquecas à vontade por doze dólares. Temos um trabalho gigantesco de História da Arte sobre a escrita cuneiforme que os sumérios desenvolveram.

Ashish sorriu.

– Cara, não precisa esfregar sua vida universitária na minha cara. – Ele estava feliz por seu *bhaiyya*. Parecia que a universidade, especialmente o programa de Arte da Universidade Estadual de São Francisco, combinava com ele.

– Desculpe, desculpe. Mas me conta. Quem é a garota?

– Seu nome é Sweetie Nair. – Ele acrescentou depressa: – E sim, ela é *desi*.

Rishi soltou um suspiro dramático.

– Você está ficando com uma *garota indiana*?

– Eu sei, eu sei. E ouve só essa: eu pedi pra Ma e pro Pappa me arranjarem. Pensei que se funcionou com você e Dimple... – Ashish franziu o cenho. – Estou surpreso por não terem te contado ainda. – Seus pais e Rishi eram melhores amigos. Por mais estranho que soasse para os outros, incluindo para Ashish, realmente funcionava para eles.

– Faz tempo que não ligo pra eles – Rishi disse, parecendo culpado. – A universidade tomou conta da minha vida. Entre os estudos e as visitas ao dormitório da Dimple quando consigo...

– Sei.

– Sweetie, então, hem? Ela está te ajudando a superar o término?

– Está, sim.

Eles ficaram em silêncio enquanto Ashish pensava em como dizer o que queria, o que estava sentindo.

– Mas?

– Mas não sei se vai dar certo. Somos muito diferentes. Ela é... eu sou... Meu histórico de namoradas é uma merda. E a Celia... realmente me ferrou, Rishi.

A voz de Rishi era suave, sem julgamentos.

– É compreensível. Celia foi seu primeiro amor, Ashish. – Ele fez uma pausa. – Quanto ao seu histórico... olha, todo mundo começa de algum lugar. Mas sempre dá pra mudar. Por que não começar agora?

Ashish engoliu em seco e olhou para a piscina ao longe.

– É, talvez você tenha razão.

– Então me fala, essa Sweetie é legal?

Ashish sentiu um sorrisinho se formando nos lábios.

– Sim, ela é o máximo.

– Então dê uma chance. Você pode se surpreender. Mas precisa deixar pra trás tudo o que aconteceu com a Celia, todo aquele sofrimento e aquela confusão. Só corte essas amarras... e deixe a pipa voar.

Ashish ergueu uma sobrancelha.

– A pipa, hem?

– É. Está tarde, me dê um desconto. – Ashish ouviu alguém chamando Rishi loucamente ao fundo.

Ashish deu risada.

– Você precisa ir, parece ter uma emergência de História da Arte.

– É um mundo perigoso, mas alguém tem que lidar com isso – Rishi falou bravamente. – Você está bem?

– Vou ficar. Até depois, *bhaiyya*.

– Beleza, tchau.

Ashish desligou o celular e se recostou, sentindo a brisa gelada na pele. Rishi não tinha falado nada bombástico, mas mesmo assim ele se sentia melhor. Como se de algum jeito realmente pudesse fazer as coisas darem certo, como se não estivesse tão emocionalmente quebrado quanto temia.

Seu celular fez barulho de novo.

Sweetie: Está acordado?

Hum. Isso era novidade. Sweetie não costumava escrever depois das 22 horas. Ele respondeu: Tômas vc tb tá? Pensei que dormisse cedo

Sweetie: Aff trabalho de economia, não quero falar disso

Ashish: Ah blz

Sweetie: Preciso de um intervalo então... tenho uma pergunta

Ashish: Manda

Sweetie: Me encontra na esquina da McAdam com a Harper aqui perto de casa? E venha de tênis

Ele deu um sorrisinho enquanto respondia: É outra corrida? Acho que vc já provou que é capaz de me deixar no chinelo a qualquer hora. Não precisa tentar quando estou cansado e fraco

Sweetie: Haha não, é outra coisa

Ashish: Muito intrigante
Sweetie: Então vc vem?
Ashish: Obviamente
Sweetie: 😊 blz te vejo em 20

Ashish sentiu uma pequena explosão de energia ao entrar em casa para pegar o tênis e passar desodorante de novo (só para garantir). (Ele também escovou os dentes. Só para garantir.) Se ia passar a noite em claro, então o encontro noturno com Sweetie era de longe a opção mais interessante que tinha. Ashish pegou as chaves e deixou um bilhete para os pais, apesar de ter quase certeza de que eles só veriam de manhã. Todos da família tinham sono pesado. Incluindo Ashish até pouco tempo atrás.

Ele foi até o bairro de Sweetie e estacionou no meio-fio na avenida Harper. Olhando em volta, logo entendeu por que ela lhe pediu para encontrá-la ali. Na esquina, havia uma pequena quadra de basquete, silenciosa e vazia, rodeada por uma cerca de arame. Ele caminhou sorrindo, sentou-se em um banco e esperou.

Capítulo 23

Ashish

ESTAVA prestes a mandar uma mensagem para Sweetie com uma foto sua todo tristonho e perdido quando seu celular apitou uma notificação:

Celia: Oi, está acordado? o que está fazendo?

Ele ficou olhando para a tela por um longo momento. E se lembrou do que Rishi dissera: "Corte essas amarras". Ashish guardou o aparelho no bolso.

– Oi.

Ashish se virou no banco e viu Sweetie se aproximando, balançando o rabo de cavalo e abrindo um sorriso tão brilhante quanto a lua na escuridão.

– Oi pra você. – Ele se levantou e a abraçou. Sem querer, respirou fundo, inalando o aroma dela e exalando o ar devagar. Seus ombros relaxaram no mesmo instante.

Sweetie olhou para ele e sorriu, o atingindo com aquela covinha.

– Você está bem?

– Agora sim. – O que era verdade. Tudo lhe pareceu no lugar, em paz.

Ela olhou para os pés, ainda sorrindo. Ah, Deus. A adorabilidade – essa palavra existia, não? – era demais. De repente, Ashish não conseguiu mais se lembrar por que tinha sido tão resistente à ideia de pedir para seus pais lhe arranjarem uma garota.

Ele segurou a mão dela e começou a caminhar.

– Então você também é uma estrela do basquete? Seu plano é me aniquilar em todos os esportes?

Ela riu, animando a noite silenciosa.

– Não. Só queria que *você* se sentisse uma estrela.

– Ah, é? – Ele soltou a mão e ficou de frente para ela, correndo os dedos pelo seu braço e se deleitando com o arrepio que provocou. – Porque existem algumas coisas além do basquete que podem fazer eu me sentir assim.

Sweetie desviou o olhar e deu um tapinha nele, sorrindo.

– Se comporte.

Ashish ergueu as mãos, pensando *Cara, ninguém fica tão linda toda tímida quanto Sweetie.*

– Acho que a gente podia jogar um pouco. Quem sabe você volta a curtir. – Ela fez uma pausa, mordendo o lábio, como se não soubesse como ele receberia o que tinha a dizer. – Encontrei Oliver hoje, e seu amigo me contou que você ainda anda estranho. – Ele cruzou os braços, tentando não ficar na defensiva, e ela pousou uma mão sobre ele. – Só quero ajudar. Não consigo imaginar nada pior que deixar de gostar de correr.

Ashish se obrigou a sorrir. Ela claramente estava só tentando fazê-lo se sentir melhor; não havia nenhum sinal que dizia "Supere logo" em seus olhos.

– Você é um doce.

– Haha. – Sweetie levantou uma sobrancelha. – Você não vai escapar de mim assim tão fácil, senhor Patel.

A julgar pelo seu queixo erguido, a garota não deixaria passar mesmo.

– Certo, beleza. – Ashish soltou o fôlego. – Tem sido uma *merda*.

Ela o olhou com aqueles olhos escuros feito o veludo mais caro, macio e infinito.

– Só posso imaginar. – Ela ficou na ponta dos pés e deu o beijo mais gentil e suave em sua bochecha, no canto da boca.

Ashish literalmente não conseguiu pensar em nada para dizer.

– Então este é meu plano – Sweetie continuou, ignorando por completo o efeito que tinha causado nele.

– Hum... sim, plano – Ashish murmurou, piscando para afastar a onda de sensualidade que tinha tomado conta de si.

– Quero jogar uma partida com você, algo como *horse*. Mas vamos deixá-la mais interessante.

– Ah, é? – Ashish levantou uma sobrancelha, sentindo cada parte de si se acendendo.

– É. A gente pode escolher a posição em que o outro vai ter que fazer a cesta. Quanto mais difícil, melhor, obviamente. Cantando o "Hino Nacional". Sabe, pra deixar as coisas mais interessantes.

Posições. Complicado. Ashish estava se esforçando muito para não parecer um pervertido, mas as coisas estavam saindo do controle. Ela não falou nada que justificasse as ideias que estavam lhe ocorrendo naquele instante. *Recomponha-se, rapaz.*

– O "Hino Nacional"?

– Ah, e eu quase esqueci. – Sweetie se aproximou, com a cabeça inclinada para trás para vê-lo. – A cada cesta, você ganha um beijo. – Seus olhos cintilaram e seus lábios se curvaram num meio-sorriso que quase o deixou de joelhos. – Já que você parece gostar dos meus beijos.

Beleza, então talvez Sweetie não ignorasse *totalmente* o efeito que causava nele.

Sweetie

Sweetie não fazia ideia de onde tirara todo esse atrevimento. Ela nunca, *jamais* tinha sequer *sonhado* em falar com um garoto daquele jeito, quem dirá realmente pronunciar essas palavras. Era como se, de tanto fingir ser a Sensacional Sweetie, estivesse mesmo mudando a maneira de se ver. Sua autoconfiança estava aumentando e derretendo os muros de gelo que construíra para manter do lado de fora as pessoas que disseram que ela tinha pouco a oferecer.

Era tipo o aquecimento global, só que com menos ursos polares tristes.

Para falar a verdade, ela estava adorando a expressão abobalhada no rosto dele. Era bom saber que, por mais gostoso, engraçado e legal que Ashish fosse, ele parecia realmente estar a fim dela. De repente, Sweetie se lembrou do que Kayla, Izzy e Suki lhe disseram. Que talvez fosse melhor tomar cuidado porque Ashish poderia só estar atraído por ela fisicamente, sendo incapaz de lhe dar mais que isso. Mas não podia ser verdade. Olhando para ele agora, ela podia ver claramente que o garoto não queria apenas seu corpo. Ele *a* queria. Por inteiro.

Sweetie colocou os braços em volta de sua cintura e o puxou para si. Ashish automaticamente abaixou a cabeça, com os olhos sombrios e sérios. Ela fechou os olhos e deixou que seus lábios se encontrassem; a barba dele raspou sua mandíbula, e ela o provou – toda a sua "Ashishtude" – com um suspiro. Os braços dele se apertaram ao redor dela, e Sweetie sentiu os músculos de Ashish contra as suas curvas suaves, sentiu cada parte dele ganhar vida e se fundir a ela.

– Sweetie... – ele sussurrou, a afastando por um momento.

Ela o olhou em silêncio. Ashish não disse nada, mas ela ouviu o que ele queria dizer: que também estava se apaixonando por ela.

Ashish

Ashish queria dizer tantas coisas para ela. Que estava se apaixonando... Mas, por algum motivo, Celia ainda permanecia em algum lugar de sua mente, como o som de uma sirene atravessando o oceano. Ele queria lhe contar que Celia tinha mandado mensagem e que eles tinham conversado. Que nunca tinha se sentido tão feliz e em paz quanto quando ela, Sweetie, estava com ele. Ele estava mudando, se tornando uma pessoa melhor, mais gentil e bondoso. Tudo por causa dela.

Mas algo dentro de si protestou. *Não é justo com Sweetie ter essa conversa agora*, a voz lhe disse. Rishi havia lhe aconselhado a se desapegar de Celia. Mas primeiro ele precisava entender por que a ex ainda estava em sua mente, o que era isso. Até lá, não podia perturbar Sweetie com esse assunto. Talvez se apaixonar por Sweetie o lembrasse de quando se apaixonou por Celia, de quando seu coração foi pisoteado por seu salto brilhante. Talvez fosse porque as coisas com Celia ainda não parecessem encerradas, já que ele nunca teve a chance de dizer o que queria.

Então Ashish *queria* dizer a Sweetie muitas coisas. Mas, no final, tudo o que conseguiu pronunciar foi seu nome.

Sweetie

– Então, isso foi só uma amostra. – Sweetie sorriu. Após um breve instante, Ashish sorriu de volta. Não foi um sorriso completo, mas ela não se deixou abalar. Ele provavelmente só não estava acostumado a se sentir assim, finalmente deixando Celia e todas as questões do término para trás. Quem poderia saber? – Está pronto pra jogar?

– Bora! – Ele arrancou a bola debaixo do braço dela.

– Ei!

– O que foi? – ele disse, fazendo a bola girar sobre o seu dedo. – Pensou que eu ia pegar leve com você só porque é deslumbrante?

Sweetie colocou as mãos no quadril, fingindo estar brava, apesar de sua mente ficar repetindo: *Deslumbrante. Ele usou a palavra "deslumbrante". Para se referir a mim. Isso saiu da boca dele.*

– Não pensei nada disso. Prepare-se pra levar uma surra.

Sweetie não era jogadora de basquete, mas também não era *ruim*. Ashish levou quase dez minutos para fazer uma cesta.

– Ufa! – Ashish disse, balançando a cabeça. – Teria sido constrangedor se você tivesse feito a primeira cesta.

Sweetie estreitou os olhos.

– Por quê? Porque eu sou mulher?

Ele pareceu genuinamente perplexo.

– Não, porque eu sou a estrela aqui?

Ela deu risada.

– Ah, meu Deus! Esse ego! Socorro!

Ashish sorriu.

– Certo. Então agora eu acho que ganhei um beijo.

Ela ficou imóvel, de repente se sentindo vacilante. O atrevimento de antes tinha desaparecido.

– Certo – ela disse baixinho.

– Quer saber? Posso colocar na conta e cobrar os juros depois?

Sweetie disse após uma pausa:

– Hum, o quê?

Ashish abriu aquele sorriso atrevido que ela tanto adorava, e seu coração acelerou, impotente.

– Sabe, acho que é melhor acumular tudo para o final. Um beijão em vez de vários beijinhos.

Sweetie sentiu suas bochechas esquentarem. Os joelhos fraquejarem. Ela só conseguia pensar nele grudado nela. Deus, quando é que tinha se tornado tão obcecada por beijos? A resposta, claro, era: quando começou a ficar com Ashish.

– Hum. – Ela pigarreou ao perceber que sua voz tinha saído feito um guincho. – Sim, beleza.

O sorriso de Ashish se alargou.

– Excelente. Então, o aquecimento acabou.

– Certo. – Sweetie soltou uma risadinha um pouco histérica. – Estávamos só aquecendo. Sabia.

O sorrisinho de Ashish lhe disse que ele não ia cair na dela.

– Aham. Minha vez de escolher a posição. Então quero que vá ali – ele apontou para uns arbustos – e tente fazer uma cesta agachada ali atrás. Ah, e não se esqueça do "Hino Nacional". Na verdade, quer saber? Quero que cante a música que vai cantar na Noite Musical.

– Sério? Vai me fazer cantar uma música *pop agachada*? Não parece justo nem pra uma *estrela*.

Ainda sorrindo, Ashish puxou a ponta de seu rabo de cavalo. Quando Sweetie inclinou a cabeça para trás, ele pousou um beijo suave em seu pescoço. Ela só conseguiu soltar um suspiro estrangulado e gutural; cada terminação nervosa vibrou de prazer e sussurrou de desejo.

– Desculpe – ele murmurou contra sua pele.

– T-tudo bem – ela conseguiu dizer.

A garota foi até os arbustos caminhando com as pernas bambas, lançando um olhar para ele. Pelo jeito que sorria para ela, ele parecia... encantado. Por quê?

Ashish

Ashish estava tendo dificuldade para não ficar rindo feito bobo. Era tão bom saber que alguém tão gentil, doce, engraçada e linda quanto Sweetie parecia o querer tanto quanto ele a queria.

Então seu celular apitou no seu bolso. Ele o pegou.

Celia: Está bravo comigo?

Por um momento, ele ficou olhando para a tela enquanto seu sorriso desaparecia. E escreveu: Não, só ocupado, desculpa

Celia: Me liga mais tarde?

Ele hesitou. Isso não seria fácil. Sim

Sweetie

Sweetie ouviu o celular de Ashish e o viu digitando algo.

– Precisa voltar pra casa?

Ele se assustou um pouco (seria a culpa?) e ficou olhando para ela, mas logo seu sorriso sedutor retornou. Ashish guardou o celular.

– Não, está tudo bem. E aí, vai fazer a cesta? Cantando?

– Nossa, me dê um tempo, seu mandão – ela resmungou, tentando se ajeitar agachada.

Sweetie não acertou a cesta dessa vez, nem depois nem depois. E não importava quão ridícula fosse a posição que escolhesse para Ashish – a certa altura, ela o fez até escalar o poste da cesta oposta –, Ashish acertou todas. Ela lhe pediu para cantar músicas de Bollywood, o que ele conseguiu, mesmo que seu hindi não fosse lá essas coisas. O garoto a fez cantar todas as músicas da Noite Musical. E cada vez que acertava uma cesta, ele dizia:

– Não se esqueça, mais um beijo pra conta.

Sweetie tinha acabado de errar a cesta, tendo que se contorcer num *S*, quando ele começou a correr para ela na escuridão, com um olhar estranhamente atento. A garota endireitou a postura e largou a bola no chão.

– Eu... ainda tenho que fazer um *E* – ela falou com uma voz rouca, sem saber direito *por quê*. Se Ashish quisesse coletar os beijos naquele momento, por ela tudo mais que bem.

– Eu sei – Ashish falou suavemente, se aproximando tanto que ela sentiu seu calor através das roupas. – Mas tenho uma pergunta.

Seus olhos cor de mel eram hipnotizantes na penumbra, planetas gêmeos que lhe deixavam embasbacada.

– Certo.

Ele deu mais um passo à frente. As roupas deles se roçaram. Sweetie sentiu que seu coração estava sapateando para fora de seu peito.

– Todas essas músicas... você que escolheu.

Ela assentiu, sentindo de repente uma mistura de constrangimento com pânico. Oh, não. Oh, não, não, não! Ele tinha percebido.

– São todas sobre o primeiro amor – Ashish disse baixinho, com os olhos fixos nela.

Sweetie engoliu em seco. Ela queria desviar o olhar, mas estava paralisada, impotente.

– Isso... não é uma pergunta – ela finalmente disse, num sussurro rouco. Suas bochechas queimaram.

Ashish colocou dois dedos em seu queixo. Ela se obrigou a se manter imóvel.

– Sweetie Nair – ele disse, abaixando a cabeça de modo que seus lábios estavam a menos de um dedo de distância. – Eu não mereço você.

Ela estava respirando rápido. Sweetie sabia o que ele queria dizer; as palavras estavam se acumulando atrás de seus dentes como uma verdadeira onda do mar. Mas será que poderia dizê-las? Será que poderia se abrir desse jeito, ser honesta e vulnerável? Ela pensou no Projeto Sensacional Sweetie. Cujo objetivo era ser corajosa em todos os aspectos de sua vida. Queria muito ser *aquela* garota que vivia sua vida com orgulho e valentia, aquela que não tinha medo de sentir um pouquinho de rejeição. Aquela que se levantaria de novo, não importando o que acontecesse, porque sabia que o que tinha a oferecer ao mundo era espetacular. Então ela obrigou as palavras a saírem, balançando a cabeça.

– Isso não é verdade. Você é... verdadeiro, Ashish. Gosta de mostrar pra todo mundo seu lado convencido e arrogante, mas vejo o seu verdadeiro eu. Eu te vejo, e sei que é doce, engraçado, teimoso e vulnerável. Você ama com todo o seu coração, e quando se magoa, você se encolhe pra proteger suas partes mais sensíveis. – Ela colocou uma mão na bochecha dele, sentindo sua barba e sua mandíbula forte. Seus braços e pernas se arrepiaram. – Mas não precisa fazer isso comigo. Não vou te machucar. – Ela fez uma pausa, quase ofegante pelo esforço de manter a calma com o coração acelerado daquele jeito. – E eu... acho que você sabe disso. Acho que também está se apaixonando por mim.

Ashish ficou encarando-a por um longo momento, e ela começou a pensar que tinha cometido um erro terrível. Tinha entendido tudo errado. Afinal de contas, ele lhe *dissera* que ainda estava meio que preso a Celia. E se a achasse presunçosa? Mas então ele abriu um sorriso mínimo, suave e triste.

– Oh, Sweetie... – ele sussurrou, levando os lábios aos dela. – Como não?

Então os dois estavam se beijando, derretendo e suspirando, e Sweetie se sentiu completamente perdida.

Ashish

Sweetie não tinha falado nenhuma mentira. Enquanto a beijava, Ashish ficou repassando suas palavras – ele estava, *sim*, se apaixonando por ela. *Sabia* que aquela garota nunca o machucaria, pelo menos não de propósito. Mas uma coisa ela não falou, e Ashish estava ciente de que era a mais pura verdade: ele estava morrendo de medo, por mais desesperador e ridículo que fosse admitir isso para si mesmo. Tinha medo do que aconteceria se ele se apaixonasse forte, rápido e profundamente, como já estava se apaixonando. Tinha medo do que significava ter tido apenas um relacionamento sério, que ainda por cima terminara em fogo e chamas. Ele tinha medo de que o que queria dizer a Celia, o que tinha planejado dizer dali a pouco, caísse mal e de alguma forma, mesmo tendo colocado para fora a sua parte, Ashish *ainda* não tivesse a sensação de fechamento de ciclo que buscava.

Então, quando disse "Como não?", na verdade ele queria dizer: *Como* não *amar uma pessoa tão maravilhosa e perfeita como você?* Mas também queria dizer: *Como* não *esperar que as coisas deem cem por cento errado no final, apesar de estar apaixonado por você?* Ashish tinha um histórico nada favorável. Ele estava apavorado, pensando que todos os seus relacionamentos estivessem fadados ao fracasso total e máximo e que não seria diferente com Sweetie.

Contudo, como poderia lhe dizer tudo isso? Teve vontade de dar risada só de pensar em algo tão antiafrodisíaco. Ele acabaria com tudo antes mesmo de começar.

Então, Ashish manteve suas dúvidas e sua falta de charme escondidos e ficou ali, sozinho com seu pessimismo frio e sombrio. E se obrigou a não pensar nisso porque estava ali com ela, e estava determinado a aproveitar, caramba. O que quer que fosse acontecer no futuro – conseguindo ou não o fechamento de ciclo que queria –, ele estava ali com Sweetie *naquele momento*, e isso era um presente incrível. Ele a puxou para si e a beijou mais.

Sweetie

Eles se deitaram na grama juntos. Tinham se beijado tanto que as bochechas de Sweetie estavam um pouco ardidas pelo contato com a barba de Ashish. Mas ela não ligou. A única coisa que importava era o peito rígido dele debaixo de sua cabeça, o braço forte a sua volta. Ela ficou brincando com a mão dele enquanto olhava para o céu nebuloso e sorria.

– Ashish – ela disse.

– Hum? – Ele parecia sonolento e feliz, exatamente como ela.

– Como é ter um irmão?

– Hum... – Ele se virou e deu um beijo em sua testa. – Não sei direito como me sinto com você pensando no meu irmão deitada nos meus braços. Por que está perguntando?

Ela deu de ombros.

– Não sei. Sempre quis saber como é ter um irmão. Tipo, tenho uma prima, Anjali Chechi, mas não é a mesma coisa. Ela mora longe e a gente só se fala por telefone. Sempre pensei que seria incrível ter alguém disponível o tempo todo pra trocar ideia. Ter com quem conversar. Ser filha única às vezes é solitário. E irritante. Porque toda a atenção dos seus pais fica focada sempre em você.

Ashish riu.

– É, na verdade, eu estou sentindo um pouco isso. Agora que Rishi foi embora, os raios laser dos meus pais estão sempre voltados fixamente pra mim. Mas, na verdade, eu não deveria reclamar. Foi meio que por isso que acabei aqui, com você. – Ele beijou a bochecha dela, e ela ficou emocionada com o gesto casual. – Porém... na maior parte das vezes, Rishi é um ótimo irmão mais velho. Tive uma fase de achar que éramos os irmãos mais nada a ver da face da Terra. Sabe, ele é o filho de ouro e eu sou... hum, o que é pior que uma ovelha desgarrada? Um buraco negro? Sempre fui o buraco negro da família. – Ele deu risada. – Rishi é um cara legal. O coração dele está no lugar certo, e sei que sempre vou poder contar com meu irmão, não importa o que aconteça.

– Hum. Será que um dia vou conhecê-lo?

– Que engraçado você ter falado isso. Ele quer vir ver meu jogo em maio. Posso apresentar vocês.

Sweetie sorriu para o céu.

– Eu adoraria. E eu posso te apresentar pra Anjali Chechi no meu aniversário.

– Maravilha – Ashish disse. – Como acha que seus pais vão reagir quando descobrirem que a gente está namorando escondido?

– Acho que não vão ficar nem um pouco felizes, mas... vai ser meu aniversário. Eles não podem ficar *tão* bravos assim, não é?

– Ah, Sweetie Nair – Ashish disse, a puxando para si. – Ninguém consegue ficar bravo com você. – Então ele a beijou de novo.

Sweetie soltou um suspiro enquanto ele entrava no jipe.

– Te vejo no sábado?

– Isso. – Ele sorriu e a colocou gentilmente debaixo de seu queixo. – Só falta uma semana. Vou sentir saudade.

Ela olhou para os pés e sorriu.

– Eu também. – Em seguida levantou a cabeça para Ashish e disse: – Então a gente vai visitar Gita Kaki, não é? Quem é ela?

Ashish suspirou.

– Eu levaria um mês para te contar quem é Gita Kaki. Por enquanto, só vou dizer que ela é extremamente... excêntrica. E, hum, só esteja preparada pra conversas bizarras. Se ainda quiser continuar a sair comigo depois disso, eu já vou considerar uma grande vitória.

Sweetie riu e ficou na ponta dos pés para beijá-lo outra vez. Ela nunca se cansaria de poder beijá-lo sempre que quisesse.

– Você vai precisar de mais do que uma tia maluca pra me afastar, Ashish Patel.

Os olhos dele cintilaram e o garoto abriu um sorriso radiante.

– Que bom.

Ela ficou observando-o ir embora até não conseguir mais ver o jipe. Já estava com saudade. Até agora, Sweetie pensou que estava se apaixonando por Ashish Patel. Mas quando admitiria que "se apaixonando" tinha virado "se apaixonou"?

Capítulo 24

Sweetie

SWEETIE se recostou na cabeceira da cama, de banho tomado e pijama da Hello Kitty. Uma sexta por mês, ela e Anjali Chechi faziam uma chamada de vídeo. Como elas não conseguiam se encontrar para conversar com regularidade, essa era a melhor solução que tinham encontrado. Para Sweetie, as conversas com a prima eram muito mais do que apenas um bate-papo – eram uma tábua de salvação. Quando se cansava dos constantes sermões de Amma e sua autoestima estava toda despedaçada ao seu redor, ver o rosto carinhoso de Anjali e ouvi-la falar sobre sua vida bem-sucedida a ajudava a não pular pela janela gritando para fugir de tudo.

– Oi – ela disse ao ver o rosto sorridente de Anjali Chechi na tela do celular.

– Oiiii, Sweets – Anjali falou.

Seu rosto redondo nunca seria considerado tradicionalmente bonito. A prima tinha cicatrizes da catapora que pegou quando criança, queixo duplo, seu cabelo tinha *frizz* e estava bagunçado e seus olhos eram muito arregalados. Mas, para Sweetie, o rosto dela era uma espécie de lar. Simbolizava amor e aceitação e a sensação de que as coisas ficariam bem.

Ela relaxou e sorriu.

– Você parece feliz – Anjali comentou. Ela sempre reparava em tudo. – Chuto que tenha algo a ver com o garoto de quem você me falou?

Sweetie sentiu suas bochechas esquentarem, mordeu o lábio e assentiu.

– Ashish Patel. Nosso terceiro encontro é amanhã.

– Terceiro encontro! Então as coisas estão ficando sérias?

Sweetie se ajeitou nos travesseiros.

– Pra mim, sim... e eu acho que pra ele também. – Ela sorriu só de dizer as palavras em voz alta. – A gente se dá muito bem. Tipo, ele é bem gato e tal, mas também sinto que quero conhecê-lo melhor. Quando estamos juntos, parece que estou com um grande amigo que me conhece há anos.

Anjali Chechi sorriu.

– Isso é tão importante. Fico muito feliz por você ter encontrado isso, Sweetie. Então Vidya Ammayi ainda não sabe?

– Não, Amma não faz ideia. Mas decidi contar no meu aniversário. Você vem pra me dar apoio moral, né?

– Precisa perguntar? – Anjali fez cara de "fala sério".

– Obrigada. – Sweetie ajeitou a postura. – E você vem para a minha última competição, como sempre, né?

– Mais uma vez: precisa perguntar? – a prima riu.

– Mas o que tem me deixado nervosa na verdade é a apresentação de quinta.

– Ah, a Noite Musical? – Sweetie já tinha contado tudo para Anjali.

A garota assentiu.

– Escolhi as músicas e só depois reparei que eram todas... canções de amor. Não era o objetivo, apenas aconteceu. Será que vai ser brega demais?

– As meninas da sua banda reclamaram?

– Não. Elas disseram que tenho uma voz boa pra esse tipo de música, então concordaram. Mas agora estou um pouco constrangida. Subir no palco na frente de todas essas pessoas... – Ela limpou as mãos suadas na calça do pijama. – E se rirem de mim?

Uma pequena ruga surgiu entre as sobrancelhas de Anjali Chechi.

– E daí? Você vai subir ao palco pra cantar porque tem uma voz linda e porque acredita em si mesma. E eles, o que estarão fazendo? Assistindo sentados enquanto julgam os outros? Eles não precisam de coragem pra isso.

Sweetie esperou um momento e soltou um suspiro.

– É, você tem razão.

– Além disso, suas amigas estarão lá. E as pessoas que poderiam te julgar vão ver do que você é capaz assim que começar a cantar. Não acha que também riram da Adele antes de perceberem que ela era digna de respeito?

– Pois é. Estou nervosa, mas você está certa.

– É supernormal ficar nervosa. – Anjali suavizou a expressão sorrindo. – Lembra aquela história do meu primeiro estágio na cirurgia?

Sweetie fez uma careta.

– Você bateu a bunda na mesa de instrumentos, tropeçou nos próprios pés e quase caiu de cara no chão.

– Exatamente. Estava supernervosa pensando que as pessoas me julgariam porque eu era a única estudante gorda naquela sala e isso logo significava que eu era preguiçosa ou desajeitada, certo? Mas adivinha? Sou uma cirurgiã-ortopedista agora. E aquelas pessoas que me julgaram ou riram de mim aquele dia? – Ela deu de ombros. – Nem me lembro delas. Só faça o que você tem que fazer, Sweetie. O resto vai se encaixar.

A garota relaxou e sorriu.

– Obrigada, Chechi. Você é a melhor.

A campainha tocou, e alguns minutos depois Amma estava chamando por ela. Hum, que estranho... Ela não estava esperando ninguém. Franzindo o cenho, Sweetie se voltou para a tela.

– O-ou. Fui convocada.

– Vá – Anjali Chechi disse. – Te vejo logo, não é?

– Certo! E não se esqueça daquilo que te pedi pra minha festa.

– Não vou esquecer. – Anjali Chechi sorriu. – Vou mandar amanhã.

– Ótimo. Até logo!

Sweetie desligou o celular, colocou o aparelho para carregar e foi até a sala de estar para ver o que sua mãe queria.

Assim que entrou no cômodo, ela teve vontade de voltar correndo para o quarto e se trocar. Tia Tina e Sheena estavam sentadas no sofá vestidas lindamente com roupas de grife, Sweetie tinha quase certeza. Os cabelos delas estavam bem penteados e as duas estavam supermaquiadas. Já o cabelo de Sweetie ainda estava molhado, caindo em mechas moles por suas costas. Ela ajeitou a blusa do pijama da Hello Kitty, constrangida, se lembrando de que os botões estavam abertos.

Tia Tina deu uma olhada nela e depois abriu um sorriso gélido.

– Oi, Sweetie. Já pronta pra ir pra cama?

– Não. Só gosto de colocar o pijama depois do treino. – Ela foi se sentar com Amma. – Oi, Sheena.

Sheena fez aquela coisa de projetar o queixo para a frente.

– E aí?

Amma disse:

– Tia Tina veio perguntar se você quer dividir uma limusine para o baile, *mol*. Não é daqui a duas semanas?

– Uma semana a partir de amanhã – Sweetie murmurou.

Para falar a verdade, Sweetie estava tentando não pensar nisso. Kayla e Izzy evitavam mencionar o assunto perto dela. Suki achava tudo aquilo idiota e iria boicotar o evento. Mas ela não queria pensar nisso por outras razões. Primeiro: Amma nunca a deixaria usar o vestido que Sweetie queria. E ela provavelmente teria que aceitar as mangas compridas, a gola alta e a saia roçando no chão. Segundo: ninguém a convidara.

A garota franziu o cenho. Espere. Por que Ashish não a convidara? Tudo bem que frequentavam escolas diferentes e os bailes seriam em dias distintos, mas por que não tinha nem tocado no assunto? Ele parecia o tipo de garoto que ia ao baile todos os anos, fosse do seu ano ou não. Esta era a primeira vez que Sweetie poderia ir.

– Você vai com alguém? – tia Tina perguntou, com uma expressão que claramente dizia "Claro que não, pobre garota gorda".

Sweetie se mexeu, desconfortável.

– Hum, não. Na verdade, não quero ir.

Como previsto, tia Tina e Sheena pareceram horrorizadas e perplexas.

– Por que não? – Sheena indagou devagar, como se Sweetie fosse um ouriço capaz de arremessar todos os espinhos nela ou algo assim.

Sweetie deu de ombros.

– Eu só... não estou a fim.

Sheena olhou para ela com pena.

– Posso pedir para os meus amigos dançarem com você, se está preocupada com isso.

Sweetie sentiu uma onda quente de humilhação. Que logo esmoreceu. E a garota teve vontade de rir. Porque era sério, Sheena pensou que estava sendo *legal*. Tipo, ela era tão sem noção que pensou que sugerir que ninguém dançaria com Sweetie porque era gorda e oferecer um dos amigos para dançar com ela era *algo legal*. Ela teve que tossir para encobrir a gargalhada que queria sair. Pensou em Anjali Chechi batendo o quadril largo na mesa de instrumentos. E pensou em quem era agora. Então abriu seu sorriso mais agradável.

– Isto é... gentil da sua parte, Sheena. Mas não vai ser necessário. Como eu disse, não quero ir. É isso.

– Mas, *mol*, pode ser divertido – Amma disse. – Você pode andar de limusine.

Sweetie endireitou os ombros. A mãe só queria que a filha fosse porque seria bom para a amizade – ou o que quer que estivesse rolando – com tia Tina. Estava desesperada para que Sweetie preenchesse essa lacuna para ela, mas essa não era a função de Sweetie. Não era sua função fazer os outros se sentirem bem.

– Desculpe, Amma. Mas estou falando sério. – Então ela se virou para tia Tina e disse: – Tia Tina, não, obrigada. Não quero dividir uma limusine com Sheena. – Ela ficou em pé. – Preciso fazer um trabalho, então vou indo. Até mais. – E acenou, se virando para sair enquanto elas a observavam num silêncio perplexo.

Amma veio até o seu quarto cerca de vinte minutos depois.

– Por que você foi tão grossa, Sweetie? Elas só estavam tentando ser legais.

– Não acho que eu fui grossa – Sweetie respondeu, fechando o livro e enfiando os pés debaixo do cobertor no pé da cama. – Na verdade, fiz questão de não ser grossa. Mas... – Ela respirou fundo. Desta vez, não deixaria as palavras estragarem tudo. – Mas não sou digna de pena e não quero ser tratada como se fosse.

Amma se sentou ao seu lado na cama.

– Você devia sair com Sheena. Ela é uma boa garota.

Sweetie a encarou fixamente.

– Já tenho amigas.

Amma estava paralisada, como se não soubesse dizer o que gostaria.

– Mas Sweetie... essas garotas são meio... selvagens. Meio molecas demais, não? Izzy, não, ela é fofa. Porém, Kayla e Suki são... feministas, segundo tia Tina. – Ela se inclinou para a frente ao dizer "feministas". – Sheena combina muito mais com você.

Sweetie teve que morder os lábios para não rir.

– Amma... sinto muito te contar isso, mas eu também sou feminista.

Amma a encarou com olhos arregalados de pavor. E nem percebeu quando a *dupatta* floral vermelha de seu *salwar kameez* escorregou de um ombro.

– Sweetie! Feministas não se casam! Pare com isso.

Então a garota riu abertamente.

– Amma, do que diabos você está falando? Feministas podem fazer o que quiserem. Elas só querem direitos iguais para as mulheres.

– *Ayyo, bhagavane* – Amma disse, balançando a cabeça. – Adolescentes.

Sweetie se inclinou e colocou uma mão nela.

– Por que será que a gente vê as coisas de um jeito tão diferente o tempo todo?

Amma franziu o cenho.

– O quê?

– A gente discorda sobre quase tudo, Amma. – Ela engoliu o súbito nó que sentiu na garganta. – Somos diferentes e pensamos de formas tão distintas que... – Ela deu de ombros. – Parte meu coração um pouco.

Amma a olhou firmemente.

– O meu também. Mas o que podemos fazer? Você é minha única filha. E eu sou a sua mãe. Acho que precisamos encontrar um jeito de nos entendermos. – Ela deu batidinhas na coxa da filha e se levantou.

– Se eu nunca emagrecer, mas for feliz, você vai ficar feliz por mim? – Sweetie perguntou, ignorando o tom desesperado na voz.

Amma parou com a mão na maçaneta. Ela virou a cabeça e disse:

– Se não emagrecer e ainda assim for feliz, eu vou agradecer a Deus pelo milagre. – Então foi embora, fechando a porta atrás de si.

Uma lágrima escorreu pela bochecha de Sweetie, que a limpou com o punho. Poucas coisas no mundo a faziam se sentir tão solitária quanto as conversas com sua mãe.

Ashish

Ashish se sentou com os pais no gazebo sob as luzes do crepúsculo. Pappa estava "fazendo churrasco", segundo ele mesmo. Segundo Ashish, o pai estava queimando legumes em palitos e fingindo que eram *kebabs*. O *chef* tinha estabelecido seus limites, então eles estavam por conta própria.

– Tão lindo... – Ma disse, olhando para a paisagem.

O gazebo e o pátio estavam localizados no topo de uma pequena colina da propriedade, oferecendo uma ampla vista para seus vinte mil metros quadrados cuidadosamente esculpidos e para as colinas ocidentais ao longe. Quando Ma percebeu, cerca de dois anos atrás, que só usavam o espaço para festas no verão, ela instituiu churrascos mensais às sextas-feiras à noite. Pappa abraçou a ideia porque pôde comprar uma grelha gigante que mais parecia uma nave espacial, e Rishi porquê... bem, porque era Rishi. Mas agora que estava na universidade apagando incêndios na História da Arte, Ashish precisava todo mês passar sozinho uma noite de sexta-feira comendo tijolos carbonizados disfarçados de hambúrgueres vegetarianos e fingindo gostar.

Ele olhou para o pai virando os *kebabs* vegetarianos com orgulho, já cheirando a carne de planta queimada. Na verdade, até que isso – passar um tempo com os pais – não era tão ruim assim. Ashish tentava se livrar dessas noites familiares sempre que tinha oportunidade até um mês atrás, mas agora já não lembrava por que fazia isso. Seus pais... não eram ruins.

Ma olhou para o filho e sorriu.

– No que está pensando, *beta*?

Ashish balançou a cabeça e bebeu sua cerveja de gengibre.

– Nada. Sabe, ainda não falei, mas, hum... obrigado. Agradeço a vocês dois. – Diante da expressão intrigada de seu pai (seu rosto estava coberto de fumaça), Ashish acrescentou: – Estou me divertindo com Sweetie. Nos encontros que escolheram.

Ma abriu um sorriso radiante, e Pappa disse:

– Sabia! Te falei, Ashish, minhas ideias são...

Ma o interrompeu com um olhar que Ashish não conseguiu ver. Quando ela se voltou para o filho, estava sorrindo de novo.

– Maravilha. Que bom ouvir isso. – Ela colocou a mão em seu braço e apertou. – Então você não achou o mandir tão chato assim?

Ashish respirou fundo.

– Não, foi estranhamente legal. Pacífico. E o Holi Festival foi incrível. – Ele abriu um sorriso só de se lembrar. – O cabelo de Sweetie... acho que ela não vai mais querer deixá-lo preto.

– Legal! Poderiam até dizer que seus pais escolheram a melhor garota, não? – Pappa falou, brandindo a espátula como se fosse uma espada. – É só comparar Sweetie com Celia e...

– *Kartik*. – Ma balançou a cabeça e suspirou. – Ashish, ignore seu Pappa. Tenho certeza de que Celia era ótima.

Ashish abriu um sorriso que era uma versão apagada e esquecida-no-sol-por-tempo-demais de seu sorriso verdadeiro. Celia. Eles finalmente conversaram depois daquela noite com Sweetie na quadra de basquete. O coração dele estava apertado por ter escondido isso (temporariamente) de Sweetie – a pessoa mais pura e honesta que conhecera. Ele tinha seus motivos, claro, mas só de pensar nisso sentia um desconforto na boca do estômago, como se estivesse ficando gripado.

– O que vamos levar? – Pappa perguntou, e Ashish percebeu que estavam falando com ele esse tempo todo.

– Como? – ele perguntou.

– Na festa da Sweetie – Pappa disse, estalando a língua. – Que tal um DVD daquele filme *Gatinhas & gatões*? Todas as adolescentes adoram esse filme!

– Kartik, eu já te falei, esse filme não é da época da Sweetie – Ma falou, rindo e se virando para Ashish. – Adolescentes ainda assistem DVDs?

– Ashish, fala pra ela que *Gatinhas & gatões* é um estouro! – Pappa disse, colocando os *kebabs* e os hambúrgueres de tijolo nos pratos.

– Pappa – Ashish respondeu, massageando as têmporas. – Ninguém fala mais assim. E não faço ideia do que seja *Gatinhas & gatões*. Estou com Ma, desculpe.

Ma abriu um sorriso triunfante.

– Além disso... – Ashish continuou –, nem adianta discutirmos isso. Vocês não podem ir.

O sorriso de Ma murchou.

– O quê?

– Por que não? – Pappa perguntou, depositando os pratos numa mesinha do gazebo. – Sweetie vai gostar de nos ver.

– Ela não gosta de nós, *beta*? – Ma falou baixinho, e Ashish quis se dar um soco por ser tão insensível.

– Não, claro que gosta – ele respondeu. Depois de uma pausa, acrescentou: – Na verdade, acho que não existe ninguém de quem Sweetie não goste. Mas... hum, acho que é melhor assim. Quero conhecer os pais dela e conquistá-los, trazê-los para o meu lado, sabem? Se vocês forem, vou ficar nervoso.

– Claro – Ma disse, fazendo carinho na bochecha dele. – Vai conquistá-los tão rápido que eles não vão nem se lembrar de que tinham objeções no começo! Não é, Kartik?

Eles se viraram para Pappa, que puxou um pimentão (ele o chamava de "capsicum") do espeto, grunhiu e disse sarcasticamente:

– Lembre-se de levar um presente muito, *muito* bom.

– Eu não sou o Rishi – Ashish falou de repente e Ma o olhou surpresa. Pappa continuou comendo seus vegetais feito um coelho gigante e perdido. – Eu sei disso. Não vou conquistar os pais dela como... – Ele parou de falar, se perguntando se ia mesmo dizer o que queria. Então se decidiu, pensando "Quer saber? Dane-se!". – Como o Rishi fez com Dimple antes de conhecê-los – terminou depressa, sem nem olhar pra os dois. – Mas tenho que tentar, não é? Eu gosto mesmo da Sweetie.

– *Beta*, você é tão charmoso quanto Rishi – Ma disse, preocupada. – Nunca duvide disso.

Ashish olhou para o pai, que ainda estava totalmente concentrado na comida e não disse nada. Seria porque não tinha ouvido ou porque não tinha nada para dizer?

– Certo – Ashish disse, sorrindo para Ma. – Claro.

– Então você preparou tudo como eu pedi? – Ashish perguntou para Gita Kaki ao telefone, andando de um lado para o outro no quarto na manhã seguinte. – Tudinho?

Gita Kaki grasnou em seu ouvido:

– Sim, sim, *beta*. Quantas vezes preciso te dizer?

– Certo, obrigado. Porque estaremos aí em pouco mais de uma hora.

– *Haan*, *haan*, até já. Ah, Rishi, fiz *aloo palak* pra você, seu prato favorito!

Ashish levou a mão à testa.

– Não, Rishi é... eu não... certo. Até já! – Ele desligou o celular e o enfiou no bolso. Bem, isso ia ser interessante. Se a pior coisa que acontecesse durante a visita fosse Gita Kaki chamá-lo de Rishi e obrigá-lo a comer *aloo palak* (sério, eca! Quem é que gostava de batatas e espinafre juntos?), Ashish poderia se considerar sortudo.

Ashish estava descendo as escadas para encontrar Sweetie – ele a vira estacionando o carro – quando seu celular apitou.

Ele o pegou do bolso e olhou para a tela. Era Celia.

Celia: Você me pediu pra avisar quando eu estivesse em Atherton. Vou chegar na quinta. Parecia importante. 😊 Quer me encontrar?

Ashish apenas olhou para as palavras por um longo tempo. Sim, ele respondeu depressa, tendo uma ideia. Mas tenho uma coisa esse dia. Pode ser às 21h30?

A resposta veio no mesmo instante: Blz, Bedwell?

O parque Bedwell Bayfront foi onde Ashish e Celia comemoraram três meses de namoro. Foi onde... bem, onde atingiram um ponto significativo na relação. Ele respirou fundo e escreveu: *Combinado.*

Então afastou o celular, ignorou a culpa revirando seu estômago por esconder isso de Sweetie, e saiu pela porta. *Isso é bom, Ash*, disse a si mesmo. *Chegou a hora*!

Ver Sweetie sorrindo para ele pela janela do carro era como tomar um banho quente logo após ter tomado uma baita chuva gelada. Era maravilhoso, e solidificava sua determinação sobre o que precisava fazer na quinta-feira à noite. Quando ela desligou o carro, Ashish abriu a porta e a puxou gentilmente para si, a abraçando apertado e fungando o topo de sua cabeça.

– Ahhh. Era disso que eu precisava. Xampu de hortelã-pimenta.

Ela deu risada e o afastou.

– Certo, isso não foi nem um pouco esquisito.

– É tipo *crack*. *Crack* de Sweetie. Swack! – Ashish a abraçou de novo e respirou fundo.

Ela ria tanto que até perdeu o fôlego. Vendo-a rir desse jeito, Ashish começou a rir também. Até que se afastaram e ele ficou ali só sorrindo para ela.

– Certo. Está pronta pra botar o pé na estrada?

Sweetie assentiu.

– Bora!

Os dois foram até a garagem de mãos dadas, e ele abriu a porta do passageiro do conversível. Então parou e disse:

– Ei.

Ela o olhou, confusa.

– Quer dirigir?

Sweetie arregalou os olhos enquanto um sorriso ia se espalhando aos poucos pelo seu rosto. Ashish poderia ficar olhando para ela para sempre. Em câmera lenta.

– Sério? Vai me deixar dirigir seu conversível?

Ele revirou os olhos para disfarçar o fato de que adorava ficar olhando para ela feito um esquisitão.

– Bem, sinceramente, eu acho que não corremos risco nenhum de o conversível bater numa árvore, na velocidade em que você dirige. Fico mais preocupado pensando que vamos ficar sem combustível antes de chegar lá. – Ele atirou as chaves para ela. – Ele liga com um botão, mas você pode usar isso pra se sentir melhor.

– Ah, meu Deus! – ela soltou, indo até o banco do motorista. – Não posso acreditar que estou segurando as chaves de um conversível, caramba! Nem que vou dirigir um.

Ashish riu enquanto Sweetie se acomodava, olhando boquiaberta para o sistema de navegação de bordo e os assentos luxuosos.

Depois de se sentar no banco do passageiro, Ashish se inclinou para beijar a bochecha dela.

– Pronta pra dirigir seu primeiro conversível?

– Totalmente.

Ele a observou tirar o carro da garagem sentindo pequenas pontadas de culpa pela mensagem que tinha mandado antes. Odiava esconder isso dela. Mas era para o bem. Ashish tinha um plano: se encontrar com Celia, dizer o que queria e conseguir um pouco de *paz*.

Se tinha certeza de que daria certo? Que ele de repente não iria se tornar um adolescente chorão do Ensino Médio assim que a visse? Não, não tinha como ter certeza. Na verdade, Ashish estava morrendo de medo de ver Celia e pensar "Ei, esquece esse negócio de fechamento de ciclo, nunca vou querer nem chegar perto disso". Mas não importava. Ele tinha que tentar.

– E aí, essa Gita Kaki tem filhos? – Sweetie perguntou quando entraram na rodovia 82.

– Não, e isso provavelmente explica o fato de ela estar sempre confundindo Rishi comigo – Ashish respondeu. – Ou melhor, na verdade, ela pensa que tanto Rishi quanto eu somos Rishi. Ela claramente já escolheu seu favorito.

Sweetie deu risada.

– Sem chance. Como é que alguém pode preferir Rishi a você?

Ashish fingiu ficar lisonjeado.

– Acho que eu posso me acostumar a receber elogios assim. Especialmente porque quase todo mundo na minha família prefere Rishi a mim.

Ela o olhou de soslaio.

– Quer saber o que estou pensando?

– Você está pensando que este é o carro mais macio e incrível que já teve o prazer de dirigir – Ashish disse.

Sweetie revirou os olhos.

– Na real, estava pensando que sempre diz que Rishi é o filho de ouro e que as pessoas gostam mais dele do que de você, com leveza e meio que sarcasticamente, mas parece que isso te incomoda mais do que deixa transparecer. – Ela fez uma pausa. – *Você* acha... que é verdade? Que ele é melhor que você?

Ashish ficou olhando para a janela. Sweetie sabia chegar à raiz das coisas e deixá-lo bastante desconcertado. Gostava de pensar que tinha o mundo a seus pés. Que estava sempre um passo à frente. Algumas pessoas gostavam mais de Rishi – sim, era verdade, mas não tinha problema porque Ashish já sabia disso, já esperava por isso. Mas Sweetie... sabia dizer as coisas de um jeito suave e observador. E isso o fazia sentir que havia um vazio dentro de si esperando para ser preenchido, e ele não tinha ideia do que era e de como deveria agir.

Ashish pigarreou.

– Acho que sim. Mas não estou incomodado.

Sweetie não disse nada, apenas colocou a mão em seu joelho.

– Não estou mesmo – ele reforçou.

– Tudo bem – ela disse de um jeito amigável. – Mas só pra você saber, eu não acho isso.

– Você nem conheceu o Rishi.

– Não preciso conhecer Rishi pra saber que eu gosto mais de você. – Ela sorriu para ele, desarmando completamente sua postura defensiva. – Belezinha?

Ashish esticou o braço e colocou a mão na nuca dela, fazendo carinho em sua pele.

– Belezinha – ele cedeu, meio bobo. Ashish não deu nem risada. Estava feliz demais para isso.

Capítulo 25

Ashish

GITA KAKI morava em um condomínio de apartamentos luxuosos com vista para a água. Ashish e Sweetie deixaram o carro no estacionamento subterrâneo para visitantes, desceram e se alongaram. Ele deu a volta para pegar a mão dela, se maravilhando com a naturalidade do gesto. Estavam apenas no terceiro encontro combinado, mas parecia que se conheciam há muito mais tempo. Se Sweetie começasse a sair com seus amigos a partir de amanhã, ela se encaixaria perfeitamente, sem nenhum constrangimento.

Então Ashish se lembrou da conversa que tivera com Gita Kaki e de como estava contando com a pessoa menos confiável da família para algo muito importante, e sua pressão sanguínea subiu. Ele não percebeu que estava apertando a mão de Sweetie até que ela reclamou.

– Você está bem?

Ela levantou uma sobrancelha para ele.

– Estou, mas... *você* está bem?

– Sim, sim. Totalmente bem. – Ele se obrigou a dar um beijo na testa dela de um jeito casual. – Pronta pra conhecer mais uma familiar "interessante"? – *E conquistar todos com seu belo rostinho?*

Sweetie lhe deu um empurrãozinho com o ombro.

– Não precisa dizer "interessante" desse jeito.

– Desse jeito como?

– Como se quisesse dizer "bizarro e assustador". Tenho certeza de que a Gita Kaki é legal, apesar de ter te chamado de Rishi.

Ele sorriu. Os dois entraram no elevador e apertaram o botão para a cobertura.

– Vou adorar dizer "Eu bem que te avisei".

Enquanto subiam, Sweetie soltou uma gargalhada repentina.

– O que foi? – ele perguntou, dando risada também.

Era como se o sorriso dela tivesse um ímã que instantaneamente atraía o *seu* próprio ímã e... não, esquece... A analogia era uma merda. Mas, sério, a risada dessa garota era irresistível.

– Acabei de perceber que todos da sua família parecem ridiculamente ricos. Tipo, qual é?

Ele riu.

– Te garanto que isso não é verdade. Gita Kaki é só mais uma exceção. A maior parte da minha família é de classe média. O marido de Gita Kaki, meu Shankar Kaka, era um executivo da Google ou de alguma outra empresa do ramo, me esqueci de qual. Enfim, quando ele morreu, ela herdou esse apartamento, que era deles fazia tempo. Meu pai diz que o dinheiro dela não tem liquidez.

– Pode crer, porque eu entendi totalmente o que acabou de dizer. – Ela riu – Ah, meu Deus, você faz parte do um por cento e nem parece se dar conta.

Ashish deu risada.

– Não, não, não sou tão sem-noção assim. Sei que sou rico. Mas gosto de pensar que também sou pé no chão.

– Ah, é? Certo, então responde rápido: quanto está custando um litro de leite?

Ashish ficou encarando-a, tentando manter uma expressão neutra. Merda. Leite. Que droga, ele deveria saber isso. O problema era que a governanta deles, Myrna, fazia as compras. Mas ele achou que não deveria comentar esse detalhe com Sweetie. *Ah, fala sério. Só chute um número, Ash. Aff.*

– Hum... doze dólares?

Foi a vez dela o encarar. O elevador chegou no andar de Gita Kaki bem quando ela explodiu de rir.

– Você... acha que o leite... custa... doze... – Ela perdeu o fôlego e voltou a gargalhar.

Ashish também começou a gargalhar.

– O que foi? É barato demais?

Sweetie teve uma séria crise de riso. Ela já estava assumindo um preocupante tom arroxeado quando Gita Kaki veio recebê-los e franziu o cenho, dizendo:

– Rishi, por que Dimple está rindo tanto?

Então Ashish também caiu na gargalhada.

Depois que se acalmaram, Ashish fez as apresentações:

– Gita Kaki, esta é minha amiga Sweetie.

Havia essa regra tácita de não apresentar suas namoradas como namoradas para os membros mais velhos da sua família; era inconveniente demais. Isso foi passado para Ashish desde que ele era pequeno, e pela expressão despreocupada de Sweetie, o garoto pensou que os pais dela também deviam ter alguma regra parecida. Na verdade, isso era meio que legal. Nunca nenhuma outra namorada – das poucas vezes em que tiveram que se encontrar com algum familiar seu – tinha entendido isso.

– Sweetie, esta é Gita Kaki.

Ela colocou uma mão sobre a outra e disse:

– *Namaskar*, tia.

Ao que Gita Kaki respondeu:

– *Namaskar*.

Eles a seguiram até a sala de estar.

A parede oposta era totalmente coberta por janelas com uma vista panorâmica da água azul.

– Uau! – Sweetie soltou, caminhando até lá. – Que lindo.

– Obrigada – Gita Kaki falou, sorrindo em aprovação. Ela adorava receber elogios pelo seu apartamento, seu bem mais precioso. E, segundo Pappa, um dos únicos bens que ainda valiam algo. – Shankar e eu compramos quando estavam construindo esse prédio.

Nós fomos os primeiros a assinar o contrato. O arquiteto era um grande amigo nosso. Quer beber alguma coisa? Um suco?

– Um suco seria ótimo, tia – Sweetie disse, se virando para ela. – Posso ajudar?

– Não, não se preocupe – Gita Kaki respondeu, já a caminho da cozinha. – Rishi, *pani*?

Quando Gita ficou de costas, Ashish revirou os olhos.

– Aceito um refri, se a senhora tiver, Kaki.

Ela assentiu e continuou andando.

– A parte ruim dela me confundir com Rishi é ela pensar que eu também tenho os hábitos alimentares nojentos dele, que só come comida vegetariana e só bebe água. O cara curte até espinafre.

– Então, por "nojento" você quer dizer "saudável" – Sweetie esclareceu, se sentando com ele no sofá.

– Se quiser chamar assim – ele falou com desdém. Depois de verificar que Gita Kaki ainda não estava voltando, acrescentou: – Ei, só avisando: não fique... hum, encarando quando ela te mostrar o quarto dos bichinhos.

Sweetie ergueu as sobrancelhas.

– Ela tem um quarto para os bichinhos? Que tipo de bichinhos?

Mas, antes que ele pudesse responder, Gita Kaki já estava de volta trazendo as bebidas em uma bandeja prateada.

Estavam bebendo quando Gita Kaki disse:

– Então, Dimple. Você ficou mais fortinha depois da universidade, hem?!

Ashish congelou, horrorizado. Ah, Deus, não!

– Gita Kaki – ele disse com firmeza. – Esta é a *Sweetie*. Ela é perfeita desse jeito. – Sweetie parecia muito desconfortável. E não fez nem contato visual com ele. Queimando de raiva, Ashish pegou sua mão.

– Sweetie? – Gita Kaki franziu o cenho. – O que aconteceu com Dimple?

Ashish suspirou.

– Não sou o Rishi, sou o Ashish. O segundo filho de Sunita e Kartik. Lembra?

Ela deu risada.

– Ah, sim, sim, claro! Desculpem. Meus óculos não são... hum... – Ela parou de falar e deu um gole do que parecia suco de manga. – Ela é muito linda – Gita Kaki disse de repente. – Adoro mulheres com curvas. Elas são reais! Não são como aqueles macarrões!

– Hum, sim – Ashish concordou, com as bochechas quentes. – Eu também. – Que conversa mais esquisita. Ele lançou um olhar para Sweetie e viu que ela estava tentando conter um sorriso enquanto bebericava seu suco. Bem, esta era uma hora tão boa quanto qualquer outra, pensou. – Então, Gita Kaki... estava me perguntando se Sweetie e eu não podíamos... hum, fazer uma visita aos seus bichinhos?

Sweetie olhou para ele surpresa, provavelmente questionando o que estava acontecendo. Ashish se esforçou para não cair na gargalhada. Há. Ela logo veria.

– Meus bichinhos... – Gita Kaki disse, pensativa. Seu olhar logo se aguçou. – Ashish.

Ele ficou esperando, mas ela não deu sinal de que fosse continuar.

– Hum... sim?

– Você sabe qual será a próxima grande novidade nos Correios?

Correios? Que diabos? Isso não tinha nada a ver com o plano para roubar o coração da Sweetie que eles tinham combinado ao telefone. Ele ergueu uma sobrancelha.

– Qual?

– Papagaios – Gita Kaki assentiu firmemente. – Sim.

Ashish e Sweetie trocaram um olhar.

– Papagaios? – Sweetie perguntou, educada como sempre, como se o assunto fosse totalmente normal. Ashish ficou só imaginando quando é que ela sairia correndo.

– Sim, sim, papagaios – Gita Kaki falou, impaciente, acenando com a mão como se eles é que fossem os esquisitos. Então ela se sentou mais para a frente e continuou, com olhos brilhantes: – Veja, ao contrário dos pombos-correios, eles não precisariam ser treinados para carregar nada. Sem mencionar o dinheiro que as pessoas economizariam com papel e caneta! Sabe por quê?

Ashish tinha um milhão de perguntas. Por que é que de repente estavam falando sobre isso, pelo amor de Deus? Por que Gita Kaki achava que os pássaros estavam voltando aos Correios? Seria algum tipo de tendência *hipster* para os idosos? No entanto, ele ficou com a pergunta mais simples:

– Não, por quê? – Ele não ousou olhar para Sweetie.

– Porque dá pra treinar os papagaios pra dizer qualquer coisa! Sabe, "feliz aniversário", "feliz aniversário de casamento", "feliz, é, Dia do Donut"! – Ela soltou uma gargalhada alegre. Então voltou a atenção para Ashish e disse: – Ashish, qual é aquela música de que vocês gostam?

Ele ficou encarando-a.

– Hum...

– Aquela música, aquela! – ela disse, irritada. Oh, Deus! Isso já estava virando um grande circo.

– Ah, hum, "Parabéns pra você"? – Ashish chutou.

– Não, "Parabéns pra você", não! – ela falou, agitada. – Ah, já sei! "Macarena"! Cante pra mim, Ashish. Cante!

– Gita Kaki, não faço ideia de que música...

– Agora, Ashish! Cante! – ela gritou, batendo as mãos meio que ferozmente.

Ele ficou só olhando para ela. E então começou a cantar.

– Hum... todos vamos pra Macarena... hum, uhuu...

Sweetie fez um ruído estranho. Ele deu uma espiada e viu que ela estava segurando o copo de suco na frente da boca, olhando firmemente para o tapete.

Gita Kaki acenou com a mão.

– Isso não é "Macarena"! – ela falou com desdém.

Claro que não é "Macarena", eu não sei que merda é essa! Era o que ele queria dizer. Mas Gita Kaki já estava falando com Sweetie.

– Sabe, Sweetie, até uma música complexa como essa poderia ser ensinada para o papagaio certo! Eles são tão inteligentes!

Sweetie assentiu educadamente, mas Ashish viu o brilho nos seus olhos. Ah, cara. Ele ia ter que aguentar tanta merda por causa disso depois.

– Então, a senhora vai começar um novo negócio nos Correios? Com os papagaios?

O quê? O quê? Por que ela estava perguntando isso? Por que a estava *encorajando*?

– Que bom que perguntou, Sweetie! – Gita Kaki disse, ficando em pé e indo até a escrivaninha antiga no canto da sala.

Ashish se virou para ela de olhos arregalados.

– Não – ele falou só mexendo a boca.

Ela deu de ombros como se dissesse "O que foi?".

Como assim "O que foi?". Não era óbvio? Mas era tarde demais para dizer qualquer coisa, porque Gita Kaki já estava voltando com duas pastas. Ela entregou uma para Ashish e outra para Sweetie.

– Aqui está tudo o que precisam saber pra começar.

Ashish estava amedrontado demais para perguntar. Assim, apenas abriu a pasta, que continha um panfleto com uma foto gigante de um papagaio verde e brilhante no meio.

SEU GUIA PARA SER UM TREINADOR DE PAPAGAIOS!

Em apenas seis semanas, seus papagaios estarão prontos para entregar mensagens em todo o país! Ganhe $$$$ no conforto da sua casa! Com um simples investimento de $ 6.000...

Ashish fechou o panfleto. Sem nem olhar para Sweetie, ele pegou a pasta dela.

– Hum, obrigado, Gita Kaki. Vamos dar uma olhada quando chegarmos em casa – ele disse. – E, hum, agora estou pensando se a gente pode ver os papagaios. Sabe, pra analisar o... potencial deles.

– Sim! – Sorrindo abertamente para ele desde que percebera que não era Rishi, Gita Kaki se levantou e os conduziu até o quarto dos fundos.

– Ela tem mesmo papagaios *aqui*? – Sweetie sussurrou, a uma distância segura.

– Não pergunte nada – Ashish disse, suspirando. – Senão você vai abrir as portas da Bizarrolândia, e definitivamente não vai querer dar uma volta por lá. Acredite em mim.

Dando risada, Sweetie levantou as mãos, rendida.

Sweetie

Isso era a coisa mais hilária que já tinha acontecido. Não só com ela, mas, tipo, na história do mundo. Ashish, o atleta doce, bonito, vulnerável e angustiado tinha uma tia-avó que queria colocá-los em um esquema de pirâmide. Com papagaios-mensageiros. Sweetie emitiu um ruído de novo e o encobriu tossindo alto. O olhar que Ashish lhe lançou dizia que ele não tinha acreditado nem um pouco.

A única coisa que ela não estava entendendo era por que o garoto queria ver esses tais papagaios. Ele obviamente queria que Gita Kaki calasse a boca, então não devia ignorá-la e mudar de assunto?

Mas, antes que pudesse lhe perguntar algo, Gita Kaki parou na frente de uma porta fechada e os esperou. Eles atravessaram o corredor depressa bem quando o telefone tocou. Com uma mão na maçaneta, ela disse:

– Agora, Ashish, vou confiar esses bebês preciosos a você.

– Sim, Gita Kaki – ele disse, solene. Sweetie notou a alegria borbulhando sob as palavras dele para que a tia-avó os deixasse a sós. – Vou ser muito cuidadoso.

– E respeitoso – Gita Kaki acrescentou. E ficou esperando. Depois de um tempo em que os três ficaram apenas se olhando, ela falou com firmeza: – *Repita*, Ashish.

– Hum, vou ser respeitoso – Ashish disse num tom que comunicava “Queria que você e seus papagaios idiotas saíssem voando pela janela em uma nuvem de penas verdes e me deixassem em paz pra sempre”.

Gita Kaki assentiu uma vez, abriu um pouco a porta e saiu para atender o telefone.

Ashish suspirou de alívio.

– Meu Deus, achei que ela nunca fosse embora.

Sweetie sorriu.

– Como assim? Eu meio que gostei dela.

Ele a olhou feio e depois os dois entraram no quarto. A primeira coisa que Sweetie percebeu foi o cheiro de algo pungente que lembrava calcário. Ela franziu o nariz.

– Ah, é, esqueci que eles fedem – Ashish disse, abrindo a janela.

Foi então que Sweetie compreendeu exatamente o que estava vendo. O cômodo era grande, com fileiras e mais fileiras de gaiolas, cada uma abrigando dois ou três papagaios. A maioria era verde-claro, mas alguns tinham maravilhosas penas multicoloridas – vermelho-vivo e azul-pavão e amarelo-brilhante e alegre. Todos olhavam para ela, com as cabeças inclinadas e soltando um grasnido baixo.

– Uau, são lindos... – Sweetie falou, se aproximando deles. – Deve ter, tipo, uns cinquenta aqui.

– Cinquenta e cinco, pra ser exato – Ashish disse, se virando para ela. – Gita tem alguns há mais de vinte anos. Eles são como filhos pra ela, cada um tem um nome e, segundo ela, eles têm personalidades diferentes.

– É incrível. – Sweetie esticou a mão para fazer carinho em um dos papagaios. – Mas é meio triste terem que viver em gaiolas.

– É, sim. Mas talvez eles sejam felizes. Talvez não saibam o que estão perdendo porque isto é tudo o que conhecem do mundo.

Sweetie endireitou a postura e se virou para Ashish. Eles ficaram se olhando em silêncio.

Até que um papagaio enorme e musculoso na gaiola atrás deles gritou:

– ME ALIMENTE, CARAMBA!

Sweetie deu um pulo e se virou. O papagaio a encarava com seus olhinhos redondos. Ela levou uma mão à boca e riu.

– Ah. Meu. Deus. Esse papagaio gritou comigo?

Ashish também riu.

– Sim, este é o Ranzinza. Ele é assim desde que me lembro. Nada de comida pra você ainda, Ranzinza – ele falou para a ave. – Você precisa esperar a sua vez.

– MERDA!

Ashish gargalhou.

– É, é hilário mesmo, até você ser acordado por ele a noite toda quando está passando as férias de verão aqui, tendo que dividir o outro lado da parede com ele.

Sweetie enxugou os olhos.

– Ah, meu Deus! Um papagaio maluco. Isso só fica cada vez melhor.

Ashish foi até ela e seu sorriso desapareceu. Quando estava a um fio de cabelo de distância de Sweetie, ele segurou o queixo dela com as mãos.

– Estar com você é o melhor que pode acontecer.

Sweetie sorriu para ele e ficou na ponta dos pés para beijá-lo suavemente.

– E agora? – ela sussurrou contra sua boca.

Ele colocou os braços em volta de sua cintura e a puxou para si. Ela sentiu algo muito interessante em seu quadril, e seu coração acelerou. Ele a queria. Ashish a queria tanto quanto ela o queria.

– ARRANJEM UM QUARTO! – Ranzinza berrou, e os dois se afastaram.

– Certo, essa é nova – Ashish disse. – Maldita vela.

Sweetie soltou uma risada.

– Tecnicamente, ele é uma das cinquenta e cinto velas – ela comentou. – Falando nisso, por que estamos aqui? Pensei que toda essa coisa de pirâmide estava te deixando maluco.

– Ah, estava – Ashish falou, erguendo as sobrancelhas. – Ela sempre foi excêntrica, mas esta foi a primeira vez que tentou me enfiar numa de suas ideias desmioladas. – Ele sacodiu a cabeça. – Enfim, quero te mostrar uma coisa. Ou melhor, te perguntar.

– Ah, é? – Ela sorriu, contente. Poucas coisas eram tão excitantes quanto surpresas. – O que é?

Em vez de responder, Ashish levantou as mãos e bateu palmas três vezes.

Sweetie mal conseguiu acompanhar o que aconteceu em seguida. No mesmo instante, os dois ouviram grasnidos cacofônicos e histéricos. Ela levou um tempo para perceber que os papagaios estavam falando palavras soltas.

– Comigo! Comigo! – um deles gritava no canto.

– No! – um papagaio multicolorido berrou lá no fundo.

– Você! – um terceiro guinchou, depois de uma pausa.

– Ir!

– Quer!

– Parem! – Ashish gritou, puxando os cabelos. – Pássaros idiotas! Parem!

– Quer! – um papagaio atrás dele cortou o silêncio quase insolentemente.

– Comigo! – o primeiro repetiu.

– Você já disse isso! – Ashish o repreendeu. – Parem! O que estão fazendo?

– Merda! Inferno! Parem! – Ranzinza falou, revigorado pelo pânico na voz de Ashish.

Sweetie começou a rir.

– O que está acontecendo?

– Você! – um papagaio gritou de novo.

– Comigo!

– No!

A barriga dela já estava doendo. Lágrimas escorriam pelas suas bochechas de tanto que Sweetie gargalhava.

– O que... o que eles estão fazendo, Ashish? – ela perguntou assim que conseguiu retomar o fôlego.

Ashish a olhou por um momento, perplexo. Depois, a vendo gargalhar e dobrar o corpo, impotente, também começou a rir.

– Era pra esses pássaros idiotas te perguntarem...

– Baile! – um dos papagaios disse. – Baile! Baile!

Ashish deu de ombros.

– Bem, isso. – Ele se virou para o último papagaio. – Obrigado, Petey. Muito útil.

Baile. Era sobre o baile.

– Você está me convidando para o baile?

– Para o *seu* baile – Ashish esclareceu. – Eu, hum, fui suspenso dos bailes da Richmond por causa de umas travessuras no ano passado, então esta é meio que nossa única opção. – Ele deu um suspiro e acrescentou: – Enfim, era pra esses pássaros infernais me ajudarem a fazer o convite. De uma forma mais ordenada. Fiquei quase todo o domingo passado treinando eles, e Gita Kaki me garantiu que tinha praticado durante a semana. Mas não tenho certeza. O que é que eu estava esperando, afinal? Isso foi um desastre total.

– Pelo menos agora eu sei de onde ela tirou a inspiração praquela coisa de papagaio-mensageiro.

Ashish soltou um grunhido e cobriu o rosto com as mãos. Sweetie sorriu e se aproximou dele, descobrindo seu rosto com gentileza. Ela colocou os braços em torno de sua cintura magra e disse:

– A propósito, não foi um desastre total. Foi a coisa mais romântica do mundo.

– Sério? – Ashish ergueu uma sobrancelha. – Ah, certo. Esqueci que sou seu primeiro namorado, suas referências são baixas.

Ela riu e deu um tapinha em seu peito, se deleitando ao sentir seus músculos fortes. E ao ouvi-lo casualmente se chamando de namorado. Eram namorados. Ashish Patel era seu namorado. Sweetie teve que se esforçar para não soltar um gritinho de pura alegria.

– Sério. Esta é a coisa mais fofa e adorável que já ouvi. Obrigada.

Ela nunca nem tinha sonhado em ser convidada para ir ao baile por um garoto (ou melhor, por alguns papagaios), muito menos por um garoto tão perfeito quanto Ashish, para não falar em todo o trabalho que ele teve organizando tudo isso.

Ashish lhe deu um beijo no nariz.

– E aí? – ele falou baixinho enquanto seus olhos cor de mel derretiam seus ossos e transformavam seu sangue em lava. – Sweetie Nair, quer ir ao baile comigo?

Ela o olhou através dos cílios.

– Sim, Ashish Patel – sussurrou. – Aceito ir ao baile com você.

Ele abriu um sorriso radiante e se inclinou para beijá-la. E aquele, entre papagaios fedorentos, barulhentos e malucos, foi o momento mais romântico da vida de Sweetie Nair.

Ashish

Ashish a abraçou bem apertado, com o coração saltitando de alegria. Ela tinha gostado mesmo desse pedido doido. Dava para ver nos olhos dela que, de alguma forma, ele tinha conseguido. Só que, além dessa alegria, o garoto sentiu uma culpa persistente por não ter lhe contado sobre Celia. Mas ela entenderia por que tinha feito isso, não é? Ashish esperava desesperadamente que sim. Podia ser um pouco bobo em se tratando de assuntos amorosos, mas uma coisa estava clara até para ele: se seu coração tinha ficado despedaçado depois do término com Celia, ele seria totalmente aniquilado se Sweetie fizesse o mesmo.

Capítulo 26

Sweetie

ELES PASSARAM algumas horas almoçando com Gita Kaki e foram embora pouco depois. Nenhum dos dois quis ficar para ouvir mais sobre o plano maluco dela de dominar o mundo com pássaros tropicais.

– Tem certeza de que ela não tem, tipo, demência? – Sweetie perguntou quando entraram no elevador. – Isso é sério, sabe?

Ashish riu e apertou a mão dela.

– Tenho. Ela é assim desde que eu era pequeno. Gita Kaki só é... diferente. Mas ela não tem dificuldade nenhuma pra cuidar da própria vida, acredite em mim.

– Ou de seus papagaios... – Sweetie acrescentou. – Podemos visitá-la de novo?

– Você está brincando.

– Não estou... – Sweetie falou enquanto eles saíam do elevador e seguiam para o conversível. – Ela parece solitária, e acho que gostou muito da nossa visita. Além disso, acho que a gente se deu naturalmente bem com o Ranzinza. Quem sabe da próxima vez não trazemos Dimple e Rishi?

Ashish colocou um braço em volta de seu ombro e a puxou para si. Ela se aconchegou em seu corpo quente.

– Você é literalmente a pessoa mais doce do mundo, sabia? – Ele deu um beijo na testa dela e continuou: – Sim, acho que podemos voltar um dia. Mas vamos esperar, tipo, uns seis meses?

Ela sorriu, alegre.

– Claro.

Ashish tomou o rosto dela com as mãos e o coração de Sweetie acelerou. Ele a olhou nos olhos e disse:

– Oi.

– Oi – ela respondeu, conforme seus músculos derretiam.

Ashish afastou uma mecha de cabelo da sua testa.

– Eu gosto muito de você, Sweetie Nair.

O coração dela deu umas cambalhotas dentro do peito.

– Você gosta muito de mim?

Este momento era equivalente a ganhar na loteria no dia do seu aniversário comendo o *pal payasam* de Amma. Ela estava com medo até de piscar, para não correr o risco de acordar e descobrir que tudo não tinha passado de um sonho. Um sonho muito, muito, muito bom.

– Obviamente – Ashish disse, com seu sorriso presunçoso de volta.

Ele ficou parado por um momento. O sorriso desapareceu e foi substituído por vulnerabilidade. Ashish piscou e desviou o olhar antes de encará-la de novo.

– Você... você também se sente assim?

Sweetie percebeu, maravilhada, que o garoto estava inseguro de verdade. Ele não sabia mesmo o efeito que causava nela. Não fazia ideia de que ela tinha se apaixonado para valer, e que continuava se apaixonando mais a cada momento que passavam juntos. Só que não podia revelar nada disso. Não queria assustá-lo logo no início do relacionamento.

– Obviamente – ela respondeu, sorrindo.

Ele também abriu um sorriso radiante e eufórico. Fazendo carinho na covinha dela com o dedão, ele se inclinou e planou o beijo mais suave e doce em seus lábios.

– Então sou o cara mais sortudo do planeta.

Sweetie nem se lembrou da viagem de volta para casa (tudo bem, porque Ashish foi quem dirigiu). Ela tinha quase certeza de que o conversível os carregou através das nuvens, sem nunca tocar o chão.

Ashish

Na quarta à noite, toda a galera da Richmond (e Samir) estava reunida na varanda da casa de Ashish. Myrna trouxe limonada fresca e abriu os guarda-sóis presos nos conjuntos de mesas e cadeiras para que pudessem ficar à vontade e "estudar para as provas finais". Na verdade, eles estavam só batendo papo, embriagados com aquela alegria do fim do ano letivo.

Bem, a *maioria* estava embriagada de alegria. Oliver e Elijah pareciam ter sido arrastados para um jantar com Hannibal Lecter. Eles não fizeram contato visual nem trocaram uma palavra civilizada. Ashish podia sentir a tensão estalando entre os dois. Tanto que nem chegou muito perto, temendo ser eletrocutado como aqueles pobres insetos naquelas raquetes elétricas.

– Alô, planeta Terra chamando – Pinky falou do outro lado da varanda. Ela estava sentada em um pequeno divã com Elijah. Samir estava na frente deles com o nariz enfiado numa HQ. Ele não sofria de ansiedade pelas provas finais, como os outros, já que estudava em casa. Mas, por outro lado, também não se contagiava com a alegria do fim do ano. Quando sua casa era a sua escola, isso meio que estragava o prazer das férias de verão. – Estou falando com você.

Ashish piscou.

– Foi mal, não consegui te entender com você falando com essa coisa nos lábios.

Pinky tinha colocado um *piercing* no lábio inferior no fim de semana passado em algum desses festivais *hippies* na floresta, para completo horror de seu pais. O fato de que ele brilhava no escuro – algo do qual ela ficava se gabando de tempos em tempos – não ajudava em nada.

– Haha – ela disse, claramente com dificuldade para falar. Não que um dia fosse admitir que tinha cometido um erro, principalmente se esse erro tivesse irritado tanto os pais. – Estamos falando da Noite Musical no Roast Me amanhã. Vamos juntos ou não?

Ashish lançou um olhar desconfortável para Oliver.

– Hum, sim, posso levar vocês de SUV.

– Encontro vocês lá – Oliver disse no mesmo instante, sem nem levantar os olhos do livro de Biologia.

– Tem espaço no carro – Elijah falou rigidamente do divã.

– Eu sei disso, obrigado – Oliver respondeu num tom igualmente rígido.

– Qual é o problema? – Elijah questionou, se levantando de repente. – Você está aqui e eu também. É a mesma coisa que estar num maldito carro por vinte minutos, Oliver.

Oliver fechou o livro com tudo. Ashish se esforçou para não estremecer; se o vidro da mesa quebrasse, Ma arrancaria a cabeça dele fora. Não que isso fosse importante quando dois dos seus melhores amigos estavam discutindo desse jeito, obviamente. Foi só um daqueles pensamentos aleatórios e errantes que não mereciam atenção.

Discretamente, ele deslizou o livro com o dedo mindinho para verificar a situação do vidro. Ufa! Intacto.

– Eu não sabia que você viria! – Oliver disse com as bochechas em chamas.

Ele sempre ficava muito vermelho quando estava bravo. O-ou. Ashish olhou para Samir do outro lado da varanda e tentou lhe comunicar telepaticamente: "Merda. O que vamos fazer agora?".

Pinky sorriu e ergueu as mãos.

– Ei, galera, relaxa. Vamos só nos sentar...

– *Você* me disse que seríamos só nós quatro – Oliver falou para ela com um olhar sombrio e nebuloso.

– E você me disse que Oliver não viria – Elijah disse para ela.

A garoto cruzou os dedos e colocou as mãos no colo.

– *Ops* – ela soltou, dando a gargalhada mais falsa de todos os tempos. – Acho que me confundi.

Elijah balançou a cabeça.

– Como é que você pode "se confundir" com algo...

– Ah, meu Deus! – Samir exclamou de repente, se levantando da cadeira e se jogando no chão.

Todos pararam e se voltaram para ele.

– O que diabos você está fazendo? – Oliver finalmente perguntou.

Samir olhou para eles.

– Tive... uma cãibra ou algo assim na perna... – Ele massageou a coxa de forma pouco convincente. – É... já passou.

– Que bom. Eu detestaria te ver morrer de cãibra – Ashish falou alto, olhando para Samir.

Será que ele havia pensado mesmo que isso seria capaz de distrair Elijah e Oliver da briga? Esse cara só podia estar viajando. Se seu grande plano para os fazer voltar fosse do mesmo calibre que isso... era melhor dar adeus ao relacionamento de Elijah e Oliver.

Oliver suspirou e pegou o livro.

– Já deu. Até mais.

– Oliver, espere – Ashish disse. Ver seu amigo desse jeito o fazia se sentir como se tivesse comido o infame *aloo palak* de Gita Kaki. – Não precisa ir embora.

Oliver lançou um olhar para Elijah.

– Preciso, sim. Te mando mensagem depois.

Elijah bufou quando as portas francesas se fecharam atrás de Oliver. Em seguida, se sentou no divã com as mãos na cabeça.

– Ele não consegue nem ficar no mesmo lugar que eu. Se vocês me falassem isso um mês atrás, eu teria chamado todos de idiotas.

Pinky colocou uma mão em seu ombro enquanto Samir limpava as calças e se acomodava novamente na cadeira, parecendo muito chateado por Elijah. Ashish sabia exatamente como ele se sentia.

– Eu ainda amo ele, sabem? – Elijah comentou, apoiando os cotovelos nas coxas e olhando para o chão. – Essas últimas semanas foram um inferno. Não consigo dormir. Não consigo me concentrar. – Ele olhou para Ashish. – Você viu como eu estava no último treino.

Era verdade. Todo mundo tinha visto que a cabeça de Elijah não estava no jogo. Se Oliver também havia notado, não demonstrou nada.

– Se você se sente tão mal assim – Ashish falou suavemente, trazendo uma cadeira para perto –, por que não diz pra ele? Por que não coloca tudo pra fora? – Ashish coçou a nuca enquanto esperava Elijah processar suas palavras. Ser direto nem sempre era a melhor escolha. Se existia alguém que sabia disso, era ele. Se sentindo um hipócrita, acrescentou: – Hum, sabe, se você quiser.

Elijah deu uma risadinha.

– Cara, estou muito feliz por você ter encontrado o amor e tal. Mas ser honesto nem sempre é o melhor jeito de lidar com o objeto da sua afeição.

– Eu sei, entendo totalmente – Ashish murmurou. Nossa, ele mal via a hora de poder deixar toda essa história com Celia para trás.

Elijah continuou como se Ashish não tivesse falado nada:

– Especialmente quando ele parece te odiar completamente.

– E se for só fachada? – Samir perguntou. – Às vezes as pessoas constroem esses muros falsos porque estão com medo, sabe? Quem sabe Oliver só queira que você tome a iniciativa.

Pinky olhou para Samir e abriu um sorrisinho. Ela provavelmente estava se lembrando da mesma conversa que Ashish – aquela que tiveram no quarto de Samir.

– Já tentou ligar pra ele? – ela perguntou para Elijah.

– Não. Até peguei o celular um milhão de vezes, mas não consigo. Só consigo me lembrar do dia em que ele me acusou, *euzinho*, de traição. De como simplesmente não acreditou. – Elijah balançou a cabeça e coçou o peito. – Eu nunca dei motivos pra ele não confiar em mim. E se é capaz de jogar fora dois anos desse jeito...

– Você ainda acha que é novo demais pra um relacionamento? Ashish preguntou com gentileza. – Que nem você disse no dia que terminaram?

Elijah sorriu.

– É engraçado. Eu ainda me sinto assim, mas o que você me disse fica martelando na minha cabeça, Ash. A maioria das pessoas passa a vida toda procurando algo assim, sabe? Se fosse errado, seria diferente, mas Oliver e eu pertencemos um ao outro, tipo... – Ele parou de falar, olhando para o horizonte, absorto nas lembranças.

– Enfim – continuou, parecendo chegar a uma conclusão. – O que importa, se ele não consegue nem ficar no mesmo lugar que eu, não é?

– Mas... – Pinky começou.

Elijah ergueu a mão.

– Quero esquecer o que acabou de acontecer, por favor.

– Certo – ela falou baixinho, colocando um braço magro em seus ombros. – Tudo bem, Elijah.

Então eles foram vencidos. Ashish pegou Samir olhando para Elijah de um jeito pensativo algumas vezes. Teria que lhe perguntar o que é que estava tramando. Samir estava sendo bastante reservado, e Ashish ficou se perguntando se esses olhares tinham algo a ver com o plano de reconciliação de Samir.

Ashish estava surpreso de ver o quanto Samir tinha mudado desde aquela conversa. Ele tinha parado de ser imbecil e, na verdade, até que estava sendo bem legal. Sem falar que ele e Pinky tinham inclusive passado um tempo juntos sem se matar, o que provavelmente deveria ir para o *Guinness*.

Seu celular fez barulho. Ashish o pegou para ler uma mensagem de Oliver:

Oliver: Que merda

Ele respondeu depressa: Pois é, sinto muito cara

Oliver: E ficou chateado? Ou feliz pq fui embora?

Ashish: Ele não quer falar sobre isso então acho que chateado

Oliver: Que bom

Ashish: Vc não pode achar isso bom

A resposta veio depois de uma longa pausa: Não, não acho

Ashish: Vc ainda vai na Noite Musical?

Oliver: Sim estarei lá

Ashish: Blz. Te levo. Os outros podem ir com E.

Oliver: Obrigado cara. Até amanhã

Era como assistir a Romeu e Julieta – ops, Júlio – brigando. Eles tinham sido feitos um para o outro; por que é que não viam o que estava tão claro para o resto do mundo?

Balançando a cabeça, Ashish pegou o celular e fez um pedido na loja de flores. Estava guardando o aparelho quando recebeu outra mensagem.

Celia: Amanhã às 21h30?

Ashish respirou fundo. *É isso, Ash. Esta é a sua chance de conseguir fechar esse ciclo*: Sim

Celia: Mal posso esperar. Sdds

Ashish: Precisamos conversar

Celia: Sim precisamos, tenho que ir mas te vejo amanhã

Ashish colocou o celular na mesa e ficou com o olhar perdido. Amanhã. Ele teria muito o que dizer amanhã.

– Quem era? – Pinky perguntou, pegando outro copo de limonada.

– O Fantasma do Natal Passado – Ashish respondeu, voltando a atenção para os livros.

Sweetie

Possessão demoníaca. Era a única explicação. Era o único motivo para ela, Sweetie Nair, ter concordado com isso.

A garota ficou esperando de canto com Kayla, Suki e Izzy. As outras bandas já estavam lá, e o Roast Me estava bombando com uma energia reprimida de empolgação no ar. Todas as cadeiras estavam ocupadas (o dono, Andre, tinha arranjado pelo menos três dúzias de cadeiras, e tinha gente em pé no fundo, sorrindo com seus cafés nas mãos como se não houvesse nada errado – como se Sweetie não tivesse percebido que tinha cometido o *pior* erro de sua vida.). Ela se virou para Izzy com os olhos arregalados e agarrou o braço da amiga.

– Não consigo – ela disse, com o coração aos pulos e o suor escorrendo do beiço. Eca! – Desculpe, Izzy. – Ao ouvi-la, Kayla e

Suki se viraram de cenhos franzidos. – Desculpe, gente. Vocês são minhas irmãs, mas até isso tem limite. Até o *sangue* tem limite. E alguém vai acabar sangrando se eu tiver que subir ali, beleza? – Ela soltou uma risada histérica, apontando o dedão para o palco.

Kayla atravessou Izzy e colocou suas mãos firmes nos ombros de Sweetie.

– Respire! – ela ordenou, olhando Sweetie diretamente nos olhos. Kayla estava de delineador preto e batom fúcsia brilhante, usava calça de couro com tachas e uma blusa cintilante. Estava maravilhosa e totalmente em casa. Ao contrário de Sweetie. – Vai dar tudo certo. Prometo. Você canta desde que era uma menina ranhenta de 5 anos que mal sabia segurar uma tesoura direito, e tem deixado as pessoas de queixo caído com sua voz desde então.

Sweetie passou a mão em seu vestido de bolinhas vermelhas e brancas. Por insistência de Kayla, colocara uma saia de tutu por baixo dele. E agora estava com medo de parecer estar se esforçando demais.

– Mas essas pessoas...

– Você está incrível – Suki disse atrás de Kayla, como se pudesse ler seus pensamentos. – Tipo, *super-retrô glam chic*.

Suki tinha tingido o cabelo de lavanda-claro e usava uma blusa de renda preta de mangas compridas e um jeans roxo-escuro brilhante. Ela parecia uma modelo e não costumava elogiar *looks* à toa, então Sweetie se sentiu melhor instantaneamente.

– Obrigada – ela falou, sorrindo. – Vocês também estão maravilhosas. Todas vocês. – Sweetie deu um apertão na cintura de Izzy.

Izzy estava com um vestido florido rosa-claro, contrastando com seu par de coturnos. Seu cabelo cacheado e loiro estava dividido em duas tranças grossas.

– Acho que não tem ninguém aqui capaz de superar nossos *looks* – Sweetie falou para a amiga, e foi recompensada com um sorriso caloroso e reluzente de aparelho que ela conhecia quase tão bem quanto o seu próprio sorriso.

Izzy deu risada.

– Peguei a referência no Pinterest.

– Bem, você está fantástica. *Nós* estamos fantásticas. – Sweetie percebeu que agora estava mais relaxada. Ela juntou as amigas em um abraço coletivo. – Eu amo vocês. Vai dar tudo certo, não é?

– Vai dar tudo mais que certo. Ah! – Suki disse, erguendo uma sobrancelha. – Gatinho se aproximando.

Suas amigas se soltaram bem quando Sweetie se virou para ver Ashish caminhando na direção dela vestindo uma camisa verde e jeans escuros, com aquele sorriso presunçoso nos lábios e os olhos brilhando feito letreiros de neon. Ela sorriu, sentindo o coração acelerar dentro do peito. Nossa, como ele era lindo. O jeito como aquela camisa marcava seus ombros e aquela calça abraçava seus quadris esguios... *Certo, Sweetie, olhe pra cima.*

Ele pegou as mãos dela e as beijou suavemente, uma de cada vez. Sweetie teve que se concentrar para não desmaiar.

– Você... está... incrível – ele disse, soltando uma de suas mãos para fazer carinho em sua bochecha. – Uau! Esse delineador... esse batom... esse vestido... – Ashish balançou a cabeça. – Uau.

Sweetie deu risada.

– Então acho que vou ter que repetir esse *look* mais vezes. E você também não está nada mal. – Ela fez um gesto abrangendo o corpo dele e se inclinou, enfiando o nariz em seu pescoço, sentindo um arrepio com a forma como ela perdeu o fôlego diante do contato. – E está muito cheiroso também – Sweetie disse com uma voz levemente rouca.

– Está dizendo que normalmente sou fedido? – Ashish perguntou, rindo. – Passei perfume hoje. Sabe, para esse evento especial e tal.

– Fico honrada – Sweetie disse, colocando a mão no peito.

Os olhos de Ashish se demoraram no decote coração do vestido dela, mas ele fez um esforço valente de trazê-los de volta para seu rosto. Sweetie sabia exatamente o que ele estava sentindo.

– E aí, está nervosa? – ele perguntou. – Porque não precisa, sabe? Sua voz é... resplandecente.

– Resplandecente? Andou lendo o dicionário de novo? – Sweetie comentou, levantando a sobrancelha.

– Fascinante – Ashish continuou, se aproximando mais. O calor do corpo dele a envolveu feito um cobertor de luxúria. Sua mente nadava em desejo. – Assim como você. – Ele correu o dedo de seu lábio até sua garganta, de leve. – Eu gosto muito de você – ele sussurrou contra sua pele.

Ela não conseguiu dizer nada por três segundos.

– Obviamente – ela enfim disse, arriscando um tom jovial e desinteressado, que saiu meio esganiçado.

Ashish a puxou para si e sorriu.

– Obviamente. – Depois de beijar sua mão novamente, ele perguntou: – Então, que horas vão tocar?

Ela piscou, confusa com a mudança de assunto, e riu.

– Por quê? Você tem algum outro compromisso?

Ele não deu risada. O sorriso dela esmoreceu.

– Hum, às nove – ela respondeu.

Ele assentiu, batucando os dedos na coxa.

– Beleza. Hum, eu tenho um negócio às nove e meia, então talvez a gente não se veja depois. Desculpe. – De repente, ele parecia nervoso e à flor da pele.

Sweetie franziu o cenho, um pouco decepcionada.

– Ah, tudo bem. Pelo menos vai conseguir me ver cantar, né?

A expressão dele suavizou, Ashish abriu um sorrisinho e seus olhos cintilaram, como se estivesse vendo-a novamente.

– Claro. Ei, vamos tirar uma *selfie*. – Ele pegou o celular do bolso e Sweetie colou o rosto ao dele.

Abriram sorrisos largos e bobos. Sweetie abafou uma risada. Ela não tinha percebido que estava sorrindo tanto, e achava que Ashish também não tinha notado. Eles estavam muito, muito felizes, era quase como se estivessem drogados. Da última vez que Sweetie se sentiu chapada desse jeito, ela tinha feito um canal e o dentista tinha lhe aplicado gás hilariante.

Sou tão sortuda, ela pensou quando o celular fez clique. Somos *tão sortudos*.

– Ei, Ash! – A voz de Pinky cortou a multidão. Sweetie ficou na ponta dos pés e a viu no balcão do outro lado da sala. – A promoção é dois por um com o cartão de fidelidade esta noite! Preciso do seu!

Ashish revirou os olhos.

– O que aconteceu com o seu? – ele gritou.

– Deixei em casa! Por favooor?

– Sério? – ele murmurou, deixando o celular na mesa para pegar a carteira. – Pinky tem problema com cafeína. – Ele se virou para Sweetie e sorriu. – Já volto.

Ela sorriu.

– Beleza.

Foi só quando o celular dele fez barulho que ela percebeu que Ashish o tinha largado na mesa. Seus olhos automaticamente foram atraídos para a tela.

Sweetie congelou e sua alegria desapareceu. Seu coração afundou feito um pedaço de chumbo frio. Era uma mensagem de Celia.

Celia: Mal posso esperar pra te ver na Bedwell. 3 horas mais <3

Celia: Estou usando aquela blusa vermelha com decote halter... a mesma da outra vez ;)

Havia mais uma mensagem, mas ela se obrigou a desviar o olhar. Não queria ver mais nada. Não *precisava* ver mais nada.

Capítulo 27

Sweetie

ELA ESTAVA se virando, meio entorpecida, quando sentiu uma mão grande no topo da sua cabeça. Com o coração acelerado, Sweetie se virou, esperando encontrar Ashish, mas se deparou com Oliver sorrindo para ela.

– Oiii, garota. Pronta pra grande noite?

– Sim... mas, espere aí. – Ela franziu o cenho. – Você botou a mão na minha cabeça?

O sorriso de Oliver ficou tímido.

– Foi mal. Mania de jogador de basquete. Vê qualquer coisa circular e já quer... – Ele fez um movimento com a mão e então acenou. – Enfim. Você está incrível, aliás.

Sweetie conseguiu dar um sorriso meio lacrimoso.

– Obrigada.

Oliver estranhou.

– Você está bem?

– Ah, sim, ótima. – Ela pegou o celular de Ashish com a expressão mais séria que conseguiu fazer. – Pode dar isto pro Ashish? Ele deixou aí na mesa. E, hum, só diga que você que achou. Beleza?

Oliver esperou um pouco e assentiu.

– Sim, tudo bem. Ei, se quiser conversar sobre...

– Não, estou bem. – Ela respirou fundo e colocou a mão no braço dele. – E aí, como você está indo? Com todo esse lance do término?

Oliver deu de ombros, olhando para algo além dela por um momento.

– Ah. Você sabe. É uma merda. Dói pra caramba. Fico esperando passar, torcendo pra que o tempo melhore tudo, mas só está piorando. Sinto tanta falta dele... é como se tivesse perdido um membro ou algo assim. – Ele pigarreou e abriu um sorriso devastado. – Sou patético ou o quê?

Sweetie apertou o braço dele.

– Não é nada patético. Só é alguém apaixonado.

Ele bufou.

– E qual a diferença?

Ela ergueu a sobrancelha e assentiu. Ele tinha razão.

Kayla, Suki e Izzy se aproximaram.

– Ei, temos que ir com as outras bandas – Suki disse. – A primeira já vai começar.

– É a minha deixa – Oliver falou. – Quebrem a perna, garotas! – Ele se virou e se misturou com a multidão.

– Onde está Ashish? – Izzy perguntou.

O sorriso de Sweetie murchou e seu coração se partiu dentro do peito.

– Ah, ele está arranjando uns cafés pra Pinky com seu cartão de fidelidade. Não me perguntem – ela se esforçou para falar num tom normal ao ver as sobrancelhas de Izzy franzidas. – Parece que Pinky é meio viciada em cafeína.

– Bem, vai querer esperar ele voltar? – Kayla perguntou.

– Não – Sweetie disse. – É melhor não, na verdade.

E saiu andando em direção à área onde as bandas estavam reunidas, do lado direito do café.

– Espere, espere, o que aconteceu? – Kayla perguntou atrás dela.

Sweetie continuou caminhando.

– Não quero falar sobre isso.

Ela praticamente sentiu os olhares que as três trocaram nas suas costas.

– Ele te machucou? – Suki perguntou quando pararam, com os olhos cintilando. – Porque vou dar um chute na...

– Não, ele não me machucou. Eu só... só quero deixar isso pra lá essa noite, tudo bem?

Elas concordaram com a cabeça, relutantes.

Então um garoto agarrou a cintura de Kayla e ela se virou, sorrindo.

– Antwan! O que está fazendo aqui? Você devia estar lá com os plebeus.

O garoto alto e negro de óculos *hipster* deu risada.

– Plebeus. Ui. Não se esqueça de que vou te levar para o baile.

O baile. A palavra atingiu o coração de Sweetie feito uma farpa perfurando sua carne macia. Por que é que Ashish tinha tido todo aquele trabalho para convidá-la para o baile se ainda estava saindo com Celia? Por que concordou com os quatro encontros se ainda estava com ela? Ele tinha feito tanta questão de lhe contar como se sentia, de falar que seu coração ainda pertencia a ela. Só que depois pareceu realmente estar a fim *dela*, Sweetie. Será que ela tinha entendido errado os sinais? Será que era uma completa sonhadora idiota, sendo tão amadora nessa coisa de namoro? Ou... era tudo só uma brincadeira? Sweetie se lembrou daqueles idiotas falando sobre como garotas gordas eram fáceis. Era só isso então? Ashish estava tirando com a cara dela esse tempo todo?

Um abismo se abriu na alma de Sweetie. Ela ficou com vontade de chorar e de atirar coisas. De gritar e de bater em algo. O Projeto Sensacional Sweetie estava indo *tão bem*. E o relacionamento com Ashish era parte disso. Pois parte disso era saber que um garoto como ele poderia achá-la não só desejável – ou seja, era o oposto do que Amma pensava –, mas que eles também poderiam ser *felizes* de verdade juntos. Ela estava começando a aceitar que o que sempre acreditou em seu coração – que seu peso não significava nada de ruim, que era tão digna e talentosa quanto qualquer outra pessoa magra – era mesmo verdade, apesar do que as pessoas pudessem dizer. E agora... agora descobrira que Ashish estava brincando com ela esse tempo todo. Ele parecia não lhe considerar uma pessoa, com sentimentos e um coração. E por quê? Por causa de sua aparência, claro.

Uma fúria incandescente pulsava dentro de si, como um vulcão prestes a explodir. Ela cerrou os punhos e respirou fundo. Fez contagem regressiva desde o cem para evitar atirar cadeiras pelos ares e esmagar a parede feito o Hulk. *Nada mudou, Sweetie*, ela disse a si mesma. *Ele partiu seu coração, mas isso diz mais sobre ele do que sobre você. Você ainda é a mesma garota de ontem. Pode continuar com o Projeto Sensacional Sweetie. Você não* precisa *dele; nunca precisou.* Sua pulsação começou a desacelerar. Ela relaxou a mão.

Bem, se tudo isso foi uma encenação, ela tinha que lhe dar os créditos. O garoto era um excelente ator. Porque ela se apaixonou completamente por cada cena. Que merda, Sweetie tinha se apaixonado por *ele* nesse processo.

Ela sentiu lágrimas ameaçando cair e piscou. Não ia deixá-lo estragar sua noite nem sua maquiagem. Ela ia subir no palco e entregar a Atherton o melhor show que eles já tinham visto. E daí que eram canções de amor? Sweetie cantaria com todas as fibras de seu ser combalido. Ela deixaria todos – incluindo Ashish, *especialmente* Ashish – de joelhos.

Ashish

– Ei, cara. Você, hum, esqueceu o celular ali. – Oliver devolveu o aparelho de Ashish com uma expressão estranha no rosto. Meio julgadora, meio curiosa.

– Ah, obrigado. – Ashish franziu as sobrancelhas e o guardou no bolso. – Hum, está tudo bem...

– Por que está fazendo isso?

Ashish se virou e se deparou com Elijah do lado oposto, encarando Oliver fixamente, que coçou a mandíbula e desviou o olhar.

– Estamos fazendo isso porque você não negou que dormiu com outra pessoa – Oliver respondeu.

Elijah se aproximou. Ashish percebeu que estava no meio do sanduíche do casal e deu um passo para trás, discretamente. Será que era melhor ir embora? Não, seria abrupto demais. Além disso, precisava moderar a situação, caso ela esquentasse... hum, de um jeito ruim, não de um jeito bom... Enfim.

– Você devia confiar em mim – Elijah disse. – Sabe o que eu sentia por você. – Ele abaixou a voz. – O que *sinto* por você.

Oliver mordeu o lábio e seus olhos nublaram.

– Talvez... talvez você estivesse certo. Talvez as coisas estivessem sérias demais. Talvez... a gente devesse ver outras pessoas. – Sua voz vacilou e ele deu de ombros.

– Sei que falei isso, mas rejeito essa ideia completamente. Rejeito a ideia de que não devemos ficar juntos. – Elijah se aproximou mais ainda e pegou as mãos de Oliver. – A verdade, Ollie, é que me sinto sortudo por ter te conhecido. O amor é imprevisível e... tão ardiloso. Não consigo parar de pensar que sou sortudo pra caramba.

Oliver olhou firmemente nos olhos de Elijah.

– Você só está dizendo isso porque está se sentindo sozinho.

– Não – Elijah falou depressa. – Estou dizendo isso porque é verdade. Eu te amo. Não se lembra dos nossos momentos? Não se lembra de como era?

– Estou começando a esquecer – Oliver respondeu, soltando as mãos das de Elijah.

– Mano. – Samir agarrou o braço de Ashish e o virou, enquanto Oliver se afastava.

– Sinta o clima – Ashish sibilou, se voltando para Elijah e colocando a mão no ombro dele, mas o amigo se desvencilhou e foi embora sem nem olhar para trás. Suspirando, Ashish se virou para Samir, que estava basicamente se balançando, impaciente. – O que foi?

– Mano, está feito. – Samir revelou um conjunto de dentes muito brancos e muito retos.

Ashish esperou.

– É pra eu entender do que você está falando?

– Por favor, sentem-se – Andre disse ao microfone no palco. – A primeira banda já vai começar. Por favor, acomodem-se em seus lugares.

– Merda! – Ashish disse, olhando para trás. – Queria desejar boa sorte pra Sweetie mais uma vez. – Então viu que todas as bandas estavam reunidas do lado direito do café. E não conseguia enxergá-la, graças aos caras altos na frente.

– Deixa pra lá – Samir disse enquanto caminhavam até seus lugares. As luzes amareladas do Roast Me viraram multicoloridas e a multidão aplaudiu e gritou. Havia tanta gente ali que quem não conseguiu encontrar uma cadeira se espremeu nos fundos. – Tenho a solução definitiva para os problemas de Oliver e Elijah!

Ashish olhou para Samir.

– Mano, o que você *fez*? O que está tramando?

Samir franziu o cenho.

– Tramando?

– É, eu vi você na varanda ontem agindo feito Brutus.

– Nossa, mas Brutus era do mal. Não vou trair ninguém. Só quero reunir os amantes outra vez.

– Se for capaz de fazer isso, vou ter que te chamar de David Blaine. – Diante da expressão confusa de Samir, ele balançou a cabeça. – Desembucha. Estou ouvindo.

– Então, falei com a primeira banda assim que chegamos e eles toparam. Vão tocar "Crazy in Love". – Ele o olhou com uma alegria expectante.

– Aquela música velha da Beyoncé? – Ashish perguntou, sem entender.

– Não é *só* uma música velha da Beyoncé, é a música do Oliver e do Elijah – Samir disse num tom que sugeria que essa era uma informação de conhecimento geral.

– Hum, o quê? Como sabe disso? Eu não sabia, e ando com eles todos os dias.

Samir cruzou os braços, um pouco constrangido.

– Vamos só dizer que quando as pessoas não gostam de você, elas não falam com contigo. E se não falam contigo, você aprende muito só ouvindo e observando.

– Ah. – Ashish sentiu uma pontada de simpatia por Samir. Ser rejeitado e ignorado devia ser uma merda total, mas ele ainda assim não tinha desistido deles. – Beleza, certo, então volte para o seu plano do mal.

– Se por "do mal" você quer dizer "genial", beleza. – Samir sorriu e se inclinou para a frente. – Então, a primeira banda vai tocar essa música e antes de começar eles vão dizer "Esta mensagem é de um anônimo da plateia. Quando duas pessoas são feitas uma para a outra, as coisas simplesmente se encaixam. Esta música é para o homem dos meus sonhos". E tem mais. – Samir se aproximou, todo animado. – Mandei tanto pro Oliver quanto pro Elijah um bilhete dizendo que um dedicou a música ao outro!

Ashish o encarou.

– Você fez o quê? Quando é que viu essas coisas darem certo nos filmes? E deixa eu te contar uma coisa: normalmente é o mensageiro que acaba levando um tiro. Então não me venha chorando se isso acontecer com você.

– Ô, homem de pouca fé – Samir disse. – Só espere e veja. Esses dois só precisam conversar sem toda essa raiva e essa culpa no meio do caminho. Vai dar certo.

– Vós.

Samir o olhou de lado.

– Saúde.

– Não, não é "Ô, homem de pouca fé", é "Ô, vós"... quer saber? Deixa pra lá. Espero que esteja certo, mano. Eles estavam conversando agora e... fiquei pensando que o problema é que esse negócio de amor acertou eles no meio da testa bem quando não estavam esperando. Eles precisam entender quão sortudo são por terem encontrado isso. Acho que Elijah já entendeu, mas não tenho certeza sobre Oliver.

Ashish virou a cabeça para procurar por Oliver. Ele o viu abrindo um bilhetinho e lendo a mensagem. O amigo o guardou no bolso bem quando a primeira banda estava se apresentando no palco. Pela sua expressão, Ashish não conseguiu interpretar o que ele estava pensando. Então viu Elijah algumas cadeiras depois, também abrindo o bilhete. Seus olhos procuraram Oliver no mesmo instante.

Ashish sentiu uma pontada no coração. Então percebeu que queria muito, mas muito que as coisas dessem certo para eles. Talvez o plano de Samir fosse um pouco piegas, mas ele não podia deixar de torcer. Ashish se voltou para Samir.

– Que bom que você tentou. Obrigado.

Samir assentiu.

Pinky se acomodou ao lado dele com um café gigante. Seus olhos brilhavam, febris e cintilantes.

– É dois por um! Foi de graça! De graça!

Ashish revirou os olhos e Samir riu.

Seu celular apitou no bolso e ele o pegou. Tinha três mensagens novas de Celia. Ela tinha acabado de mandar a quarta: uma foto dela enrolada na toalha.

Me arrumando pra vc, ela escreveu.

Ashish engoliu em seco e guardou o celular.

Sweetie

A primeira banda, Hot Cup of Tea, terminou bem quando acabaram seus cinco minutos, e a segunda banda subiu no palco. Ela era formada só por garotos, todos vestidos de preto com tatuagens falsas nos braços. Eles se chamavam de Torn.

Sweetie observou enquanto eles tocavam. A garota estava ali, mas não totalmente. O mundo lhe parecia distante. Ela riu um pouco, brincando com Suki, Kayla e Izzy, todas acesas pelas doses gratuitas de *espresso*, cortesia de Antwan, só que Sweetie não conseguiu entrar no clima. Ela desistiu de tentar encontrar Ashish na multidão quando os caras do Torn bloquearam sua visão (malditas pessoas altas), porém agora conseguia vê-lo.

Estava sentado ao lado de Samir e Pinky, olhando para o celular. Ele guardou o aparelho com uma cara estranha. Meio que demonstrando uma determinação antecipada. Sweetie respirou fundo, trêmula, e desviou o olhar. Não queria nem saber o que é que Ashish estava antecipando.

Torn não foi tão ruim e quando terminaram, quatro minutos e meio depois, era a vez de Sweetie, Kayla, Suki e Izzy. Elas foram até o palco com os instrumentos. Assim como fez com a Hot Cup of Tea e a Torn, o apresentador as chamou pelo nome e contou à plateia o que elas iam tocar. A galera de Antwan e de Ashish gritou imediatamente. Sweetie ficou um pouco aliviada porque as luzes não as deixavam ver direito a multidão. Ela não queria ver Ashish sendo fofo e atencioso. Não agora, que ela queria ao mesmo tempo assassiná-lo e chorar no seu peito.

Por um instante, Sweetie ficou em pânico pensando em todos aqueles pares de olhos nela – a última conta lhe informara que havia 68 pessoas ali. Estava se achando adorável naquele vestido, assim como suas amigas (e aparentemente Ashish, mas ela não queria pensar nisso), porém, as pessoas em geral não se sentiam da mesma forma. Ela começou a mexer no vestido, constrangida, desejando cobrir os braços com um cardigã ou algo assim, até que se obrigou a parar. Tinha que se concentrar na música, e *só* na música. Iria conseguir. E daí se rissem da cara dela? Sweetie se lembrou das palavras de Anjali Chechi. *Você vai subir ao palco pra cantar porque tem uma voz linda e porque acredita em si mesma.* Então ela começou a cantar.

Ela ouviu algumas pessoas cochichando e rindo um pouco – coisas normais de público não completamente cativado ainda – enquanto Kayla apresentava a banda. Mas, no momento em que preencheu a cafeteria com sua voz, o silêncio caiu tão pesado quanto um martelo. Foi instantâneo e absoluto. Sweetie fechou os olhos e sentiu a música invadir seu sangue, envolvendo seus ossos feito videiras sinuosas, enchendo seu coração até que ele estivesse prestes a explodir de luz.

Ashish

Puta merda!

Foi como testemunhar algo celestial, algo sobrenatural, ganhar existência bem diante de seus olhos estupefatos.

Sweetie era uma deusa. Ela era... indescritivelmente... espetacular. Não havia palavras à altura dela.

Ashish não viu nada além de Sweetie. O mundo inteiro derreteu.

Capítulo 28

Sweetie

SWEETIE TEVE um momento de clareza, ou de quase pânico, quando ficou se perguntando o que a plateia tinha achado. Será que ficaram totalmente distraídos e enojados pelos seus braços? Pela sua barriga? Por suas pernas grossas? E Ashish? Provavelmente estava olhando para o celular, pensando na idiota da Celia com aquela estúpida blusa vermelha.

A garota tinha se entregado completamente à música, numa tentativa desesperada de se esquecer de tudo.

Ela nem deu chance para as pessoas zombarem – ou aplaudirem –, emendando uma música na outra. Por sua própria sanidade mental. Era mais fácil nas competições de corrida, pois estava correndo na pista e todo mundo era só um borrão. Além disso, a maioria mal conseguia enxergar direito das arquibancadas, e ela era apenas uma garota de uniforme azul e dourado passando por eles depressa. Mas isso... era quase tão ruim quanto se tivesse convidado todos para vê-la cantar no chuveiro. Quase. Não havia nada para eles verem a não ser *ela*. E Sweetie sabia como as pessoas eram. Não queria lhes dar chance de gritar comentários humilhantes sobre seu peso ou rirem dela. Ela não queria decepcionar as garotas, porque, se ouvisse algo do tipo, seria muito, muito difícil continuar cantando. Especialmente depois do que tinha acontecido com Ashish.

Quando a última nota da segunda e última música flutuou no ar, transformando-se em silêncio, as mãos de Sweetie começaram a suar. Era isso. Sweetie não tinha mais nada a oferecer; as críticas viriam agora e ela não poderia fazer nada a respeito.

Mas o lugar quase se partiu em dois com a força dos aplausos.

De início, Sweetie não entendeu o que estava acontecendo – esses aplausos eram diferentes dos que as outras bandas arrancaram. Ela ficou se perguntando se era por causa da acústica do palco. Mas então ela viu formas sombrias se levantando e um canto rítmico começou a ganhar corpo. Levou um tempo para compreender que estavam dizendo seu nome. E então percebeu que as pessoas a estavam *aplaudindo de pé*. Ela se virou para Kayla, Suki e Izzy totalmente surpresa e sorriu. As amigas sorriram de volta. Suki ergueu o punho no ar e gritou – e a plateia enlouqueceu mais ainda. Sweetie fechou os olhos, deixando que o som da multidão berrando seu nome a varresse. Seu coração era como um balão de gás hélio, se enchendo de uma alegria pura e inebriante. Eles a amavam. Eles a *amavam*. E não ligavam para sua barriga nem para suas pernas grossas. Era como se pudessem ver a luz que sempre nutriu dentro de si e finalmente reconhecessem que, sim, ela era tão especial quanto suspeitava e, sim, Sweetie tinha algo extraordinário para oferecer ao mundo.

Eles gritavam "Bis, bis!", mas Andre subiu ao palco e disse que, por conta do tempo limitado, não haveria bis. (Ele foi bastante vaiado. Sweetie não queria estar na pele dele.)

Enquanto descia, um homem se aproximou segurando um buquê gigantesco de peônias cor-de-rosa – sua flor favorita.

– Sweetie Nair? – ele perguntou (ele pronunciou seu nome errado, mas ela não o corrigiu porque, bem, FLORES).

– Sim?

– Pra você. – Ele sorriu, entregando-lhe o buquê e recolhendo sua assinatura, então foi embora.

– Ah, meu Deus! – Izzy disse atrás dela, com os olhos parecendo grandes faróis marrons. – De quem são?

– Acho que eu sei... – Suki murmurou. – Vamos ficar felizes por Antwan estar mantendo Kayla, hum, *ocupada*, porque senão ela arrancaria isso de você e faria a multidão inteira pisar nelas.

Com as mãos tremendo levemente, Sweetie abriu o cartão:

Era a única flor que parecia remotamente à altura da sua beleza. Encomendei com antecedência porque sabia que você deixaria todos encantados... assim como fez comigo. Obviamente. – A.

Mordendo o lábio para impedir que as emoções a levassem, Sweetie olhou para onde Ashish estava sentado. O lugar estava vazio.

Ela empurrou as flores para Izzy.

– Aqui. Pode ficar. Ou jogar fora. Preciso ir.

Sweetie saiu caminhando para a noite fria.

Havia um banco do lado de fora, na lateral do prédio. Sweetie foi até lá, se encolhendo de leve por conta do vento. Seus olhos vertiam lágrimas, mas nem tentou enxugá-las. Seu rímel ficaria borrado e ela ia ficar parecendo um guaxinim. E daí? Ela se sentou no banco e permaneceu olhando para longe, para a auréola formada pelas luzes da rua.

– Podemos te fazer companhia?

Ela se virou e viu Suki e Izzy a alguns metros de distância. Sweetie gesticulou para que se aproximassem. As duas se sentaram cada uma de um lado sem dizer nada. Izzy ainda estava segurando o enorme buquê, que deixou a seus pés.

– Você foi incrível – Izzy elogiou. – Imbecil nenhum pode tirar isso de você.

Sweetie conseguiu dar um sorrisinho.

– Ah, obrigada, Iz...

– E você é uma atleta incrível – Izzy continuou, determinada. – Ele também não pode te tirar isso. Você vai arrasar na competição de sexta.

– Ei, gente. – Elas olharam para cima e viram Kayla chegando.

Sweetie deu um abraço em si mesma enquanto Kayla se espremia ao lado de Izzy e do buquê gigante.

– O que houve com Antwan?

– Falei que minha garota precisava de mim. Amigas vêm antes dos trastes, não é?

Suki zombou:

– Agora garotos são trastes, é?

– Ela tem razão – Izzy disse, revirando os olhos. – Eles são irritantes, dolorosos e desnecessários.

Sweetie deu uma risada fraca.

– Obrigada, gente. Fico feliz por não me deixarem aqui sozinha.

Izzy colocou a mão sobre a de Sweetie, enquanto Kayla disse:

– Claro que a gente não ia te deixar aqui sozinha. Agora, a única pergunta é: podemos colocar pó de comichão nos sapatos ou na cueca de Ashish?

– Eu não vou encostar um dedo em nenhuma dessas coisas – Suki falou.

Sweetie balançou a cabeça.

– Eu só não entendi nada, sabem? O cartão que veio junto com as flores... era tão fofo. E tudo o que a gente compartilhou... parecia real.

Elas ficaram em silêncio. Então Suki disse baixinho:

– Você quer nos contar o que aconteceu?

Sweetie fez um resumão. E elas ficaram quietas, processando tudo.

– Ele disse que gostava muito de você enquanto planejava um encontro ridículo com a Celia às escondidas? – Izzy questionou, sua voz baixa e perigosa. Ela era a mais doce e inocente das quatro. Mas se alguém se metesse com qualquer um que amasse, ela se transformava na princesa Xena. Izzy pegou o buquê gigante e ficou em pé. – Vamos!

As amigas também se levantaram.

– Hum, aonde estamos indo? – Kayla questionou, as seguindo para o estacionamento.

– Vou enfiar esse buquê na bunda do Ashish...

– Não vai ser necessário... – Sweetie disse. – Sério.

– Certo, concordo que talvez não seja necessário – Suki falou, abrindo um sorriso repentino. – Mas seria divertido. Enfim, acho que Izzy está começando a curtir essa coisa de confronto.

– Pra ser sincera, eu só quero ir pra casa – Sweetie disse, se sentindo muito, muito cansada.

Kayla se virou para ela e segurou seus ombros.

– Sweetie – ela falou, com seus olhos castanho-escuros reluzindo sob as luzes da rua. – Esse palhaço te enganou totalmente. Ele pensou que fosse ingênua a ponto de cair nas mentiras dele, e depois decidiu que queria voltar pra ex *enquanto te dizia* que ela tinha partido o coração dele tão forte que não poderia se conectar emocionalmente com você. É um imbecil. Você vai mesmo deixar ele se safar dessa assim tão facilmente? Quer mesmo deixá-lo ter um encontro animado na Bedwell com zero consequências porque ele te comprou umas flores caras? Tipo, eu sei que não é por isso que você quer ir pra casa, mas é exatamente o que ele vai pensar.

– Garotos como Ashish estão acostumados a conseguirem tudo o que querem. Eles acham que só porque são bonitos e sabem bater uma bola podem se safar de tudo, menos de serem assassinados. – Os olhos pretos de Suki brilharam de raiva. – Fala sério!

Izzy segurou o buquê em uma das mãos e o jogou para a outra feito uma mafiosa.

– Você sabe o que quer.

Sweetie suspirou. As amigas estavam certas. Ashish não devia se safar dessa tão facilmente. Além disso, seria bom desabafar. Deixá-lo saber que ela não era uma garota qualquer, fácil e patética que ele podia levar para passear só porque era seu primeiro namorado ou porque ela era gorda. Sweetie endireitou os ombros.

– Beleza. Bora!

– Essa é minha garota! – Suki disse, limpando os olhos borrados de Sweetie. – Bora chutar a bunda desse palhaço.

Enquanto saíam do estacionamento no SUV de Kayla, Sweetie avistou duas figuras sob o beiral do prédio. Estavam colados um no outro, se beijando. Sorrindo, ela percebeu que eram Oliver e Elijah. Bom, pelo menos a noite tinha terminado bem para alguém.

Ashish

Foi exatamente como da última vez que estivera ali com Celia. Ashish estava tendo um grande *déjà-vu*, combinado com uma dose de crise nervosa.

Celia estava vestindo aquela mesma blusa vermelha com minúsculos shorts azuis e arrasadoras botas de cano alto. Seu cabelo estava preso num coque, com algumas mechas cacheadas caindo por sobre o rosto. Ela tinha esticado uma toalha de piquenique – com velas de LED – em um pequeno morro com vista para a baía. Ashish teve certeza de que era o mesmo lugar da outra vez.

Ele deixou o estacionamento (Oliver lhe disse, meio misteriosamente, que tinha carona para casa, então Ashish saiu sozinho) e subiu o morro, se sentando de pernas cruzadas ao lado de Celia. Ela sorriu para ele, com a pele brilhando sob a luz das velas e os olhos castanhos cintilando. A garota era linda, não tinha como negar.

Celia esticou o braço e colocou a mão sobre a dele.

– Obrigada por vir. Estou tão feliz em te ver. – Ela se aproximou, e suas pernas se tocaram. – Nossa, eu estava com tanta saudade, Ashish. – Ela correu um dedo pelo braço dele.

Ashish colocou a mão sobre a dela para impedi-la de continuar.

– Celia – ele disse, a olhando fixamente. O sorriso dela foi murchando conforme notava sua expressão. – Estou namorando alguém.

A garota balançou a cabeça.

– Mas não é tão bom quanto era com a gente, não é?

Ashish respirou fundo, enchendo os pulmões com o aroma da baía.

– É... é melhor. Não quero te machucar, Celia, mas Sweetie é... tipo a outra metade da minha alma maltratada, sabe? Ela tem arestas suaves que se encaixam com as minhas tão duras. É tão fácil estar com ela. – Ashish sacodiu a cabeça. – Tem algo nela que eu não consigo explicar. Eu a... – Ele parou de repente e ficou olhando para a frente, para o nada. *Ah, meu Deus*, ele pensou. *Ah, meu Deus*!

– O que foi?

– Eu amo Sweetie.

Ele sorriu, pensando: *Você a ama loucamente, Ash. Não acredito que não tinha percebido ainda. Seu idiota! Você. Ama. Ela.* Ashish soltou uma risada um pouco histérica e eufórica. Queria sair voando. Era bem possível que ele pudesse *mesmo* voar, porque estava muito feliz. Era tipo a Bolatopia. Na verdade, era capaz que fosse melhor que a Bolatopia. Ele amava Sweetie. *Ashish e Sweetie sentados numa árvore se b-e-i...*

Celia afastou a mão e colocou os braços ao redor de suas pernas, levando os joelhos ao peito.

– Então você não sente minha falta?

O tremor na voz de Celia trouxe Ashish de volta para a realidade. Seu sorriso desvaneceu.

– Não, não... ei, C. – Ele apertou seu braço e ficou em silêncio por um tempo. – Não é que eu não sinta sua falta. Pra falar a verdade, eu nem funcionei direito por um tempo. Ainda estou voltando ao normal. Mas dava pra notar que quando a gente estava junto tinha algo estranho, não tinha? Foi o motivo de você ter saído escondido com aquele trouxa...

– Eu errei. E sinto muito, muito mesmo, Ash. Cometi um erro terrível. – Ela virou a cabeça para olhar para Ashish, e ele viu que seus olhos estavam cheios de lágrimas douradas pela luz. – Você é o único que me entende, Ash. Esse ano em São Francisco tem sido horrível. Estou sempre sozinha. Não tenho amigos. Quem sabe se a gente estivesse namorando, eu pudesse convencer meus pais a me deixarem voltar pra casa. Eu podia... frequentar a Menlo College...

Ashish colocou a mão no ombro dela. Ele nunca tinha visto Celia nesse estado, era de partir o coração.

– C... – ele disse gentilmente. – Não precisa me usar como desculpa para voltar pra casa. Seus pais vão entender que você se mudou cedo demais.

Ela enxugou as lágrimas.

– Não vão, não. Meus pais ficaram tão felizes quando "saí do ninho", como eles disseram. Ficaram repetindo que estavam orgulhosos por eu finalmente estar começando uma vida independente deles. Sei que vão achar que sou um grande fracasso se eu só voltar pra casa e arrancar isso deles. Mas se for porque as coisas estão ficando sérias com você... – Ela fungou e soluçou ao mesmo tempo. – Ah, meu Deus! Eu acabei de ouvir o que disse pela primeira vez. – Ela enfiou o queixo nos joelhos. – Sou uma perdedora patética.

– Ei. – Ashish ficou esperando que ela o olhasse nos olhos. – Celia Ramirez é muitas coisas, mas não uma *perdedora*. Certo?

Ela abriu um sorrisinho.

– Também sou patética.

Ashish deu risada.

– Certo, eu não vou mentir, vir aqui e ver que você tinha recriado nosso encontro na Bedwell foi um pouco perturbador. – Ele colocou o braço em volta dos ombros dela. Era um gesto fácil agora, como algo que faria com Pinky, sem nenhuma outra conotação. – Mas agora entendi. Você só está triste, C. Não tem nada de errado com isso. E, claro, seus pais podem ficar temporariamente decepcionados por você ainda não estar pronta. Mas vão ficar felizes de saber que você contou com eles, sabe? – Ele brincou. – E, sério, se forem como meus pais, eles vão ficar secretamente satisfeitos por você ter voltado. Acho que Ma e Pappa querem que Rishi e Dimple voltem pra casa depois que se casarem... ou nem se importariam se os dois fizessem isso agora.

Celia também riu.

– Sei. – Depois ficou séria e continuou: – Quer saber? Você está certo. Aposto que vão ficar aliviados se eu desabafar com eles. Tipo, tive até que procurar o terapeuta do *campus* algumas vezes. – Ela respirou fundo, estremecendo.

Ashish deu batidinhas em suas costas.

– Sinto muito que as coisas estejam tão difíceis. Acho que a gente não ouve muito sobre essa parte da vida universitária, né?

– Pois é... Tem muitas coisas que as pessoas nem imaginam. A vida não é só diversão e festas, até pra alguém como eu. Na maior parte do tempo, é só... sei lá, eu meio que me perdi, sabe?

– Sei. Mas você vai se encontrar de novo.

– Obrigada, Ash.

Eles ficaram ali por mais alguns minutos e depois começaram a arrumar as coisas.

– Tem algo diferente em você – ela disse, com as mãos na cesta de piquenique, o observando. – De um jeito bom. Eu... estou feliz por você, Ash. Você merece isso. – Ela abriu um sorriso suave e meio triste. – Então me conta mais sobre essa garota com quem está namorando.

Ash sentiu aquele sorriso maníaco e eufórico voltar ao seu rosto ao dizer o nome dela.

– Sweetie Nair. Meus pais que arranjaram o encontro.

– Cala a boca!

Ashish deu risada.

– Pois é. Também fui pego de surpresa. Mas, na verdade, ela é meio que perfeita pra mim. Ela é atleta, é gentil e encantadora sem nem perceber... – Ele balançou a cabeça, pegando a cesta e a toalha para descer o morro na direção do estacionamento. – Ela ilumina o mundo só de existir.

– Se ela é tão perfeita assim, o que está fazendo com um bobão feito você?

Ashish riu.

– Eu me pergunto isso todos os dias. – Seu coração quase explodiu só de se lembrar de Sweetie cantando com entrega. Ao longe, um SUV rugiu no estacionamento, espalhando o cascalho do chão e derrapando, mas Ashish não prestou muita atenção. Estava ocupado demais pensando que se sentia pronto para dar o próximo passo com Sweetie.

Ela tinha ficado ao seu lado quando ele estava sofrendo, todo confuso com seu coração partido e sua falta de charme. E gentilmente, muito gentilmente, Sweetie o conduziu de volta aos seus pais, lhe mostrando como estava enganado com aquele lance de não querer namorar garotas indianas e quão idiota e vazia era aquela coisa de pagar de "pegador sem charme". Gentilmente, muito gentilmente, ela mudou a essência dele com o seu jeitinho. Ela tinha abalado seu mundo e o transformado em algo brilhante, leve e colorido. Era óbvio o que tinha que fazer.

Ele precisava falar aquelas três palavrinhas para ela. Três palavrinhas que mudariam suas vidas para sempre. Ashish sorriu, se sentindo livre. Não tinha mais medo de estragar as coisas com Sweetie. De agora em diante, tudo daria certo entre eles.

Capítulo 29

Sweetie

– **SEU GOBLIN** idiota f-fedido!

As palavras saíram da boca de Sweetie antes que ela percebesse; foi o único insulto que conseguiu pensar que se aproximasse da fúria que estava sentindo. Ashish estava chegando ao estacionamento com uma garota que só podia ser Celia, vestida com aquela blusa vermelha e com aquele shortinho azul, com botas de cano alto perfeitas e um coque habilmente arrumado. Ela tinha a metade do tamanho de Sweetie. O que não deveria incomodá-la, mas incomodou. E muito.

Ashish levantou a cabeça quando Sweetie bateu a porta do carro e se aproximou dele pisando firme.

– Sweetie? – Ele estava absolutamente perplexo. – O que... o que você está fazendo aqui?

As garotas se colocaram ao lado dela enquanto Sweetie cruzava os braços. Celia parecia aterrorizada, lançando seus olhos de corça de um lado para o outro como se estivesse procurando uma saída rápida.

– Você acha que eu sou burra, Ashish? – Sweetie perguntou. – Sério mesmo que você pensou que poderia continuar saindo com a Celia pelas minhas costas sem que eu descobrisse?

– O q-quê? – Ele se virou para olhar para Celia, como se tivesse se esquecido de que a garota estava ali. – Não, não é...

– Nos poupe, A-*xixi* – Izzy disse, dando um passo ameaçador na direção dele.

O garoto revirou os olhos.

– Essa é novidade.

Ao lado de Izzy, Suki brandiu o buquê de Ashish para ele e o quebrou na metade com a coxa.

– Ei! Era para a Sweetie!

– Bem, ela não quer as suas flores de merda cheias de culpa – Kayla disse.

– Não são flores cheias... – Se virando para Sweetie, Ashish disse: – Pode pegar leve com seu esquadrão? Não é nada do que estão pensando. Me deixem explicar. Vamos, Sweetie, você me conhece.

A garota vacilou. Ele parecia confiar na verdade de suas palavras.

– Esquadrão? Você tem sorte de não termos jogado sua bunda ossuda na água – Suki disse, se aproximando e estreitando os olhos, com o cabelo balançando e cobrindo seu rosto. – Seu merda!

– Mexeu com a Sweetie, vai ter que se ver com todas nós! – Kayla bradou, também dando um passo à frente com os braços cruzados. – Pode escolher. Você quer receber seu chute na bunda por Sweetie ou por mim?

– O quê? – Ashish gritou.

– E-esperem.

Sweetie se virou. Celia colocou uma mecha atrás da orelha e avançou um pouco, lambendo os lábios, extremamente nervosa.

– Ash tem razão. Não tem nada rolando entre nós.

Kayla pigarreou e olhou propositalmente para a toalha – *aff*. As entranhas de Sweetie se reviraram só de imaginar os dois transando naquele tecido xadrez vermelho e branco.

– Sei o que parece... – Celia disse. – Mas foi tudo culpa minha. Eu queria voltar com Ash... quer dizer, achei que queria, só que eu confundi tudo. A gente só conversou e ele me ajudou a entender algumas coisas. – Ela balançou a cabeça. – Mas o principal é que percebi que esse garoto é louco por você, Sweetie. Sério.

Ashish esfregou a mandíbula enquanto observava Sweetie atentamente, esperançoso.

Ela olhou para ele, paralisada. Sweetie amava tanto aqueles olhos de mel se derramando numa xícara de chá. Mesmo agora eles pareciam sinceros, inocentes. Será? Será que Celia estava contando a verdade?

– Boa tentativa! – Izzy disse, revelando seus dentes cintilantes do aparelho.

– Eles provavelmente curtem traições ou algo assim – Suki falou com desdém.

– Sweetie... – A voz de Ashish era clara e ele a olhava diretamente nos olhos, sem demonstrar nenhum sinal de decepção. – Eu nunca faria isso com você. Me diga que você sabe disso.

Sweetie ficou em silêncio, olhando para ele, o avaliando, desejando que estivesse dizendo a verdade. Mas a toalha, as mensagens, o fato de ele estar ali sem ter lhe contado nada...

– Ela não tem que te falar nada, seu imbecil – Suki disse, tirando uma bota com um chute. Quando ela a pegou, as outras garotas a imitaram, tirando seus sapatos e avançando sobre Ashish.

– O que é isso? – ele falou, olhando para elas com cautela.

– Ah, você vai descobrir... – Izzy respondeu, sorrindo.

– Parem! – Sweetie gritou.

Elas se viraram para a amiga.

– Tem certeza? – Kayla questionou. – Porque somos quatro, e ele é apenas um.

– Tire o seu sapato! – Izzy ordenou, praticamente saltitando para cima e pra baixo. – Vamos, Sweetie! Você vai se sentir bem!

– Eu só quero ir embora – ela falou baixinho, se virando para o SUV. Após uns instantes, as garotas a seguiram e entraram no carro.

Enquanto ignorava Ashish gritando seu nome, algo dentro de si protestou. Seria mesmo verdade? Ashish era um grande traidor? Será que estavam apenas alimentando uma história velha e cansativa em que ela seria trouxa de acreditar? Mas por quê? Qual era a razão disso?

Bem, talvez os dois precisassem que ela acreditasse para poderem continuar sentindo a excitação dos encontros às escondidas. A ideia a enojou. Será? Será que Ashish, o *seu* Ashish, seria capaz de fazer isso?

– Imbecil, cuzão, otário – Suki disse, enquanto Kayla dava a partida.

– A gente devia ter feito sapateado na cara desse merda – Izzy falou para ela. – Não acredito que ele só ficou parado ali com a Celia e se recusou a confessar.

Quanto mais as amigas falavam, pior Sweetie se sentia.

– Gente, eu... não consigo... Ashish não é... – Ela balançou a cabeça, contendo as lágrimas, enquanto Kayla disparava para fora do estacionamento. – Não achei que ele estava sendo imbecil, sabem? Mesmo agora. Não pareceu que estava mentindo. Pareceu? – Ela se virou para Kayla, que geralmente julgava as pessoas corretamente.

Kayla ficou só observando a rua por um longo tempo. Depois olhou para Sweetie com o canto do olho e disse:

– Eu sinceramente também não achei que ele estava mentindo.

– Mas vamos considerar os fatos – Suki disse do banco de trás. – Primeiro: ele estava namorando você e ao mesmo tempo trocando mensagens com Celia em segredo. Segundo: disse que gosta muito de você e ao mesmo tempo estava planejando essa coisa-que-parecia-um-encontro às escondidas. Deixa eu te perguntar: quando se viram mais cedo, ele deu alguma pista do que estava tramando?

– Não... – Sweetie disse baixinho. – Ele só disse que tinha um compromisso às nove e meia.

Suki se recostou no assento.

– Assunto encerrado.

– Você não quer ser essa garota, Sweetie – Izzy falou, ao lado de Suki. – A garota que se transforma em capacho e dá ao imbecil mil chances só porque ele é gato e mente bem.

– Não, não quero – Sweetie concordou. – Definitivamente não.

A única coisa que ela sempre teve, a única coisa em que se apoiava apesar de tudo o que diziam sobre ela – que era feia, preguiçosa, que ninguém nunca a amaria até que emagrecesse, que ela não era uma atleta séria porque era gorda –, era seu amor-próprio. E Sweetie estaria perdida se deixasse Ashish Patel tirar isso dela.

Kayla deixou Sweetie em casa. Elas passaram o resto da viagem cantando as músicas da Noite Musical – que, aliás, foi um sucesso total. Segundo a mensagem que Antwan acabara de mandar, elas tinham conseguido levantar a grana para os novos uniformes e mais. E até decidiram doar o excedente para uma instituição para atletas carentes.

Mas, enquanto o SUV desaparecia na esquina, a euforia momentânea que Sweetie sentiu derreteu. De qualquer forma, ela não era genuína; estava manchada de tristeza e decepção. Agora que estava sozinha, as emoções tomaram conta dela, e a garota se sentiu completamente sugada.

Ela entrou em casa e foi para o quarto.

– A Noite Musical *engane indaarnu*?

Sweetie se virou com a mão na maçaneta e avistou Amma, parada no corredor, de camisola e uma trança perfeita. Os olhos dela estavam inchados, como se estivesse dormindo. O que devia ser verdade, já que passara das 22h30, e ela e Achchan geralmente se deitavam no máximo às 22 horas.

– Foi boa... – Sweetie respondeu. – Conseguimos arrecadar o dinheiro para os novos uniformes.

Não tinha por que contar para a mãe sobre os aplausos de pé que recebera. Sobre a plateia enlouquecendo e gritando seu nome. Amma apenas perguntaria se a filha tinha certeza de que as pessoas não estavam lhe insultando ou gritando coisas sobre seu peso.

Amma bateu palmas.

– Legal! Canta pra mim alguma música? Quem sabe essa semana?

Sweetie deu uma risadinha.

– Tudo bem. – Depois de uma pausa, ela acrescentou: – Obrigada por me deixar ir. Sei que você e Achchan não gostam que eu fique acordada até tarde em dias de semana.

Amma sorriu e se aproximou para colocar a mão na bochecha dela.

– Acho que eu estou começando a perceber que minha filha está se transformando em mulher – ela disse baixinho. – Talvez seja hora de eu recuar um pouquinho.

Sweetie engoliu o súbito nó que sentiu na garganta. Notando as lágrimas ameaçando cair, ela piscou.

– Só um pouquinho – disse, se inclinando para abraçar a mãe.

O que é que havia no abraço de uma mãe, afinal? Ele tinha o poder de fazê-la querer explodir em lágrimas e ao mesmo tempo se sentir infinitamente confortada. Como se a pior merda pudesse acontecer, mas que de alguma forma ela fosse dar a volta por cima, porque sempre dava a volta por cima.

– Só um pouquinho – Amma concordou, fazendo carinho nas costas de Sweetie, como costumava fazer quando a filha era pequena. – Sweetie, *mol*... sabe o que a tia Tina estava dizendo? Sobre o baile?

Sweetie ajeitou a postura e olhou nos olhos castanhos da mãe, que tinham o mesmo tom amendoado dos dela.

– O que tem?

– Ela está errada.

Os olhos de Sweetie quase saltaram para fora.

– Sério?

Amma ergueu o queixo.

– Sabe, quando eu era criança, minha família não tinha dinheiro. Na escola, as outras crianças ficavam me provocando porque meu uniforme estava sempre apertado e minhas meias eram furadas. Então, quando eu cresci, decidi que minha filha nunca se sentiria assim. Sempre fiz questão de que você tivesse coisas de qualidade. Não queria que fosse diminuída. Então... por causa do seu peso...

Sweetie sentiu algo dentro de si endurecer diante do que sabia que estava por vir.

– Pensei que as pessoas tirariam sarro por causa do seu peso. Eu queria que você fosse amiga de alguém como a Sheena, sabe? Estilosa e descolada. Então me aproximei da tia Tina. Mas comecei a perceber que... você não é como a Sheena. Não é como eu. Você é a Sweetie. – Ela sorriu e balançou a cabeça de leve. – Depois que conversamos, entendi que é capaz de tomar suas próprias decisões.

Se não quer ir ao baile, quem são Tina ou Sheena pra te dizer que está errada? Você pode fazer o que quiser, *mol*. Esqueça todo mundo. Até sua velha Amma.

Sweetie sorriu em meio às lagrimas e sacodiu a cabeça. Talvez ainda não fosse suficiente – Amma não estava pedindo desculpas por todos os comentários que já tinha feito sobre o seu peso. Não estava mudando de ideia sobre o que ela podia ou não vestir. Mas também não era como se não fosse nada. Não era algo irrelevante. Era sua mãe admitindo que, talvez, talvez Sweetie não tivesse que ser *exatamente* como as outras garotas. Esta podia ser a primeira rachadura na armadura espinhosa de Amma.

– Não posso esquecer minha Amma, assim como eu não posso esquecer de mim – ela disse num tom agudo e esganiçado. – Você sabe disso.

Amma agarrou a cabeça da filha e beijou sua testa. Sweetie fechou os olhos e se entregou.

Ashish

Certo, como é que isso era possível? Como é que ele tinha passado de ter as coisas encaminhadas com todo o cuidado, para então chegar à conclusão de que estava irreversivelmente apaixonado por Sweetie, para depois estar na posição de ser xingado de "goblin idiota fedido", seja lá o que ela quisesse dizer com *isso*, tendo sido ameaçado pela sua gangue de garotas mafiosas que saiu marchando pela noite? *Como*?

A tela de LCD de seu jipe se acendeu com uma mensagem:

Pinky: Nossa vc não vai acreditar mas o plano maluco do Samir deu certo!! O e E voltaram!!!!!!

"Maluco", hem? Pela abundância de exclamações, Ashish supôs que Pinky ainda estava sob o efeito da cafeína. Ele sorriu por dentro, apesar de tudo. Então Oliver devia ter pegado uma carona com Elijah. O que era alguma coisa; esses dois mereciam ficar juntos.

Assim como ele e Sweetie, caramba! Os dois mereciam ficar juntos porque tinham sido feitos um para o outro. Como é que ela podia acreditar que ele fosse capaz de viver uma vida dupla?

Mas você não deu a ela nenhum motivo para que pensasse outra coisa, não?, uma vozinha interna e insistente falou. *Você andou conversando com Celia às escondidas. Como é que ela poderia saber que não havia nenhuma intenção nefasta rolando?*

Como é que ela tinha descoberto, afinal? Seu celular jamais ficou perdi...

Quando lhe devolveu o celular, Oliver estava meio estranho. O que será que o amigo viu nas mensagens e comentou com Sweetie?

Ashish descartou essa ideia no mesmo instante. Não, Oliver falaria primeiro com ele antes de fazer algo assim. Então, o que tinha acontecido? Ah, minha nossa! Ele tinha largado o celular em cima da mesa depois de tirar aquela *selfie*, não foi? Provavelmente Celia mandou mensagem bem na frente de Sweetie.

Ashish soltou um grunhido, agarrando o volante com mais força. Certo! Não tinha escolha. Precisava vê-la.

Ele parou o carro e enviou uma mensagem:

Ashish: Pode vir falar comigo? No parquinho da esquina da McAdam com a Harper

Ela leu quase no mesmo instante. Um minuto. Dois minutos. Três. Quatro. Ashish já estava começando a pensar que Sweetie ia ignorá-lo quando a resposta chegou:

Sweetie: Não tenho nada pra falar
Ashish: Por favor
Sweetie: Pq?

Porque eu te amo loucamente, ele quis dizer. *Porque não consigo suportar a ideia de acordar amanhã com você pensando o pior de mim.*

Porque não posso te perder por causa de algo bobo e pequeno como esse mal-entendido.

Porque a gente é a gente, ele escreveu. Por favor
Três minutos mais tarde: Ok. Quando?
Seu coração acelerou. 20 minutos

Ele deu a partida e saiu, sentindo no corpo inteiro uma esperança dolorosa, quase avassaladora.

Capítulo 30

Ashish

OS FARÓIS do carro dele a iluminaram assim que Ashish parou o carro no estacionamento. Sweetie estava sentada na parte inferior do trepa-trepa. Ele sentiu uma pontada de esperança ao perceber que poderia se espremer ao seu lado. Ela ainda guardava espaço para ele. Já era alguma coisa, não?

Ele desligou o carro e caminhou até a garota, seus passos suaves e silenciosos sobre o material emborrachado comum em pisos de parquinho. Talvez *fosse* mesmo borracha. Enfim. Ashish não tinha tempo para isso.

– Oi. – Ele ficou parado ao lado dela, sem querer invadir seu espaço antes de ela dizer que estava tudo bem.

Sweetie o olhou. Seu cabelo estava molhado, como se tivesse acabado de tomar um banho, e ela vestia um moletom. Seus olhos estavam inchados, como se tivesse chorado, e o coração de Ashish se partiu de ver o quanto ela era linda. Ele mal podia esperar para consertar tudo. Ele *consertaria* tudo. Ela nunca mais choraria por ele de novo.

– Oi – ela disse baixinho, abrindo espaço para que ele se sentasse.

Ashish aceitou o convite e se acomodou ao seu lado. Sentiu o calor do corpo dela, o cheiro mentolado de seu xampu. Ele só queria tomá-la nos braços, beijar aqueles lábios de veludo, aquela covinha irresistível, aquele pescoço macio... Mas se conteve com todas as forças.

– Obrigado por vir me encontrar. Sei que está tarde e que você provavelmente não quer nem olhar pra mim.

Ela deu de ombros.

– Sweetie... lembra quando eu te disse que não podia me entregar a você totalmente porque...

– Por causa da Celia. – Sua voz vacilou ao dizer o nome da outra, e Ashish ficou morrendo de vontade de desembuchar toda a verdade. Mas tinha que ir devagar. – Sim, eu me lembro.

Ela se levantou e foi até o balanço. Se sentou e começou a se movimentar. Ashish foi atrás e se sentou no balanço ao lado.

– Não precisa me lembrar – Sweetie disse baixinho, e suas palavras se entrelaçaram ao ranger das correntes. – Sei que não me prometeu nada. Mas daí você disse que gostava muito de mim. E teve todo aquele trabalho pra me convidar para o baile. Pensei... – Ela engoliu em seco, e quando falou, sua voz estava engasgada, despedaçando o que tinha sobrado do coração de Ashish. – Pensei que isso mudava tudo. Que você estava, hum... se apaixonando por mim.

Ele respirou fundo.

– As coisas *estavam* mudando. Eu *estava* me apaixonando por você. Quer saber? Já me apaixonei.

Ela o olhou severamente; suas feições estavam obscurecidas pela luz fraca do poste a alguns metros de distância.

– Mas então... por que estava falando com a Celia?

Ashish chutou a terra, e todo o balanço tremeu com o impacto.

– Não vou mentir. Quando ela me escreveu, logo depois do nosso segundo encontro, não consegui deixar de responder. Celia tinha partido meu coração e... e acho que de alguma forma ainda tinha poder sobre mim. Ela parecia tão pra baixo, tão sozinha, que acabou me pegando. Temos uma história, sabe? Mas então a gente foi se conhecendo melhor e eu percebi uma coisa. Celia era alguém que eu *amei*. No passado. Isso nunca mudaria. Ela cometeu erros, mas acho que é uma boa pessoa e... é isso.

Ele continuou:

– Não consegui parar de falar com ela porque uma parte de mim sentia que eu devia isso a ela. A Celia parecia não ter mais ninguém pra conversar. Parecia frágil. Mas o principal motivo era que... eu precisava muito vê-la uma última vez pra deixar esse capítulo da minha vida para trás. Estava desesperado pra fechar esse ciclo, Sweetie, e o único jeito de fazer isso era ver a Celia pessoalmente, falar que não tinha mais volta na cara dela. Então, quando ela pediu pra me encontrar, eu concordei. Assim que nos vimos, eu logo falei que não estava interessado. Que só tinha olhos pra você.

Ele esperou, observando a expressão dela para ver como Sweetie estava reagindo.

– E ver Oliver e Elijah e tudo o que aconteceu com eles... me fez perceber que seria uma estupidez dar as costas para o amor verdadeiro. E daí se foi inesperado? E daí se eu e você não fazemos sentido na teoria? E daí se estiver fadado à infelicidade porque sou um merda em relacionamentos e provavelmente vou acabar estragando esse também? Tipo, já estou estragando tudo. Mas, neste momento, as coisas estão funcionando. Estão dando *certo*. E sei que sou sortudo pra caramba de ter você. Enquanto me quiser. Cansei de ter medo.

Ela balançou a cabeça e olhou para os pés.

– Mas por que você não me falou tudo isso antes?

Ashish engoliu em seco.

– Pensei que seria melhor te contar tudo quando eu já tivesse resolvido as coisas. Eu poderia dizer "Ei, essa história com a Celia ficou pra trás". Já teria encerrado tudo e poderia ser completamente sincero. Eu já sabia que não sentia mais nada por ela, mas a Celia ainda tinha essa espécie de... controle sobre mim, sabe? Era como se o fantasma da nossa relação estivesse sempre lá quando eu estava com você, e pensei que depois que me encontrasse com ela e esclarecesse tudo, esse fantasma finalmente desapareceria. Além disso, não queria que você me visse como esse... garoto fraco que não consegue nem lidar com a ex. Mas agora vejo que fui um idiota. Claro que você ia querer saber que eu estava falando com ela. Meu irmão Rishi é que é o cara superaltruísta, sabe? Ele está sempre colocando todos na frente de si mesmo. E fica feliz com isso, e as pessoas o amam por isso. Mas eu? Sou o oposto. Eu sempre pensei só em mim mesmo. Quando pensava nos outros, era neles em relação a mim. Não é natural que eu pense nos outros. Nunca me importei com isso antes... só achei que eu era assim. Ash, o pegador egoísta que não queria nem reconhecer a parte indiana de sua identidade. Mas você... Sweetie, você me mudou. E faz com que eu queira continuar mudando para melhor. Eu devia ter te contado tudo o que estava sentindo, mas fui imbecil e egoísta.

Ashish se levantou, foi até onde Sweetie estava sentada e se ajoelhou na frente do seu balanço. Ele pegou as mãos dela e falou baixinho:

– Sinto muito mesmo por ter te magoado. Era a última coisa que eu queria fazer.

Sweetie ficou encarando-o sem dizer nada. Um grilo ou outro quebrou o silêncio.

– Sério? A *última* coisa? – ela finalmente perguntou.

Ele assentiu, um pouco confuso pela forma como ela tinha falado.

– Que tal comer um sapo vivo, com verrugas, ou me magoar? – Sua covinha apareceu.

Ashish manteve a expressão séria, apesar de seu coração estar saltitando feito um peixinho feliz.

– Já falei que amo *cuisses de grenouilles*?

– É...

– "Pernas de rã", em francês.

Sweetie bufou.

– Certo. Dançar pelado na frente dos Bruins ou me magoar?

– É melhor os Bruins se prepararem para verem algo muito especial.

Sweetie deu uma risadinha.

– Você é louco.

– Louco por você. – Ashish sustentou seu olhar até que o sorriso dela se desfez e ela também ficou séria. – Eu te amo.

Sweetie pareceu estar engasgando ou algo assim. Depois de um longo tempo, quando Ashish começou a pensar que não aguentaria mais, ela disse:

– V-você me ama?

Ele sorriu.

– Obviamente.

Ela colocou as mãozinhas macias e irresistíveis nas bochechas dele, que fechou os olhos por um instante, se deleitando com o momento.

– Eu também te amo, Ashish. – Ela se inclinou para beijar seus lábios, primeiro hesitante, e depois com voracidade. – Obviamente – ela sussurrou contra a boca dele.

O sorriso de Ashish se alargou ainda mais. Sinceramente, ele pensou que nunca mais pararia de sorrir.

Sweetie

Tudo fora perfeito. Sweetie não sabia se Suki, Kayla e Izzy pensariam que estava sendo mole por perdoá-lo. Mas ela estava fazendo o que lhe parecia correto. E isso era tudo o que importava. Ashish tinha pedido desculpas. Ele lhe deu uma explicação sincera, certeira. E lhe contou um pouco sobre as dificuldades que Celia estava enfrentando na universidade, e a garota ficou até contente por Celia ter Ashish a quem recorrer. (Eeee ficou contente também por ter esclarecido a história das mensagens. Fala sério! Ela era só humana.)

Só que ainda havia uma coisinha. Algo que Sweetie tinha que contar a Ashish para que ele também soubesse o que estava acontecendo com ela. Para que estivesse preparado.

Os dois estavam no chão, e Sweetie estava com a cabeça em seu colo. Ele lhe fazia cafuné com seus dedos quentes e reconfortantes.

– Ashish... – ela começou, de repente se sentindo nervosa. Ela limpou as palmas das mãos no moletom.

– Hum?

– Lembra que eu disse que queria usar nosso encontro livre no meu aniversário?

– Claro. Essa semana. Até já escolhi o seu presente.

– Sério? – Ela sorriu para ele, mas logo ficou séria outra vez. *Foco, Sweetie.* – Então, você precisa saber de uma coisa. Queria contar para os meus pais sobre nós.

– Sim, você já falou. Cara, estou preparado. Já separei o *look* pra impressionar pais. Camisa, calça cáqui, tudo...

– Ótimo, mas espere. – Sweetie se sentou e o olhou nos olhos. – Ashish, se meus pais não concordarem, se mesmo assim não quiserem que a gente namore... – Ela respirou fundo. – Vou respeitar o desejo deles.

Ashish ficou paralisado.

– Você terminaria comigo? – ele perguntou com uma voz tão baixa e vulnerável que os olhos de Sweetie instantaneamente se encheram de lágrimas.

Ela colocou as mãos sobre as dele.

– Desculpe – ela disse, mordendo o lábio. – Só que eu não posso ir contra a vontade dos meus pais. Por mais equivocados que às vezes eles sejam... no final, a opinião deles importa. Muito. – Ela riu. – Sei que pode parecer meio hipócrita, tendo passado esse mês namorando você escondido. Mas queria provar algo pra *mim mesma*, e eu provei. Sei que o que eu sempre acreditei ser verdade é *mesmo* verdade: minha capacidade de encontrar o amor romântico não está relacionada ao meu peso. E sou muito mais digna de respeito do que as pessoas preconceituosas ou ignorantes pensam.

– Então o Projeto Sensacional Sweetie foi um sucesso? – Ashish perguntou, sorrindo.

– Totalmente. – Ela deu risada e enxugou os olhos. – Mas agora que cumpri o que me propus... preciso contar pros meus pais. E se mesmo assim eles não entenderem...

– Vamos ter que terminar. – Ashish assentiu e respirou fundo. – Eu entendo.

– Mesmo? – Sweetie esperava mais resistência, sendo ele o rebelde original e tudo mais.

– Mesmo. Tipo, seria uma merda, mas entendo. Você se parece um pouco com o Rishi. O filho de ouro obediente. Acho que esse é um dos motivos dos meus pais quererem que a gente namorasse.

Ela assentiu.

– Não sei. – Colocou a mão na bochecha dele, sentindo sua barba. – Obrigada por entender. Se eles não concordarem... vou ficar de coração partido. Totalmente partido.

Ashish fez carinho na bochecha dela, e seus olhos cor de mel eram pura tristeza.

– Então acho que a gente vai ter que fazer esse momento valer a pena.

Ele se inclinou para beijá-la, e quando Sweetie sentiu o sal de seus lábios, percebeu que estava chorando de novo.

Sweetie ficou sentada na escrivaninha, olhando para a *selfie* que ela e Ashish tinham tirado na quinta à noite, no parquinho. Estava escuro, e seus rostos ficaram sombreados nos lugares mais errados, mas dava para sentir o amor e a luz emanando dos dois. Ela nunca tinha sido tão feliz. Nunca.

Finalmente tinha chegado sua festa de aniversário de 17 anos. Ela devia estar explodindo de empolgação, como costumava ficar, pensando em todos os presentes que os pais de seus amigos lhe dariam. Porque, para ser sincera, essa festa na verdade era só para que seus pais socializassem com seus amigos e se gabassem de sua habilidade (bem, a de Amma) de organizar festas. Por que mais dariam a festa na manhã do dia do baile? Das sete pessoas convidadas por ela, Sweetie só fazia questão de cinco: Kayla, Suki, Izzy, Anjali Chechi e Jason Chettan (que tecnicamente eram convidados de Amma). Ashish seria tipo um visitante; ele prometeu não comer nem beber nada para não perturbar o delicado equilíbrio da relação comida/bebida/convidado que Amma passara meses aperfeiçoando.

Na verdade, o aniversário de Sweetie seria em duas semanas, mas seus pais temeram que todos os seus amigos estivessem de férias e não pudessem ir, caso deixassem a festa para depois. Quem viria se impressionar com a escultura de pavão de gelo? O almoço *buffet* e o *open bar*? Quem? Mas não tinha problema porque, quanto mais pais amistosos, mais presentes fabulosos.

Contudo, Sweetie não estava tão animada como de costume. O dia estava estranhamente nublado, o que combinava bem com seu humor. Tudo podia dar terrivelmente errado hoje. Ela esperava que não... mas conhecia Amma. Parecia que tinha passado o mês inteiro treinando para esse dia. Esse era o seu grande momento.

Na noite anterior, Ashish insistiu em fazer uma lista quando ela confessou que sentia muito medo de as coisas darem completamente errado. Ele estava estranhamente otimista para sua *persona* atleta-malandro. Sweetie leu a lista com um meio-sorriso no rosto.

**Por que os pais de Sweetie vão amar Ashish
e concordar totalmente com o namoro**

- *Ashish tem um sorriso fofo*
- *Ashish tem um senso impecável de moda*
- *Ashish vai presentear a mãe de Sweetie com flores*
- *Ashish vai presentear o pai de Sweetie com balas de caramelo*
- *Ashish é um exímio jogador de basquete*
- *Ashish faz Sweetie feliz*
- *Ashish tem um bumbum lindo*

Sweetie riu ao ler o último item. Ela não tinha visto isso na noite anterior; Ashish obviamente acrescentara quando ela não estava olhando. A garota virou a folha para ler a lista no verso, que ela escrevera. (Os comentários de Ashish estavam entre parêntesis.)

**Por que os pais de Sweetie vão odiar Ashish
e chutar o traseiro dos dois**

- *Eles namoraram em segredo por mais de um mês (Mas o que é um mês dentro do grande esquema das coisas? Sério! Um mês é tipo uma piscada para os adultos. Tipo meio-espirro.)*

- *Sweetie não emagreceu nada desde a última discussão com Amma. Assunto: namoro com Ashish. (Sua Amma vai ver que eu te acho a garota mais linda do mundo, então isso é irrelevante.)*
- *Amma disse não especificamente para Ashish... não para qualquer garoto, mas especificamente para Ashish. (Amma já conheceu Ashish? Não, acho que não. Meu superpoder é encantar qualquer adulto. Não estou brincando. Risque isso da lista já!)*

Sorrindo, Sweetie dobrou a folha e a enfiou num caderno no fundo da gaveta. Sinceramente, ela mal via a hora de acabar com o segredo e com a mentira de uma vez. Seu celular apitou.

Kayla: Não acredito que seus pais vão dar essa festa no dia do baile

Sweetie: Pois é

Kayla: Então preciso fazer meu cabelo e maquiagem

Sweetie: O QUE???! Vc tem que vir! Te falei que A vai vir tb, preciso de apoio

Kayla: E vc acha que eu perderia isso? Só preciso ir embora até 14h30. Então se puder revelar tudo até lá... peguei o último horário que tinha

Sweetie: Obrigada. Vou contar antes disso. Senão vou explodir

Kayla: Então. Odeio ser a pessimista mas e se eles não concordarem? Vc ainda vai no baile?

Sweetie: Não sei... to pensando. Eu teria que ir sem Ashish, mas não sei se consigo

Kayla: Não se culpe. Te amo

Sweetie: Tb te amo

Sweetie deixou o celular de lado e foi até o armário. Ela abriu a porta e tocou o vestido que usaria na festa, que também seria o do baile. Duas grandes surpresas em um dia. Pobre Amma.

Capítulo 31

Ashish

ASHISH se olhou no espelho de chão no canto do seu quarto.

Camisa de botão azul-metálico por dentro das calças: ok (sua mãe lhe dissera que isso fazia seus olhos se destacarem, e ela estava certa).

Calça cáqui: ok.

Sapatos pretos engraxados e reluzentes: ok (obrigado, Myrna, por impedi-lo no último minuto de aplicar graxa de carro em vez de graxa de sapato). (Para ser justo, Ashish nunca tinha frequentado aquela parte da casa, e os potes não estavam identificados.)

Cabelo cuidadosamente penteado, em vez de espetado como sempre: ok.

Barba perfeitamente feita: ok.

Ashish alisou a camisa e respirou fundo. Tinha feito tudo o que podia, era isso. Dentro de dez minutos, ele sairia para a festa. E aí... as coisas dariam certo ou flopariam por completo.

Ele não conseguia imaginar sua história com Sweetie terminando assim. Talvez estivesse em profunda negação, mas como é que os pais dela poderiam não ver que estavam felizes juntos? Como é que poderiam continuar com aquela teimosia quando Ashish colocasse seu charme para jogo? Impossível!

Ele tirou o celular do bolso e se sentou no banco no pé da cama para escrever uma mensagem.

O que quer que aconteça hoje...
Mein tumse pyaar karta hoon...
Pyaar karta tha...
Aur pyaar karta rahoonga.

Sorrindo, Ashish guardou o celular. As frases em hindi eram um diálogo de um filme piegas, que dizia: "Te amo, te amei e sempre vou te amar". Mas ele falou sério. Muito sério.

Ashish ouviu uma batida na porta, e Ma e Pappa entraram. Ela deu um sorrisinho e ele colocou o braço em volta de seu ombro.

– Como você está, *beta*? – Ma perguntou, com uma mão no peito.

– Bem, só um pouco... – Ele deu de ombros, tentando acalmar os nervos.

– Aterrorizado? – Pappa perguntou. – Quer um antiácido?

Ashish olhou para o pai.

– Não, obrigado. Eu não estou aterrorizado. Só... ansioso.

– Claro que não está aterrorizado... – Ma falou ao mesmo tempo que Pappa.

– Sabe, não há vergonha nenhuma em admitir que o medo comprometeu seu intestino! Quando eu fui pedir a mão da sua mãe em casamento, quase tive que descer do ônibus pra me aliviar...

– Pappa, *por favor*! – Ashish tentou não fazer careta. – Tipo, hum, obrigado por compartilhar essas coisas. Mas acho que ficarei bem. Quero dizer, os pais de Sweetie vão gostar de mim. Todo mundo gosta de mim quando eu sou charmoso. Ma sempre fala isso.

Ela se sentou ao lado dele, e a seda de seu *salwar* esvoaçou.

– Você tem razão. Quando as pessoas virem o seu charme e o seu sorriso... nossa! *Chanda-sooraj munh chhupa ke baith jaate hain.*

Ashish revirou os olhos.

– Eu duvido seriamente que a lua e o sol vão se esconder por causa do meu sorriso... Ah, espere. Essa é uma daquelas frases hindi exageradas?

Ela deu risada.

– Sim. – Ma deu um beijo em sua bochecha e limpou a marca de batom. – *Beta*, quero que saiba que Pappa e eu te achamos perfeito.

Pappa grunhiu, o que não era exatamente uma concordância, mas Ashish aceitou.

– Obrigado. Não tão perfeito quanto Rishi, mas o suficiente, não é? – Ele sorriu e ajustou os punhos casualmente para mostrar que era tudo uma piada, mesmo que não fosse.

Ma franziu o cenho.

– Ashish...

– Tudo bem, Ma. Eu sei que não sou o filho mais fácil.

– Fácil? – Desta vez, foi Pappa quem falou. – Não, você não é nada fácil.

Ashish deu de ombros, como se dissesse "O que foi que acabei de falar?".

Seu pai continuou:

– Mas é passional e corajoso. Ninguém nesta família tentou fazer as coisas que você faz, Ashish, porque nenhum de nós tem o espírito combativo que você tem.

Ashish ficou olhando para o pai, sem conseguir pensar em uma palavra para dizer.

– Já tentou comer um *curry* que ainda não foi temperado? – Pappa perguntou de um jeito quase agressivo. – É sem graça, não tem sabor. Ninguém gosta. – Ele pigarreou. – É assim que seria a nossa vida sem você – ele terminou bruscamente, cruzando e descruzando os braços.

Ma sorriu para Pappa e depois para Ashish, com lágrimas nos olhos.

– Eu não poderia me expressar melhor.

– Uau! – Ashish disse, olhando para os pés. – Hum, obrigado. A vocês dois.

Ele literalmente não estava acreditando que aquelas palavras, naquela ordem, tinham saído da boca de seu pai. Seria verdade? Será que seus pais o amavam tanto quanto amavam Rishi, mesmo que fosse um pé no saco? Ele pensaria mais sobre isso depois.

– *Beta*, você tem certeza de que não quer que a gente vá junto? – Ma perguntou, o arrancando de seu minidevaneio.

– Você disse que eu estou perfeito. – Ashish sorriu. – Então como é que os pais de Sweetie vão conseguir não se encantar em cerca de três segundos?

– É verdade... – Ma continuou, colocando a mão sobre a dele. – Mas às vezes as pessoas têm dificuldade de enxergar além de seus... ah, *kaise kehte hain*... complexos. Das coisas que as fazem entender o mundo de uma certa maneira, mas não sabem por quê. Para a mãe de Sweetie, é o peso dela. Eu arriscaria dizer que a razão do peso da filha a incomodar tanto é que ela tem algumas coisas pesando na mente *dela*, certo? Então, de alguma forma, isto não tem nada a ver com Sweetie. Nem com você.

Ashish não tinha considerado as coisas por esse ângulo. E se os pais de Sweetie se recusassem a se encantar por ele por causa do que representava – algo que os incomodava e que não conseguiam aceitar, e que não tinha nada a ver com ele nem com Sweetie? Ashish não podia controlar isso.

– Não, você não pode – Pappa disse, e Ashish percebeu que tinha falado a última parte em voz alta. Seu pai se aproximou e pousou a mão no ombro dele por um instante. – Há coisas na vida que estão além do seu controle, Ashish. Você só vai se irritar se tentar mudá-las.

Ele encarou Pappa, fixando o olhar naqueles olhos escuros e quase tempestuosos.

– Então, o que eu devo fazer?

– Seja honesto. Assuma seus sentimentos e suas ações. E dê um passo pra trás. Um homem sempre sabe quando dar um passo pra trás.

– Nada disso – Ma disse, sacudindo um dedo para Pappa. – Uma *pessoa* sábia sempre sabe quando dar um passo pra trás.

Ashish suspirou.

– Não sou tão sábio. Mas *sou* uma pessoa. Já é meio caminho, né?

Ma e Pappa deram risada.

– Boa sorte, *beta* – Ma falou, se levantando. – Você tem nossa bênção.

Menos de um ano atrás, Ashish diria que uma bênção valia tanto quanto o ar que se gastava para dizer isso. Mas agora... era diferente. Eles tinham visto seu pior. Sabiam do que precisava até quando ele mesmo não sabia. Ashish se sentia grato por poder contar com a sabedoria de seus pais. Ele os abraçou e saiu com o coração acelerado.

Sweetie lhe dera o endereço, mas, mesmo que não tivesse essa informação, teria sido fácil encontrar a casa dela. A fachada era de gesso azul-claro e a pesada porta de madeira estava escancarada. Hordas de pessoas, em sua maioria indianas, estavam entrando em um ritmo constante, e Ashish viu que a enorme sala de estar estava lotada. Crianças gritavam e brincavam no quintal e desapareciam nos fundos. Um garçom de *smoking* caminhava ao redor deles carregando uma bandeja de bebidas. Música hindi animada soava no ar.

Ashish teve que estacionar um pouco longe porque não encontrou nenhuma vaga próxima, mesmo tendo chegado na hora. Quando desceu do jipe, ele notou que suas mãos estavam levemente suadas. Nossa. Que nervoso! Nunca tinha ficado tão nervoso, a não ser para algum jogo de basquete, e, mesmo assim, fazia muito tempo que isso não acontecia. Ele engoliu em seco, pegou a caixa de balas de caramelo, o buquê de lírios Gloriosa e a caixa roxa e dourada que continha o presente de Sweetie. Bem, ao menos parte dele.

Enquanto caminhava até a casa, percebeu que a maioria das pessoas estava de terno e *kurtas* de brocado que pareciam bastante caros. Até os adolescentes e os meninos em idade escolar estavam de gravata. Que droga! Pappa sempre falava para deixar uma gravata no carro, só para garantir. Mas é claro que Ashish nunca o ouviu. Ele tinha achado a ideia mais ridícula do mundo. *Ótimo trabalho, Ash. Sua rebeldia estúpida pode lhe custar o amor da garota mais incrível do mundo.*

Cheguei, ele escreveu para Sweetie enquanto se aproximava da garagem.

Então respirou fundo e seguiu uma família com quatro crianças aos berros.

Eita! Aquilo era... estranhamente intenso. Ashish já tinha frequentado muitas festas com os pais, mas esta era uma mistura de garçons esnobes e supersofisticados circulando com bebidas e canapés e famílias indianas de classe média rindo e brincando e deixando as crianças subirem em todos os móveis e umas nas outras (Ashish estava familiarizado com eles por causa de sua própria família, espalhada pelo país e pela Índia). Os garçons se esquivavam das crianças enquanto elas se enrolavam em suas pernas, e a música continuava rolando, fazendo a cena lembrar o circo mais suburbano do mundo.

Uma mãozinha no braço dele o fez se virar com um sorriso no rosto. Mas não era Sweetie. Uma pequena mulher indiana, da idade de Ma, o encarou por trás de seus óculos de gatinho. Ela usava um *sári* creme com borda dourada.

– Olá. Sou Vidya Nair, mãe da Sweetie.

– Oh. *Namastê*, tia – Ashish disse, tentando colocar as mãos uma sobre a outra.

Só que ele estava segurando uma pilha gigante de coisas e não conseguia se mexer direito. O buquê de lírios quase escorregou e caiu no chão. Merda! Ma o mataria se soubesse; ela tinha pedido ajuda de sua amiga, especialista em tudo relacionado à botânica, para escolher essas flores. Que aparentemente eram muito raras e muito caras. Fazendo uma dancinha digna do circo suburbano, Ashish conseguiu salvar as flores e oferecê-las à mãe de Sweetie.

– São para você. Um presente especial da minha mãe, Sunita Patel. – Ele abriu seu sorriso mais charmoso e confiante. – Sou Ashish Patel.

Ela aceitou o buquê, mas não pareceu nem um pouco impressionada ou contente quanto Ma tinha imaginado. Droga!

– Ah, é? – ela comentou.

Ashish levou um tempo para entender que seu comentário, na verdade, queria dizer "E o que você está fazendo aqui, campeão?". Ele engoliu em seco. Suas axilas estavam começando a pinicar de suor de nervoso.

– Ashish, você veio!

Ele se virou bem a tempo de ver uma garota negra de rosto familiar se aproximar e lhe dar um braço. Ela olhou para a mãe de Sweetie.

– Esse é o meu grande amigo Ashish – ela explicou, agarrando seu braço com bastante força para alguém de seu tamanho. Ele tentou não se encolher. – Que bom que veio – ela disse, sorrindo ferozmente.

Foi então que ele se lembrou. Era uma das mafiosas da gangue da quinta-feira passada. Bem, isso explicava a força com a qual ela o segurava.

– Ah, hum, sim – ele se apressou a dizer. – Eu, hum... trânsito.

A garota levantou a sobrancelha e lhe lançou um olhar que comunicava "Seu idiota". Bem, fazer o quê? Ele estava acostumado a receber esse olhar das garotas.

Tia Vidya relaxou um pouco.

– Kayla, você pode mostrar ao seu amigo onde colocar o presente, por favor? E viu Sweetie por aí? – Sua expressão voltou a se fechar, e Ashish se sentiu mal por Sweetie, onde quer que ela estivesse.

– Ainda não – Kayla respondeu. – Mas posso subir e ver se ela está no quarto.

– Não, eu vou. – Então tia Vidya se virou com a determinação de quem estava prestes a pedir uma decapitação.

Kayla soltou seu braço e se virou para ele, com a cabeça inclinada.

– Você ainda não me convenceu. Tipo, eu sei que Sweetie quer você aqui, mas... não sei. Sinto que é aquele tipo de garoto que termina todas as festas com um abajur na cabeça, dando em cima de uma garota inocente de Minnesota.

Ashish piscou.

– Hum... o quê? – Será que isso fazia algum sentido fora da cabeça de Kayla?

– Sei lá. Eu só tenho essa impressão. – Ela fez uma pausa. – Acredite em mim, existem tipos assim.

Ashish mordeu os lábios e assentiu devagar.

– Beleza. Olha, eu tenho, tipo, zero noção do que responder. Mas *posso* dizer que tenho muitos planos pra mim e pra Sweetie, e nenhum deles envolve abajures ou garotas de Minnesota.

Kayla deu risada.

– Justo. Vamos achar a mesa de presentes.

Sweetie

Sweetie estava sentada na frente da penteadeira, se olhando no espelho. Chegou a hora. Ela precisava fazer isso. Ser corajosa. Se lembrar do Projeto Sensacional Sweetie.

A maçaneta se mexeu, e ela se virou com o coração acelerado.

– Sweetie? – Amma disse do outro lado da porta. – O que está fazendo aí dentro com a porta trancada? Venha! Os convidados já chegaram.

– Sim, Amma. Desço num minuto.

– Não é legal deixá-los esperando, *mol* – Amma falou, nervosa. Ela adorava organizar festas, mas odiava receber gente. Não fazia sentido para Sweetie. – Estão perguntando por você.

– Só estou terminando... a maquiagem – Sweetie respondeu, olhando para a camiseta no espelho. – Estou quase pronta.

– Tudo bem – Amma disse, resignada. – Cinco minutos!

– *Shari*, Amma – Sweetie falou, se recostando na cadeira, aliviada. Certo, mais cinco minutos. Ela conseguiria.

Seu celular apitou.

Anjali Chechi: Acabei de pousar. Logo estaremos a caminho! Vc recebeu, né? Está usando?

Sweetie: Sim, chegou pelo correio dois dias atrás. Eu inda não vesti. Não sei se consigo. Acho que devia usar o que Amma escolheu. Tipo, vestido, Ashish, baile... não é muito para o mesmo dia?

Anjali Chechi: Não vou te obrigar, Sweetie. Só pense no que te deixaria mais arrependida: ser uma fodona ou não ser?

Sweetie deu risada e respondeu: Não ser.

Anjali Chechi: Garota esperta. Até logo bjs

Sweetie se levantou, revigorada. Ashish tinha mandado mensagem cinco minutos atrás. Ele estava lá embaixo. Pobrezinho... Não queria nem imaginar como é que estava sobrevivendo ali sem ela.

A garota pegou a roupa no armário e se obrigou a abrir um sorriso corajoso. Ela era a Sensacional Sweetie. Uma fodona.

Capítulo 32

Ashish

CERTO, a família de Sweetie conhecia gente demais chamada Padma. Ele tinha acabado de ser apresentado a uma bisavó, a uma mulher de meia-idade que parecia um pouco brava e dizia ser a melhor advogada de entretenimento do estado, e a uma garotinha de cabelo encaracolado, e todas se chamavam Padma. Como é que se lembraria delas? Aliás, ele *deveria* se lembrar?

Onde Sweetie estava?

O suspense era demais. Ashish se sentia exposto, apesar de ninguém estar prestando atenção nele. Exceto a gangue das mafiosas, que vieram se apresentar e conversar um pouco com ele. Ashish teve a clara impressão de que estavam avaliando-o, procurando sinais de canalhice, mas agora pareciam confortáveis com a sua presença. A garota de aparelho, que aparentava ter 12 anos, Izzy, tinha até pedido desculpas por tê-lo chamado de "xixi" aquela noite. (E por chamá-lo de Ashish Pastel, o que ele não sabia até ela contar, para logo então ficar vermelha feito um pimentão ao perceber que só o chamava assim pelas costas; ao que parecia, essa garota tinha talento para trocadilhos malvados.)

Ele só queria resolver logo as coisas. Dizer para os pais de Sweetie exatamente quem era e por que estava ali e explicar tudo.

Suspirando, Ashish foi até a escada e olhou para cima sem pensar.

O mundo encolheu. Só existia ela.

Sweetie estava no topo da escada, de olhos fechados, movendo os lábios como se estivesse rezando ou falando consigo mesma ou algo assim. Usava um vestido indiano amarelo-vivo – Ashish supôs que fosse o Anarkali, mas não tinha certeza –, que basicamente era um vestido longo com calças justas por baixo. A parte superior era em decote halter, e seu pescoço e seu peito estavam envoltos com pequenos diamantes que captavam a luz e reluziam ao menor movimento. Seus braços nus eram macios, seus punhos estavam cerrados ao lado do corpo. Seu incrível cabelo com cheiro de menta estava solto, caindo sobre seus ombros feito uma cachoeira preta e brilhante de cachos.

Ashish ficou apenas a encarando. Ele sabia que não devia fazer isso. Sweetie estava obviamente vivenciando um momento íntimo antes de descer as escadas. Mas ele não conseguiu se conter.

Ela era uma deusa. Era... pura beleza. Puro amor. Ela era tudo o que ele nunca quis, mas tinha que ter.

Sweetie era tudo. Ponto.

Sweetie

Ela estava aterrorizada. Ponto.

Na verdade, Sweetie estava morrendo de medo, se quisesse colocar em termos mais técnicos. Parecia que seu coração, seus músculos, seus ossos e todos os seus órgãos literalmente queriam sair de seu corpo e fugir. Não estar ali.

Por que é que tinha decidido fazer tudo isso no dia de sua festa? Por quê?

Ela abriu os olhos, conformada em descer as escadas e sabotar... *tudo*.

Abriu os olhos e encontrou Ashish. E o mundo se encolheu.

Ele estava olhando para ela absolutamente maravilhado. Como se estivesse admirando um arco-íris duplo. Como a Terra olhava para o sol. Como o esquilo lá fora olhando para a pinha coberta de manteiga de amendoim que preparara no inverno passado. Com reverência, como se não acreditasse em sua sorte.

Quando Sweetie sorriu, Ashish se segurou no corrimão, como se tivesse sido atingido.

Certo. Era por *isso* que ela estava fazendo tudo aquilo. Ashish Patel. Ele não era o *único* motivo, mas era grande parte da motivação.

Ela desceu a escada na direção de seus braços estendidos.

– Oi – ela sussurrou, se aproximando o máximo que ousava.

Ele deu um passo à frente, sorrindo.

– Oi.

O coração dela palpitou. Ashish estava maravilhoso. Aquela camisa com aqueles olhos... nossa! E o cheiro dele... hum. Limão e algo apimentado.

– Você está... – ela começou. Ele disse ao mesmo tempo:

– Pulchritudo.

Ela fez uma pausa e deu risada.

– O quê?

– É uma palavra do SAT que sempre tive dificuldade de me lembrar. Significa "linda" – Ashish murmurou, correndo o olhar pelo seu rosto com uma voracidade que fez os ossos dela se transformarem em geleia. – Mas acho que não vou esquecer mais. Você... – Ele balançou a cabeça. – Você tem o poder de me reduzir a vapor. – Ele passou um dedo leve pelo braço de Sweetie e ela ficou arrepiada, sem conseguir desviar o olhar. – Meu coração é seu, Sweetie Nair. Completamente.

Havia um milhão de pessoas ao redor deles. Seus pais estavam em algum lugar por ali. Crianças berravam, copos se espatifavam. No som, tocava um remix de "Sheila ki jawani", uma das músicas mais horrendas que Bollywood já criara. Ainda assim, Sweetie se sentia meio bêbada com a magia de seu primeiro amor.

Ela respirou fundo. Tocou Ashish levemente no peito, sentindo o coração dele bater fervorosamente contra seus dedos.

– Obviamente – ela disse, séria. – Te amo, Ashish Patel.

Ele sorriu.

– Obviamente, eu também te amo.

– Então qual é o plano? – ele perguntou depois que Sweetie o levou até o escritório vazio.

Ela deixou a porta aberta porque não queria que nenhum de seus tios e de suas tias fuxiqueiros contassem para Amma que sua filha tinha se trancado em uma sala com um garoto. Pior ainda seria se Amma os encontrasse trancados ali.

– Só estou esperando Anjali Chechi chegar – Sweetie disse, enrolando um cacho no dedo indicador.

– É sua prima favorita, certo? A cirurgiã-ortopedista?

Sweetie sorriu, contente por Ashish ter se lembrado. Ela já tinha falado de Anjali Chechi uma ou duas vezes para ele.

– Isso. O marido dela também é bem legal, você vai gostar dele.

– Então eles vão funcionar como amortecedores entre mim e seus pais?

– Mais como escudos humanos – ela murmurou.

– Ei. – Ashish colocou a mão em seu braço. – O que quer que aconteça, vai dar tudo certo. Prometo.

Ela sorriu e recuou um pouco.

Ele franziu o cenho e afastou a mão.

– Está tudo bem?

– Sim. – Ela riu, sentindo as bochechas esquentando. – Hum, eu sempre tive essa coisa com meus braços, sabe? Nunca deixava eles descobertos.

Ashish ficou olhando para ela com firmeza.

– Você é linda. Seus braços são lindos.

Ela o estudou por um momento e então percebeu que acreditava nele.

– Sweetie! – Eles se viraram e se depararam com Achchan entrando na sala, com um sorriso largo no rosto. – Como vai minha aniversariante?

Ela deu risada enquanto ele a envolvia com o braço e dava um beijo em sua bochecha, fazendo cócegas com seu bigode.

– Meu aniversário é daqui a duas semanas, Achcha.

– Certo, certo. Então hoje você só tem que se preocupar com os presentes, sua parte favorita! – Em seguida, ele a observou com atenção e arregalou os olhos. – Que linda!

Sweetie sorriu e ficou mexendo em seu Anarkali.

– Obrigada. – Achchan não fazia ideia da miniguerra que Sweetie e Amma tinham travado acerca do vestido. – Ah, Achcha, queria que você conhecesse Ashish Patel.

Achchan franziu as sobrancelhas como se estivesse tentando se lembrar onde tinha ouvido esse nome. Ele deu a mão para cumprimentar Ashish.

– Olá, olá! Você é da escola da Sweetie?

– Não, tio. Estudo na Richmond. – Sweetie sentiu uma onda de orgulho lhe percorrer diante do aperto de mão firme e confiante de Ashish.

– Ashish é a estrela do basquete deles – ela falou, colocando a mão em seu braço e a retirando depressa ao perceber o que estava fazendo. COM. ACHCHAN. BEM. ALI. – Mas ele é modesto demais pra dizer isso.

Ashish riu, olhando para ela com tanta admiração e amor que seus ossos se encheram de gás hélio e ela quase saiu voando.

– Curioso você dizer isso, já que é a estrela da corrida de Piedmont.

Achchan olhou de Sweetie para Ashish e de volta para ela, com aquela leve ruga entre as sobrancelhas de quem está tentando entender algo. Sweetie o olhou com firmeza, com o coração acelerado. Se ele perguntasse, ela lhe diria a verdade.

– Aí estão vocês!

Sweetie se virou ao ouvir uma voz familiar tão querida quanto seu pijama da Hello Kitty. Anjali Chechi entrou com Jason Chettan logo atrás. Como sempre, a prima emanava uma energia efervescente e cinética. Seu cabelo cacheado era exuberante – se espalhando por todos os lados, como se não suportasse ser contido, apesar de ela ter tentado arrumá-lo num coque na base da nuca.

Ela abriu um sorriso de mil por cento, abraçou Sweetie e depois ficou segurando-a pelo braço.

– Ah, meu Deus – ela disse, com os olhos brilhando. – Você está incrível! Sério.

Sweetie abriu um sorriso tímido.

– Obrigada por conseguir o vestido pra mim.

Anjali Chechi acenou com a mão.

– Você foi o cérebro da operação. Eu só fui o músculo. – Ela se virou para Achchan com um sorriso largo. – *Namaskaram.*

– Anjali, Jason! – Achchan disse, também sorrindo. Ele considerava Anjali sua filha adotiva. – Já experimentaram o aperitivo de camarão com chili? Estão servindo em copinhos! Vou mostrar.

Anjali Chechi deu risada enquanto Achchan seguia na frente.

Jason Chettan colocou as mãos nos bolsos.

– Então, hum, sua mãe já te viu?

Sweetie suspirou.

– Ainda não. Estou meio que me escondendo aqui. Este é Ashish, meu... amigo.

Jason Chettan esticou o braço e deu a mão para Ashish. Ele era baixinho, com pouco mais de um metro e meio, e Ashish assomava sobre ele.

– Sei que essa descrição não é *totalmente* acurada, mas podemos ficar assim por enquanto. – Ele deu uma piscadela.

Ashish sorriu.

– Pelo menos temos o apoio de vocês. Sweetie me disse que as coisas vão ficar intensas.

Jason Chettan soltou um assobio longo e baixo.

– Ah, sim. Vidya Ammayi é... ah, vamos dizer que ela tem uma visão muito particular sobre as coisas.

Sweetie grunhiu.

– Falando nisso... eu devia ir lá dizer "oi" e acabar logo com isso. Quero dar espaço pra ela surtar com minha roupa antes que a gente conte sobre o namoro.

Ashish apertou sua mão.

– Certo. Vamos contar depois do almoço?

Sweetie engoliu em seco e assentiu.

– Isso. Temos exatos noventa minutos. – Ela olhou para Jason Chettan. – Você faz companhia pra Ashish enquanto falo com os convidados?

– Claro. – Jason sorriu. – Ele provavelmente vai precisar de umas lições sobre como sobreviver namorando alguém desta família.

Sweetie lhe deu tapinhas nas costas e lançou para Ashish um olhar que dizia "Te amo, te vejo logo, prepare-se para a batalha". E saiu do escritório.

Sweetie levou 22 minutos para dar a volta na casa e encontrar Amma, sendo parada a todo momento. Ela ainda não tinha nem ido ao quintal ver o pavão gigante de gelo. As pessoas lhe desejaram feliz aniversário e lhe perguntaram sobre suas notas (a onipresente questão indiana), seus planos para a universidade (idem) e seus planos para emagrecer (ibidem). Suas respostas eram sempre as mesmas: "Obrigada", "Estão ótimas", "Ainda não sei", e "Não planejei nada ainda". Suas tias e seus tios pareciam descontentes com o fato de que a corrida não a tinha ajudado a perder peso e de que ela não parecia particularmente interessada nisso, mas Sweetie apenas sorria, juntava as mãos e seguia em frente após cinco minutos.

Até que a garota encontrou Amma na cozinha instruindo um garçom a guardar os aperitivos para não estragar o almoço dos convidados.

– Sweetie, *mol*, te procurei por toda parte – ela disse, agitada. Então, parou.

O coração de Sweetie disparou enquanto observava a expressão de Amma ao notar a roupa de Sweetie, dando uma olhada lenta de cima a baixo e de baixo para cima.

– O que é isso?

Sweetie endireitou os ombros.

– Meu Anarkali. Aquele que eu queria.

– Suba agora mesmo e se troque. – A voz de Amma era um sibilo baixo e mordaz. – Não é assim que a gente deve se comportar na frente dos convidados.

– Amma, não vou me trocar – Sweetie retrucou. Seu coração estava batendo tão depressa que sua voz saiu trêmula com o esforço que fazia para não hiperventilar. – Vou ficar assim. Você não tem problema com o decote halter da Sheena.

– Sheena não precisa cobrir o corpo – Amma falou, olhando em volta freneticamente. – Sweetie, as pessoas vão rir de você. Vão zombar de você.

Era a mesma velha conversa de sempre, o mesmo caminho que já tinham trilhado milhares de vezes desde que Sweetie era pequena. Ela sabia por que Amma era tão insistente. Estava genuinamente preocupada com Sweetie. Queria protegê-la. Ela não pensava como os outros pais, que exibiam seus filhos imperfeitos vistosamente com orgulho e zero arrependimentos pelo que a sociedade pudesse pensar deles. Para Amma, *esses* pais estavam errados. Ela nunca entendeu como é que expor sua filha ao ridículo poderia ser algo que a fortaleceria ou algo similar a mostrar o dedo do meio para o universo. Para Amma, o mundo era cruel, e sua filha única deveria ser protegida a qualquer custo.

Sweetie deu um passo em direção à mãe.

– Não ligo se rirem de mim, Amma. Vou ficar chateada? Provavelmente. Vou chorar? Talvez. Mas não está vendo? Pedir para eu me cobrir e me dizer que não posso mostrar minha pele porque não sou boa o suficiente é muito pior. Não posso viver assim. Não posso mais sentir que não sou inteira por causa do meu peso. Preciso que entenda isso. Preciso que me ame como eu sou. Por favor. – Quando ela terminou, sua garganta estava apertada, dolorida e lágrimas escorriam por suas bochechas. Ela nem se importou em enxugá-las.

Amma ficou encarando-a.

– Acha que eu não te amo como você é? – Ela desviou o olhar e balançou a cabeça de leve. Então se voltou para Sweetie e perguntou: – Já foi no quintal?

Sweetie franziu o cenho, um pouco confusa.

– Ainda não. Por quê?

Amma pegou sua mão com firmeza e a conduziu para a porta dos fundos.

– *Varu*. Venha!

Sweetie seguiu Amma completamente em transe. O que ela estava fazendo? As duas saíram da casa e Sweetie viu o pavão gigante no canto, derretendo no calor. Ela se virou.

E então Sweetie a avistou disposta orgulhosamente sobre a mesa, cercada por crianças extasiadas.

– A fonte de chocolate... – Sweetie falou baixinho. Era enorme, do jeito que Sweetie queria. – Você alugou.

Amma a olhou fixamente.

– Sim. Porque você queria. E porque eu... – Ela engoliu em seco. – Sweetie, você é minha filha, minha *mol*.

Sweetie ouviu o que Amma estava dizendo: "Eu te amo. Você é tudo de mais precioso para mim neste mundo".

Ela sorriu com os olhos cheios de lágrimas.

– Então, por favor, entenda, Amma, que eu sou feliz assim. Sou feliz sendo gorda. Pra mim, "gorda" não é uma palavra ruim. São as pessoas que a tornam ruim. Mas é só uma parte que me descreve, assim como dizer que sou atleta ou indiana ou mulher. Não quero mudar isso, e não quero me esconder. *Não* tenho vergonha, mesmo se você tiver.

– Não tenho vergonha de você – Amma disse, ferozmente. – Eu nunca me envergonharia de você.

Sweetie olhou para os pés e de volta para Amma. Uma garotinha passou por elas, correndo em direção à escultura de gelo.

– Mas você não queria que eu namorasse Ashish Patel. Porque eu não era magra o suficiente pra ele.

Amma suspirou.

– Os Patel são muito diferentes de nós, Sweetie. Ao lidar com gente assim, é preciso ter consciência da sua imagem. Senão, as fofocas vão ser cruéis.

– Mas é isso que estou tentando dizer. Isso é sobre os outros. Tia Sunita queria que eu namorasse Ashish. Foi *você* quem disse não. Precisa abandonar seu medo do que os outros vão dizer, Amma. Pelo menos no que diz respeito a mim. Porque quando tenta me esconder, está me dizendo que tem vergonha de mim. Que você acha que eu não sou tão boa quanto os filhos dos outros.

Amma colocou a mão no braço de Sweetie.

– Eu tenho a melhor filha. A melhor. Não tenho vergo...

– Vidya!

Houve um momento em que o coração de Sweetie se encheu de esperança. O quê? O que Amma ia dizer?

– Vidya, oi!

Ela se virou, relutante, para ver tia Tina se aproximando com um *sári* turquesa.

– Ah, oi, Tina – Amma disse, sorrindo. – Que bom que você veio! Onde Vinod está?

Vinod era o marido de tia Tina, que aparentemente sempre estava em alguma reunião.

– Em reunião – tia Tina respondeu, e Sweetie teve que morder a bochecha para segurar uma risadinha. – E Sheena não pôde vir porque tinha outra festa. – Ela se virou para Sweetie e disse: – Feliz aniversário, Sweetie.

– Obrigada, tia Tina...

– Ah. – Tia Tina mordeu o lábio ao ver algo além de Sweetie. – Fonte de chocolate?

Amma sorriu.

– Sim. Sweetie queria muito.

Os lábios de tia Tina se comprimiram ainda mais, até que mal se podia vê-los.

– Querendo ou não, temos que dar às nossas filhas o que elas precisam – ela disse. Sweetie sentiu as bochechas esquentando de constrangimento e raiva. Sabia o que estava por vir. Olhando Sweetie de cima a baixo, tia Tina acrescentou: – Descoberta desse jeito, é óbvio que o peso da Sweetie é...

Sweetie abriu a boca para pedir licença, mas Amma falou antes que ela:

– Tina, chega!

Sweetie fechou a boca e ficou olhando para Amma, perplexa. Tia Tina tinha uma expressão semelhante.

– Você não vai falar com minha filha nem comigo desse jeito – Amma disse, endireitando os ombros. – É uma convidada nesta casa. Por favor, não ultrapasse os limites. – Colocando o braço nos ombros de Sweetie, ela continuou: – Venha, *mol.*

Enquanto se afastavam, Sweetie balançou a cabeça.

– Amma... uau. Isso foi... isso foi...

– Um pouco tardio – Amma falou. – Eu devia ter defendido você há muito tempo, Sweetie. – Elas pararam debaixo da sombra de um carvalho.

A garota abriu um sorriso entre lágrimas.

– Tudo bem, Amma. – Ela respirou fundo e seguiu em frente. – E, hum, preciso te contar uma coisa. Ia deixar pra depois, mas... – Ela engoliu em seco. Olhou para o jardim. Viu que Ashish estava olhando e o chamou.

Amma se virou para ele e depois de volta para Sweetie, estreitando os olhos, enquanto sua brandura evaporava.

– *Enta ithe?*

– Vou explicar tudo – Sweetie falou baixinho enquanto Ashish se colocava ao seu lado. – Acho que é melhor chamar o Achchan também.

Amma olhou de Ashish para ela com uma expressão severa.

– Vamos conversar no escritório. – Ela deu as costas para eles e saiu andando sem esperá-los.

Capítulo 33

Ashish

VER A EXPRESSÃO de Sweetie murchar enquanto tia Vidya caminhava batendo os pés era a pior coisa. Ela parecia um daqueles GIFs de coelhinho da Páscoa feito de chocolate, em que alguém aponta um secador e derrete a cara dele. O rosto de Sweetie quase estava no chão.

– Ei. – Ele colocou a mão no braço dela. – Vai ficar tudo bem.

Ela sorriu, mas ele viu que Sweetie estava se esforçando.

– A gente estava conversando tão bem, sabe? Estávamos nos conectando de verdade. Pelo menos foi o que eu *pensei*. Pensei que minha mãe finalmente estava vendo o meu ponto de vista.

– Talvez ela ainda esteja – Ashish disse. – Sabe? Dane-se, não é o fim.

Sweetie zombou.

– É estranho te ouvir falando assim.

– É mesmo? Posso retirar o que disse? – ele perguntou, entrando na casa. – Hum. Sempre pensei que eu tinha uma *vibe* meio Dean Winchester, do *Sobrenatural*.

Ela riu. Os dois passaram por Anjali e Jason, que estavam conversando com um casal mais velho. Sweetie colocou a mão nas costas da prima. Quando ela se virou, a garota disse:

– Escritório. Agora. Por favor.

Kayla, que estava pegando um suco de manga no bar, foi até eles.

– Olá, olá. – Então, ao ver a feição de Sweetie: – O-ou. Está na hora?

Sweetie assentiu uma vez.

– Ela quer falar com a gente no escritório.

Kayla estremeceu.

– Putz. Quer que eu vá junto?

Sweetie suspirou.

– Não. Eu acho que ela quer que seja algo familiar e privativo. Já vamos ter Anjali Chechi e Jason Chettan.

Kayla a abraçou.

– Certo. Bem, me avise se mudar de ideia. Vou ficar por perto.

Sweetie fechou os olhos e abraçou a amiga.

– Obrigada.

O grupo sombrio foi até o escritório e fechou a porta. A casa não era grande, e mal havia espaço suficiente para que os seis se acomodassem confortavelmente ali. Ashish ficou perto de Sweetie, para apoiá-la. Ele enxugou as mãos discretamente nas calças. Tinha que admitir que isso não parecia nada bom. Pela forma como olhavam para ele e para Sweetie... parecia que tinham feito algo muito pior do que namorar escondido por um mês. Era como se tivessem roubado todos os pinguins da Antártida ou algo assim. O que seria bem estranho.

Ashish decidiu que, não importava o que acontecesse, ele iria conter sua língua e seu temperamento, mesmo que os pais dela gritassem. Seria respeitoso com os mais velhos, algo que seus pais sempre insistiram, mas que nunca tinha dado ouvidos. Ele não daria aos pais de Sweetie mais munição do que já tinham. Porque se recusava a acreditar que, se eles dissessem que não, seria o fim. Com certeza dariam um jeito, certo? Em uma semana ou duas Sweetie perceberia que não conseguiria mais viver sem ele, e ele sem ela. Isso não seria o fim. Não quando havia tanto entre os dois. Não quando parecia que toda a sua vida tinha sido uma série de instantes o conduzindo até ela.

Os pais de Sweetie estavam extremamente tensos: tia Vidya sentada de braços cruzados e tio Soman inclinado agarrando as bordas da mesa. Anjali e Jason tinham se sentado num futon na frente deles. Ashish e Sweetie ficaram em pé, juntos, perto da porta.

– O que está acontecendo, Sweetie? – tio Soman perguntou, olhando para ela com tristeza. Não havia raiva em seu olhar, ao contrário do olhar de tia Vidya.

Sweetie respirou fundo. Ashish podia sentir o calor emanando do corpo dela e quase ouvir seu coração batendo forte. Ele ficou com vontade de segurar a mão dela, mas se conteve.

– Achchan, Amma... Ashish e eu estamos namorando. Há pouco mais de um mês.

Tia Vidya ficou mais rígida ainda, se é que era possível. Tio Soman parecia prestes a chorar de verdade.

– Mesmo eu tendo proibido? – tia Vidya enfim disse, quebrando o silêncio que pesava cerca de quinhentos quilos. – Agiram pelas minhas costas?

Sweetie se encolheu diante do tom da mãe, e Ashish teve que cerrar os punhos para não a tocar.

– Sim – ela falou baixinho. – Porque... porque eu achei que você estava errada.

Ah, meu Deus! A expressão de tia Vidya... Já dava para saber que isso não estava indo nem um pouco de acordo com o plano. Ashish pegou o celular no bolso sorrateiramente.

AJUDA, escreveu depressa e enviou. Conhecendo seus pais, o fato de ele ter falado que não era para eles irem não significava muito. Seus pais não tinham limites. Mas, mais do que isso, eles eram sua família, o que significava que estariam sempre ao lado do filho.

E ele estava torcendo muito, mas muito mesmo, para que os dois não tivessem mudado de repente.

Sweetie

Sweetie sabia que tinha pegado pesado ao dizer aquilo. Nunca dissera para Amma que ela estava errada assim tão abertamente. Era uma coisa bastante desrespeitosa de se fazer, mas a garota pensou que já tinha ido longe demais confessando que estava namorando Ashish escondido por mais de um mês, então por que não ir com tudo de uma vez? Por que não ser inteiramente aquela garota que ousava subir num palco para cantar com todo o coração na frente de completos estranhos? Por que não ser aquela garota que ousou mandar uma mensagem para Ashish Patel, o atleta da Richmond, e ousou apostar uma corrida com ele? Por que não ser a Sensacional Sweetie? Se a corrida lhe ensinara algo, tinha sido que não se leva o ouro para casa a não ser que se entregue completamente ao processo.

Houve um momento de silêncio, até que Achchan falou:

– Mas... por que não contou pra *mim*, *mol*?

O coração de Sweetie se partiu com o tom da voz dele. O pai não parecia tão bravo quanto Amma; estava apenas abatido e magoado. Ela entendeu o que ele estava tentando lhe perguntar: Como é que tinha permitido esse enorme segredo entre os dois? Achchan e ela, almas gêmeas, nunca tinham estado tão distantes quanto agora. Tudo por sua culpa. Por causa das escolhas que tinha feito.

– Eu... – ela engoliu em seco, piscando para conter as lágrimas. – Eu não queria te magoar, Achcha – Sweetie finalmente disse. – Eu só não sabia o que fazer. Eu...

– Eu, eu, eu! – Amma falou. – Egoísta! É isso o que você é, Sweetie. Muito egoísta. As decisões que tomou favorecem apenas você! Não pensou nem uma vez na sua família! Só queria vagabundear com esse garoto... – Ela apontou com o queixo para Ashish. – E não se importou com mais nada.

– Espere um pouco, Ammayi – Anjali Chechi disse, balançando a cabeça. – Isso não é justo. Sweetie tem a prerrogativa de ser egoísta. Ela não tem nem 17 anos ainda. Se ela não pode pensar no que quer da vida agora, quando é que vai poder?

Amma sacudiu a mão.

– Esse tipo de mentalidade americana não tem lugar nesta casa.

Sweetie sentiu seu coração se partir ainda mais.

– Então está dizendo que alguém como eu não tem lugar nesta casa... – ela falou, baixinho. – Quer você queira ou não, Amma, é exatamente isso que está dizendo. Sou indiana, sim. Respeito minha cultura, sim. Amo meus pais, sim. Mas eu também me amo. E me respeito. – Como era possível que sua mãe e ela estivessem em posições diametralmente opostas nessa questão tão importante?

Achchan deu um passo à frente.

– Nós nunca diríamos nem pensaríamos que você não tem lugar nesta casa. Você é nossa única filha. – Ele se virou para Amma de sobrancelhas erguidas.

– Não há necessidade desse drama todo – Amma falou. – Sweetie, já te disse, você é minha filha. Mas passou o mês mentindo pra gente. Não há mais nada a dizer. Não sei que ideias esse garoto enfiou na sua cabeça nem o que ele te fez fazer...

Ashish pigarreou e Sweetie olhou para ele com os olhos arregalados. "Por favor, não diga nada", era o que ela estava tentando transmitir. "Você só vai colocar mais lenha na fogueira." Mas, se Ashish entendeu a mensagem, resolveu não dar ouvidos.

– Tia, se me permite – ele disse com uma voz firme e respeitosa. Sweetie teria que aprender como Ashish fazia isso. Quando ela tentava ser firme e respeitosa, sua voz só saía estrangulada. – Sweetie e eu não fizemos nada que nos envergonhe. Para ser sincero, meus pais sabiam do namoro. Eles concordaram com tudo, e apesar de não estarem contentes com o fato de vocês não saberem, os dois fizeram questão de que nada impróprio acontecesse. Na verdade, até nos fizeram assinar um contrato. Tivemos três encontros aprovados totalmente por eles. Claro, acabamos nos encontrando uma ou duas vezes em outras ocasiões, mas nada que me fizesse hesitar ao olhá-los nos olhos. – Ele apertou a mão de Sweetie antes de soltá-la. – Sweetie é uma pessoa extraordinária. Ela me ensinou muito sobre mim mesmo. Ela me ensinou a ser bondoso e gentil sem deixar de buscar o que sei que é certo no fundo do meu coração. Nunca conheci ninguém como ela.

Quando Ashish parou de falar, todos estavam encarando-o boquiabertos. Sweetie se perguntou se ele sabia o efeito que causava nas pessoas. Não só nas garotas, mas nas pessoas em geral. Ashish era aquele tipo de garoto que te fazia parar para ouvir o que ele queria dizer. Suas palavras, confiantes e fortes, eram revestidas de ferro.

Achchan grunhiu.

– Bem, eu...

Alguém bateu na porta.

Parecendo tão confuso quanto os outros, Jason Chettan atendeu. Eram os pais de Ashish, vestidos feito a realeza. O rosto de tia Sunita se iluminou com um sorriso enquanto ela abraçava Sweetie e fazia carinho no cabelo do filho. Então ela se virou para Achchan e Amma, juntando as mãos.

– Olá novamente, Vidya – ela disse, séria. – Por favor, me desculpe por vir sem ser convidada. Sweetie nos disse que era um evento familiar, mas eu queria muito conversar com você sobre tudo, e eu sabia que Ashish estava aqui... – Ela fez uma pausa. – Oh, deixei a educação em casa hoje. Este é meu marido, Kartik.

Tio Kartik deu a mão para Achchan, que parecia prestes a desmaiar.

– Você é... Kartik Patel – ele disse, como se tivesse acabado de se dar conta. – Da Global Comm.

Tio Kartik sorriu.

– Isso. Ashish me disse que você é engenheiro. Queria que um dos meus filhos escolhesse essa profissão, mas infelizmente nenhum deles tem aptidão!

Achchan sorriu. Amma estava ao mesmo tempo desconcertada e furiosa, como se não soubesse se recebia os Patel feito uma boa anfitriã ou se os chutava para fora.

Tia Sunita se aproximou dela e colocou a mão em seu braço.

– Vidya, imagino que Ashish e Sweetie tenham lhe contado sobre o namoro. – Ela olhou fixamente para Amma e continuou, séria: – Sinto muito por ter encorajado nossos filhos a namorarem escondido de vocês. Nossa intenção nunca foi desrespeitá-los ou desprezar a autoridade de vocês. Veja, Kartik e eu pensamos bastante sobre isso, e concluímos que, quando os adolescentes são determinados, eles dão um jeito de fazer o que querem. – Ela ficou observando Amma, que ainda tinha uma expressão sepulcral, e continuou bravamente: – Quando conversei com você, não achei que desaprovasse Ashish ou a nossa família, mas que você só estava preocupada com...

a aparência de Sweetie, em comparação à de nosso filho. Foi por isso que concordamos. Mas queríamos garantir que eles não fizessem nada que não pudéssemos contar a vocês depois. Os dois foram ao mandir no primeiro encontro. – Ela sorriu. – E depois ao Holi Festival, e depois à casa da Gita Kaki de Ashish em Palo Alto.

Amma olhava de um rosto para outro. O coração de Sweetie batia acelerado enquanto esperava sua mãe dizer algo, qualquer coisa. Até que ela finalmente falou, com uma voz trêmula:

– Mas Sweetie e Ashish não são compatíveis. Como podem ser, quando Sweetie é...? – Ela se virou para Ashish e falou com mais firmeza: – Sweetie tem muito amor-próprio. E não vai só fazer o que você quiser porque ela é... ela não é...

Ashish balançou a cabeça.

– Acho Sweetie a garota mais linda que já vi na vida, tia. Juro que, quando olho para ela, não consigo acreditar na minha sorte. Eu nunca a desrespeitaria. Nunca.

Amma olhou para todos. Sweetie estava prendendo o ar, sentindo que tinham chegado a um ponto de virada. Amma tinha que ver o lado de Sweetie. Ela *tinha*.

Amma falou, balançando a cabeça:

– Você está tentando me manipular, Sweetie. Acha que vou mudar de ideia porque você convidou Sunita e Kartik Patel? – Seus olhos cintilaram. – Chega! Proíbo! – Ela se virou e saiu do escritório.

Todos ficaram paralisados quando a porta bateu atrás dela. Ashish apertou a mão de Sweetie. Ela mordeu o lábio trêmulo. Seus olhos estavam cheios de lágrimas.

Então todo mundo começou a falar ao mesmo tempo.

Ashish:

– Certo, meu amor...

Tia Sunita:

– Oh, Sweetie, ela vai mudar...

Tio Kartik:

– Você tem algum antiácid...

Anjali Chechi:

– Que ridículo...

Jason Chettan:

– Vamos dar um tempo pra ela...

Achchan:

– Vou lá ver o que ela...

– Não! – Sweetie disse de repente, em voz alta, cortando o ar. Todos pararam e se viraram para a garota. – Eu vou – ela falou, encarando um por um. – Vou conversar com Amma.

– Tem certeza? – Ashish perguntou. – Quer que eu vá com você?

Ela abriu um sorrisinho.

– Não. Eu preciso fazer isso sozinha.

Então aquela salinha apertada cheia de Patels e Nairs ficou em absoluto silêncio enquanto Sweetie ia atrás de sua mãe.

Amma estava no quarto de Sweetie, como a filha adivinhara. Estava olhando para os troféus que Sweetie ganhara ao longo dos anos. A garota a observou do batente por um instante antes de entrar e fechar a porta.

– Amma... – ela disse, remexendo as mãos e se obrigando a parar. Não tinha motivo para estar nervosa. Sabia que estava certa. Esta era a hora de ser honesta e corajosa, como sempre quis. Deixar as palavras refletirem seus pensamentos, e finalmente se impor. Ser a Sensacional Sweetie. – O que foi aquilo? Por que está tão chateada?

Amma passou a mão em um dos troféus da estante e sorriu.

– Lembro quando você falou que queria entrar pra corrida. Estava no quarto ano. Eu te levei para fazer um teste para a equipe júnior de Atherton, lembra?

Sweetie balançou a cabeça.

– Nunca entrei para a equipe.

O sorriso de Amma desvaneceu.

– Não. Quando chegamos, o treinador me puxou de lado. E me disse que você não era... "saudável" pra correr. Ele disse que era uma questão médica. Se algo acontecesse com você, a organização seria responsável.

Sweetie sentiu as bochechas esquentarem.

– Então ele era um idiota.

– Eu te trouxe pra casa – Amma continuou como se Sweetie não tivesse falado nada. – E te disse que a equipe já estava completa. Quando você estava no Ensino Fundamental e quis tentar de novo sem me contar, não pude te impedir. Achei que talvez devesse jogar golfe ou arremessar peso. Mas você estava determinada a correr. E ficou tão orgulhosa quando entrou para a equipe. Dois meses depois, recebi uma ligação da sua treinadora.

Sweetie se lembrava. A garota havia implorado para que ela não ligasse para Amma, mas a treinadora não deu ouvidos. Duas garotas ficavam provocando Sweetie constantemente. A treinadora se envolveu o quanto pôde, porém, elas eram cruéis só quando a mulher não estava olhando, e Sweetie se recusava a dedurá-las. Até que um dia, a treinadora a encontrou chorando no vestiário, e disse que não tinha escolha a não ser contar para a mãe dela.

– Você tentou me tirar da equipe.

– Pra te proteger. – Amma se virou para ela. – Pra te manter segura.

– Você não precisava fazer isso – Sweetie disse. – De qualquer forma, eu voltei pra equipe. Escrevi aquela carta fingindo ser você, lembra? A treinadora me deixou voltar. Eu me tornei a corredora mais forte e mais rápida, e daí as garotas deixaram de me incomodar tanto.

– Dessa vez, você teve um final feliz – Amma falou. – Por sorte. Não vai ser sempre assim, Sweetie. A vida não é um mar de rosas pra garotas e mulheres que são diferentes.

Sweetie ficou olhando Amma pensativamente.

– Como acha que seria a minha vida se eu fosse magra, Amma?

– Você teria mais oportunidades – Amma disse.

– Você ia querer que eu fosse valorizada pelos meus talentos, não é? Que as pessoas me vissem além da minha aparência e pudessem enxergar quem eu sou por dentro?

Amma assentiu.

– Você ia querer que eu fosse convidada pro baile, que eu fosse pra alguma boa universidade, encontrasse amor e tivesse amigos?

Amma assentiu mais uma vez.

Sweetie concordou com a cabeça.

– Não está vendo, Amma? Já tenho tudo isso. Subi num palco e cantei com todo o meu coração e as pessoas *me aplaudiram de pé* porque queriam mais. Tenho amigas que estão ao meu lado pra tudo. Vou entrar em uma ótima universidade porque tenho uma das notas mais altas da minha sala *e* sou uma atleta incrível. Tenho um namorado que me ama de verdade, que veio até aqui com os pais pra te conquistar. E adivinha? Não preciso da caridade da Sheena porque Ashish me convidou pro baile. Está vendo, Amma? Já tenho tudo o que você quer pra mim. Tenho tudo, e sou uma garota gorda. Não tenho medo de viver minha vida do jeito como sou *agora*. Não preciso mudar. Se não tenho medo, por que você tem?

As duas ficaram se encarando por um longo tempo. Então Amma finalmente falou com uma voz rouca:

– Ashish está apaixonado por você?

– Sim. E eu estou apaixonada por ele.

– Ele te convidou pro baile?

– Sim.

– As pessoas te aplaudiram de pé... na Noite Musical?

Sweetie fez que sim.

Amma se sentou na cama dela, com as mãos moles no colo.

– Você não tinha me contado isso. Sweetie...

– Sim, Amma? – Ela se sentou na frente da mãe.

Quando Amma a olhou, lágrimas reluziram em seus olhos e ela sorriu, piscando.

– Sweetie... você já conseguiu tudo – a mãe disse maravilhada, sacodindo a cabeça. – Já tem tudo o que eu queria pra você. – Ela engoliu em seco, e acrescentou baixinho: – E eu perdi tudo. Por causa da minha teimosia. Perdi tudo.

– Você perdeu *algumas* coisas bem importantes – Sweetie concordou, se aproximando. – Mas, Amma, não precisa perder mais nada, se não quiser. E você está certa, sabe? Eu já tenho tudo o que você queria pra mim. Então não precisa mais se preocupar comigo, Amma. Não está fazendo bem pra ninguém. Você precisa parar de se preocupar.

Assentindo, ela fechou os olhos e uma lágrima escorreu.

– Preciso parar de me preocupar... – ela disse baixinho. Então abriu os olhos, puxou Sweetie para si e enfiou o rosto no pescoço da filha. Ela beijou o topo de sua cabeça e disse: – Preciso parar de me preocupar, porque você está bem. Vai ficar bem.

– Vou ficar mais que bem – a Sensacional Sweetie disse. – Amma, vou viver minha melhor vida.

Elas desceram as escadas juntas, e Amma foi direto até os Patel (que agora estavam na sala de jantar com Achchan, Anjali Chechi e Jason Chettan parecendo bastante melancólicos) e disse:

– Sunita, Kartik e Ashish, me desculpem. Eu não me comportei bem, e vocês só foram gentis. Por favor, me perdoem?

Tia Sunita abriu o sorriso mais caloroso para Amma.

– Só se você nos perdoar também.

Amma se virou para Ashish:

– Você. Você tem sido bom pra minha filha.

– Estou tentando – Ashish falou, olhando para Sweetie completamente chocado. Ela deu de ombros e sorriu. – Mas não é nada além do que sua filha merece.

Amma também sorriu.

– Resposta correta. Que bom.

– E tia, tio – Ashish disse, olhando para Amma e Achchan. – Também quero pedir desculpas. Por namorar Sweetie escondido. Isso não vai se repetir.

Achchan também sorriu e apertou as costas de Ashish.

Amma deu um longo suspiro, pegando a mão de Ashish e a de Sweetie.

– Agora está tudo certo. Por que não almoçamos? Temos a sobremesa favorita de Sweetie, *pal payasam*. E depois disso, minha filha precisa se arrumar para o baile!

Tia Sunita deu risada.

– Parece o jeito perfeito de comemorar.

– Esperem. – Achchan se levantou. – Tenho uma coisa pra dizer. – Ele deu um passo à frente, segurando Sweetie pelos ombros, e a conduziu para um canto silencioso a alguns metros dali. Então respirou fundo e balançou a cabeça. – Sweetie... você é um pedaço do meu coração. Nunca percebi que estava sofrendo. Você devia ter me falado. E eu devia ter te falado que... discordo muito da sua mãe. Acho que você é perfeita como é. Enquanto estiver feliz, eu serei feliz. Me desculpe, *mol*, por não ter sido mais forte por você.

Sweetie abraçou o pai, com a garganta dolorosamente apertada.

– Tudo bem, Achcha – ela falou, rouca. – Tudo bem.

Enquanto seguiam para fora para comer, as garotas chegaram correndo, ansiosas. Elas estavam claramente observando a porta dos fundos feito falcões.

– E aí? – Kayla perguntou. – Como foi? Precisa que a gente te tire daqui?

Sweetie deu risada enquanto sua família avançava em direção à comida. Ashish se manteve alguns passos atrás para lhe dar privacidade.

– Não, ficou tudo bem. Muito bem mesmo.

Suas amigas – as suas garotas – sorriram. E logo estavam todas abraçadas, rindo.

– Ei, A-*xixi*! – Izzy falou. – Você é um de nós agora. Certo?

– Isso quer dizer que vocês não vão mais arrancar os sapatos? – ele devolveu, seco.

– Minha mãe pediu comida *demais*, gente – Sweetie falou, rindo. – Por favor, comam logo ou ela vai empilhar pratos em cima de vocês.

– Não precisa falar duas vezes – Suki disse, saindo em direção ao *buffet*.

Quando se afastaram, Sweetie se virou para Ashish com um sorriso tímido no rosto.

– Sabe, até que seus exageros não são nada ruins. Aquele discurso no escritório foi impressionante.

– E nem tive que usar o meu "bumbum lindo". – Ashish pegou a mão dela. – Mas, sério, eu não estava exagerando. Tudo o que disse é verdade. Cem por cento verdade. Sou o garoto mais sortudo do planeta, Sweetie. Espera, apaga. Sou o garoto mais sortudo do multiverso.

Sweetie sentiu suas bochechas corando. Não era ele o sortudo. Como é que *ela* podia ser tão sortuda?

Eles decidiram ir para o baile direto da festa. Quando os últimos convidados foram embora e Sweetie terminou de abrir todos os presentes (Ashish tinha lhe dado uma correntinha de prata, sem pingente, que, apesar de linda, tinha a deixado um pouco decepcionada por ser tão genérica), Amma estava totalmente entregue ao plano do baile.

– Não acredito que ele fez o convite com papagaios! – ela disse, ajudando Sweetie com o cabelo. Anjali Chechi estava retocando a maquiagem dela.

Ashish e os pais estavam no carro, conversando sobre alguma coisa, e Jason Chettan e Achchan estavam lá embaixo.

Sweetie riu e ajustou a correntinha de Ashish no pescoço.

– Pois é, foi meio que um desastre. Mas vocês não estão felizes por eu estar indo ao baile?

– Muito. – Amma terminou e deu um passo para trás para admirar seu trabalho. – Mas você não vai na limusine da Sheena?

Sweetie fez uma careta enquanto Anjali aplicava *blush* e fechava o estojo.

– Não. Eu acho que vamos no jipe do Ashish.

– Sweetie! – Achchan chamou do térreo, com uma voz que denunciava uma empolgação mal reprimida. – Venha aqui!

Amma, Anjali Chechi e ela trocaram olhares de curiosidade.

– Vamos ver o que está acontecendo – Amma disse, balançando a cabeça.

Quando saíram, Ashish estava em pé ao lado de uma limusine rosa brilhante, vestindo *smoking*. Ele deu um sorrisinho nervoso enquanto Sweetie se aproximava.

– O que é isso? Ashish, a gente podia ter pegado o seu jipe!

– Ah, é meio que o presente de Ma e Pappa – ele disse, gesticulando para os pais, que sorriam radiantes. – O *smoking* veio com a limusine e... isto. – Ele colocou a mão na janela aberta e pegou um buquê de flores.

– Peônias rosas – Sweetie falou, sorrindo. – Minhas favoritas.

A voz de Amma paralisou Ashish, que estava tirando o buquê da embalagem.

– Espere, espere! – Amma, Achchan, Anjali Chechi e Jason Chettan vieram correndo. – Temos que tirar fotos, Sweetie!

Sweetie abafou uma risada.

– Claro.

– Ah, a gente também! – tia Sunita disse, se aproximando com tio Kartik já com o celular na mão.

– Meu Deus... – Ashish sussurrou para Sweetie.

Ao que ela respondeu, abrindo um sorriso forçado:

– Seja bonzinho. Já vai acabar.

E assim foi. Depois que os pais deles tiraram fotos de a) Ashish colocando o buquê na mão de Sweetie; b) Sweetie arrumando o buquê; c) Sweetie *admirando* o buquê; d) Sweetie e Ashish com um sorriso amarelo; e) Ashish ajudando Sweetie a entrar na limusine, os dois enfim ficaram a sós.

Sweetie se recostou no assento e fechou os olhos.

– Nossa. Eu podia dormir por uma década.

Ashish falou:

– E eu poderia ficar olhando pra você por uma década.

Ela abriu os olhos e deu um sorriso tímido na penumbra do carro.

– Acabou – ela disse, percebendo o tom descrente de sua própria voz. – Todos estão de acordo com o nosso namoro. É oficial. Chega de segredos.

Ashish também sorriu.

– Chega de segredos. Então agora posso fazer isso sem me preocupar com quem vai ver. – Ele pegou a mão dela.

– E eu posso fazer isso sem me preocupar com quem vai ver – ela devolveu, sorrindo e apoiando a cabeça no ombro dele.

– E eu posso fazer mais uma coisa – Ashish falou, a fazendo erguer a cabeça para ele diante de seu tom misterioso. – Mas não vou deixar ninguém ver.

Enquanto a tomava nos braços, a segurando tão forte que foi como se quisesse garantir que a garota estava mesmo lá, vivendo aquele momento com ele, Sweetie não conseguiu parar de sorrir. E quando se beijaram, ela conheceu o sabor da felicidade.

Capítulo 34

Sweetie

ASHISH estava nervoso. Tinha se concentrado tanto nesta tarde que não pensou muito no que aconteceria depois. Ele não *quis* pensar muito no que aconteceria depois, para ser sincero, porque, e se as coisas não dessem certo? E se tivesse que voltar para casa para ver Netflix com um balde de pipoca sabor queijo?

Mas ali estava ele, com a garota mais linda do mundo ao seu lado, dançando a música mais brega que um DJ poderia escolher.

– "Dancing Queen"? Fala sério.

Sweetie acenou com a mão na cara dele.

– Ei, onde você está?

Ashish olhou para ela e seu coração apertou. Meu Deus. Ele ia mesmo ter um ataque cardíaco. Ashish Patel ia ter um ataque cardíaco porque estava nervoso com uma garota. Era hilário. Ele era o rei dos gestos românticos. Elijah sempre lhe pedia conselhos para saber o que fazer para Oliver nas datas importantes (Dia dos Namorados, aniversário de Oliver, Dia Nacional da Panqueca; essa última era meio que uma coisa deles, longa história). O garoto forçou um sorriso.

– Ah, aqui? – Ele pigarreou. – Ei, você está... hum, curtindo a música?

Sweetie sorriu. *Aff.* Aquela covinha.

– Não é tão ruim. – Ela o olhou. – Mas podemos ir embora se quiser.

– Ah, na verdade, estava pensando que a gente podia dar uma volta – Ashish falou.

– Uma volta. – Sweetie se afastou para observá-lo melhor, com um sorrisinho no rosto. – Aonde?

– Só... por aí.

Ele ajeitou a gravata-borboleta. Meu Deus! Ele ia mesmo desmaiar. Por que é que tinha chamado *Pinky* para participar disso? Onde estava com a cabeça? Isso ia ser um desastre total. Sweetie ia lhe dar um pé na bunda no mesmo instante.

– Ashish Patel, o que você está tramando?

Ele olhou nos olhos dela e o pânico o atingiu feito um *tsunami.*

– Quer s-saber? Na verdade, vamos só, hum, ficar aqui mesmo. Não estou mais a fim de dar uma volta.

Sweetie colocou a mão no quadril e esperou um pouco. Em seguida, ela o tirou da pista de dança e foi até a tigela de ponche.

– Você tramou alguma coisa e agora está desistindo. Eu sei.

Ele se serviu um copo de ponche e bebeu em dois goles.

– Certo. Você tem razão. Eu... tem... não sei se você vai odiar.

Sweetie o olhou com uma expressão séria.

– Ashish, o que quer que seja, prometo que não vou odiar. Agora, me leve lá antes que eu te bata.

Ele ergueu as mãos.

– Não precisa usar violência, senhorita Nair.

Ela deu o braço para ele e deixou que Ashish a conduzisse para fora.

Os dois caminharam pela lateral do prédio, pisando sobre cascalhos. Ashish olhou para as unhas vermelhas e bem-feitas de Sweetie.

– Tem certeza de que consegue andar com esses saltos?

– Sim. – ela acenou com uma mão. – Tenho anos de experiência.

Ambos ficaram em silêncio, enquanto o som da pista se dissipava, carregado pela brisa suave. A lua nebulosa piscou para eles.

– Então, queria que você soubesse que... – Ashish começou. A pista de corrida da Piedmont se estendia à frente deles. – Apesar de só estarmos namorando há um mês, o que para muita gente não significa nada... eu gosto muito de você.

Sweetie apoiou a cabeça em seu braço.

– Eu também.

– Acho que você é uma daquelas pessoas que vão fazer coisas incríveis na sua vida. – Ele lambeu os lábios, sentindo-se ridiculamente nervoso conforme se aproximavam da abertura na cerca de arame. – E sou muito grato por me deixar ser parte dela, Sweetie.

– Sou muito feliz por você fazer parte da minha vida – ela falou de um jeito sério e completamente sincero. O coração de Ashish palpitou, sentindo um amor bobo e doloroso. Ela fez uma pausa para que passassem pela abertura. Eles cruzaram as arquibancadas e seguiram para a pista. – Ah, estamos na pista... o que é isso?

Com a pulsação acelerada, Ashish se aproximou, se virou para ela e pegou suas mãos, caminhando de costas enquanto ela caminhava para a frente. Os olhos dela brilhavam.

– Foi aqui que a gente se conheceu. Foi aqui que você me desafiou para um duelo e acertou meu coração.

Sweetie soltou uma risadinha prateada e musical.

– Não foi um *duelo* – ela disse, revirando os olhos, apesar de estar sorrindo. Então olhou para baixo, para o chão. – São pétalas de flores?

– Sim – Ashish respondeu, acrescentando depressa conforme ela se agachava: – Mas não olhe muito de perto. Como a Pinky é a Pinky, ela não me deixou usar flores frescas. Então fomos até uma floricultura e pegamos as flores velhas e murchas que não tinham sido vendidas... – Ele percebeu que essa não era a história mais *romântica* que poderia contar. – Enfim. – Ashish a ajudou a se levantar. Colocou as mãos em seu rosto e olhou diretamente para aqueles olhos amendoados e infinitos. – Sweetie, eu te amo. E agradeço ao universo ou ao destino ou a quem quer que esteja no comando todos os dias por ter colocado você no meu caminho.

– Ashish. – Ela suspirou. Ao sentir seu hálito no queixo, ele ficou levemente tonto. – Eu também. Que bom que seu pai nos fez assinar aquele contrato.

Ele riu e enfiou a mão no bolso.

– Tenho uma coisa pra você. É meio que a segunda parte do seu presente, mas eu não queria te dar na frente de todo mundo. – Ele pegou uma caixinha de veludo azul-escura e a abriu.

Os olhos dela se arregalaram satisfatoriamente, e seus lábios se escancararam.

O coração de Ashish palpitou ao perceber que ela já tinha gostado do presente. Porque Sweetie ainda não tinha visto a melhor parte.

Sweetie

Sweetie ficou olhando para o pingente de camafeu aninhado em um tecido de seda preto. Era impressionante, com um fundo turquesa-claro e uma figura branca no topo. Ela franziu a testa. Havia algo... Inclinando a cabeça, Sweetie estendeu a mão e o pegou com cuidado. A figura não era o perfil de uma mulher, como esse tipo de pingente normalmente revelava. Este mostrava uma mulher gorda e curvilínea em pé, numa pose triunfante com as mãos nos quadris arredondados, as pernas abertas e os cabelos ao vento. Sweetie sorriu, maravilhada.

– Oh! Ela é tão poderosa!

Ashish também sorriu.

– Vire o pingente.

Sweetie fez o que ele pediu. No verso, inscritas na prata, estavam as palavras:

Sensacional Sweetie
conhecê-la é amá-la

Sweetie passou o dedo trêmulo pelas palavras e uma lágrima caiu no pingente. Ela olhou para Ashish.

Ele deu um passo para a frente, com o rosto preocupado, a olhando com aqueles olhos de mel.

– Ei, tudo bem se não tiver gostado...

Ela colocou a mão em sua bochecha e sorriu em meio às lágrimas.

– Eu *amei*, Ashish, isso é... tudo. Você me entende. Você me entende *todinha*.

Relaxando e abrindo um sorriso, Ashish segurou a nuca dela com a mão grande e quente e a puxou gentilmente para si.

– Obviamente.

Sweetie soltou uma risada alegre e compassada.

– Obviamente.

Eles se beijaram, sentindo o aroma das rosas ao redor deles os envolvendo ali, no agora, no para sempre.

Epílogo

Sweetie

SWEETIE cruzou a linha de chegada com as mãos no ar. A multidão aplaudiu; seu corpo inteiro estava inebriado com aquela sopa de endorfina e de adrenalina. Tinha conseguido. Ela olhou para as pessoas com as mãos ainda erguidas, abrindo um sorriso tão largo e radiante que poderia iluminar o estádio todo, Sweetie tinha certeza.

Ela tinha batido seu melhor tempo. O olheiro da UCLA estava ali, e a garota não estava nem nervosa. Claro que eles iriam querê-la. Como não?

Seus olhos percorreram a plateia nas arquibancadas e encontraram os rostos orgulhosos de Amma e Achchan, e depois o de Ashish. Ele estava sorrindo e acenando feito um doido, e seus gritos a alcançaram como se o garoto estivesse bem ao lado dela. Sweetie riu do jeito que os outros pais estavam olhando para ele, aquele torcedor entusiasmado da Piedmont em seu uniforme de basquete da Richmond. Os dois iriam para a Richmond logo depois; claro que o jogo dele tinha que ser na mesma noite da corrida dela. Mas ele foi prestigiá-la mesmo assim.

– Eu não perderia isso por nada – ele disse, quando Sweetie perguntou se Ashish tinha certeza.

E depois do jogo... seria o teste final. Sweetie engoliu em seco. O olheiro não a deixava nervosa, mas isso, sim.

Ashish

Era isso.

Era o último jogo da temporada regular, e Ashish estava a apenas uma cesta de distância da estadual.

Onze segundos restantes. Oliver pegou o rebote e olhou para Ashish para saber o que fazer. De olho no relógio, Ashish chamou o time, os conduzindo em direção à cesta.

Nove segundos. Compartilhando um sorriso com Ashish, Oliver se virou e passou a bola para Elijah.

Sete segundos. A defesa se aproximou de Elijah enquanto Ashish se esquivava, pedindo a bola.

Quatro segundos. Elijah lançou a bola para Ashish, sentindo o alívio inundar seu rosto.

Dois segundos. Ashish correu pela linha de três pontos. Era a última cesta. Tudo dependia dele.

Enquanto Ashish corria, os sons da multidão se transformaram num assobio incoerente. Havia apenas ele e a bola. Finalmente a reencontrou – a Bolatopia. Seu sangue zumbiu com uma energia efervescente; estava completamente em seu *habitat.* A quadra de basquete era seu trono; ali, ele era rei. Ashish se apossou de seu lugar.

Ele lançou a bola. Um instante depois que ela deixou a ponta dos seus dedos, a campainha soou, sinalizando o fim. A bola girou no ar... e caiu na cesta fazendo barulho. *Chuá*.

Ashish ficou de joelhos com as mãos erguidas. Seus colegas pularam em cima dele, Oliver deu um tapa em suas costas e Elijah berrou tão alto que seus tímpanos quase estouraram. Por um buraco na parede de corpos, ele viu Sweetie. Ela estava rindo e chorando ao mesmo tempo, agitando um dedo de espuma gigante. Ashish riu e fechou os olhos, sentindo o alívio, o amor e a euforia o invadirem.

Quando conseguiu uma pausa nas comemorações e gritarias, Ashish foi até sua família, mas uma mulher de cerca de 30 anos e pele marrom parou na frente dele e esticou a mão. Ele aceitou o cumprimento; seu aperto era firme.

– Parabéns pelo ótimo jogo – ela disse, sorrindo. – Sou Liesa Lopez, olheira da USC. Aqui está meu cartão. Me ligue pra gente conversar.

Ashish pegou o cartão e sorriu.

– Ótimo.

A olheira assentiu e Ashish saiu andando.

Ele se aproximou da família rindo.

Ma o abraçou e ficou dizendo "*Shabash*! *Shabash*, *beta*!" sem parar. Pappa deu tapinhas nas suas costas, parecendo prestes a explodir. Sweetie lhe deu um abraço e sussurrou "Parabéns, amor" em seu ouvido. Ele sentiu um calafrio gostoso na espinha.

Então se virou para Rishi. E Dimple. Seu irmão mais velho o encarava com olhos arregalados de admiração.

– Cara – ele finalmente disse. – Pelos deuses. Você é, tipo, *épico*.

Ashish deu risada, feliz.

– *Bhaiyya*, Dimple, obrigado por ter vindo. Já conheceu Sweetie?

Rishi sorriu e disse:

– Já. – Em seguida, olhou para Sweetie e falou: – Mas tem certeza de que quer ficar com esse cara?

Ashish deu um tapa em seu peito e Rishi fez um drama, fingindo cair de joelhos.

– Você precisa pegar leve com os treinos, cara – ele disse, ofegando de maneira teatral.

Por trás dos óculos, Dimple revirou os olhos. Ela se virou para Sweetie e falou de um jeito solene:

– Bem-vinda ao namoro com um irmão Patel. Você arranjou o melhor tipo de problema.

Sweetie riu.

– Estou começando a ter uma ideia.

Ashish ficou se balançando, ainda sentindo a adrenalina da vitória e de toda a situação rolando ali. Não queria admitir o quanto tudo isso significava para ele.

– Então, *bhaiyya* – ele disse, tentando não parecer tão desesperado quanto se sentia. – Nós... hum, temos o seu *aashirvad*?

Rishi ficou sério. Dimple desviou o olhar dele para Ashish, com um sorrisinho no rosto. Rishi colocou as mãos nos ombros do irmão e disse:

– Você e Sweetie têm minha total e completa bênção, Ashish.

Eles se abraçaram e Ashish se concentrou em dar tapinhas nas costas do irmão para não cair no choro.

Quando eles se separaram, Dimple estava de braços dados com Sweetie.

– Então, o que acham de um encontro duplo?

Sweetie sorriu.

– Bora!

Enquanto olhava para a família – sem se importar se era bobo incluir Sweetie nesse guarda-chuva –, Ashish pensou: *a vida não pode ficar mais perfeita do que isso.*

Mas eles eram jovens, e a vida surpreendeu.

Nota da autora

SOU INCRIVELMENTE sortuda por poder dividir a história da Sweetie com vocês. Muitos autores ficam ouvindo as histórias zunindo dentro da cabeça antes de conseguir passá-las para as páginas, e comigo não é diferente. Na verdade, eu não sabia nem se um dia contaria uma história como a da Sweetie – enquanto vivia minha vida como uma mulher gorda e indiana, não levava nada em consideração além da minha própria experiência e dor imediatas.

Depois de uns anos, comecei a ler cada vez mais sobre o movimento de aceitação corporal, que significa simplesmente sentir prazer com o corpo que se tem, qualquer que seja sua aparência. Para esse movimento, "gorda" não é uma palavra ruim como quase sempre acontece nas conversas cotidianas e casuais. "Gorda" é apenas o contrário de "magra", e não carrega nenhuma outra conotação moral.

Eu me lembro de ler vorazmente cada artigo que encontrei sobre a celebração do seu corpo como ele é. Embora no momento em que escrevo eu seja uma pessoa magra, em vários momentos da minha vida fui gorda. Nada me surpreendeu nem me machucou mais do que perceber que as pessoas me tratavam de formas diferentes, dependendo da minha forma física.

Quando tive a ideia de escrever uma história sobre uma atleta gorda, soube que a personagem teria que ser asiática. Tendo crescido em uma casa indiana, a mensagem que eu recebia todos os dias era:

"Se você não for magra, será um fracasso como mulher". O que era especialmente desconcertante, já que minha família era cheia de mulheres gordas, lindas e talentosas. Mas estou divagando.

Eu queria escrever diálogos honestos entre uma adolescente indo-americana e sua mãe. Queria colocar em palavras as mesmas mensagens que eu – e tantas outras garotas – recebemos, e queria que uma protagonista forte e linda as refutasse. Sabia que a Sweetie seria a pessoa perfeita para lidar com essas mensagens tóxicas e prejudiciais com seu jeitinho doce e gentil.

Se a palavra "gorda" faz você se encolher, espero que possa parar para examinar por quê. O que você pensa quando vê a palavra "magra"? Aposto que nada, ou ao menos nada ruim. Mas será que existe algo inerentemente errado em ser gorda? Ou fomos apenas condicionadas a ver as palavras "indigna", "preguiçosa" e "ruim" em vez de "gorda"?

Sei que, para algumas leitoras, a palavra "gorda" foi usada tantas vezes como uma arma contra elas que nunca vão se sentir confortáveis a usando para se descrever. Entendo completamente. Minha esperança ao contar esta história é incentivar algumas discussões há muito atrasadas sobre o que significa navegar pelo mundo quando você não se parece com uma modelo da *Vogue*. Espero que se junte a mim.

Agradecimentos

ESCREVER o primeiro livro do universo Dimple foi como um sonho virando realidade. Escrever o segundo livro, com dois dos meus personagens favoritos, foi como me aquecer no brilho de mil estrelas prateadas. Em outras palavras, eu fiquei muito feliz.

Um muito obrigada à equipe extraordinária da Simon Pulse por ser o lar caloroso e aconchegante do meu terceiro romance para jovens adultos! Todo escritor deveria ter a sorte de ter uma editora que é como uma família. Um abraço especialmente gigante para Jen Ung, minha editora, que me ajudou a transformar este livro no que ele é hoje e que *sacou* a Sweetie totalmente desde o início.

Obrigada também à minha agente, Thao Le, por ser a melhor e mais feroz defensora que uma escritora poderia pedir. Ter uma ouvinte confiável neste negócio não é nada menos que uma tábua de salvação.

Um grande salve para os esplêndidos livreiros por aí, incluindo meus favoritos: Anderson's Bookshop; B&N San Mateo; Book Bar Denver; Books, Inc.; Books of Wonder; Brookline Booksmith; Changing Hands; Elliot Bay Book Co.; Hicklebee's; Joseph-Beth; Kepler's; Old Firehouse Books; Once Upon a Time; Parnassus Books; Porter Square; Red Balloon Bookshop; Ripped Bodice; Tattered Cover; Third Place Books; University Bookstore; e muitos, muitos outros!

Além disso, um muito obrigada à comunidade literária em geral, incluindo meus adoráveis e constantes leitores que dão atenção às minhas piadas bregas e referências à cultura *pop* e me enviam os e-mails mais edificantes, lisonjeiros e motivacionais de todos os tempos! Obrigada aos bibliotecários e professores que vêm me dizer que estão levando meus livros para as bibliotecas e salas de aula, preocupados com os jovens que ensinam e incentivam todos os dias. Vocês são uma verdadeira inspiração para mim.

Um grande beijo de agradecimento à minha família amorosa (mesmo sabendo que todos disfarçam a risada quando eu paro de falar no meio de uma frase, tendo um devaneio sobre meus personagens). Sem vocês, nada disso teria sentido.

Por último, mas mais importante, quero dizer a todos os meus leitores gordos que ouviram que "gordo" é uma palavra suja e vergonhosa: eles estão errados. Você é suficiente. Você sempre foi suficiente.

Este livro foi composto com tipografia Adobe Garamond Pro e
impresso em papel Off-White 70 g/m² na Formato Artes Gráficas.